KB029869

Histoires inédites du Petit Nicolas

La rentrée du Petit Nicolas
Première édition en France : 2004

Les bêtises du Petit Nicolas
Première édition en France : 2004

Le Petit Nicolas et ses voisins
Première édition en France : 2004

Le Petit Nicolas voyage
Première édition en France : 2004

Les surprises du Petit Nicolas
Première édition en France : 2004

© 2004 IMAV éditions / Goscinny - Sempé
www.petitnicolas.com

Le Petit Nicolas, les personnages, les aventures et les éléments caractéristiques de l'univers du Petit Nicolas sont une création de René Goscinny et Jean-Jacques Sempé. Droits de dépôt et d'exploitation de marques liées à l'univers du Petit Nicolas réservés à IMAV éditions. Le Petit Nicolas est une marque verbale et figurative enregistrée. Tous droits de reproduction ou d'imitation de la marque et de tout logo interdits et réservés.

René Goscinny & Jean-Jacques Sempé

Histoires inédites du Petit Nicolas

돌아온 꼬마 니콜라

르네 고시니 글
장 자크 상페 그림
이세진 옮김

문학동네

01 돌아온 꼬마 니콜라

02 돌아온 꼬마 니콜라의 쉬는 시간

03 돌아온 꼬마 니콜라와 별난 이웃

04 돌아온 꼬마 니콜라와 완벽한 아빠

05 돌아온 꼬마 니콜라의 장래 희망

Histoires inédites du Petit Nicolas

돌아온 꼬마 니콜라

개학이다!

엄마가 내일 새 학기에 필요한 물건을 몇 가지 사러 간다고 했다.

"뭘 사려고?"

아빠가 물었다.

"살 거야 많지. 일단 새 책가방하고 필통, 그리고 신발도 사줘야 해."

"신발을 또 사? 말도 안 돼! 애가 신발을 뜯어 먹기라도 하는 거야?"

"아니, 애는 수프를 먹고 쑥쑥 자라지. 자라면 발도 커지는 법이고."

다음 날, 나는 엄마랑 쇼핑을 하러 갔다. 신발 때문에 우리는 조금 실랑이를 했다. 나는 농구화를 사고 싶었는데 엄마는 엄청 튼튼

한 가죽구두를 사주겠다고 했다. 엄마는 그 구두가 마음에 안 들면 집으로 그냥 돌아갈 수밖에 없고, 그럼 아빠가 기분이 언짢을 거라고 했다.

구두 가게 아저씨는 아주 친절했다. 아저씨는 나에게 엄청나게 많은 구두를 신겨보면서 엄마에게 전부 다 너무 멋지다고 했다. 엄마는 결정을 내리지 못하다가 마침내 마음에 쏙 드는 갈색 구두를 발견했다. 엄마는 구두가 잘 맞느냐고 물었다. 나는 구두 가게 아저씨를 성가시게 하고 싶지 않아서 그냥 "네."라고 대답했지만 사실은 발이 좀 아팠다.

그다음에 엄마는 큼지막한 책가방을 사주었다. 우리는 학교가 끝나면 책가방을 가지고 장난을 친다. 친구들 다리에 책가방을 던져 넘어뜨리는 놀이를 하는 거다. 친구들이 보고 싶어죽겠다. 그러고 나서 엄마는 권총 케이스처럼 생긴 필통을 사주었다. 권총이 들어갈 자리에는 비행기 모양 연필깎이, 생쥐 모양 지우개, 피리처럼 생긴 연필 등 엉뚱한 물건을 닮은 것들이 잔뜩 들어 있었다. 이 필통도 애들이랑 노는 데 쓸 거다.

저녁에 퇴근해 돌아온 아빠는 엄마가 나한테 사준 물건들을 보고, 내가 이것들을 곱게 쓰기를 바란다고 했다. 나는 그러겠다고 했다. 정말로 나는 내 물건들을 소중히 다룬다. 비록 연필깎이 비행기로 생쥐 지우개에 폭격을 날리다가 저녁을 먹기도 전에 망가뜨리고 말았지만 말이다. 아빠는 화가 나서, 휴가 여행을 다녀온 뒤로 내가 계속 말썽만 부렸다며, 빨리 개학했으면 좋겠다고 했다.

그 얘기를 해야겠다. 개학은 이제 코앞으로 다가왔지만 나랑 아빠 엄마가 휴가 여행을 다녀온 지는 꽤 됐다. 휴가는 정말 즐거웠다. 우리는 끝내주게 재미있게 놀았다. 바닷가에 가서 갖가지 신나는 일을 했다. 나는 아주 멀리까지 헤엄을 쳤고, 해변에서 열린 깃발 잡기 대회에 나가서 이겼다. 상으로는 그림책 두 권과 삼각 깃발 하나를 받았다. 그러고 나서는 햇볕에 온몸을 갈색으로 태웠다. 엄청 근사했다.

물론 집에 오면 친구들에게 갈색으로 태운 내 멋진 모습을 보여 줄 생각이었다. 하지만 개학하기 전에는 쉽지 않은 일이었다. 친구들이 통 보이지 않았기 때문이다. 우리 집에서 제일 가까운 데 사는 알세스트도 여기 없었다. 해마다 부모님과 함께 오베르뉴에서 정육점을 하는 삼촌네로 여행을 가기 때문이다. 먹을 걸 입에 달고 사는 뚱보 알세스트는 나랑 가장 친하다. 알세스트네는 아주 늦게 여행을 떠났다. 삼촌네 식구들이 코트다쥐르 여행에서 돌아와야 개네가 삼촌네로 놀러 갈 수 있기 때문이다. 우리 동네 식료품 가게 주

인 콩파니 아저씨는 그을린 내 모습을 보고 엄청 보기 좋다고, 내
가 꼭 작은 생강빵 같다면서 건포도와 올리브를 주었다. 하지만 아
저씨에게 내 갈색 피부를 보여주는 것과 친구들에게 보여주는 건
같을 수가 없다.

이건 정말 아니다. 아무도 봐주지 않는다면 갈색으로 몸을 태울
필요도 없다. 나는 너무 속상했다. 아빠는 내게 또 시작이냐며, 개
학 때까지만이라도 말썽을 부리지 않았으면 좋겠다고 했다.

"학교 갈 때쯤엔 난 새하얘질 거예요!"

"왜 이렇게 별나게 굴어! 여행에서 돌아온 뒤로 죽 갈색 피부 타
령이잖아! 자, 니콜라, 정 하얘지기 싫으면 어떻게 해야 하는지 아
니? 정원에 나가 일광욕을 하렴. 그러면 난 너 때문에 시끄럽지 않
아 좋고, 넌 타잔처럼 멋진 모습으로 학교에 갈 수 있어 좋잖니."

그래서 나는 정원으로 나갔다. 하지만 정원과 해변은 딴판이었
다. 게다가 하늘에는 구름이 잔뜩 끼어 있었다.

엄마가 나를 불렀다.

"니콜라! 풀밭에 누워서 뭐 하니? 비 오는 거 안 보여?"

엄마는 "내가 미쳐."라고 했고, 나는 집 안으로 다시 들어갔다.

아빠는 신문을 읽다가 나를 보고는 피부가 멋진 갈색으로 변했다며 이제는 수건으로 머리를 닦으라고 했다.

"거짓말! 하나도 안 변했잖아! 갈색이 아니야! 바닷가로 돌아갈래!"

내가 외쳤다.

"니콜라! 좀 얌전히 굴 수 없어? 바보 같은 소리 좀 그만 해! 계속 이럴 거면 저녁은 없어. 네 방으로 올라가! 알겠어?"

아빠가 목청 높여 말했다.

나는 엉엉 울기 시작했다. 나는 이럴 수는 없다고, 집을 나가 혼자 해변으로 가겠다고, 다시 하얗게 되느니 차라리 죽는 게 낫다고 했다. 그러자 엄마가 부엌에서 달려와 하루 종일 소리를 질러대서 못 살겠다고, 휴가를 다녀왔기 때문에 이런 일이 생긴 거라면 내년에는 집에 가만히 있는 게 낫겠다고, 엄마는 모르겠으니 그 문제는 아빠하고 해결하라고 했다.

"하지만 올해 뱅레메르 쪽을 돌아보자고 한 건 당신이잖아! 어쨌든 당신 아들이 엉뚱한 짓을 하는 건 내 잘못이 아니야! 얘는 집에 있으면 말썽만 부린다고!"

"아빠가 나보고 정원에 나가면 타잔처럼 멋있어질 거랬어요. 하지만 하나도 안 탔잖아요!"

내가 엄마에게 설명했다.

그러자 엄마는 웃으면서 내가 아직도 많이 가무잡잡하다고 했다. 엄마는 내가 엄마의 귀여운 타잔이라고, 학교에 가면 내가 햇볕에 가장 많이 탄 아이일 게 틀림없다고 했다. 그러고는 방에 가서 놀고 있으면 저녁 먹을 때 부르겠다고 했다.

저녁 먹을 때 나는 아빠하고는 말도 안 하려고 했다. 그런데 아빠가 얼굴을 찌그러뜨려서 자꾸 이상한 표정을 만들었다. 너무 우스웠다. 정말 끝내줬다. 엄마는 사과파이를 만들어주었다.

다음 날, 콩파니 아저씨가 우리에게 쿠르트플라크 아저씨네가 오늘 휴가 여행에서 돌아온다고 말해주었다. 아저씨네는 우리 바로 옆집인데, 그 집에는 마리 에드비주라는 내 또래 여자애가 있다. 금발에 파란 눈을 가진 아주 예쁜 애다.

나는 정말 안타까웠다. 내가 갈색으로 멋지게 변한 모습을 마리 에드비주가 보았으면 정말 좋을 텐데. 하지만 아빠한테는 아무 말도 하지 않았다. 아빠가 한 번만 더 갈색 어쩌고 하면 알아서 하라고 으름장을 놓았기 때문이다.

날씨가 좋아져서 다시 나는 정원으로 나왔다. 이따금 욕실로 뛰어가 내 모습이 얼마나 변했는지 거울을 들여다보았다. 하지만 갈색으로 변하지는 않았다. 나는 한 번만 더 정원에서 햇볕을 쬐어보고 그래도 계속 하얗다면 아빠한테 가서 말해야겠다고 마음먹었다.

내가 정원으로 막 나왔을 때, 쿠르트플라크 아저씨네 자동차가 우리 집 앞에 섰다. 자동차 지붕에는 엄청나게 많은 가방들이 실려 있었다.

마리 에드비주가 차에서 내리더니 나를 보고는 손짓으로 인사했다.

세상에! 내 온몸이 빨간색으로 변했다.

우리는 천하무적

"우리, 조직을 만들자."

조프루아가 쉬는 시간에 아이디어를 내놓았다. 자기가 어떤 책을 읽었는데, 거기서는 친구들끼리 조직을 만들어 멋진 일들을 하고, 못된 사람을 혼내주고, 가난한 사람을 도와주며, 강도도 잡고 엄청 재미있게 논다는 거였다.

"조직 이름은 '천하무적'으로 할 거야. 그 책에 그렇게 나오거든. 학교 끝나고 빈터에서 모이자. 암호는 '불굴의 용기'야!"

조프루아가 말했다.

내가 빈터에 갔을 때 조프루아, 뤼퓌스, 외드, 알세스트, 조아생은 벌써 와 있었다. 나는 담임 선생님이 수업이 끝나고 남으라고 하는 바람에 조금 늦었다. 선생님은 나한테 수학 숙제의 답이 틀렸다

고 했다. 아빠에게 수학 문제를 풀 때 좀 더 주의하라고 말해줘야
겠다.

"암호는?"

알세스트가 내 얼굴에 크루아상 부스러기를 튀기면서 물었다.
알세스트는 늘 뭔가를 먹고 있다.

"불굴의 용기."

내가 대답했다.

"들어와."

알세스트가 말했다.

빈터는 멋지다. 우리는 자주 그곳에 가서 논다. 빈터에는 풀도 있
고, 고양이도 있고, 통조림 깡통도 있고, 타이어와 고물 자동차도
있다. 고물차에는 바퀴가 없지만 그 안에서 노는 것은 재미있다. 부
릉부릉!

"우리가 모이는 장소는 자동차 안이야."

조프루아가 말했다. 그 애가 책가방에서 모자와 가면을 꺼내 쓰
더니 뒤에 'Z'가 씌어진 검은 망토를 걸쳤다. 그러니까 되게 우스웠
다. 조프루아의 아빠는 아주 부자라서 항상 그 애에게 갖가지 장난

감과 변장 용품을 사준다.

"너 꼭 경찰관 같다."

조프루아는 내 말이 못마땅했나보다.

"우리는 비밀 조직이야. 내가 대장이니까 아무도 내 얼굴을 봐서
는 안 돼."

조프루아가 말했다.

"대장이라고? 너 웃긴다! 네가 왜? 모자 쓴 꼴이 꼭 버섯 같구
만."

외드가 말했다.

곧이어 클로테르가 왔다. 클로테르는 늘 학교에서 다른 애들보다
늦게 나온다. 꼴찌라서 선생님하고 자주 면담을 하고, 남아서 받아
쓰기를 하기 때문이다.

"암호?"

알세스트가 물었다.

"엄청난 용기."

클로테르가 대답했다.

"안 돼. 넌 들어올 수 없어. 암호가 틀렸어!"

알세스트가 말했다.

"뭐야, 뭐야, 그런 게 어딨어. 난 들어갈 거야, 이 뚱보야!"

그러자 뤼퓌스가 말했다.

"안 됩니다, 선생. 암호를 알아야만 들어올 수 있습니다. 나 지금 장난하는 거 아니야! 알세스트, 이 녀석 감시해!"

"나는 가위바위보로 대장을 뽑아야 한다고 봐."

외드가 말했다.

"웃기지 마! 책에서 보면 가장 용감하고 멋진 옷을 입은 사람이 대장이야. 그러니까 대장은 나야!"

조프루아가 말했다.

그러자 외드가 조프루아의 코에 주먹을 한 방 먹였다. 외드는 주먹대장이다. 조프루아는 땅바닥에 주저앉아 손으로 코를 싸쥐었다. 가면이 비뚤어지니까 더 우스웠다.

"그럼 넌 조직에서 빠져!"

조프루아가 외쳤다.

"쳇! 나도 집에 가서 전기 기차 갖고 노는 게 더 좋아!"

외드는 이렇게 말하고 가버렸다.

"대단한 용기?"

클로테르가 말했다. 알세스트는 이번에도 암호가 틀렸다고, 들어올 수 없다고 했다.

"좋아, 우리 이제 뭘 할지 정하자. 책에는 천하무적 조직이 한 가 없은 고아 소년에게 삼촌을 찾아주러 비행기를 타고 미국에 간다고 되어 있어. 악당들이 그 애의 유산을 가로챘거든."

"난 미국에 안 갈래. 엄마가 혼자서는 길도 건너지 말랬거든."

조아생이 말했다.

"천하무적 일당에 겁쟁이는 필요 없어!"

조프루아가 소리쳤다.

그러자 조아생도 가만있지 않았다. 조아생은 너무하다고, 자기야 말로 누구보다도 용감하다고, 이런 식이라면 자기는 가버리겠다고, 그러면 모두 톡톡히 후회하게 될 거라고 했다. 그러고는 가버렸다.

"멋진 용기?"

클로테르가 다시 물었다. 알세스트는 초콜릿빵을 베어 물면서 "틀 렸어!"라고 대답했다.

"모두 차 안으로 들어와. 우리의 비밀 계획을 논의하자."

조프루아가 말했다.

나는 엄청 기분이 좋았다. 난 그 자동차 안에 들어가는 걸 아주 좋아한다. 의자 위로 튀어나온 용수철 때문에 엉덩이가 좀 아프긴 하지만 말이다. 우리 집 거실 소파도 그랬다. 그 소파는 지금 창고 에 들어가 있다. 엄마가 너무 낡아 창피하다고 새 소파를 샀기 때 문이다.

"그래, 좋아. 운전은 내가 할래."

뤼퓌스가 말했다.

"안 돼. 거기는 대장 자리야."

조프루아가 대꾸했다.

"너보다는 내가 더 대장감이야. 외드 말이 맞았어. 변장한 네 모 습은 진짜 얼간이 같아!"

"너, 샘나서 그러지? 맞아, 넌 샘내는 거야."

"마음대로 생각하시지. 그럼 나는 다른 비밀 조직을 만들 거야. 그래서 네 비밀 조직을 쳐부술 거야. 미국에는 우리가 갈 거야. 우리가 고아를 구할 거라고."

"무슨 말씀, 그 고아는 우리 거야. 너희는 딴 고아를 찾아봐!"

"두고 봐."

뤼퓌스는 그렇게 말하고 가버렸다.

"불굴의! 그래, 맞아! 불굴의!"

클로테르가 외쳤다.

"뭐? 잠깐, 그대로 있어봐."

알세스트가 그렇게 말하고 우리한테 와서 물었다.

"암호가 뭐였지?"

"뭐야! 너 암호를 까먹은 거야?"

조프루아가 소리를 질렀다.

"그게 아니고, 저 바보 같은 클로테르 녀석이 자꾸 헛소리를 하니까 나까지 암호가 헷갈리잖아……."

알세스트가 말했다.

조프루아는 화가 단단히 났다.

"아! 천하무적은 정말 멋있는데! 너희는 천하무적이 아니야! 너희 같은 녀석들은 천하무적이 될 수 없어!"

"뭐라고?"

알세스트도 화가 났다.

클로테르가 가까이 다가왔다.

"이제 나 들어가도 돼, 안 돼? 응?"

"안 돼! 넌 암호를 못 댔잖아! 비밀 조직엔 암호가 있어야 해. 책에 그렇게 나왔어! 암호를 모르는 놈들은 몽땅 다 스파이야!"

조프루아는 모자를 땅바닥에 내동댕이쳤다.

"그럼 난 뭐야? 넌 내가 클로테르가 하는 바보 같은 소리나 계속 듣고 있을 줄 알았어? 더구나 난 이제 먹을 것도 없어. 난 집에 갈래. 안 그러면 간식 시간에 늦어."

알세스트는 집으로 가버렸다.

"내가 여기 들어가는 데 네 허락 따윈 필요 없어. 빈터가 네 거냐? 여긴 누구나 들어올 수 있어. 스파이도 들어올 수 있다고!"

클로테르가 조프루아에게 말했다.

"됐어! 그럴 거면 아무나 들여보내! 너흰 정말 놀 줄도 몰라! 나 혼자 천하무적을 만들 거야! 이제 너희랑은 말 안 해!"

조프루아는 가면을 쓴 채 울면서 가버렸다.

남은 건 클로테르와 나 둘뿐이었다. 나는 클로테르에게 암호를 가르쳐주었다. 그래서 클로테르는 더 이상 스파이가 아니었다. 우리는 둘이서 구슬치기를 하고 놀았다.

조직을 만들자는 조프루아의 아이디어는 멋졌다. 덕분에 내가 새 구슬을 세 개나 땄으니까 말이다.

급식 먹는 날

학교에는 식당이 있다. 거기서 밥을 먹는 애들을 우리는 '급식생'이라고 부른다. 나와 다른 친구들은 집에 가서 밥을 먹는다. 우리 반에서 학교에 남아 밥을 먹는 친구는 외드뿐이다. 외드네 집이 학교에서 너무 멀기 때문이다.

그래서 어제 엄마 아빠가 오늘 점심은 학교에서 먹고 오라고 했을 때 나는 깜짝 놀랐다.

"엄마랑 아빠는 내일 어디를 좀 가야 해서 하루 종일 집에 없단다. 이번 한 번만 학교에서 밥을 먹으렴. 알겠니?"

엄마가 말했다.

나는 울기 시작했다. 나는 학교에서 밥을 먹지 않겠다고, 그건 끔찍하다고, 학교 밥은 맛없을 게 뻔하고 온종일 학교 밖으로 나가지 못하는 건 더 싫다고 소리를 질렀다. 만약 나에게 억지로 학교 밥을 먹이려 한다면 난 병이 날 거라고, 집을 나가 죽어버리겠다고, 그러면 모두 엄청 후회할 거라고 말했다.

"자, 착하지. 딱 한 번이야. 어디서든 밥은 먹어야 할 것 아니니. 우리가 널 데려갈 수는 없고. 학교에서 주는 밥도 분명히 맛있을 거야."

아빠의 말에 나는 더 큰 소리로 울었다. 급식 먹는 애들이 고기에는 비계밖에 없고, 그나마 비계를 안 먹고 남기면 맞는다고 그랬다며 울었다. 그리고 학교에 남느니 차라리 쫄쫄 굶는 게 낫다고도 말했다. 아빠는 머리를 긁적이더니 엄마한테 물었다.

"어떡하지?"

"어떡하긴 뭘 어떡해요. 벌써 학교에다 애가 급식 먹을 거라고 알렸는데. 그리고 니콜라도 이제 분별 있게 행동할 나이라고요. 어쨌든 급식 먹어 애한테 나쁠 게 뭐가 있어요. 학교에서 밥을 먹어보면 집에서 먹는 밥이 얼마나 맛있는지 니콜라도 깨닫게 될 테고. 자, 니콜라, 착하지. 엄마한테 뽀뽀해주고 그만 울어."

나는 잠깐 토라졌지만 더 울어봤자 아무 소용이 없을 것 같았다. 그래서 엄마 아빠한테 뽀뽀를 했다. 엄마 아빠는 돌아올 때 장난감을 잔뜩 사다주겠다고 약속했다.

오늘 아침 학교에 도착하니 목에 커다란 덩어리가 걸린 듯 답답하고 울고 싶은 기분이었다.

"나 오늘 점심은 학교 식당에서 먹어."

친구들이 왜냐고 물어서 내가 이유를 설명해주었다.

"잘됐다! 우리 같은 탁자에서 먹자."

외드가 말했다.

그 말을 듣고 나는 울음을 터뜨렸다. 알세스트가 크루아상 조각을 떼어 내게 주었다. 나는 깜짝 놀라 울음을 뚝 그쳤다. 알세스트가 먹을 걸 남한테 주는 건 처음 보았기 때문이다. 좀 지나서 친구들과 재미있게 놀다보니, 울고 싶은 생각은 조금도 들지 않았다.

점심시간이 되어 친구들이 자기 집으로 밥 먹으러 가는 걸 보자 다시 목구멍에 뭐가 걸린 듯 답답해졌다. 나는 벽에 기대어 섰다. 외드와 구슬치기를 하고 싶은 마음도 없었다. 종이 울리자 우리는 가서 줄을 섰다. 밥 먹으러 가는데 줄을 서야 한다니 희한했다. 분위기도 평소와는 달랐다. 다른 반 아이들과 한데 섞여 있어서 잘 모르는 애들이 많았다. 다행히도 외드가 나와 같이 있었다. 내 앞에 선 애가 뒤돌아보더니 말했다.

"소시지, 퓌레, 고기구이, 크림과자. 뒤로 전달."

내가 외드에게 전달했더니 외드는 좋아서 소리를 질렀다.

"아싸! 크림과자다! 그거 끝내주게 맛있어!"

"학생들, 조용히 하고 줄 서요!"

우리를 지켜보던 부이옹 선생님이 외쳤다. 그러고는 우리에게 다가왔다. 선생님은 나를 보고는 이렇게 말했다.

"아, 정말이군! 니콜라가 오늘은 급식을 먹는군!"

부이옹 선생님은 내 머리를 쓰다듬고는 빙긋 웃어 보이더니 서로 밀치며 싸우는 두 아이를 떼어놓으러 갔다. 부이옹 선생님도 가끔은 참 멋지다. 어느덧 우리는 식당 안까지 들어갔다. 식당은 꽤 넓었고 탁자마다 의자가 여덟 개씩 놓여 있었다.

"빨리 와!"

외드가 나에게 말했다.

나는 외드를 따라갔다. 하지만 외드가 자리잡은 탁자는 벌써 다른 애들이 자리를 다 맡아놓았다. 나는 정말 난처했다. 아는 사람이 하나도 없는 자리에서 밥을 먹고 싶지는 않았다. 그때 외드가 손을 들고 부이옹 선생님을 불렀다.

"선생님! 선생님! 니콜라를 제 옆에 앉혀도 되죠? 네?"

"아무렴, 되고말고. 오늘의 손님을 아무 데나 앉힐 수야 없지. 바질, 오늘 하루만 네 자리를 니콜라에게 양보해라. 그래도 괜찮지?"

바질은 우리 위층 교실에서 공부하는 아이인데, 그 말을 듣고 자기 접시를 들고는 다른 탁자에 가서 앉았다. 나는 외드 옆자리에 앉

게 되어 좋았다. 외드는 좋은 친구다. 그런데 나는 배가 전혀 고프지 않았다. 주방에서 일하는 아줌마가 빵이 가득 든 바구니를 들고 아이들 사이를 지나갔다. 나도 한 조각을 받았다. 혹시 빵을 안 받으면 벌을 받을까봐 겁이 나서 받은 거다. 그다음에는 소시지를 나눠주었다. 소시지는 내가 좋아하는 거다.

"이야기는 해도 좋지만 너무 시끄럽게 떠들면 안 돼."

부이옹 선생님이 말했다.

그러자 모두 동시에 떠들기 시작했다. 우리는 앞에 앉은 아이 때문에 우스워 죽을 뻔했다. 그 애가 눈동자를 가운데로 모으고 자기 입을 못 찾아 소시지를 못 먹는 시늉을 해 보였기 때문이다. 그다음에는 고기구이와 퓌레를 나눠주었다. 그리고 빵도 새로 나눠주었다. 아까 빵에 소스를 발라 먹었더니 정말 맛있었는데, 또 나눠줘서 다행이다.

"퓌레 더 먹을 사람?"

아줌마가 물었다.

"저요!"

애들이 일제히 외쳤다.

"조용, 조용! 안 그러면 아무 말도 못 하게 한다. 알겠지?"

부이옹 선생님이 말했다.

모두 계속 떠들었지만 선생님은 더 이상 화내지 않았다. 부이옹 선생님은 쉬는 시간보다 식사 시간에 훨씬 더 좋았다. 그다음에는 크림과자가 나왔다. 엄청 맛있었다! 나는 퓌레도 두 번 먹고 크림과자도 두 번 먹었다.

점심을 다 먹고 우리는 운동장으로 나왔다. 외드와 나는 구슬치기를 했다. 친구들이 돌아올 무렵에는 벌써 구슬을 세 개나 땄다. 친구들을 보자 약간 김이 샜다. 친구들이 돌아왔다는 건 다시 교실로 돌아갈 시간이 되었다는 뜻이니까.

수업이 끝나고 집에 돌아가자 엄마 아빠가 벌써 와 있었다. 엄마 아빠를 보니 기분이 무척 좋았다. 우리는 뽀뽀를 아주 많이 했다.

"자, 우리 귀염둥이, 오늘 점심 먹을 만했지? 음식은 뭐가 나왔던?"

엄마가 물었다.

"소시지랑 고기구이랑 퓌레랑……."

"저런, 퓌레가 나왔어? 우리 아기, 그래서 어떻게 했어? 넌 퓌레라면 질색이잖니. 집에서도 퓌레라면 입에도 안 대려고 하는데……."

"그런데 그 퓌레 진짜 맛있었어요. 소스도 맛있고, 내 앞에 엄청 웃기는 애가 있었어요. 두 번이나 먹었는걸요!"

엄마는 나를 빤히 쳐다보더니 저녁 준비를 해야겠다며 가버렸다.

저녁을 먹는데, 엄마가 아주 피곤해 보였다. 다 먹고 나서 엄마는 나에게 커다란 초콜릿케이크를 주었다.

"이것 보렴, 니콜라! 너 주려고 오늘 사 온 후식이란다!"

"신난다! 엄마, 오늘 점심에도 진짜 신났어요. 엄청 맛있는 크림과자가 나왔거든요! 퓌레처럼 크림과자도 두 번이나 먹었어요."

그러자 엄마는 오늘 하루가 너무 힘들었고 모든 게 짜증스럽다면서 설거지도 놔두고 바로 올라가서 자야겠다고 했다.

나는 너무 걱정이 돼서 아빠에게 물었다.

"엄마 어디 아파요?"

아빠는 웃으면서 내 뺨을 톡 치고는 말했다.

"걱정할 것 없다, 얘야. 그런데 아빠 생각에는 네가 오늘 점심에 먹은 게 아직 소화가 안 된 것 같구나."

아빠의 감미로운 추억

오늘 저녁 식사에 손님을 초대했다. 아빠는 어제 무척 기분 좋은 얼굴로 집에 돌아와서는 엄마에게 우연히 길에서 옛 친구를 만났다고 했다. 레옹 라비에르라는 친군데, 굉장히 오랫동안 못 본 사이라고 했다.

"레옹은 어릴 적 친구야. 학교도 같이 다녔지. 우리가 함께한 추억이 얼마나 감미롭고 풋풋한지 몰라! 그 친구를 내일 저녁 식사에 초대했어."

아빠 친구는 8시에 오기로 되어 있었지만 우리는 7시에 준비를 다 마쳤다. 엄마는 나를 씻기고 파란 양복을 입혔다. 그러고는 무스를 잔뜩 발라서 머리를 빗겨주었다. 뒤통수의 뻗친 머리가 도무지 말을 듣지 않았기 때문이다. 아빠는 나에게 이것저것 잔소리를 했

다. 아주 얌전히 굴어야 하고, 밥 먹는 자리에서는 누가 물어보지
않는 이상 아무 말도 하지 말고, 아빠 친구 라비에르 아저씨 말씀
을 잘 들어야 한다고 했다. 아빠 말씀에 따르면 라비에르 아저씨는

아주 대단한 사람, 그러니까 인생에서 성공한 사람이라고 했다. 아저씨는 학교 다닐 때부터 싹수가 보였단다. 참 보기 드문 사람이라고도 했다. 얼마 안 있어 초인종이 울렸다.

아빠가 나가서 문을 열었다. 뚱뚱하고 얼굴이 시뻘건 아저씨가 들어왔다.

"레옹!"

아빠가 외쳤다.

"이 친구야!"

아저씨도 대답을 하고는 둘이서 서로 어깨를 두들기기 시작했다. 아빠와 아저씨 모두 기분이 좋아 보였다. 아빠가 블레뒤르 아저씨를 두들길 때와는 전혀 달랐다. 블레뒤르 아저씨는 우리 이웃에 사는데, 그 아저씨는 아빠를 괴롭히는 걸 좋아한다.

어깨 두들기기가 끝나자 아빠는 몸을 돌려 엄마를 소개했다. 엄마는 부엌에서 나와 함박웃음을 지어 보였다.

"레옹, 내 아내야. 여보, 여기 이 친구는 레옹 라비에르야."

엄마가 손을 내밀자 라비에르 아저씨는 엄마의 손을 맞잡고 흔들며 만나서 반갑다고 했다. 아빠는 나에게 가까이 오라고 손짓했다.

"그리고 얘는 니콜라, 내 아들이야."

라비에르 아저씨는 나를 보고 깜짝 놀란 것 같았다. 아저씨는 눈이 휘둥그레져서 휘파람을 불고는 이렇게 말했다.

"이야, 벌써 이만한 아들이 있어? 어엿한 사내인걸! 너 학교 다니냐?"

아저씨는 내 머리를 쓰다듬으며 장난으로 머리칼을 마구 헝클어 뜨렸다. 그게 엄마 마음에는 들지 않았던 것 같다. 특히 라비에르 아저씨가 자기 손을 쳐다보고는 이렇게 물었기 때문이다.

"아니, 애 머리에 뭘 바른 겁니까? 아직 어린애한테?"

"애가 날 닮은 것 같지 않아?"

엄마가 뭐라 대꾸하지 못하게 아빠가 얼른 아저씨에게 물었다.

"그래, 완전히 자네를 빼닮았군. 머리숱은 좀 더 많고 배는 훨씬 더 들어갔지만 말이야."

라비에르 아저씨는 이렇게 대답하고는 너털웃음을 터뜨렸다.

아빠도 따라 웃었지만 웃음소리는 크지 않았다. 엄마는 포도주를 내오겠다고 말했다.

우리는 거실에 앉았고 엄마는 술을 가져왔다. 나는 엄마가 올리브와 비스킷은 먹어도 된다고 해서 좋았다.

아빠는 술잔을 높이 들고 외쳤다.

"나의 옛 친구 레옹, 우리가 함께한 추억을 위하여!"

"추억을 위하여!"

아저씨는 맞장구를 치면서 아빠의 등을 힘차게 두들겼다. 그 바람에 아빠가 잔을 떨어뜨려 양탄자에 술을 쏟았다.

"괜찮아요. 신경 쓰지 마세요."

엄마가 말했다.

"아무렴요! 금방 마르겠죠."

라비에르 아저씨는 그렇게 말하고는 술잔을 비우고 아빠에게 말했다.

"자네가 벌써 이렇게 늙어 애 아빠로 살고 있는 걸 보니 참 희한하구먼."

아빠는 술을 다시 잔에 따르고 아저씨가 또 아빠를 칠까봐 조금 떨어져 앉았다. 아빠는 약간 목이 메는 듯하더니 말했다.

"늙다니 원, 과장도…… 동갑끼리 말야."

"무슨? 자네, 기억 안 나? 자네가 우리 반에서 제일 나이가 많았잖아!"

아저씨가 대꾸했다.

"자, 이제 식탁으로 가실까요?"

엄마가 물었다.

모두 식탁에 앉자 라비에르 아저씨가 물었다.

"애야, 너는 왜 아무 말도 안 하니? 목소리 좀 들어보자!"

"저는요, 아저씨가 묻는 말에만 대답할 수 있어요."

내 말을 듣고 라비에르 아저씨는 엄청 웃었다. 아저씨는 웃느라고 처음 봤을 때보다 얼굴이 더 시뻘게졌다. 웃으면서 식탁까지 마구 두들겨댔다. 식탁에 놓인 잔들이 쟁쟁 울릴 정도였다. 아저씨는 겨우 웃음을 가라앉히고는 자식 교육을 아주 잘 시켰다고 아빠에게 말했다. 아빠는 그 정도는 보통이라고 했다.

"하지만 내 기억이 맞는다면 말이지, 자네는 지독한 악동이었지."

라비에르 아저씨가 말했다.

"빵 좀 들게."

아빠가 대꾸했다.

엄마는 전채 요리를 가져왔다.

"자, 니콜라."

아저씨는 나를 부르고는 입안에 든 음식을 삼키고 물었다.

"너, 학교에서 공부는 잘하니?"

"어휴."

질문을 받았으니 나는 말을 해도 괜찮았다.

"아저씨가 이걸 왜 묻냐면 네 아빠는 정말 괴짜였거든! 이봐, 친구. 자네도 기억하지?"

아저씨가 아빠를 또 치려고 했지만 아빠는 슬쩍 피했다. 아빠는 별로 재미있어하는 것 같지 않았다. 하지만 라비에르 아저씨는 뭐가 그리 재미있는지 아주 신이 나 있었다.

"자네가 에르네스트의 잉크를 몽땅 쏟아버린 일 기억나나?"

아빠는 아저씨를 빤히 바라보다 나를 또 빤히 바라보고는 말했다.

"잉크? 에르네스트? 아니, 모르겠는데……"

그러자 아저씨가 외쳤다.

"이런, 어떻게 그 일이 기억이 안 나? 그 일 때문에 자네가 나흘이나 정학을 먹었잖나! 칠판 그림 사건도 그랬지, 그건 기억나지?"

"햄 한 조각 더 드릴까요?"

엄마가 아저씨에게 물었다.

"아빠, 칠판 그림 사건이 뭐예요?"

내가 묻자 아빠는 버럭 소리를 지르면서 식탁을 쾅쾅 치더니 나에게 저녁 먹는 동안 얌전히 구는 게 좋을 거라고, 질문은 하지 말라고 했다.

"칠판 그림 사건이 뭐냐면 말이지, 네 아빠가 칠판에 담임 선생님을 그렸거든. 그런데 그림이 완성됐을 때 마침 선생님이 들어왔어! 그래서 선생님이 네 아빠에게 빵점을 세 번이나 줬지 뭐냐!"

나는 그 이야기가 너무 우스웠다. 그런데 아빠 얼굴을 보니까 웃

으면 안 될 것 같았다. 나는 나중에 내 방에 가서 혼자 웃으려고 참
았지만 잘 되지 않았다.

엄마가 고기구이를 내오자, 아빠는 고기를 잘랐다.

"애야, 8 곱하기 7은 얼마지?"

아저씨가 나에게 물었다.

"56이요."

내가 대답했다. (오늘 아침 학교에서 배운 문제다. 운이 좋았다!)

"잘했다! 놀랍구나. 네 아빠는 수학을……."

그때 갑자기 아빠가 비명을 질렀다. 이번에는 고기를 썰다가 손가락을 벤 거다. 아빠는 손가락을 빨았다. 그사이 라비에르 아저씨는 정말 재미있는지 낄낄대며, 학교 다닐 때도 축구공과 유리창 사건으로 말썽을 부리더니 예나 지금이나 손재주 없는 건 여전한가보다고 말했다. 나는 축구공과 유리창 사건이 뭔지는 감히 물어보지 못했다. 아마 아빠가 교실 유리창을 깨뜨렸던 모양이다.

엄마가 재빨리 후식을 내왔다. 파이가 탁! 하고 식탁에 도착했지만 아저씨는 아직 고기구이도 다 먹지 않은 상태였다.

"죄송해요. 애가 저녁 먹고 일찍 자야 해서요."

엄마가 말했다.

"자, 니콜라, 빨리 후식을 먹고 올라가 자야지. 내일 학교 가야하잖니."

아빠가 말했다.

"아빠가 창문을 깨뜨렸어요?"

내가 물었다.

실수였다. 아빠가 화가 나서 얼굴이 온통 뻘게졌기 때문이다. 아빠는 파이를 압수당하기 싫으면 어서 먹으라고 했다.

"네 아빠가 깨뜨리다마다! 그래서 또 품행 점수를 빵점 맞았는걸!"

라비에르 아저씨가 대신 대답했다.

"자, 이제 자러 가!"

아빠가 소리쳤다. 아빠는 아예 식탁에서 일어나 내 겨드랑이 밑에 손을 넣고는 "영차!" 하면서 일으켜 세웠다.

나는 아직 파이를 먹고 있었다. 내가 좋아하는 체리파이였다. 아빠가 나를 억지로 일으키는 바람에 파이가 떨어졌다. 그것도 하필 아빠 옷에 말이다. 하지만 아빠는 나를 재우는 일이 얼마나 급했는지 아무 말도 하지 않았다.

나중에 아빠 엄마가 침실에서 하는 소리를 들었다.

"정말 너무나도 감미롭고 풋풋한 추억을 함께 나눈 사이더군요!"

엄마가 말했다.

"됐어, 됐다고! 레옹 녀석, 앞으로 두 번 다시 보나봐라!"

그렇게 말하는 아빠 목소리가 썩 즐겁지 않은 듯했다.

나는 라비에르 아저씨를 다시 볼 수 없는 게 서운하다. 내가 보기에는 참 멋진 아저씬데, 아빠는 이상하다.

무엇보다도 오늘 내가 학교에서 빵점을 받아 왔는데 아빠가 아무 말도 하지 않았다. 정말 이상하다.

조프루아네 집

조프루아가 나보고 오후에 자기 집에 놀러 오라고 했다. 조프루아의 아빠는 아주 부자라서 조프루아에게 뭐든 다 사준다. 나는 조프루아네 집에 가게 되어 기분이 좋았다. 처음 가보는 데다가 조프루아네 집은 아주 멋질 것 같았다. 조프루아는 다른 친구들도 잔뜩 초대했다고 했다. 진짜로 재미있게 놀아야지!

아빠가 나를 조프루아네 집까지 데려다주었다. 우리는 자동차에 탄 채 조프루아네 정원으로 들어갔다.

아빠는 휘파람을 불며 천천히 운전을 했다. 그러다 우리는 동시에 보았다. 바로 수영장이었다! 콩팥 모양의 엄청 큰 수영장이 있었다. 수영장 물은 새파랬고 다이빙대도 여러 개였다!

"우와! 집 진짜 끝내준다. 우리 집에도 수영장 있었으면 좋겠다!"

내 말에 아빠는 난처한 얼굴이었다. 아빠는 나를 조프루아네 집 문 앞에 내려주면서 말했다.

"아빠가 6시에 데리러 올게. 캐비아 너무 많이 먹지 마라!"

내가 캐비아가 뭐냐고 물어볼 겨를도 없이 아빠는 자동차를 몰고 가버렸다. 아빠는 조프루아네 멋진 집이 별로 마음에 안 드는 모양이었다.

나는 초인종을 눌렀다. 초인종 소리가 재미있었다. 우리 집 초인종은 디링디링 소리가 나는데, 그 집 초인종은 레온 이모네 자명종이 3시를 알릴 때처럼 딩동댕 소리가 났다. 문이 열리고 옷을 잘 차려입은 아저씨가 나타났다. 아저씨는 매우 깔끔했지만 조금 우스꽝스러워 보였다. 검은 양복을 입었는데 윗옷 뒤가 제비 꼬리처럼 늘어져 있었고 앞 단추는 잠그지 않았다. 안에는 아주 빳빳한 하얀 셔츠를 입었고 까만 나비넥타이를 맸다.

아저씨가 나에게 말했다.

"조프루아 도련님이 기다리고 계십니다. 제가 안내해드리지요."

나는 뒤돌아보았지만 나 말고는 아무도 없었다. 나에게 말한 거였다. 나는 아저씨를 따라갔다. 아저씨는 자기가 입고 있는 셔츠처럼 아주 빳빳한 걸음걸이로 앞서 갔다. 조프루아 아빠의 멋진 양탄자에 구김이라도 갈까봐 웬만하면 바닥을 딛지 않으려는 것 같았다. 나도 아저씨처럼 걸어보려고 했다. 우리 둘이서 그렇게 나란히 걷는 모습을 누가 보았다면 엄청 웃었을 거다.

커다란 계단을 올라가면서 나는 아저씨에게 캐비아가 뭐냐고 물어보았다. 그런데 아저씨가 나를 놀리는 것 같아 기분이 썩 좋지 않

앉다. 왜냐하면 아저씨가 캐비아는 생선 알인데, 카나페에 얹어 먹
는 거라고 했기 때문이다. 생각해보자. 그러면 생선이 거실 소파 위
에서 알을 품고 있어야 한다는 건데,(프랑스어로 카나페에는 '소파'라
는 뜻도 있다. —옮긴이) 그건 상상만 해도 너무 우습다. 우리는 계단
을 다 올라가서 어느 문 앞에 이르렀다. 안에서 아주 시끄러운 소리
와 개 짖는 소리가 들렸다. 까만 옷 아저씨는 손으로 이마를 훔치고
약간 망설이더니 문을 확 열어젖혔다. 그러고는 나를 방 안에 밀어
넣고 재빨리 문을 닫았다.

　친구들은 벌써 다 와 있었다. 조프루아의 개 '핫도그'도 있었다.

조프루아는 삼총사 옷을 입고 깃털 달린 커다란 모자에 칼을 들고 있었다. 뚱보 알세스트, 주먹대장 외드, 그리고 다른 친구들까지 한데 어울려 시끄럽게 장난을 치고 있었다.

"이리 와, 니콜라. 우리 조프루아의 전기 기차 갖고 놀자!"

알세스트가 입에 음식을 잔뜩 물고 말했다.

조프루아의 장난감 기차는 끝내준다!

우리는 기차를 기찻길 밖으로 이탈시키며 신나게 놀았다. 기차 놀이가 조금 시들해지자 외드가 식당차를 핫도그의 꼬리에 매달았다. 핫도그는 빙빙 돌면서 기차를 끌고 다녔다. 자기 꼬리에 식당차가 매달린 게 싫은 모양이었다. 조프루아도 그 장난은 싫었나보다. 녀석이 칼을 뽑아 들고는 외쳤다.

"경계 태세!"

그런데 외드가 조프루아의 얼굴에 정통으로 주먹을 날렸다. 그때 문이 열리고 까만 옷 아저씨가 들어왔다.

"조용히, 조용히 해주십시오!"

아저씨는 이 말을 아주 여러 번 했다.

나는 조프루아에게 저 까만 옷 입은 아저씨도 가족이냐고 물었다. 조프루아는 그렇지 않다고, 집사인 알베르 씨인데 우리가 노는 걸 지켜보는 일을 맡고 있다고 했다. 알세스트는 탐정 영화에서 집사들이 나오는 걸 본 적이 있는데, 나중에 보면 살인범은 늘 집사였다고 말했다. 알베르 아저씨는 생선 같은 눈으로 알세스트를 쳐다보았다. 커다란 캐비아를 낳은 생선이 꼭 그런 눈을 하고 있을 것 같았다. 조프루아는 수영장에 나가지 않겠느냐고 했다. 우리는 모두 좋다며 우르르 뛰어나갔다. 알베르 아저씨도 우리를 따라왔다. 우리는 서로 밀치면서 마구 뛰어갔다. 핫도그는 따라오면서 시끄럽게 짖어댔다. 우리가 식당차를 녀석의 꼬리에서 떼어주는 걸 깜박했기 때문이다. 우리는 층계 난간에서 미끄럼을 타고 내려갔다. 정말 재미있었다!

우리는 모두 조프루아가 빌려준 수영복과 반바지를 입고 수영장으로 갔다. 그런데 알세스트는 너무 뚱뚱해서 맞는 옷이 없었다. 조프루아가 알세스트에게 반바지 두 벌을 빌려주겠다고 했지만 알세스트는 필요 없다고 했다. 자기는 조금 전까지 계속 음식을 먹었기 때문에 수영을 하면 안 된다는 거였다. 불쌍한 알세스트! 항상 뭘 먹고 있으니 수영하기는 영원히 글렀다.

우리는 물속에 들어가서 신나게 놀았다. 헤엄도 치고, 잠수도 하

고, 돌고래처럼 물장구도 쳤다. 누가 물속에서 제일 오래 버티나 내기도 했다. 알베르 아저씨는 물이 튈까봐 다이빙대 위에서 우리를 지켜보았다. 그러다가 이제 간식 시간이 되었으니 모두 물에서 나오라고 했다. 우리가 물에서 나왔을 때, 아저씨는 외드가 아직 물속에 있다는 걸 알아차렸다. 아저씨는 옷 입은 채로 멋지게 다이빙해서 외드를 물 밖으로 끌어냈다. 외드만 빼고 모두 박수를 쳤다. 외드는 물속에서 오래 버티기 기록을 막 깨려는 순간에 끌려 나온 터라, 화가 잔뜩 나서 아저씨 얼굴에 주먹을 날렸다.

우리는 옷을 입고(조프루아는 깃털투성이 인디언으로 변장했다.) 식당으로 갔다. 조프루아네 식당은 진짜 레스토랑처럼 엄청 넓었다. 간식은 아주 맛있었지만 물론 캐비아 같은 건 없었다. 그럼 그렇지. 장난이었던 거다. 알베르 아저씨는 옷을 갈아입고 다시 왔다. 아저씨는 체크무늬 셔츠에 초록색 운동복을 입고, 코가 새빨개져서는 마치 주먹이라도 한 방 날릴 것처럼 외드를 노려보았다.

간식을 먹고 나서 우리는 또 놀러 갔다. 조프루아는 우리를 차고에 데려가서 자전거 세 대와 페달을 밟아 움직이는 작은 자동차를 보여주었다. 헤드라이트도 진짜로 켜지는 빨간색 자동차였다.

"어때? 봤지? 나는 갖고 싶은 장난감은 뭐든지 가질 수 있어. 아빠가 다 사주니까!"

조프루아가 자랑했다.

나는 조프루아가 하는 짓이 마음에 안 들어서, 그건 별것도 아니라고, 우리 집 창고에는 어렸을 때 우리 아빠가 나무상자로 직접 만들어준 멋진 자동차가 있다고, 아빠가 그런 건 돈 주고도 살 수

없는 거랬다고 대꾸해주었다. 그리고 조프루아에게 너희 아빠는 그
런 자동차를 만들 수 없을 거라고도 했다. 우리가 그렇게 실랑이
를 벌이는데 알베르 아저씨가 와서 우리 아빠가 나를 데리러 왔다
고 말했다.

　나는 차 안에서 아빠에게 오늘 있었던 일과 조프루아가 갖고 있
는 온갖 장난감 얘기를 했다. 아빠는 듣기만 할 뿐 아무 말도 하지
않았다.

　그날 저녁, 우리 집 앞에 조프루아네 아빠의 크고 번쩍번쩍한 자
동차가 와서 섰다. 조프루아네 아빠는 난처한 기색으로 우리 아빠
와 이야기를 했다. 걔네 아빠는 우리 집 창고에 있는 자동차를 팔
면 안 되겠느냐고 물었다. 조프루아가 아빠가 만든 차를 갖고 싶다

고 조르는데, 자기는 그런 건 만들 줄 모르기 때문이라고 했다. 그러자 아빠는 안 된다고, 그 차는 무척 아끼는 물건이라서 팔 수 없다고, 대신 조프루아네 아빠에게 만드는 법을 가르쳐주고 싶다고 했다. 조프루아네 아빠는 아주 기뻐하면서 몇 번이나 고맙다고 인사를 하고는 내일 자동차 만드는 법을 배우러 다시 오겠다고 했다.

아빠도 아주 기분이 좋아 보였다. 조프루아네 아빠가 돌아가자, 아빠는 가슴을 쫙 펴고 이곳저곳을 걸어다녔다. 아빠는 내 머리를 쓰다듬어주었다.

"으흠! 으흠!"

사유서

학교에서 엄청 쓸모 있는 게 바로 사유서다. 사유서는 아빠가 담임 선생님한테 쓰는 편지나 카드인데, 지각하거나 숙제를 못 해 가도 벌을 주지 말아달라고 부탁하는 거다. 곤란한 건, 사유서에는 꼭 아빠 사인이 있어야 하고 날짜가 적혀 있기 때문에 아무 때나 써먹을 수 없다는 거다. 선생님은 사유서를 별로 좋아하지 않는다. 그리고 조심하지 않으면 클로테르가 아빠가 써준 사유서를 가져왔을 때처럼 한바탕 소동이 일어날 수도 있다. 그 사유서는 타자기로 친 거였는데, 담임 선생님은 맞춤법이 틀린 사유서를 보고 클로테르를 교장실로 보냈고, 교장 선생님은 클로테르에게 문가에 가서 벌을 서라고 했다. 하지만 그래봤자 클로테르는 겨우 며칠 정학을 당했을 뿐이다. 게다가 걔네 아빠가 미안하다면서 위로 선물로 사이렌이

56

진짜로 울리는 근사한 장난감 소방차를 사주기까지 했다.

담임 선생님은 내일까지 엄청 어려운 수학 문제를 풀어 오라고 했다. 어떤 농부에게 암탉이 엄청 많은데, 그 암탉들이 달걀을 엄청 많이 낳는다는 문제였다. 나는 수학 숙제가 싫다. 수학 숙제가 있는 날에는 꼭 아빠랑 엄마가 말다툼을 하기 때문이다.

수업이 끝나고 집에 돌아가자 엄마가 물었다.

"또 무슨 일이니, 니콜라? 골난 얼굴이구나!"

"내일까지 수학 문제를 풀어 가야 해요."

내 대답에 엄마는 크게 한숨을 쉬더니 시간이 많이 늦었다고, 빨리 간식 먹고 가서 숙제하라고, 더 이상 듣고 싶지 않다고 했다.

"하지만 나는 수학 문제 못 푼단 말이야."

"아, 니콜라! 또 시작이니? 응?"

그래서 나는 울기 시작했다. 나는 학교에서 이렇게 어려운 문제를 내주는 건 옳지 않다고, 아빠가 선생님을 만나서 얘기를 해야 하는 것 아니냐고, 나는 이제 정말 지쳤고 학교에서 계속 수학 문제를 내주면 다시는 학교에 가지 않겠다고 했다.

"니콜라, 엄마 말 좀 들어보렴. 엄마는 할 일이 많고 너랑 이렇게 실랑이할 시간이 없어. 그러니까 방에 가서 혼자 하려고 노력을 좀 해봐. 그래도 안 되면 그때는 아빠가 퇴근해서 도와주실 거야."

그래서 나는 내 방으로 올라갔다. 아빠를 기다리면서 메메가 보내준 파란색 새 장난감 자동차를 갖고 놀았다. 아빠가 집에 돌아오자, 나는 공책을 들고 아래층으로 뛰어내려갔다.

"아빠! 아빠! 나 수학 숙제 있어요!"

내가 소리쳤다.

"그래, 그럼 해라, 우리 아들."

아빠가 말했다.

"혼자 못 한단 말이에요. 아빠가 해줘야 해요."

아빠는 거실 안락의자에 앉아서 신문을 펴고는 아주 크게 한숨을 쉬었다.

"니콜라, 숙제는 혼자 힘으로 해야 한다고 백 번도 더 말했잖니. 학교엔 공부하러 가는 거야. 아빠가 네 숙제를 대신해주면 학교에 가는 게 아무 소용이 없잖아. 나중에 크면 아빠한테 분명히 고맙다고 하게 될 거다. 너도 무식한 사람 되기는 싫지, 응? 자, 그럼 이제 가서 숙제하고 아빠는 신문 좀 보게 해줄래?"

"엄마가 아빠가 해줄 거라고 했단 말이야!"

그러자 아빠는 신문을 무릎에 내려놓고 목소리를 높였다.

"나 참! 엄마가 그랬어? 그럼 엄마가 잘못 말한 거야! 지금은 아빠 좀 내버려둬. 알았니?"

나는 또 울기 시작했다. 나는 문제를 풀 줄 모른다고, 만약 아무도 숙제를 안 해주면 죽어버리겠다고 했다. 그러자 엄마가 달려왔다.

"아, 그만! 제발 부탁이야! 나 피곤하다고. 머리도 지끈지끈한데 둘이서 소리를 지르니까 병이 날 것 같아. 또 무슨 일이야?"

"아빠가 내 숙제 안 해준대요!"

"당신도 생각 좀 해봐. 아들 숙제를 대신해주는 건 올바른 교육이 아니야. 이래갖고는 얘는 평생 뭐 하나 제대로 못 하게 돼. 그리고 앞으로는 괜히 나를 끌어들여서 애한테 이상한 약속 좀 안 해주면 고맙겠어!"

아빠가 말했다.

"아, 그래? 지금 애 앞에서 나한테 충고하는 거야? 그래! 잘하는 짓이네! 애 앞에서 이러는 건 올바른 교육이고?"

엄마는 이렇게 대꾸하고는 이제 이 집에는 넌더리가 난다고, 자기는 하루 종일 일한다고, 친정(나한테 파란 자동차를 사준 메메의 집)으로 돌아가는 편이 낫겠다고, 엄마가 원하는 건 그저 좀 평온하게 지내는 것뿐인데 그게 그렇게 힘든 요구냐고 했다.

그러자 아빠는 손으로 얼굴을 감싸 쥐었다.

"좋아, 좋아. 너무 과장하지는 말자고. 니콜라, 그놈의 숙제 가져와봐라. 이제 이 일로 더는 진 빼지 말자."

나는 아빠에게 공책을 내밀었다. 아빠는 문제를 읽고 또 읽었다. 아빠는 눈을 동그랗게 뜨더니 갑자기 양탄자에 공책을 내던지고는 소리쳤다.

"아! 아냐! 아냐! 이건 아니야! 나도 피곤하다고! 나도 병이 날 것 같아! 나도 오늘 하루 종일 일했어! 나도 집에 돌아오면 좀 조용하고 평온하게 쉬고 싶다고! 당신과 니콜라는 이해 못 할지 몰라도 나역시 이 따위 수학 문제는 풀고 싶지 않단 말이야!"

"그럼요, 담임 선생님께 사유서를 써주세요!"

내가 말했다.

"그럴 줄 알았다! 절대 안 돼! 인생이 그렇게 만만한 줄 알아? 다른 사람들처럼 너도 네 문제는 네가 해결해!"

아빠가 소리쳤다.

"나도! 나도 아파요! 나도 엄청 피곤하다고요!"

나도 소리를 질렀다.

"자, 자, 내 말 좀 들어봐요. 내가 보기에도 니콜라가 오늘 컨디션이 안 좋은 것 같아. 얼굴이 영 해쓱하잖아. 학교에서 애한테 너무 무리한 걸 시키나봐. 지난번 감기도 아직 다 나은 것 같지 않고. 오늘 저녁에는 일찍 재워서 좀 쉬게 하는 게 좋을 것 같은데. 어쨌든 숙제 한 번쯤 안 해 간다고 크게 문제 될 건 없잖아요?"

엄마가 말했다.

아빠는 생각을 좀 해보더니 좋다고 했다. 하지만 사유서를 써주는 건 오늘 저녁에 식구들이 모두 몸이 안 좋기 때문이라고 했다. 나는 너무 신나서 아빠에게 뽀뽀를 했다. 엄마에게도 뽀뽀를 해주고 양탄자에서 재주도 넘었다. 아빠랑 엄마는 웃었다. 아빠는 카드 한 장(반짝반짝 빛나는 글자가 박힌 새 카드였다.)을 꺼내서 이렇게 썼다.

선생님, 그간 안녕하셨습니까. 니콜라가 수학 숙제를 못 했지만 양해해 주시기 바랍니다. 실은 니콜라가 방과 후에 집에 돌아왔을 때부터 열이 좀 있어서 저희가 쉬게 했습니다.

"하지만 똑똑히 알아 둬라, 니콜라. 올해 사유서를 써주는 건 이번이 마지막이야! 알아들었지?"

"네! 알았어요, 아빠!"

아빠는 날짜를 쓰고 사인을 했다.

엄마가 저녁 준비가 다 됐다고 했다. 저녁 식사는 끝내줬다. 고기구이와 감자요리였다. 우리는 모두 기분이 좋았다.

오늘 아침 학교에 와보니 애들이 수학 문제 얘기를 하고 있었다.

"답이 3508개 맞지?"

조프루아가 말했다. 그러자 외드가 깔깔대며 외쳤다.

"얘들아! 조프루아는 3508개란다."

"나도 그렇게 나왔는데?"

선생님의 귀염둥이 아냥이 말했다.

그러자 외드는 웃음을 뚝 그치고 교실 구석으로 가서 공책의 답을 고쳤다.

조아생과 맥상은 답이 똑같이 3.76개가 나왔다. 조아생과 맥상은 숙제가 어려울 때면 서로 전화로 상의한다. 그래서 둘 다 빵점을 받을 때가 많다. 하지만 이번에는 괜찮을 거라고 했다. 조아생과 맥상이 전화를 한 게 아니라 걔네 아빠들이 전화를 해서 상의한 거라나?

"너는? 넌 답이 뭐가 나왔어?"

알세스트가 내게 물었다.

"나는 숙제 안 했어. 대신 사유서를 가져왔어."

나는 아빠가 쓴 카드를 친구들에게 보여주었다.

"너 진짜 재수 좋다. 우리 아빠는 이제 사유서 안 써준대. 아빠가 지난번에 써준 사유서 때문에 내가 정학당해서 그래."

클로테르가 말했다

"우리 집도 안 돼. 아빠가 사유서 써주는 걸 무지무지 싫어해. 그래서 사유서 한 장 받으려면 한바탕 난리가 나. 차라리 그냥 숙제

를 하는 게 나아."

뤼퓌스도 맞장구쳤다.

"우리 집도 마찬가지야. 정말 쉽지 않아. 아빠가 올해에는 이게 마지막이라고, 다시는 안 써준댔어."

내가 말했다.

"너희 아빠 말이 맞아. 항상 똑같은 애가 사유서를 가져오면 안 되잖아. 그리고 만약 여러 명이 같은 날 사유서를 내면 선생님한테 안 통할지도 몰라."

조프루아가 말했다.

"우와! 그럼 넌 진짜 운 좋은 거다. 오늘은 사유서를 가져온 애가 너밖에 없으니까."

알세스트가 말했다.

그때 종이 울렸고 우리는 모두 자리에 앉았다. 교장 선생님이 들어와서 말했다.

"자, 여러분, 오늘은 부이…… 아니, 뒤봉 선생님이 수업을 하실 겁니다. 실은 여러분 담임 선생님이 오늘 편찮으셔서 학교에 못 나오시게 됐어요."

달타냥의 진짜 이름

수요일 오후에 학교에서 나올 때면 우리는 기분이 엄청 좋다. 첫째는 학교가 끝났기 때문이고 둘째는 다음 날이 목요일이라서 학교에 안 가도 되기 때문이다. 셋째는 우리 동네 극장 프로그램이 바뀌는 날이어서 그렇다. 우리는 무슨 영화를 하는지 보고 끝내주는 영화를 하면 집에 가서 엄마 아빠한테 내일 영화를 보게 돈을 달라고 한다. 어떤 때는 그렇게 해서 돈을 받기도 하지만 매번 통하는 건 아니다. 특히 학교에서 말썽을 부렸거나 나쁜 성적을 받아 온 날은 전혀 통하지 않는다.

극장에서는 기막힌 영화를 하고 있었다. 제목이 '돌아온 달타냥' 인데, 극장 위에는 깃털 달린 큰 모자를 쓰고 장화를 신고 큼지막한 외투를 걸친 기사들이 칼싸움하는 사진들이 잔뜩 붙어 있었다.

조프루아가 생일에 받은 삼총사 놀이 세트 같았다. 한번은 학교에 까지 변장을 하고 와서 선생님한테 혼난 적도 있다!

"나는 이번주에 반에서 25등 안에 들었으니까 아빠가 분명히 영화 볼 돈을 주실 거야."

조아생이 말했다.

"우리 아빠는 내가 눈을 똑바로 쳐다보고 말하면 내가 원하는 건 다 줘."

"아무렴, 따귀를 때리시겠지."

외드의 말에 맥상이 대꾸했다.

"너도 한번 맞아볼래?"

외드가 발끈했다.

"경계 태세!"

맥상이 외쳤다. 그러고는 책가방에서 자를 꺼내어 삼총사 놀이를 하기 시작했다. 챙! 챙! 챙! 받아라! 이런!

"너희들 달타냥이 진짜 있었던 사람인 거 알아? 내가 어떤 책을 읽었는데 달타냥의 원래 이름은 샤를 드 바츠래. 제르의 뤼퓌악에서 태어나서 마스트리흐트에서 죽었대. 1611년에 태어나서 1673년에 죽었어."

아냥의 말에 우리는 아예 대꾸도 하지 않았다. 반에서 일등만 하는 아냥은 선생님의 귀염둥이여서 우리한테는 인기가 없다. 게다가 우리는 자로 칼싸움 놀이를 하는 데 푹 빠져 있었다. 챙! 챙! 챙! 받아라, 얍!

결국은 극장에서 표 받는 아줌마가 우리더러 영화 보러 오는 손

님들한테 방해되니까 딴 데 가서 놀라고 했다. 그래서 우리는 헤어지면서 내일 2시에 극장에서 만나기로 약속했다. 2시에 극장에 가면 영화를 두 번 하고도 반이나 더 볼 수 있다. 세 번을 다 보면 너무 늦게 끝나서 집에 가면 혼날 테고 그러면 골치가 아파진다.

나는 집에서 아빠가 퇴근하기를 기다렸다. 아빠는 내가 학교에서 돌아오는 것보다 훨씬 늦게 퇴근한다. 그 대신 아빠는 숙제가 없다. 아빠가 돌아오자 내가 말했다.

"아빠, 내일 극장에 가게 용돈 좀 주실래요?"

"니콜라, 너 이번주에 문법 빵점 맞았잖아. 그래서 극장에 안 보내준다고 이미 말했을 텐데."

"아이, 아빠! 아이, 아빠!"

"우는소리 해도 소용없다. 니콜라, 내일 넌 집에서 문법 연습 문제 풀어야 해. 아빠는 아무것도 모르는 무식한 아들은 싫다. 나중에는 너도 아빠한테 고맙다고 하게 될 거야."

"극장 갈 돈 주면 지금 당장 고맙다고 할게요."

"시끄럽다, 니콜라! 아빠는 너한테 돈이나 주는 사람이 아니야. 언젠가는 너도 네 힘으로 돈을 벌어야 할 거다. 그리고 무식한 사람은 절대 극장에 갈 수 없어."

나는 조금 울었지만, 보아하니 아무 소용이 없을 것 같았다.

"됐다니까! 아빠는 빨리 저녁 먹고 조용히 라디오나 들어야겠다!"

나는 토라졌다.

저녁을 먹고 아빠는 라디오 앞에 앉았다. 아빠가 엄청 좋아하는 라디오 프로그램이 있다. 어떤 말 많은 아저씨가 나와서 마구 소리를 지르는 프로그램이다. 그 아저씨는 아주 웃기고 다른 아저씨들한테 질문을 많이 한다. 다른 아저씨들은 그 아저씨에 비하면 조용한 편이다. 질문받은 아저씨가 대답을 잘하면 모두 환호성을 지르고 대답한 아저씨는 이기는 거다. 대답을 잘한 아저씨는 돈을 받고 가거나, 계속 남아 다른 질문을 받는다. 그 아저씨가 대답을 또 잘하면 돈을 두 배로 받고 구경하는 사람들도 두 배로 크게 환호성을 지른다. 하지만 대답을 못 하면 질문하는 아저씨가 무척 안타까워한다. 질문받은 아저씨는 한 푼도 못 받고, 구경꾼들은 "아!" 하고 탄성을 지른다.

오늘 저녁에 라디오에 나온 아저씨는 모든 질문에 척척 대답했다. 말 많은 아저씨와 아빠는 기분이 아주 좋았다.

"끝내주는데? 저런 사람은 학교 다닐 때 분명히 성적도 좋았을 거야. 안 그러니, 니콜라?"

나는 대꾸하지 않았다. 토라져 있었으니까. 정말이지 말도 안 된다! 이번에는 그야말로 내 마음에 쏙 드는 영화를 하는데, 왜 내가 보러 가면 안 되는 거지? 늘 이 모양이다. 내가 뭘 원할 때마다 꼭 못 하게 한다. 언젠가는 집을 나갈 테다. 그러면 모두 엄청 후회하면서 이렇게 말하겠지. "니콜라에게 극장 갈 돈을 줬으면 좋았을걸." 그리고 어쨌든 문법 시험은 빵점을 맞았지만 읽기 시험은 20점 만점에 14점이나 맞았다. 난 읽기는 자신 있다. 그러니까 아빠한테 다음 주에 문법 공부를 열심히 하겠다고 약속하면 극장에 갈 돈을 줄지도 모른다. 극장에 갈 수 있게 되면 틀림없이 나는 엄청 열심히 공부할 거다.

"저기요, 아빠⋯⋯."

내가 말을 꺼냈다.

"니콜라, 조용히 해! 아빠 라디오 듣게."

아빠가 외쳤다.

라디오의 아저씨가 질문을 던졌다.

"자, 102만 4000프랑이 걸린 문제입니다. 소설을 통해 유명해진이 사람은 뤼퓌악에서 태어났습니다. 이 사람은 누구일까요? 이 사람은 몇 년에 태어나서 몇 년에 죽었을까요? 그가 죽은 곳은 어디일까요?"

"있잖아요, 아빠. 아빠가 돈을 주시면요, 학교에서 정말로 열심히 공부할게요. 약속해요. 특히 문법은 더 열심히 할 거예요."

내가 말했다.

"조용히 하라니까! 답을 들어야 한단 말이야."

아빠가 소리쳤다.

"그 사람은요, 샤를 드 바츠, 달타냥이에요. 달타냥은 제르의 뤼퓌악에서 태어나서 마스트리흐트에서 죽었어요. 1611년에 태어나서 1673년에 죽었다고요. 그런데요 아빠, 극장 갈 돈 줄 거예요?"

"니콜라! 너 정말 왜 이래! 너 때문에 답이 안 들리잖아……."

그때 라디오의 아저씨가 외쳤다.

"네, 정답은 샤를 드 바츠, 달타냥 영주입니다. 1611년에 제르의 뤼퓌악에서 태어나서 1673년에 마스트리히트에서 사망했습니다!"

우리 아빠는 최고다. 극장에 가라고 돈을 주셨으니까 말이다.

그런데 왜 아빠가 눈이 휘둥그레져서 나를 계속 쳐다보는지, 그건 잘 모르겠다.

불쌍한 내 토끼

　오늘 학교에서 엄청 재미있었다! 거의 한 주 내내 아주 얌전히 굴었더니, 담임 선생님이 우리에게 찰흙을 조금씩 나누어주었다. 커다란 귀가 달린 토끼를 만드는 법도 가르쳐주었다.

　내가 만든 토끼가 우리 반에서 최고였다. 그렇게 말한 사람은 바로 선생님이다. 아냥은 못마땅해서 그건 말도 안 된다고, 자기 토끼도 내 것만큼 멋지다고, 내가 자기를 따라한 거라고 말했다. 물론 그건 사실이 아니다. 아냥은 반에서 일등이고 선생님의 귀여움을 독차지하기 때문에 자기 아닌 다른 아이가 칭찬받는 걸 싫어한다. 아냥이 질질 짜는 사이, 선생님은 토끼는 안 만들고 찰흙을 던지며 싸운 애들에게 벌을 주었다.

　알세스트는 찰흙 싸움은 안 했지만 토끼를 만들지도 않았다. 알

세스트는 찰흙을 먹어보았는데 맛이 별로 없었던 모양이다. 선생님은 다시는 찰흙 같은 건 가져다주지 않겠다고 했다. 오늘 수업은 정말 끝내줬다.

나는 엄청 기분이 좋아져서 집에 돌아왔다. 책가방에 넣으면 토끼가 뭉개질까봐 손으로 들고 왔다. 나는 집에 오자마자 부엌으로 뛰어가며 소리쳤다.

"엄마, 이거 보세요!"

엄마는 비명을 지르고는 휙 돌아서서 말했다.

"니콜라, 엄마가 몇 번이나 말해야 되니? 야만인 같은 꼴로 부엌에 들어오지 말랬지?"

나는 내가 만든 토끼를 엄마에게 보여주었다.

"자, 가서 손 씻어라. 간식 준비 다 됐으니까."

"엄마, 내 토끼 좀 보세요. 선생님이 우리 반에서 내가 제일 잘

73

만들었다고 했어요."

"그래, 참 잘했구나. 잘했어. 이제 간식 먹을 준비 해."

하지만 나는 엄마가 내 토끼를 쳐다보지도 않은 걸 분명히 봤다. 엄마는 입으로만 "참 잘했다. 참 잘했어."라고 하고 사실은 보지 않았던 거다.

"엄마는 내 토끼 보지도 않았잖아요."

"니콜라! 너 빨리 가서 간식 먹을 준비 하라고 했지? 네가 이러지 않아도 엄마는 충분히 피곤해! 이렇게 성가시게 굴면 엄마도 못 참아!"

엄마가 소리를 질렀다.

아, 이건 너무했다! 나는 엄청 멋진 토끼를 만들었는데, 선생님도 우리 반에서 내가 제일 잘했다고 했는데, 선생님의 귀염둥이 아냥까지 샘낼 정도였는데, 엄마가 나를 혼내다니!

정말 너무했다. 이게 뭐람! 나는 의자를 냅다 걷어차고는 뛰어나갔다. 그러고는 내 방으로 들어가 침대에 몸을 던졌다. 하지만 그전에 내 토끼가 망가지지 않도록 책상에 잘 올려놓는 걸 잊지 않았다.

조금 있다 엄마가 내 방에 들어왔다.

"니콜라, 이제 좀 괜찮니? 내려가서 간식 먹자. 안 그러면 엄마가 아빠한테 다 일러줄 거야."

"엄마는 내 토끼를 보지도 않았어!"

"그래, 그래, 됐어! 자, 엄마가 네 토끼 보잖아. 참 예쁘구나. 이제 됐지? 착하게 굴어야지. 안 그러면 엄마 화낸다."

"엄마, 내 토끼 마음에 안 들어요?"

나는 이렇게 말하고 울기 시작했다. 우리 집에서 아무도 내가 만든 토끼를 좋아해주지 않는데 학교에서 열심히 해봤자 무슨 소용이람. 그때 아래층에서 아빠 목소리가 들렸다.

"다 어디 갔어? 나 왔어! 일찍 퇴근했다고!"

조금 있으려니까 아빠가 내 방으로 들어왔다.

"뭐야? 무슨 일 있어? 정원까지 시끄러운 소리가 들리던데!"

아빠가 물었다.

"니콜라가 학교에서 돌아와서부터 내내 투정이야."

"투정 부린 거 아니에요."

내가 말했다.

"좀 진정해, 여보."

아빠 말에 엄마가 대꾸했다.

"그래! 그래! 애 편이나 들어. 나중에 애가 잘못돼도 당신 말고는 아무도 놀라지 않을 거야!"

"내가 언제 애 편을 들었어? 나는 누구 편도 아니야! 오늘 모처럼 일찍 왔는데 집구석에는 난리가 났군. 힘든 하루 보내고 일찍 집에 와서 기분이 좋았는데, 훌륭해!"

"그럼 난? 난 뭐 하루하루가 힘들지 않은 줄 알아? 당신은 밖에 나가서 사람들이라도 만나지만 나는 뭐야? 난 이 집을 살 만하게 만들려고 집 안에서 온종일 노예처럼 일해. 게다가 이 집 남자들 기분까지 맞춰줘야 한다고!"

"내 기분이 어때서?"

아빠는 소리를 지르면서 내 책상을 주먹으로 쾅 쳤다. 아빠 주먹이 내 토끼를 납작하게 망가뜨릴까봐 나는 겁이 났다.

"당신 지금 기분 나쁜 거 맞잖아. 그리고 애 앞에서 소리는 안 지르는 게 좋을 거야!"

엄마가 말했다.

"애를 울린 사람은 내가 아니라 당신인 것 같은데?"

아빠도 지지 않았다.

"그래, 그래. 왜, 아예 나더러 애를 잡는다고 하지?"

그러자 아빠는 두 주먹을 뺨에 대고는 방 안을 성큼성큼 걸어다녔다. 방이 작아서 아빠는 줄곧 뱅뱅 돌아야 했다.

"미치겠군! 미치겠어!"

아빠가 소리쳤다.

그러자 엄마는 내 침대에 앉아 한숨만 거푸 내쉬더니 울기 시작했다. 엄마가 울어서 나도 울었다. 아빠는 걸음을 멈추고 우리를 쳐다보았다. 아빠는 엄마 옆에 앉아 어깨에 팔을 얹고는 손수건을 꺼내 건네주었다. 엄마는 세게 코를 풀었다.

"여보, 우리 이렇게 화내는 거 너무 우습다. 우리 둘 다 너무 예민해졌나봐. 그래서 아무 말이나 막 해버린 거야…… 니콜라, 너도 코 풀어라."

아빠가 말했다.

"당신 말이 맞아. 하지만 오늘처럼 우울한 날엔 어떻게 하면 좋지? 우리 아들이……."

엄마가 말했다.

"괜찮아, 괜찮아. 모든 게 다 잘 될 거야. 애들 마음을 조금은 읽을 줄 알아야지. 당신도 잘 알잖아."

아빠는 이렇게 말하고 나를 돌아보더니 내 머리를 쓰다듬어주었다.

"우리 니콜라, 엄마 속 썩이지 않을 거지? 엄마한테 잘못했다고 할 거지?"

나는 그러겠다고 했다. 싸움이 끝날 때야말로 우리 집에서 제일 멋진 시간이니까.

"아냐, 나도 니콜라한테 잘못했어. 당신도 알지? 우리 니콜라가 학교에서 얼마나 열심히 했는지. 선생님이 친구들 앞에서 니콜라를 칭찬해줬대."

엄마가 말했다.

"참 잘했구나. 대단한걸! 이거 봐, 울고 짤 일이 하나도 없잖아. 그건 그렇고, 나 배고파. 일단 뭘 좀 먹자고. 그다음에 니콜라가 오늘 학교에서 칭찬받은 얘기를 듣자."

아빠와 엄마는 웃었다. 나는 기분이 엄청 좋았다. 아빠가 엄마한테 뽀뽀를 하는 동안, 나는 아빠에게 보여주려고 내가 만든 멋진 토끼를 가져왔다.

아빠가 나를 돌아보더니 말했다.

"자, 니콜라, 앞으로는 말 잘 들을 거지? 그 손에 든 지저분한 물건은 갖다 버려라. 빨리 손 씻고 조용히 간식 먹자."

클로테르의 생일

오늘 오후에 클로테르네 집에서 파티가 있다. 클로테르의 생일이라서 모두 맛있는 걸 먹으러 오라고 초대를 받았다. 클로테르는 우리 반에서 항상 꼴찌인 친구다.

클로테르의 집에 도착해보니, 친구들이 벌써 다 와 있었다. 엄마는 나한테 뽀뽀를 하고는 6시에 데리러 올 테니 얌전히 놀아야 한다고 말했다. 나는 엄마에게 알았다고, 평소처럼 얌전히 굴 거라고 했다. 엄마는 나를 빤히 쳐다보더니 5시 30분쯤에 데리러 올 수 있을지 보겠다고 했다.

문을 열어준 사람은 클로테르였다.

"선물 뭐 가져왔어?"

클로테르가 물었다. 내가 선물을 내밀자 클로테르는 얼른 받아서 뜯어보았다. 내 선물은 사진과 지도가 잔뜩 들어 있는 지리책이었다.

"뭐 어쨌든 고마워."

클로테르는 이렇게 말하고 나를 식당으로 데려갔다. 친구들이 거기 다 모여 있었다. 한쪽 구석에 알세스트가 있었다. 그 애 손에 웬 상자가 들려 있었다.

"넌 아직 클로테르한테 선물 안 줬어?"

"아냐, 줬어. 이건 내 거야."

알세스트는 상자를 열고는 치즈샌드위치를 꺼내서 먹기 시작했다.

클로테르의 부모님도 식당에 있었다. 걔네 부모님은 아주 친절했다.

"자, 얘들아, 자리에 앉아라!"

클로테르의 아빠가 말했다. 우리는 모두 식탁 의자로 달려갔다. 조프루아가 장난으로 외드의 다리를 걸어 넘어뜨렸고, 외드는 아냥한테 엎어졌다. 아냥은 울기 시작했다. 아냥은 걸핏하면 운다. 외드의 다리를 걸어 넘어뜨린 건 바보짓이었다. 외드는 힘도 세고 친구들 코피 터뜨리는 걸 좋아하니까 말이다. 조프루아도 외드의 주먹을 피할 수는 없었다. 조프루아의 코피가 식탁보에 뚝뚝 떨어졌다. 아주 깨끗한 식탁보를 깔아놓은 클로테르의 엄마한테는 정말 안된 일이었다. 게다가 클로테르의 엄마는 이 모든 일이 못마땅했는지 우리에게 이렇게 말했다.

"얌전히 굴지 않으면 너희 부모님들한테 당장 집에 데려가라고 할 거야!"

하지만 클로테르의 아빠는 이렇게 말했다.

"여보, 진정해. 애들이 그렇지 뭐. 애들 딴에는 재미있게 노는 거라구. 자, 이젠 착하게 굴 거지, 애들아? 그렇지?"

"저는요, 하나도 재미없어요. 무지 아프단 말이에요."

아냥이 자기 안경을 찾아 쓰면서 대꾸했다. 아냥은 반에서 일등이라서 말도 참 잘한다.

"난 선물을 가져왔어요. 그러니까 맛있는 걸 먹을 권리가 있다고요. 먹을 것도 안 주고 집에 가라고 하면 안 되죠!"

알세스트가 치즈샌드위치 부스러기를 튀겨가며 외쳤다.

"모두 앉아!"

클로테르의 아빠가 고함을 질렀다. 미소는 사라지고 없었다.

우리는 모두 식탁에 둘러앉았다. 클로테르의 엄마가 초콜릿을 나눠주는 동안, 클로테르의 아빠는 우리에게 종이모자를 씌워주었다. 아저씨는 빨간 술이 달린 선원 모자를 쓰고 있었다.

"얌전히 굴면 간식 먹고 난 다음에 인형극을 보여주마."

그러자 외드가 말했다.

"그런 모자 쓰고 있으면 바보 역할도 어렵지는 않겠어요."

아저씨는 외드의 머리에도 종이모자를 씌웠다. 모자가 외드의 목까지 내려가버렸다. 아저씨의 손놀림이 서툴렀나보다.

간식은 꽤 맛있었다. 과자도 엄청 많았다. 그다음에는 생일 케이크가 나왔다. 케이크에는 초가 꽂혀 있고 하얀색 크림으로 이렇게 씌어 있었다.

'생일을 추카합니다.'

클로테르는 아주 의기양양하게 외쳤다.

"케이크 위의 글씨, 내가 쓴 거다!"

"네가 촛불을 꺼야 케이크를 먹을 수 있는 거지?"

알세스트가 물었다.

클로테르는 촛불을 껐고 우리는 함께 케이크를 먹었다. 그런데 뤼퓌스가 몸이 아프다고 해서 클로테르의 엄마가 얼른 데리고 나갔다.

"자, 이제 다 먹었으니까 거실로 가자꾸나. 인형극을 보여주마."

클로테르의 아빠가 말했다.

"뭐야! 먹는 게 다 끝났다고?"

아저씨는 재빨리 외드를 돌아보았다. 하지만 외드는 아무 말도 하지 않았다. 구시렁거리고 있는 건 알세스트였다.

"거실로 가라니까!"

클로테르의 아빠가 소리쳤다.

나는 날아갈 것 같은 기분이었다. 인형극은 내가 엄청 좋아하는 거다. 클로테르의 아빠는 진짜 끝내준다! 거실에는 의자와 소파가 줄지어 있고 그 앞에 인형극 무대가 있었다.

"애들 좀 잘 봐."

클로테르의 아빠가 클로테르의 엄마한테 말했다. 하지만 아줌마는 식당을 정리해야 한다며 가버렸다.

"좋아, 이제 얌전히 의자에 앉아라. 아저씨는 무대 뒤로 가서 인형극을 준비할 테니까."

우리는 얌전히 자리에 앉았다. 기껏해야 의자 한 개를 뒤로 넘어뜨렸을 뿐이다. 그런데 유감스럽게도 하필이면 아냥이 앉아 있던 의자여서, 아냥은 또 울기 시작했다. 인형극 무대의 막이 열렸다. 그런데 인형은 안 보이고 클로테르네 아빠의 머리만 보였다. 아저씨는 화가 많이 난 것 같았다.

"너희 조용히 못 있겠냐? 응?"

아저씨가 소리쳤다.

그때 외드가 박수를 치면서 인형극 무대에 아저씨 얼굴이 나오니까 너무 우습다고 했다. 아저씨는 외드를 노려보더니 땅이 꺼져라 한숨을 쉬었다. 이윽고 아저씨의 머리가 무대에서 사라졌다.

인형극 무대 뒤에서 클로테르의 아빠가 공연이 곧 시작된다는 신호로 탁, 탁, 탁 소리를 냈다. 막이 다시 열리면서 인형이 나타났다. 그 인형은 손에 몽둥이를 들고 헌병 옷차림을 한 다른 인형을 막 때리려고 했다. 아빠가 경찰관인 뤼퓌스는 그걸 보고 기분 나빠했다. 외드도 실망했다. 외드는 클로테르네 아빠의 머리가 나온 첫 번째 장면이 훨씬 더 재미있었다고 했다. 그래도 나는 재미있었다. 아저씨는 남자 인형과 여자 인형이 부부싸움하는 장면을 아주 열심히 보여주었다. 남자 여자 목소리를 번갈아 내는 건 아주 어려워 보였다.

나는 다음 장면은 보지 못했다. 알세스트가 식탁에 먹을 게 남아 있는지 보러 갔다 오더니 이렇게 말했기 때문이다.

"우와, 애들아! 텔레비전이 있어!"

그래서 우리는 모두 텔레비전을 보러 갔다. 마침 갑옷을 입은 사람들이 나오는 엄청 멋진 모험 영화를 해주는 시간이어서 더 신이 났다. 한 젊은 남자가 부자들의 돈을 훔쳐다가 가난한 사람들에게 나누어준다는 옛날이야기였다. 그 젊은 남자가 그렇게 하는 게 아주 멋져 보였다. 돈을 도둑맞은 나쁜 사람들만 빼고 모두 다 그 남자를 좋아하니까 말이다. 조프루아는 자기 아빠가 바로 그 영화에 나오는 것과 같은 갑옷 세트를 사줬다고, 다음번에는 학교에 그 갑옷을 입고 오겠다고 떠들었다. 바로 그때 우리 뒤에서 누군가 큰 소리로 고함을 쳤다.

"너희 지금 나를 무시하는 거냐?"

우리는 뒤를 돌아보았다. 클로테르의 아빠가 서 있었다. 아저씨는 엄청 화가 난 것 같았지만, 머리에는 선원 모자를 쓰고 양손에는 인형을 끼고 있어서 무척 우스꽝스러워 보였다. 뤼퓌스는 그만 웃음을 터뜨렸다. 클로테르의 아빠는 헌병 인형으로 뤼퓌스의 얼굴을 한 대 때렸다. 웃은 건 잘못한 일이었다. 뤼퓌스는 헌병 인형을 보고 경찰관인 자기 아빠를 생각했는지 기분이 나빠져서 소리를 지르며 울기 시작했다. 클로테르의 엄마가 무슨 일인가싶어 부엌에서 달려나왔다. 그러자 알세스트는 아줌마한테 먹을 게 남았느냐고 물었다.

"그만! 조용히 해!"

클로테르의 아빠가 텔레비전을 주먹으로 쾅 치면서 소리쳤다. 그러자 텔레비전이 지지직 하더니 화면이 나오지 않았다. 정말 아쉬웠다. 나는 텔레비전을 열심히 보고 있었고, 마침 주인공이 나쁜 사

람들에게 잡혀서 교수형을 당하기 일보 직전이었기 때문이다. 주인공이 나쁜 놈들의 손아귀에서 무사히 달아났으면 좋겠다.

클로테르의 엄마는 클로테르의 아빠에게 그만 진정하라고, 애들은 원래 다 그렇다고, 게다가 클로테르의 친구들을 초대해서 이 생일 파티를 열자고 한 사람은 아줌마가 아니라 아저씨였다고 말했다. 클로테르는 아무리 애를 써도 텔레비전이 다시 켜지지 않자 징징거렸다. 우리는 모두 정말 재미있게 놀았다. 그런데 어느새 6시가 되어서 엄마 아빠들이 우리를 집에 데려가려고 왔다.

다음 날, 학교에 가니 클로테르가 무척 슬퍼 보였다. 클로테르는 우리 때문에 자기가 기관차를 몰 수 없을 거라고 했다. 자기는 어른이 되어서 기관차 운전사가 되고 싶었는데, 어제 생일 파티 이후로 아빠가 다시는 생일을 챙겨주지 않겠다고 했기 때문에, 자기는 영영 어른이 될 수 없을 거라고 했다.

우리도 텔레비전이 생긴다!

아싸! 우리도 텔레비전이 생긴다! 클로테르의 집에 있는 것 같은 텔레비전 말이다. 클로테르는 반에서 꼴찌지만 아주 착하다. 그 애가 꼴찌를 도맡아 하는 건 수학, 문법, 역사, 지리를 잘 못하기 때문이다. 클로테르가 그나마 잘하는 건 미술이다. 미술은 맥상이 더 못하기 때문에 클로테르가 꼴찌에서 두 번째다. 처음에 아빠는 텔레비전 사는 걸 반대했다. 공부하는 데 방해가 되어서 나도 반에서 꼴찌를 하게 될 거라고 했다. 또 텔레비전을 보면 눈도 나빠지고, 가족끼리의 대화도 줄어들고, 좋은 책도 읽지 않게 될 거라고 했다. 하지만 엄마는 텔레비전을 사는 게 꼭 나쁜 것만은 아니라고 했고, 아빠도 결국 사는 쪽으로 결정을 내렸다.

바로 오늘 텔레비전이 우리 집에 온다. 나는 너무 들떠서 안절부

절못했다. 아빠는 아무렇지 않은 척했지만 나만큼 기다리는 눈치였다. 특히 블레뒤르 아저씨한테 자랑하고 나서는 더 그랬다. 블레뒤르 아저씨는 우리 이웃인데, 아저씨네 집에는 텔레비전이 없다.

드디어 트럭이 우리 집 앞에 도착했다. 우리는 아저씨가 텔레비전을 들고 차에서 내리는 걸 보았다. 텔레비전은 아주 무거워 보였다.

"텔레비전 주문하셨죠?"

아저씨가 묻자 아빠는 그렇다고 대답하고는 집 안으로 텔레비전을 들이기 전에 잠깐만 기다려달라고 했다. 아빠는 우리 집과 블레뒤르 아저씨 집 사이 울타리로 가서 마구 소리를 질렀다.

"블레뒤르! 와서 좀 봐!"

블레뒤르 아저씨는 창문으로 내다보고 있었는지 금세 밖으로 나왔다.

"뭣 때문에 그래? 내 집에서도 조용히 지내기가 이렇게 힘들어서야, 원!"

"우리 텔레비전 좀 보라고!"

아빠가 의기양양하게 외쳤다. 블레뒤르 아저씨는 느릿느릿 다가왔다. 하지만 아저씨가 엄청 궁금해하고 있다는 걸 나는 안다.

"쳇! 화면도 코딱지만 하구먼!"

아저씨가 말했다.

"코딱지? 코딱지만 하다고? 자네 눈이 어떻게 된 거 아냐? 17인치를 보고 코딱지만 하다고? 자네 샘나서 그러는 거지! 그래, 샘이 나는 거야!"

아빠가 외쳤다. 그러자 블레뒤르 아저씨는 껄껄 웃기 시작했다.

웃고 있어도 기분은 하나도 좋아 보이지 않았다.

"샘을 내? 누가? 내가? 내가 텔레비전을 살 생각이었으면 옛날에
샀어! 이봐, 우리 집엔 피아노가 있어! 그뿐인가? 클래식 음반들도
많지! 게다가 책도 얼마나 많다고!"

아저씨가 웃으면서 말했다.

"둘러대기는! 샘나면서! 딱 들켰어!"

아빠가 큰소리쳤다.

"아, 그래?"

아저씨가 대꾸했다.

"아무렴! 그렇고말고!"

아빠도 지지 않았다. 그때 텔레비전을 들고 있던 아저씨가 계속
이러고 있어야 하냐고 물었다. 아저씨는 텔레비전이 무겁기도 하고
다른 집에 배달할 물건도 많다고 했다. 모두 배달부 아저씨를 까맣
게 잊어버렸던 거다!

아빠는 아저씨를 집 안으로 들어오게 했다. 아저씨 얼굴이 땀범
벅이었다. 텔레비전은 엄청 무거워 보였다.

"어디에 놓을까요?"

아저씨가 물었다.

"어머, 어머, 어머나."

엄마가 부엌에서 기분 좋은 얼굴로 나왔다. 엄마는 입가에 손을 대고 어디에 놓을까 망설이기 시작했다.

"아주머니, 빨리 좀 결정해주세요. 정말 무겁단 말입니다!"

그러자 아빠가 말했다.

"저 구석에 있는 작은 탁자 위에 놓아주세요."

아저씨는 탁자 쪽으로 가서 텔레비전을 내려놓으려고 했다. 하지만 엄마가 안 된다고, 그 탁자는 친구들이 놀러 왔을 때 차를 대접하는 데 써야 한다고 했다. 아저씨는 멈춰 서서 한숨을 푹 내쉬었다. 엄마는 다리가 하나뿐인 원탁에 놓으라고 했다가 튼튼하지 못해서 안 되겠다고 했고, 작은 문갑 위에 놓으라고 했다가 그러면 안락의자를 그 앞에 둘 수 없어서 안 된다고 했고, 긴 책상에 놓으라고 했다가 그러면 창문을 여닫기가 불편해서 안 된다고 했다.

"이제 결정했어?"

아빠가 짜증난다는 투로 물었다. 그러자 엄마는 화를 내며 닦달 좀 하지 말라고, 누구든 자기한테 그런 투로 말할 수는 없다고, 특히 다른 사람이 있는 데서 그러는 건 그냥 넘어갈 수 없다고 했다.

"빨리 좀 하세요! 안 그러면 아무 데나 놓고 갑니다!"

아저씨가 소리를 질렀다. 그러자 엄마는 처음에 아빠가 말한 작은 탁자를 가리키며 거기에 놓아달라고 했다. 아저씨는 탁자에 텔레비전을 내려놓고는 "아이고!" 하며 한숨을 내쉬었다. 텔레비전은 정말로 무거운 것 같았다.

아저씨가 플러그를 꽂고 버튼을 이것저것 누르자 화면이 켜졌다. 하지만 클로테르네 텔레비전처럼 카우보이 영화나 뚱보들의 프로레슬링 시합은 안 나오고, 번쩍이는 선과 점들만 보였다.

"이보다 더 잘 나올 수는 없습니까?"

"안테나를 연결해야죠. 그런데 이 집에서 시간을 너무 끌어서 다른 집 배달부터 해야겠습니다. 배달이 끝나면 다시 올게요. 그렇게 오래 걸리지는 않을 겁니다."

아저씨는 이렇게 말하고 떠났다.

나는 텔레비전이 안 나와서 몹시 실망했다. 엄마 아빠도 그런 것 같았다.

"자, 이제 아빠가 숙제해라, 자라, 하고 말하면 고분고분 잘 들어야 해!"

아빠가 나한테 말했다.

"네, 아빠. 카우보이 영화 할 때는 빼고요."

내 대답에 아빠는 화가 나서 얼굴이 벌게졌다. 아빠는 카우보이 영화고 뭐고 간에 아빠가 가라고 하면 무조건 가야 한다고 말했다.

나는 울기 시작했다.

"왜 애한테 그렇게 소리를 질러요? 가엾은 우리 아들!"

엄마가 끼어들었다.

"이것 좀 보라고! 또 애 편이라니까!"

아빠가 말하자 엄마는 머리끝까지 화가 날 때 늘 그렇듯 아주 천천히 말하기 시작했다. 엄마는 아빠가 이해심을 더 길러야 한다고, 누가 그 정신없는 축구 시합을 못 보게 하면 당연히 아빠도 기분 나쁘지 않겠느냐고 했다.

"정신없는 축구 시합이라고? 아, 그래, 당신은 내가 축구 시합 보려고 텔레비전을 샀다고 생각하는군!"

아빠가 소리치자 엄마는 축구 시합이 재미는 있다고 했다. 나도 엄마 말에 동감이다. 축구 시합은 진짜 재미있으니까!

"물론 당신더러 요리 프로그램이나 보라고 이 텔레비전을 산 건 아니지. 당신은 요리 프로그램을 좀 봐야 할 필요가 있긴 하지만 말이야!"

아빠가 쏘아붙였다.

"내가 요리 프로그램을 봐야 한다고?"

"아무렴, 꼭 필요하고말고! 그러면 최소한 엊저녁처럼 마카로니를 태워먹지는 않겠지!"

엄마는 울기 시작했다. 엄마는 여태껏 그렇게 억울한 말은 들어본 적이 없다며, 엄마의 엄마인 메메의 집으로 가겠다고 했다. 나는 말리고 싶었다.

"어제 마카로니는 하나도 타지 않았어요. 탄 건 그저께 나온 퓌레였어요."

하지만 모두 잔뜩 화가 난 상태여서 내 말이 전혀 소용없었다.

"너는 네 일이나 똑바로 해!"

아빠가 고함을 쳤다. 그래서 나는 또 울기 시작했다. 나는 정말 불행하다고, 어떻게 그렇게 심한 말을 할 수 있느냐고, 클로테르네 집에 가서 카우보이 영화나 보겠다고 말했다.

아빠는 엄마와 나를 쳐다보더니 두 팔을 번쩍 올리고는 거실을 왔다갔다했다. 그러고는 엄마 앞에 멈춰 서더니, 어쨌든 아빠가 제일 좋아하는 건 타서 눌어붙은 퓌레라고, 엄마 요리가 텔레비전 요리 프로그램에서 나오는 것보다 훨씬 더 맛있다고 했다. 엄마는 울음을 그치고 숨을 가다듬고는 엄마도 뭐니뭐니해도 축구 시합이 좋다고 했다.

"아니야, 여보, 괜찮아."

아빠는 이렇게 말하고 엄마와 뽀뽀를 했다. 나는 카우보이 영화를 못 봐도 괜찮다고 했고, 엄마 아빠는 나한테도 뽀뽀를 해주었다. 우리는 모두 기분이 좋아졌다.

기분이 별로 좋지 않은 데다 무척 놀라기까지 한 사람은 텔레비전을 배달해준 아저씨였다. 아저씨가 안테나를 연결하러 다시 왔을 때 우리가 텔레비전 프로그램이 마음에 안 든다며 텔레비전을 돌려주었기 때문이다.

과외 공부

내가 수학에서 꼴찌를 했다는 걸 알고 우리 집에서 한바탕 난리가 났다! 시험 보는 날 클로테르가 아파서 결석한 게 내 잘못이기라도 한 것처럼 말이다! 정말이지, 늘 꼴찌인 애가 없을 땐 누군가 대신 꼴찌를 해야만 하는 걸 어떡하냔 말이다!

아빠는 고래고래 소리를 질렀다. 내 앞날이 뻔하다며 혀를 끌끌 찼고, 이런 꼴을 보려고 아빠가 뼈 빠지게 일하는 게 아니라고 했다. 그리고 내가 언제까지고 아빠가 알아서 다 해줄 줄 알고 놀 생각밖에 안 한다고 했다. 또 아빠는 내 나이 때 반에서 항상 일등만 해서 아빠의 아빠가 아빠를 엄청 자랑스러워했다고 했다. 그러면서 나를 계속 학교에 보내느니 아무 공장에 보내서 일이나 배우게 하는 게 낫겠다고 했다. 나는 일을 배우면 재밌을 것 같다고 했다. 그

96

러자 아빠는 더 크게 소리치면서 야단을 쳤다. 엄마는 내가 앞으로
는 열심히 공부해서 틀림없이 좋은 성적을 얻을 거라고 했다.

"아니, 그렇게 간단한 문제가 아냐. 그럴 리 없어. 아무래도 과외
선생을 붙여줘야겠어. 돈이 들더라도 할 수 없지. 내 아들이 바보
소리 듣는 건 싫으니까. 목요일마다 바보 같은 영화 나부랭이나 보
러 가게 하지 말고 수학 공부를 시켜야겠어. 그게 애한테도 훨씬 도
움이 될 거야."

아빠가 말했다.

나는 울고 소리지르며 마구 발을 구르기 시작했다. 나는 아무도
나를 사랑하지 않는다고, 모두 다 죽이고 나도 죽어버리겠다고 말
했다. 아빠가 엉덩이를 맞아야 정신을 차리겠느냐고 했다. 나는 토
라져버렸다. 엄마는 한번씩 이런 소동이 벌어질 때마다 몇 년씩 폭
삭 늙는 기분이라고 했다. 우리는 저녁을 먹으러 갔다. 감자튀김이
나왔다. 맛이 끝내줬다.

다음 날, 아빠는 엄마에게 바를리에 아저씨가 과외 선생님을 소
개해줬다고 했다. 바를리에 씨는 아빠와 같은 사무실에서 일하는
아저씨다. 과외 선생님은 그 아저씨 사촌인데, 수학을 엄청 잘한다
고 했다.

"수학을 잘하긴 하는데 과외 수업은 아직 해본 적 없대. 오히려
더 잘됐지 뭐. 낡은 교수법 따위에 얽매이지 않고 더 열심히 가르칠
거야. 게다가 과외비도 훨씬 싸고."

아빠가 말했다.

나는 또 울려고 했다. 하지만 아빠가 나를 보며 눈을 부릅떴고,

엄마는 엊저녁처럼 또 한바탕 난리를 피우면 집을 나가버리겠다고 했다. 그래서 나는 아무 말도 안 하고 후식이 나올 때까지 계속 토라져 있었다. (후식은 크림과자였다!)

목요일 오후에 우리 집 초인종이 울렸다. 엄마가 가서 문을 열어주었고, 큼지막한 안경을 쓴 남자가 들어왔다. 아냥이 나이를 먹으면 그 아저씨처럼 될 것 같았다.

"저는 카잘레스라고 합니다. 과외 수업 때문에 왔는데요."

"네, 잘 오셨어요. 제가 니콜라 엄마예요. 그리고 애가 선생님이 가르치실 니콜라고요. 니콜라! 선생님께 인사해야지."

엄마가 말했다.

카잘레스 아저씨와 나는 악수를 하려고 손을 맞잡았지만 세게 흔들지는 않았다. 아저씨의 손은 아주 축축했다. 나는 조금 겁이 났다. 엄마가 나한테 아저씨와 함께 방에 올라가서 공부하라고 했다. 우리는 방으로 들어가서 책상 앞에 앉았다.

"음, 학교에서는 뭘 하지?"

카잘레스 아저씨가 물었다.

"랑슬로 놀이를 해요."

내가 대답했다.

"랑슬로 놀이?"

"네, 지난주까지는 사냥꾼 공놀이를 했는데요, 부이옹 선생님이, 아, 부이옹 선생님은 우리 학생주임 선생님이에요, 그 선생님이 공을 압수하고 이번 학기에는 어떤 공도 학교에 가져오면 안 된다고 했거든요. 랑슬로 놀이는요, 한 명은 네 발로 엎드려서 말이 되고,

말을 타는 애는 기사가 되는 거예요. 그렇게 해서 말 탄 기사들끼리 주먹을 휘둘러서 코피를 터뜨리는 놀이예요. 이렇게요. 외드가 만든 건데요, 외드라는 애는……."

내가 시범을 보이면서 설명을 했는데 카잘레스 아저씨가 안경 너머로 눈을 부릅뜨며 말했다.

"도로 와서 앉아!"

그래서 나는 다시 자리에 앉았다. 아저씨는 쉬는 시간에 무슨 놀이를 하는지 물어본 게 아니라 수학 시간에 뭘 하느냐고 물어본 거라고 했다. 실망이었다. 그렇게 곧바로 수업을 시작할 거라고는 생각하지 않았기 때문이다.

"분수를 배우는데요."

내가 대답했다.

"그래, 그러면 공책을 보여줄래?"

아저씨가 말했다.

내가 공책을 보여주자, 아저씨는 쓱 훑어보더니 나를 한번 쳐다봤다. 그러고는 안경을 벗어서 닦고는 다시 공책을 들여다보았다.

"빨간색 굵은 글씨는 선생님이 쓰신 거예요."

내가 설명했다.

"그래, 그럼 이제 공부를 해보자. 니콜라, 분수가 뭐지?"

내가 아무 대답도 하지 않자, 아저씨가 말했다.

"분수는……."

"분수는……."

내가 따라했다.

"전체의 일부 혹은 여러 부분을⋯⋯."

"전체의 일부 혹은 여러 부분을⋯⋯."

"나타내는 수이다."

"나타내는 수이다."

"그럼, 그 전체는 어떻게 나뉘어 있지?"

"몰라요."

"똑같은 부분들로 나뉘어 있다!"

아저씨가 대신 대답했다.

"똑같은 부분들로 나뉘어 있다!"

내가 또 따라했다.

아저씨는 이마의 땀을 훔치고 말했다.

"자, 실생활에서 예를 들어 생각해보자. 만약 너한테 과자나 사과가 한 개 있다면⋯⋯ 아니, 아니다. 너 장난감 있지?"

그래서 우리는 장롱을 열었다. 장난감 무더기가 쏟아져 나왔다. 카잘레스 아저씨는 구슬을 주워서 바닥에 놓았다. 우리는 함께 바닥에 앉았다.

"자, 여기 여덟 개의 구슬이 있지? 이 여덟 개가 하나의 전체를 이룬다고 치자. 내가 여기서 세 개를 집었다. 자, 이 세 개의 구슬이 전체와 어떤 관계가 있는지 분수로 나타내볼까? 몇 분의 몇?"

"몇 분의 몇?"

내가 따라했다.

카잘레스 아저씨는 다시 안경을 벗어서 닦았다. 손이 조금 떨리는 게 보였다. 아저씨를 보니 자꾸 아냥이 생각났다. 아냥도 안경을

벗어서 닦을 때면 저렇게 덜덜 떤다. 안경을 다시 쓰기 전에 누가 자기를 때릴까봐 겁이 나서 그러는 거다.

"다른 예를 들어보자. 이번에는 철로 열 개를 이어서 하나로 만들어보자꾸나……."

아저씨가 말했다.

그래서 나는 장난감 기차 철로 열 개를 이어서 동그랗게 만들었다. 아저씨에게 기관차랑 화물차를 철로에 놓으면 안 되냐고 물었다. 객차는 전에 알세스트가 밟고 지나가는 바람에 망가지고 화물차밖에 안 남았기 때문이다.

"놓고 싶으면 놓으렴. 자, 이제 이 열 개의 철로는 전체 동그라미를 나누는 열 개의 부분이지? 그럼 내가 여기서 철로 한 개를 뺀다……."

"그러면 길이 끊어져서 기차가 못 달려요."

"지금 기차 얘기를 하는 게 아니잖아! 우리는 기차 놀이를 하는 게 아냐! 안 되겠다. 이 기차는 치운다!"

아저씨가 소리쳤다.

카잘레스 아저씨는 엄청 화가 난 것 같았다. 나는 울기 시작했다.

"둘이 신나게 노는 데 뭐가 문제인지 모르겠군. 하지만 적어도 싸우지는 말아야지요!"

이 말을 한 사람은 아빠였다. 아빠가 내 방에 들어왔다가 우리를 본 거다. 카잘레스 아저씨는 기관차와 화물차를 손에 든 채 눈이 휘둥그레졌다.

"아니, 그게 아니고…… 저는 그저……."

아저씨가 더듬거렸다. 꼭 울 것 같았다. 아저씨는 "이런 제기랄!" 하고 외치더니 벌떡 일어나서 가버렸다.

카잘레스 아저씨는 다시는 오지 않았다. 아빠는 바를리에 아저씨한테 화가 났다. 하지만 이제 괜찮다. 클로테르는 다 나았고, 더 이상 내가 꼴찌할 일은 없을 테니까.

나바랭 선생님

어제 종례 시간에 담임 선생님이 우리에게 말했다.

"여러분, 알려줄 소식이 있어요. 선생님이 며칠 동안 학교에 나
올 수 없어요. 선생님 집에 일이 있어서 지방에 내려가게 됐어요.
선생님이 일주일 내내 못 나오기 때문에 내일부터는 다른 선생님
이 여러분을 가르쳐줄 거예요. 여러분이 새 선생님하고 공부도 열
심히 하고 말도 잘 들을 거라고 생각해요. 여러분 때문에 선생님이
새 선생님 앞에서 창피당하는 일은 없게 할 거지요? 좋아요! 선생
님은 여러분을 믿어요. 선생님하고는 다음주에 만나요. 이제 가도
좋아요."

우리는 일어나서 선생님과 악수를 했다. 우리는 엄청 걱정이 되
었다. 나는 목이 콱 메었다. 우리는 담임 선생님을 정말로 좋아한

다. 우리 선생님은 진짜 멋진 분이다. 그런데 선생님이 바뀌다니, 우리는 전혀 즐겁지 않았다. 우리 중에서도 클로테르가 제일 풀이 죽었다. 클로테르는 반에서 꼴찌이기 때문에 선생님이 바뀌면 큰일이다. 담임 선생님은 클로테르한테 워낙 익숙해져 있어서 벌을 주더라도 너무 심하게는 하지 않는다.

"이번주 내내 학교에 안 가도 된다는 사유서를 받아야겠어. 정말이지, 이럴 수는 없어. 어떻게 우리 선생님을 바꿀 수가 있어!"

집에 가는 길에 클로테르가 말했다.

그런데 오늘 아침에 보니, 클로테르는 다른 아이들과 마찬가지로 학교에 와 있었다. 우리는 모두 엄청 마음을 졸이고 있었다.

"나 어제저녁 늦게까지 공부했어. 텔레비전도 안 봤어. 어떨 것 같아? 새 선생님이 우리한테 질문을 할까?"

클로테르가 우리에게 물었다.

"아마 오늘은 첫날이니까 점수 같은 건 매기지 않을 거야."

맥상이 말했다.

"그건 네 생각이지. 선생님은 얼씨구나 할걸!"

외드가 외쳤다.

"누구, 그 선생님 본 사람 없어?"

조아생이 물었다.

"나! 내가 학교에 오다가 봤어."

조프루아가 말했다.

"어때? 어떻게 생겼어?"

우리는 너나할것없이 조프루아에게 물었다.

"키가 크고 말랐어. 엄청 크고, 엄청 말랐어."

"무섭게 생겼어?"

뤼퓌스가 물었다.

조프루아는 볼을 잔뜩 부풀리고는 고개를 위아래로 끄덕였다.

우리는 아무 말도 하지 않았다. 알세스트는 크루아상을 다 먹지도 않고 주머니에 쑤셔 넣었다. 곧이어 종이 울렸다. 우리는 모두 줄을 섰다. 꼭 옛날에 의사 선생님한테 검사받으러 가던 날 같았다. 아무도 말을 하지 않았다. 클로테르는 지리책을 꺼내서 강줄기들을 복습했다. 다른 반 아이들은 교실로 들어가고 운동장에는 우리 반 아이들만 남았다. 교장 선생님이 새 선생님과 함께 오는 게 보였다. 새 선생님은 키도 그렇게 크지 않고 그렇게 마르지도 않았다. 조프루아는 거짓말쟁이다! 녀석은 선생님을 본 적이 없는 게 틀림없다.

교장 선생님이 말했다.

"여러분, 알고 있겠지만 여러분 담임 선생님은 며칠 간 지방에 내려가시게 됐어요. 선생님이 한 주 내내 자리를 비우시게 되어 그동안 나바랭 선생님이 임시로 여러분을 가르쳐주실 겁니다. 여러분 모두 선생님 말씀 잘 듣고 열심히 공부해서 새 선생님이 여러분 때문에 속 썩는 일이 없기를 바랍니다. 알았지요? 선생님, 이제 애들을 데리고 올라가십시오."

새 선생님은 앞으로 가라고 손짓을 해 보였다. 우리는 모두 교실로 갔다.

"자, 여러분, 자기 자리에 조용히 앉아요."

새 선생님이 말했다.

우리 진짜 선생님 책상에 새 선생님이 앉는 걸 보니까 기분이 이상했다.

"여러분, 아까 교장 선생님이 말씀하셨듯이 내 이름은 나바랭이에요. 여러분 담임 선생님이 며칠간 지방에 가시게 된 것 알고 있지요? 그래서 담임 선생님이 오실 때까지 내가 여러분과 같이 공부할 거예요. 나는 여러분이 모두 말도 잘 듣고 공부도 열심히 할 거라고 믿어요. 여러분 선생님이 돌아오셨을 때 내가 여러분에 대해 불평하는 일이 없기를 바라고요. 앞으로 알게 되겠지만, 나는 아주 엄격해요. 그리고 나는 여러분 모두를 공평하게 대할 거예요. 여러분이 잘 행동하면 모든 게 잘될 거예요. 무슨 말인지 알아들은 것 같으니까 이제 공부를 시작할까요?"

나바랭 선생님은 공책을 펴고 우리에게 말했다.

"시간표하고 선생님이 써놓고 가신 메모를 보니, 오늘 아침에는 지리를 공부할 차례군요. 그러면 프랑스 지도가 있어야겠는데……. 자, 누가 가서 지도를 가져올까?"

아냥이 벌떡 일어났다. 우리 반 일등인 아냥은 선생님의 귀염둥이라서 모든 심부름을 도맡아 한다. 잉크병에 잉크를 채우는 것도, 답안지를 걷는 것도, 칠판을 지우는 것도 아냥이 한다.

"앉아들 있어요! 선생님이 시키는 대로 하세요. 한꺼번에 서로 하겠다고 하면 안 되고, 선생님이 지목하면 그 학생이 지도를 가져오도록 해요. 거기, 그쪽 구석에 앉은 학생! 학생 이름이 뭐지?"

선생님이 물었다.

"클로테르입니다."

클로테르는 얼굴이 하얗게 질려서 대답했다.

"좋아, 클로테르. 가서 프랑스 지도를 찾아 와라. 강과 산맥이 그려져 있는 걸로. 빨리 가져와야 한다."

"하지만 선생님……."

아냥이 끼어들었다.

"아, 우리 반에 고집쟁이가 한 명 있었네요. 선생님은 고집쟁이는 엄하게 다스릴 거예요. 자, 우리 친구는 자리에 앉아요!"

클로테르는 어안이 벙벙해서 지도를 찾으러 갔다. 그러고는 조금 있다가 헐떡거리면서 의기양양하게 지도를 들고 돌아왔다.

"빨리 가져왔구나, 일레르. 고맙다. 나머지 학생들은 좀 조용히 해요! 이 지도를 칠판에 걸어주겠니? 잘했다. 그리고 마침 앞에 나왔으니까 일레르가 센 강에 대해 얘기를 해보렴."

선생님은 이름을 착각했는지 클로테르를 일레르라고 불렀다.

"센 강은 랑그르 고원에서부터 시작되는데, 총 길이가 776킬로미터예요. 센 강은 아주 구불구불하고요, 영불해협으로 흘러들어가요. 센 강의 주요한 지류로는 오브 강, 마른 강, 우아즈 강, 욘 강……."

클로테르가 대답했다.

"참 잘했다, 일레르. 센 강에 대해 아주 잘 알고 있구나. 이제 자리에 앉아라. 정말 잘했다."

클로테르는 얼굴이 빨개져서 자리에 앉았다. 여전히 숨을 헐떡이면서 멍청한 얼굴로 히죽거렸다.

"다음은 너, 웃기는 학생. 그래, 너 말이다."

선생님이 아냥을 손가락으로 가리키며 말했다.

"아까부터 말하고 싶어서 안달했지? 자리에 서서 센 강의 다른 지류들을 말해볼까?"

"저, 저…… 센 강에는 오브 강, 마른 강, 우아즈 강……."

아냥이 대답했다.

"그래, 앞으로는 괜히 이상한 행동 하지 말고 친구 일레르를 좀 더 본받도록 해라."

나바랭 선생님이 말했다.

아냥은 클로테르를 본받으라는 말에 얼마나 충격을 받았는지 아예 울지도 않았다.

그다음으로 새 선생님은 나, 알세스트, 외드에게 차례로 질문을 했다. 그러고는 대답을 아주 못 한 건 아니지만 앞으로는 분명히 더 나아질 수 있을 거라고 했다. 선생님은 우리에게 새 단원인 산맥에 대해 가르쳐주었다. 아무도 장난을 치지 않았다. 하지만 우리는 선생님을 처음 봤을 때보다 마음이 훨씬 놓였다. 알세스트는 다시 크루아상 조각을 꺼내서 먹기 시작했다.

얼마 후에, 새 선생님은 클로테르에게 지도를 도로 갖다놓으라고 했다. 클로테르가 돌아오자 쉬는 시간 종이 울렸다. 우리는 운동장으로 나갔다.

운동장에서 우리는 하나같이 새 선생님 얘기부터 늘어놓았다. 아이들은 새 선생님이 생각만큼 무섭지 않다고, 아주 다정하다고 했다. 심지어 선생님이 우리에게 쉬는 시간에 나가 놀라고 하면서 미소를 짓기도 했다고 말했다.

"그래도 나는 조심할 거야."

조아생이 말했다.

"쳇! 그만 떠들어. 어쨌든 선생님은 다 마찬가지야. 물론 우리는 우리 진짜 담임 선생님을 더 좋아해. 하지만 선생님은 선생님이야. 달라지는 건 없어."

맥상의 말이 맞았다. 우리는 쉬는 시간이 끝나기 전에 축구를 하기로 했다. 우리 팀 골키퍼는 아냥이 맡았다.

원래 골키퍼는 클로테르가 하는데, 선생님의 치사한 귀염둥이 클로테르가 역사책을 펴놓고 예습을 하고 있었던 거다.

우리가 도와줄게

클로테르는 기분이 엄청 좋았다. 이사를 하기 때문에 오전 수업만 받게 해달라고 부모님이 사유서를 써줬던 거다.

"우리 엄마 아빠가, 이사할 때 내가 도와줘야 한댔어. 우리는 끝내주게 멋진 집으로 이사 갈 거야. 지금 사는 데서 멀지 않아. 나는 최고로 멋진 집에서 살게 될 거야."

클로테르가 말했다.

"야, 웃기지 마."

조프루아가 말했다.

"너나 웃기지 마. 우리는 방도 세 개고…… 또 뭐가 있냐면 거실도 있다! 너네 집에 거실 있어?"

클로테르가 외쳤다.

"거실? 우리 집은 거실 천지야! 그러니까 너네 거실은 게임도 안 된다고!"

조프루아는 막 웃었고, 클로테르는 한 손가락을 자기 머리에 대고 뱅뱅 돌리며 머리가 어떻게 된 거 아니냐는 시늉을 해 보였다. 하지만 싸우지는 않았다. 부이옹 선생님이 아주 가까이 있었기 때문이다.

"원한다면 학교 끝나고 오후에 우리가 가서 도와줄게."

외드가 말했다.

클로테르는 멋진 생각이라고, 이사를 도와주러 친구들이 오면 부모님도 엄청 좋아할 거라고 했다. 그래서 우리는 모두 클로테르네 집에 가기로 했다. 조프루아만 거실이 코딱지만 한 집에 이사를 도와주러 가는 건 바보짓이라며 가지 않겠다고 했다. 마침 부이옹 선생님이 쉬는 시간 끝나는 종을 치러 가고 없자, 클로테르와 조프루아는 아주 잠깐 주먹질을 했다.

집에서 점심을 먹을 때, 나는 엄마한테 클로테르네 부모님이 이삿짐 싸는 걸 도와주러 오기를 원해서 그 집에 가기로 했다고 말했다. 엄마는 내 말을 듣고 놀랐다.

"거참 엉뚱한 생각이로구나. 뭐, 어쨌든 여기서 별로 멀지도 않고 네가 좋다면야…… 하지만 옷 너무 더럽히면 안 된다. 너무 늦게 와도 안 되고."

엄마가 말했다.

수업이 끝나고 외드, 뤼퓌스, 조아생, 맥상과 나는 클로테르의 집으로 달려갔다. 알세스트는 간식 시간을 놓칠까봐 함께 가지 못했다.

클로테르네 집 앞에는 커다란 이삿짐 트럭이 서 있었다. 클로테르의 엄마도 있었다. 덩치 큰 이삿짐센터 아저씨 둘이 소파를 트럭에 싣고 있었다. 클로테르의 엄마는 그 아저씨들한테 말하느라 우리를 보지 못했다.

"조심하세요. 그 소파는 아주 약해요. 오른쪽 다리가 불안하거든요."

아줌마가 말했다.

"걱정 마세요, 아주머니. 우리가 이 일을 하루 이틀 하나요."

이삿짐센터 아저씨 한 명이 말했다.

우리는 계단에서 기다려야 했다. 다른 아저씨들이 엄청 큰 장롱을 옮기는 중이었다.

"얘들아, 거기 있지 마! 비켜!"

한 아저씨가 우리한테 말했다.

우리는 클로테르네 집 안으로 들어갔다. 현관문은 열려 있었고, 집 안은 엉망진창이었다. 상자와 살림살이들이 어지럽게 널려 있었다. 클로테르의 아빠는 윗도리도 입지 않고, 찬장을 끈으로 둘러매고 있는 아저씨들과 말하고 있었다. 아저씨들은 이번에도 하루 이틀 하는 일이 아니니 걱정 말라고 대꾸했다.

"문짝 때문에 그래요. 문짝이 열렸잖아요."

클로테르의 아빠가 말했다.

곧이어 클로테르가 우리한테 와서 "안녕!" 하고 말했다.

그제야 클로테르의 아빠가 뒤를 돌아보았다. 아저씨는 우리를 보고 놀란 것 같았다.

"어? 너희 여기서 뭐 하는 거냐?"

"친구들이 도와주러 왔어요."

클로테르가 설명했다.

"얘들아, 거기서 거치적거리지 말고 비켜!"

한 아저씨가 우리를 보고 외쳤다.

"그래, 얼른 비켜라."

클로테르의 아빠는 엄청 성가시다는 듯이 말했다.

"클로테르, 친구들은 네 방으로 데려가고, 벽장 속에 뭐 남은 게 없는지 확인해봐라. 식당 짐 다 옮기고 나면 네 방 치울 거니까."

클로테르의 아빠가 이삿짐센터 아저씨들한테 잔소리를 늘어놓는 동안, 우리는 클로테르와 함께 방으로 갔다.

클로테르 방도 완전히 엉망진창이었다. 상자들이 여기저기 널려 있고, 분해된 침대와 가구들은 한쪽 구석에 모여 있었다. 벽장문도 열려 있었는데, 안은 텅 비어 있었다.

"네가 다 상자에 담았어?"

내가 클로테르에게 물었다.

"아니, 이삿짐센터 아저씨들이."

클로테르가 대답했다.

"아 참! 네 장난감 소방차!"

맥상이 소리쳤다.

우리는 상자에서 소방차를 꺼냈다. 건전지가 다 닳기는 했지만 그 소방차는 엄청 근사하다. 클로테르는 이모가 사준 인디언 요새가 있는데, 우리한테 아직 한 번도 보여준 적이 없다고 했다. 우리는

116

인디언 요새를 찾느라 애를 먹었다. 하지만 결국 뤼퓌스가 상자 밑 바닥에서 찾아냈다.

"이 잡동사니들은 도로 상자에다 넣자. 이런 게 바닥에 남아 있어봤자 소용없잖아. 우린 더 이상 여기서 안 살 거니까."

클로테르가 말했다. 우리는 바닥에 널린 끈과 휴지들을 상자에 담았다.

클로테르의 요새는 끝내줬다. 인디언과 카우보이까지 있었다. 클로테르한테는 내가 본 적 없는 작은 자동차들도 엄청 많았다.

"그런데 내 배는? 너희 혹시 내 배 봤어?"

클로테르가 물었다.

배를 찾았는데 역시나 아저씨들이 상자에 넣으려고 돛대를 분리해놓았다. 우리는 클로테르가 배에 돛과 돛대 다는 걸 도와주었다.

"그런데 참, 네 전기 기차는 어디 있어? 네 전기 기차가 안 보이잖아."

조아생이 말했다.

"전기 기차는 다른 상자에 들었는데, 그 상자는 벌써 아저씨들이 트럭에다 실었어. 내가 마지막으로 정학당했을 때 아빠가 압수한 뒤로 죽 안방 장롱 안에 있었거든."

클로테르가 대답했다.

"하지만 그걸 그 상자 안에 그대로 놔두면 새집으로 이사 가도 너네 아빠 엄마는 계속 장롱에 넣어두실걸? 네 짐짝에다 넣어둬야 네가 가지고 있을 수 있잖아."

뤼퓌스가 말했다.

클로테르는 뤼퓌스 말이 맞다면서, 나한테 아래층에 같이 내려가서 짐 나르는 아저씨들한테 기차를 꺼내달라고 하자고 했다.

클로테르의 엄마는 아직도 집 앞에 있었다. 아줌마는 아저씨들한테 찬장 문짝이 상했다고 따지고 있었다. 그러다가 클로테르를 보고는 눈이 휘둥그레졌다.

"너 거기서 뭐 하니? 누가 너더러 내려오랬어?"

"기차 찾으러 왔어요."

클로테르가 대답했다.

"기차? 무슨 기차?"

"내 전기 기차요. 엄마 아빠 상자에다 넣어두면 이사 가서도 엄마 아빠 장롱 안에 둘 거잖아요. 그래서 내 상자에다 옮겨 넣으려고요. 헌 집에서 압수한 내 물건들을 새집에 가서도 엄마 아빠가 보관하는 건 말도 안 돼요. 새집에 가서는 내 기차를 가지고 놀 거란 말이에요."

"무슨 소린지 통 모르겠다. 엄마 좀 내버려두고 당장 도로 올라가줬으면 좋겠구나!"

아줌마가 소리쳤다. 장난으로 하는 말 같지 않아서, 우리는 집으로 들어갔다. 그때 클로테르 아빠의 비명 소리가 들렸다. 우리가 방 안에 들어서자, 아저씨가 클로테르에게 말했다.

"아! 너, 너! 아주 정신이 나갔구나! 짐들을 다 풀어헤쳐놨잖아! 세상에, 이 아수라장 좀 봐! 빨리 전부 다 제자리에 넣어! 나중에 다시 이야기하자! 어서!"

클로테르는 아빠와 함께 상자에서 쓰레기를 꺼내고 물건들을 도로 넣기 시작했다. 그때 이삿짐센터 아저씨 둘이 방에 들어왔다. 아저씨들은 기분이 안 좋아 보였다.

"도대체 뭐 하시는 겁니까? 우리가 싸놓은 짐을 다 풀어놓은 겁니까?"

한 아저씨가 말했다.

"금방 다 도로 넣을 겁니다."

클로테르의 아빠가 말했다.

"이런 식으로 하시면 우리는 손 떼겠습니다. 직접 짐을 싸시겠다면 우리는 어떤 책임도 질 수 없어요! 하루 이틀 하는 일도 아니고, 원."

아저씨가 대꾸했다.

"꼬맹이들아, 거기 서 있지 말고 비켜라."

다른 아저씨가 말했다.

그러자 클로테르의 아빠는 우리를 보며 한숨을 내쉬더니 이렇게 말했다.

"됐다, 됐어. 얘들아, 이제 집으로 돌아가거라. 시간도 늦었으니. 우리는 곧 새집으로 출발할 거란다. 그리고 클로테르, 넌 일찍 잠자리에 들어야 할 거야. 내일은 짐을 모두 정리해야 하니까."

"원하시면 저희가 와서 도와드릴게요."

내가 말했다.

그때 클로테르의 아빠는 엄청 멋졌다. 왜냐하면 클로테르의 아빠가 오늘 우리가 열심히 일한 보답으로 클로테르한테 돈을 줄 테니, 내일 우리 모두 영화를 보러 가라고 했기 때문이다.

잡기 놀이

쉬는 시간에 우리는 인디언 놀이를 하면서 얌전히 놀고 있었다. 뤼퓌스와 외드가 말이 되었고, 맥상과 나는 허리띠로 말들을 매고 역마차 마부를 했다. 다른 애들은 인디언이 되어 우리를 습격했다.

우리는 신나게 놀았다. 특히 외드가 조아생의 코피를 터뜨리자 조아생이 말이 주먹질하는 게 어딨냐고 소리지를 때는 진짜 재미있었다.

"왜 안 되는데?"

뤼퓌스가 물었다.

"너는 말이잖아! 말은 조용히 있어!"

클로테르가 소리쳤다. 그러자 뤼퓌스가 클로테르를 찰싹 때렸다.

우리는 한데 모여 싸우고 소리지르며 신나게 놀았다. 엄청 재미있었다.

곧 부이옹 선생님이 왔다. 부이옹 선생님 앞에서는 장난치면 안된다.

"너희 모두 내 눈을 똑바로 봐라. 어째서 허구한 날 이렇게 시끄럽고 바보 같은 놀이만 지어내는 거냐? 쉬는 시간마다 똑같은 짓들만 하고 있잖아! 왜 머리를 쓰는 놀이, 운동도 되고 재미도 있는 놀이는 하지 않는 거지? 내가 너희만 할 때는 학교에서, 난 물론 아주 훌륭한 학생이었다만, 어쨌든 너희처럼 야만인같이 놀지 않았다. 우리는 학생주임 선생님한테 칭찬받을 행동만 했고, 우리도 학생주임 선생님을 아주 존경했지. 그랬어도 아주아주 재미있게 잘만 놀았다."

부이옹 선생님이 말했다.

"뭘 했는데요?"

알세스트가 물었다.

"뭘 하다니? 누가?"

부이옹 선생님은 눈을 크게 뜨고 말했다.

"그러니까 선생님은요, 친구들하고 뭘 하면서 놀았냐고요."

알세스트가 다시 묻자 부이옹 선생님은 한숨을 푹 쉬었다.

"음, 예를 들면 잡기 놀이 같은 거지. 잡기 놀이는 전혀 야만적이지 않으면서도 아주 재미있는 놀이란다."

"선생님, 그건 어떻게 하는 건데요?"

내가 물었다.

"가르쳐주지."

부이옹 선생님은 주머니에서 분필 조각을 꺼냈다. 그러고는 운동 장 이쪽 끝에 금을 긋더니 다시 반대쪽 끝으로 가서 금을 그었다.

"자, 이제 두 편으로 갈라서봐. 니콜라, 알세스트, 외드, 조프루 아는 저쪽 금에 가서 서라. 뤼퓌스, 클로테르, 조아생, 맥상은 이쪽 에 서고."

외드만 빼고, 우리는 모두 가서 자리를 잡았다.

"자, 외드, 애들이 기다리잖니."

부이옹 선생님이 다그쳤다.

"저는 조프루아랑 같은 편 하기 싫어요. 어제 쟤가 속임수를 써 서 내 구슬을 두 개나 따먹었단 말이에요."

"야, 그건 네가 구슬치기를 못해서 그런 거잖아!"

조프루아가 소리쳤다.

"너 코피 터지고 싶어?"

외드가 말했다.

"조용! 좋다, 그럼 외드는 클로테르랑 바꿔라. 클로테르, 네가 조 프루아네 편으로 가."

부이옹 선생님이 말했다.

"아, 싫어요! 외드가 우리 편이면 난 안 할래요. 외드가 말이었을 때 내 코를 때렸단 말이에요. 말은 원래 주먹질하면 안 되는 건데!"

이번에는 조아생이 반대했다.

"그럼 내가 조프루아랑 자리를 바꿀게. 그러면 외드가 조프루아 가 있던 편에 그대로 있어도 돼. 조프루아만 저 편에서 빠지면 아 무 문제 없으니까."

맥상이 제안했다.

"나도 너랑 같이 갈 거야. 우리 둘은 같은 편 먹어야 해!"

클로테르가 말했다.

"나도! 맥상이 달리기를 잘하니까 맥상이랑 같은 편 할래."

조아생도 말했다.

"그럼 나 혼자 남잖아. 나도 너네랑 같이 갈래."

뤼퓌스도 말했다.

그래서 우리는 모두 한쪽에 섰다. 멋진 한편이 된 거다. 하지만 상대편이 없어서 잡기 놀이를 하기는 곤란했다.

"아! 잠깐만! 조프루아가 그대로 남고 싶으면 나한테 구슬을 돌려주든지. 아니면⋯⋯."

외드가 외쳤다.

"모두 조용!"

부이옹 선생님이 얼굴이 시뻘게져서 고함을 쳤다.

"니콜라, 알세스트, 외드, 조프루아! 너희는 당장 이쪽 금으로 와! 뤼퓌스, 클로테르, 조아생, 맥상은 저쪽으로 가고! 누구든 입만 벙긋했단 봐라, 목요일에도 학교에 나오게 할 테니까! 알았어?"

우리는 순순히 선생님 말대로 했다. 이미 말했지만, 부이옹 선생님과 함께 있을 때는 장난치면 안 된다.

"됐다! 이제 잡기 놀이를 어떻게 하는지 봐라. 이쪽 편에서 첫 번째로 나올 사람은 알세스트다. 알세스트, 너는 저쪽 편의 첫 번째 사람, 그러니까 뤼퓌스를 불러내는 거다. 그러면 뤼퓌스는 알세스트를 쫓아가서 잡으려고 하는 거야. 알세스트가 잡히면 다시 이쪽

편의 두 번째 주자인 외드가 나가서 저쪽 편 첫 번째 주자인 뤼퓌스를 잡으려고 하는 거고. 그런 식으로 돌아가면서 서로 잡기 놀이를 하면 된다. 모두 알아들었지?"

"뭘 알아들어요, 선생님?"

클로테르가 물었다.

부이옹 선생님 얼굴이 아까보다 더 뻘게졌다. 선생님은 일단 놀이를 시작하면 방법은 저절로 알게 된다고 했다.

"알세스트부터 시작!"

선생님이 외쳤다.

"저는 지금 잼 바른 빵 먹는 중인데요."

알세스트가 대꾸했다.

부이옹 선생님은 손으로 얼굴을 감싸 쥐더니 이렇게 말했다.

"알세스트, 두 번 말하게 하지 마라. 당장 시작해! 안 그러면 방학 내내 학교에 나오게 할 테니까!"

알세스트는 할 수 없이 잼 바른 빵을 먹으면서 저쪽 편으로 다가갔다.

"좋아, 뤼퓌스, 이제 알세스트를 잡아라. 가서 알세스트 팔을 잡아! 포로로 만드는 거다."

선생님이 외쳤다.

뤼퓌스는 알세스트를 쫓아가 팔을 잡았다.

"그럼 이제 저는 뭐 해요, 선생님?"

뤼퓌스가 물었다.

"너는 도망을 갔어야지! 이제 넌 포로다. 힘 좀 내라, 이 녀석아!"

선생님이 말했다.

"선생님, 선생님, 외드가 때려요!"

조프루아가 소리를 질렀다.

"너는 사기꾼에다 고자질쟁이야!"

외드도 소리쳤다.

부이용 선생님이 달려와서 조프루아와 외드를 떼어놓았다. 클로 테르도 선생님을 따라왔다.

"클로테르, 넌 뭐 하는 거냐?"

선생님이 물었다.

"이제 이 놀이 어떻게 하는지 알았어요. 저는 니콜라를 불러내러 왔어요. 이제 니콜라가 저를 쫓아와서……."

픽! 공이 날아와서 클로테르의 등에 맞았다.

"누가 공 던졌어?"

부이옹 선생님이 고함을 쳤다.

"제가요! 클로테르, 넌 내 포로야!"

조아생이 말했다.

"이 바보야, 그건 사냥꾼 공놀이잖아! 잡기 놀이는 그렇게 하는
게 아냐! 게다가 네가 왜 나를 잡냐? 너랑 나는 같은 편인데!"

클로테르가 말했다.

"누가 너랑 같은 편 하고 싶대?"

조아생이 소리쳤다.

그러자 클로테르가 조아생한테 가서는 뭐라고 말했다. 내가 그
틈을 타서 클로테르를 쫓아가 팔을 잡았다.

"잘했어, 니콜라!"

뤼퓌스가 말했다.

"야, 너는 말이니까 조용히 해!"

클로테르가 외쳤다. 내가 클로테르를 끌고 가려는데 녀석이 치사
하게 나왔다! 나에게 한 방 먹인 거다.

"됐어. 나 빵 다 먹었어. 이제 시작하자."

알세스트가 말했다. 하지만 아무도 알세스트 말을 듣지 못했다.
우리 모두 신나게 치고받으며 싸우고 있었으니까. 곧이어 종이 울
렸다.

"줄 서! 이제 네 녀석들은 쳐다보고 싶지도 않아!"

부이옹 선생님이 말했다. 선생님 눈의 흰자위가 벌게져 있었다.

이상하게도 이번 쉬는 시간은 다른 때보다 더 짧은 것 같았다. 아

마 너무 재미있게 놀아서 그런가보다.

　잡기 놀이는 정말 끝내줬다! 하지만 그렇게 신나는 놀이가 부이옹 선생님은 별로 재미없었었나보다.

봉봉

오후에 학교에서 돌아왔을 때, 엄마가 나에게 말했다.

"니콜라, 간식 먹고 착한 일 좀 해줄래? 설탕 한 봉지만 사다주렴."

엄마는 나에게 돈을 주었고, 나는 아주 기분이 좋아서 식료품 가게로 갔다. 나는 엄마 심부름 하는 걸 무척 좋아한다. 그리고 식료품 가게 주인인 콩파니 아저씨도 엄청 좋다. 콩파니 아저씨는 나를 보면 늘 뭔가를 준다. 커다란 상자 바닥에 남은 비스킷을 줄 때가 제일 좋다. 부서진 비스킷이어도 맛은 아주 좋으니까.

"니콜라로구나! 녀석, 마침 잘 왔다. 너한테 굉장한 걸 주마!"

아저씨는 계산대 밑으로 몸을 숙이더니 다시 일어섰다. 아저씨의 손에는 고양이 한 마리가 들려 있었다. 엄청 작고 귀여운 고양이였다.

"비스코트가 낳은 새끼란다. 모두 네 마리를 낳았는데, 아저씨가 전부 다 키울 수 없어서 말이야. 그렇다고 요놈들을 버릴 수도 없고 해서 너처럼 착한 아이들에게 나눠주기로 마음먹었지. 아저씨한테는 아직도 새끼가 세 마리나 있단다. 너한테는 이 봉봉이라는 놈을 주마. 이 녀석에게 우유도 주고 잘 돌봐주렴."

아저씨가 나한테 말했다.

비스코트는 콩파니 아저씨가 기르는 암고양이다. 엄청 뚱뚱한데, 언제나 진열장 안에서 잠만 잔다. 물건 상자를 떨어뜨리는 일도 없다. 누가 만져주면 순하게 가만히 있는다. 할퀴지도 않고 가르릉가르릉 소리를 낸다.

나는 말할 수 없을 정도로 신이 났다. 봉봉을 안았더니 무척 따뜻했다. 나는 가게를 뛰쳐나왔다가 설탕을 사러 다시 들어갔다.

집에 들어오자마자 나는 소리쳤다.

"엄마! 엄마! 콩파니 아저씨가 뭘 줬나 좀 보세요!"

야옹～

엄마는 봉봉을 보고 눈이 휘둥그레졌다. 엄마는 눈을 치켜뜨고
말했다.

"이게 뭐야? 고양이잖아!"

"네, 얘 이름은 봉봉이에요. 비스코트가 낳은 새끼인데요, 얘는 우
유를 먹는대요. 내가 재주넘는 걸 가르쳐줄 거예요."

"안 돼, 니콜라. 집에서 동물은 기를 수 없다고 너한테 백 번도 더
말했을 텐데. 너 전에 강아지 데려온 적 있지? 올챙이도 데려왔고?
그때마다 무슨 일이 벌어졌는지 생각 좀 해봐. 엄마가 안 된다면
안 되는 거야! 빨리 콩파니 아저씨한테 그 고양이 돌려드리고 와!"

"아! 엄마! 엄마!"

나는 엄마를 졸라댔다.

하지만 엄마는 내 말을 들으려고도 하지 않았다. 나는 울면서 봉
봉이 없으면 나도 이 집에서 살지 않겠다고, 내가 봉봉을 콩파니 아
저씨에게 데려가면 아저씨는 봉봉을 버릴 거라고, 만약 그렇게 되

면 나는 죽어버리겠다고 말했다. 그리고 내 친구들은 집에서 하고 싶은 대로 하는데 우리 집에서는 나만 아무것도 못 하게 한다고 말했다.

"그래, 그럼 아주 간단하구나. 네 친구들은 뭐든 자기 마음대로라니까 그 고양이를 아무 친구한테나 주면 되겠네. 우리 집에는 고양이를 둘 수 없으니까 말이야. 그리고 너 계속 엄마 귀에다 대고 악쓰면 오늘 저녁 굶을 줄 알아. 알았어?"

나는 뾰족한 수가 없다는 걸 알고는 봉봉을 데리고 집을 나왔다.

봉봉은 자고 있었다. 누구에게 고양이를 맡아달라고 할까 생각해
보았다. 조프루아와 조아생은 너무 멀리 살고, 맥상네 집에는 개가
있다. 봉봉이 맥상네 개를 좋아하지 않을 것 같았다. 그래서 나는
알세스트네 집으로 갔다. 알세스트가 문을 열어주었는데, 턱받이
를 두르고 입안 가득 먹을 걸 우물거리고 있었다.

"나 간식 먹는 중이야. 무슨 일이야?"

알세스트는 음식 부스러기를 튀기면서 말했다.

나는 봉봉을 보여주었다. 봉봉이 마침 하품을 했다. 나는 알세스트에게 고양이를 주겠다고, 이름은 봉봉인데 우유를 먹는다고, 내가 자주 봉봉을 보러 들르겠다고 말했다.

"고양이? 안 돼. 아빠 엄마가 뭐라고 하실 거야. 게다가 고양이는 안 보는 틈에 몰래 부엌에 들어가서 음식을 마구 먹어치운단 말이야. 내 간식 다 식겠다, 안녕!"

알세스트는 이렇게 말하고 문을 닫아버렸다. 그래서 나와 봉봉은 뤼퓌스의 집으로 갔다. 문을 열어준 사람은 뤼퓌스의 엄마였다.

"니콜라, 뤼퓌스한테 할 말 있니? 뤼퓌스는 지금 숙제하는 중인데…… 아무튼 잠깐 기다려라. 뤼퓌스를 불러주마."

뤼퓌스의 엄마가 봉봉을 쳐다보면서 말했다.

아줌마가 들어가고 곧 뤼퓌스가 나왔다.

"와, 귀여운 고양이다!"

뤼퓌스가 봉봉을 보며 말했다.

"얘 이름은 봉봉이야. 얘는 우유를 먹어. 이 고양이 너한테 줄게. 하지만 가끔 내가 보러 올 수 있게 해줘야 해."

내가 말했다.

"뤼퓌스!"

집 안에서 뤼퓌스 엄마가 부르는 소리가 들렸다.

"잠깐만 기다려. 다시 나올게."

뤼퓌스는 안으로 들어갔다. 집 안에서 뤼퓌스가 엄마에게 말하는 소리가 들렸다. 뤼퓌스가 다시 나오기는 했지만 웃고 있지는 않았다.

"안 되겠어."

뤼퓌스는 이렇게 말하고 문을 닫았다. 나는 초조해지기 시작했다. 봉봉은 또 잠이 들었다. 나는 외드네 집으로 갔다. 문을 열어준 건 외드였다.

"얘 이름은 봉봉이고 우유를 먹어. 너한테 줄게. 내가 가끔 놀러 와서 볼 수 있게 해줘. 뤼퓌스랑 알세스트는 부모님 때문에 맡아줄 수가 없대."

"쳇! 나는 우리 집에서 내 마음대로 할 수 있어. 허락 같은 건 필요 없다고. 내가 고양이를 키우겠다고 하면 키우는 거야!"

외드가 큰소리쳤다.

"그래, 그럼 너 가져."

내가 말했다.

"물론이지. 뭐야, 그냥 해본 소리 아니었어?"

나는 외드에게 봉봉을 주었다. 봉봉은 또 하품을 했다. 나는 집으로 왔다.

너무 슬펐다. 나는 봉봉이 좋았다. 엄청 똘똘해 보였는데…….

"니콜라, 엄마 말 좀 들어보렴. 그런 표정 지을 거 없어. 그 새끼 고양이는 우리 집에 있으면 행복하지 않을 거야. 고양이는 그만 잊어버리고 숙제하러 올라가면 좋겠구나. 저녁 먹고 나서 아주 맛있는 후식을 줄게. 그리고 말이지, 절대로, 절대로 이 일은 아빠한테 말하지 마라. 아빠가 요즘 무척 피곤해하고, 엄마는 아빠가 집에 왔을 때 이런저런 일로 귀찮게 하고 싶지 않단다. 우리도 한 번쯤 조용하고 평온한 저녁 시간을 가져보자꾸나."

저녁을 먹을 때 아빠가 나를 쳐다보고는 물었다.

"왜 그러니, 니콜라? 별로 즐거워 보이지 않는구나. 무슨 일 있니? 학교에서 골칫거리라도 생긴 거야?"

엄마는 나를 보고 눈을 부릅떴다. 그래서 나는 아빠에게 아무 일도 아니라고, 그냥 요즘 너무 피곤하다고 했다.

"아빠도 그렇단다. 환절기라서 그런가보다."

그 뒤에 초인종이 울렸다. 내가 나가려고 일어섰는데(나는 현관문 여는 걸 좋아한다.) 아빠가 나섰다.

"아빠가 나가마."

아빠는 나갔다가 두 손을 뒤로 감추고 들어오더니 활짝 웃어 보였다.

"짜잔, 클로테르가 니콜라에게 선물을 가져왔구나. 뭘 가져왔는지 한번 맞혀볼래?"

수학은 어려워

오후에 아빠 엄마들이 학교에 온다. 그래서 우리 반 애들은 모두 무척 긴장했다. 담임 선생님이, 엄마 아빠들은 교장실에서 교장 선생님과 이야기한 다음 우리가 있는 교실로 올 거라고 설명해주었다.

"여러분이 얌전히 말 잘 듣겠다고 약속하면 선생님도 부모님 앞에서 여러분에게 어려운 질문을 해서 창피를 주는 일이 없도록 하겠어요."

우리는 물론 말을 잘 듣겠다고 약속했다. 우리는 아주 기분이 좋았다. 엄마 아빠들이 있는 데서 질문받는 걸 좋아할 아냥만 빼고 말이다. 하지만 아냥은 늘 공부만 하는 녀석이니까 그건 반칙이다. 아냥은 영리해서 모르는 게 없다.

잠시 후, 담임 선생님은 부모님들이 온다고 해서 아무것도 안 하

고 마냥 기다릴 수는 없다면서 칠판에 쓰는 문제를 풀어보라고 했다. 그건 아주 어려운 문제였다.

한 농부가 까만 닭과 하얀 닭을 엄청 많이 갖고 있는데 그 닭들은 알도 엄청 많이 낳는다. 까만 닭은 얼마나 자주 알을 낳고 하얀 닭은 얼마나 자주 알을 낳는지 알려주고 나서 한 시간 사십칠 분 뒤에 모든 닭들이 낳은 달걀의 수를 맞혀보라는 문제였다.

선생님이 칠판에 문제를 다 쓰자마자, 교실 문이 드르륵 열리고 교장 선생님이 엄마 아빠들과 함께 들어왔다.

"자, 여기가 학부모님들의 자녀가 공부하는 교실입니다. 부모님들께선 대부분 담임 선생님과 안면이 있겠지요?"

교장 선생님이 말했다.

담임 선생님은 엄마 아빠들과 악수를 했다. 엄마 아빠들은 손짓을 하거나 윙크를 하거나 고개를 흔들거나 미소를 지어 보이며 우리에게 알은체를 했다. 교실은 북적북적했지만 오지 못한 부모님도 있었다. 경찰인 뤼퓌스의 아빠는 학교에 오지 못했다. 조프루아의 아빠 엄마도 오지 못했다.

엄청 부자이고 엄청 바쁜 조프루아의 아빠는 대신 집사인 알베르 아저씨를 보냈다. 아냥의 아빠도 오지 못했다. 아냥의 아빠는 매일매일, 토요일 오후까지도 일을 하기 때문이다. 하지만 우리 엄마 아빠는 왔다. 엄마 아빠는 나를 보고 웃었다. 우리 엄마는 분홍색 옷을 입었는데 끝내주게 예뻤다. 나는 어깨가 으쓱해졌다.

"제 생각에 담임 선생님께서 학생들의 학업 향상에 대해 부모님들께 한마디 해주시면 좋겠군요. 칭찬을 해주셔도 좋고, 경우에 따라 질책을 하셔도 좋고요."

교장 선생님이 말했다.

모두가 웃었다. 하지만 클로테르의 엄마 아빠는 웃지 않았다. 클로테르는 항상 우리 반 꼴찌라 클로테르네 집에서는 공부 얘기가 나오면 절대로 웃지 않는다.

"그럼 그럴까요? 이번 달에는 학생들이 공부 면에서나 품행 면에서나 많은 노력을 해주었다고 말씀드릴 수 있어서 기쁩니다. 저는 아이들에게 무척 만족합니다. 비록 조금 뒤떨어진 학생들도 있지만 금세 다른 친구들을 따라잡을 수 있을 거라고 믿어 의심치 않습니다."

선생님이 말했다.

클로테르의 아빠 엄마는 클로테르에게 눈을 부릅떴다. 하지만 우리는 아주 기분이 좋았다. 선생님 말이 아주 멋졌기 때문이다.

"선생님, 수업을 계속하시지요. 부모님들께서 학생들 공부하는 모습을 보고 싶으실 겁니다."

교장 선생님이 말했다.

"네, 제가 아이들에게 문제를 하나 냈습니다. 이제 막 칠판에 문제를 다 쓴 참이었는데요……."

선생님이 말했다.

"안 그래도 보고 있었습니다. 저 문제는 쉽지 않은 것 같군요……."

클로테르의 아빠가 말했다.

"답이 362개네요."

알세스트의 아빠가 말했다.

그러자 아빠 엄마들은 모두 다 알세스트의 아빠를 쳐다보았다. 알세스트의 아빠는 턱이 두세 겹인 뚱뚱한 아저씨다. 그때 조아생의 아빠가 입을 열었다.

"아, 제가 반박하려는 건 아닙니다만…… 그건 척 봐도 오답인 것 같은데요. 잠깐만요……."

조아생의 아빠는 주머니에서 수첩을 꺼내어 펜으로 뭐라고 쓰더니 이렇게 말했다.

"자, 보세요. 검은 닭은 사 분마다 알을 낳는다고 했지요. 그런데 검은 닭이 모두 아홉 마리니까……."

"362개가 맞다니까요."

알세스트의 아빠가 다시 말했다.

"7420개입니다."

조아생의 아빠가 답을 내놓았다.

"아닙니다! 412개예요."

144

맥상의 아빠도 끼어들었다.

"도대체 어떻게 해서 그런 답이 나온 겁니까?"

외드의 아빠가 물었다.

"방정식을 써서요."

맥상의 아빠가 대꾸했다.

"뭐라고요? 애들한테 벌써 방정식 문제를 낸단 말이에요? 애들 나이에? 왜 애가 진도를 잘 못 따라가는지 이제 이해가 되는군요!"

클로테르의 엄마가 말했다.

"아뇨, 그렇지 않습니다. 이건 그냥 간단한 애들 산수 문제예요. 답은 362개라고요."

알세스트의 아빠가 주장했다.

"정말 이게 간단한 산수 문제라고 생각하세요? 그러니까 맥의 답이 틀린 겁니다."

맥상의 아빠가 뻐기듯 웃으면서 말했다.

"틀렸다고요? 뭐라고 하셨습니까? 틀렸다고요? 도대체 어디가 틀렸다는 겁니까?"

알세스트의 아빠가 발끈했다.

"선생님! 선생님!"

아냥이 손을 번쩍 들었다.

"아냥, 조용히 해라! 나중에 말하게 해줄 테니까."

담임 선생님이 큰 소리로 말했다. 선생님은 아주 당황스러운 표정이었다.

"나도 맥처럼 412개가 나왔습니다."

우리 아빠가 맥상의 아빠에게 말했다.

"아! 당연하지요. 답이 뻔한 문제 아닙니까? 아, 잠깐만요. 제가 계산하면서 실수를 했군요. 412개가 아니라 4120개예요. 제가 0 하나를 빠뜨렸습니다!"

맥상의 아빠가 말했다.

"아, 맞아요! 저도 실수를 했네요. 4120개가 맞아요."

아빠가 말했다.

"댁들의 답이 뭐든 상관없어요. 중요한 건, 애들한테 이건 너무 어려운 문제라는 거라고요."

클로테르의 엄마가 말했다.

"그게 아니라니까요. 제가 한 계산을 보세요……."

알세스트의 아빠가 말했다.

"선생님! 선생님! 저는요……."

아냥이 또 외쳤다.

"아냥, 조용히 못 하겠니?"

선생님이 아냥에게 눈을 부릅떴다. 우리는 깜짝 놀랐다. 우리 선생님이 아냥한테 눈을 부릅뜨다니! 아냥은 선생님의 귀염둥이라서 선생님이 아냥한테 눈을 부릅뜨는 일은 드물었다.

잠시 후에 선생님은 엄마 아빠들에게, 지금 수업이 어떻게 진행되는지 보여준 거라고, 우리가 시험에서 모두 좋은 점수를 받을 거라고 말했다. 그때 교장 선생님은 그만 교실에서 나갈 시간이 되었다고 말했다. 엄마 아빠들은 담임 선생님과 악수를 하고 우리에게 미소를 지어 보였다. 클로테르의 아빠와 엄마는 클로테르에게 마지

막으로 한 번 더 눈을 부릅뜨고는 교실을 나갔다.

"여러분, 모두 아주 얌전히 잘했어요. 그 상으로, 이 문제는 풀지 않아도 좋아요."

선생님은 이렇게 말하고 칠판의 문제를 지웠다. 곧이어 쉬는 시간 종이 울려서 우리는 운동장으로 나갔다. 하지만 아냥은 교실에 남았다. 선생님이 아냥에게 할 말이 있다고 했기 때문이다.

우리는 운동장에서 선생님이 정말로 멋지다고 말했다. 엄마 아빠들이 있는 데서 우리에게 창피를 주지 않기로 한 약속을 지켰으니까 말이다.

Histoires inédites du Petit Nicolas

돌아온 꼬마 니콜라의 쉬는 시간

힘내세요, 선생님!

아침 쉬는 시간에 운동장에 내려갔을 때, 부이옹 선생님이 우리를 모아놓고 말했다.

"모두 내 눈을 똑바로 봐라! 선생님은 오늘 교장실에서 할 일이 있다. 그래서 무샤비에르 선생님이 나 대신 너희를 지켜보실 거다. 선생님 화나게 하지 말고 얌전히 굴면 좋겠구나. 알았지?"

그러고는 부이옹 선생님이 무샤비에르 선생님의 어깨를 짚으며 말했다.

"힘내게, 무샤비에르 선생!"

부이옹 선생님은 자리를 떴다. 무샤비에르 선생님은 눈을 크게 뜨고 우리를 바라보며 기어들어가는 목소리로 말했다.

"헤쳐."

무샤비에르 선생님은 새로 온 선생님인데, 우리는 아직 재미난 별명을 붙여주지 못했다. 부이옹 선생님보다 훨씬 젊은 걸 보면 학교에 오래 다닌 것 같지는 않다. 어쨌든 쉬는 시간에 무샤비에르 선생님 혼자서 학생들을 감독하는 건 처음 있는 일이다.

"우리 뭐 하고 놀까?"

내가 물었다.

"비행기 놀이 어때?"

외드가 말했다.

우리가 비행기 놀이를 어떻게 하는지 잘 모르겠다고 하니까, 외드가 설명했다. 먼저 두 편으로 가른다. 그리고 각자 비행기가 되어 양팔을 벌리고 입으로 부아앙 소리를 내면서 뛰어다니다가 상대편 다리를 걸어 넘어뜨리면 된다. 넘어진 애들은 격추당했으니까 지는 거다. 우리는 끝내주는 놀이라고 생각했다. 특히 골치 아픈 일이 일어날 염려가 없어서 좋았다.

"좋아, 그럼 내가 대장이니까 윌리엄 기장 할래. 영화를 봤는데, 거기서 윌리엄 기장이 막 웃으면서 적군 비행기를 타타타타 하고 쏘아 맞혔어. 윌리엄 기장도 치사한 놈들한테 공격당하기는 하지만 죽지는 않아. 병원에 가서 수술받고 다 나았어. 내가 맹장 수술 받고 다 나았던 것처럼 말이야. 윌리엄 기장은 다시 비행기를 타고 적군들을 무찔러서 전투에서 이겨. 진짜 멋졌어."

외드가 말했다.

"나는 기느메르 할래. 조종사 중에서 기느메르가 제일 세!"

맥상이 말했다.

"난 미셸 탕기를 할 거야. 교실에서 〈비행사〉 신문에 나온 이야기를 봤는데, 엄청 재미있었어. 미셸 탕기는 비행기를 몰고 나갈 때마다 어려운 일을 당하는데, 워낙 조종을 잘해서 항상 멋지게 해결하지. 조종사 옷도 얼마나 멋지다고."

클로테르가 말했다.

"그럼 난 버펄로 빌 할래."

조프루아가 말했다.

"이 바보야, 버펄로 빌은 조종사가 아니라 카우보이잖아!"

외드가 말했다.

"그래서? 카우보이는 비행기 조종하지 말란 법 있어? 그리고 방금 한 말 다시 해봐!"

조프루아가 말했다.

"내가 뭐? 뭐랬는데?"

외드가 물었다.

"나더러 바보랬잖아!"

조프루아가 말했다.

"아, 그랬지! 너 바보 맞잖아."

외드가 대꾸했다.

조프루아와 외드는 치고받고 싸우기 시작했다. 무샤비에르 선생님이 달려와서는 둘 다 운동장 귀퉁이로 가서 꼼짝 말고 서 있으라는 벌을 주었다. 그러자 외드와 조프루아는 양팔을 쫙 펴고 부아앙 소리를 내면서 벌을 서러 갔다.

"내가 너보다 빠르지? 버펄로 빌!"

외드가 소리쳤다.

무샤비에르 선생님은 둘을 쳐다보면서 이마를 긁적거렸다.

"야, 싸우다가 쉬는 시간 다 가겠다!"

내 말에 조아생도 맞장구를 쳤다.

"니콜라 말이 맞아. 빨리 해보자. 먼저 우리 편과 적군으로 나누자."

하지만 늘 똑같은 문제가 생긴다. 아무도 적군을 하려고 하지 않는 거다.

"뭐야, 우리 편뿐이네."

뤼퓌스가 말했다.

"우리 편끼리 어떻게 싸워?"

클로테르가 말했다.

"어떻게 싸우긴, '완전 우리 편'하고 '약간 우리 편'으로 나누면 되지. 알세스트, 니콜라, 클로테르가 '약간 우리 편' 해. 뤼퓌스하고 조아생하고 내가 '완전 우리 편' 할 테니까. 자, 간다!"

맥상이 말했다.

뤼퓌스와 조아생, 맥상은 팔을 쫙 벌리고 부아앙 소리를 내면서 달리기 시작했다. 맥상은 부아앙 소리 대신 휘파람을 불었다. 맥상이 자기는 달리기를 잘하니까 제트기를 하겠다고 한 거다. 클로테르와 알세스트와 나는 찬성하지 않았다. 정말 뭐람! 맥상은 늘 자기 맘대로 명령을 내린다. 우리가 꼼짝하지 않자 맥상, 뤼퓌스, 조아생이 팔을 벌리고 부아앙 소리를 내면서 우리 주변을 맴돌았다.

"뭐야, 너네! 할 거야, 말 거야?"

맥상이 물었다.

"우리는 '약간 우리 편' 하기 싫어."

내가 말했다.

"하자, 응? 좀 있으면 쉬는 시간 끝난단 말야. 너네 때문에 제대로 놀지도 못하잖아!"

뤼퓌스가 투덜거렸다.

"그래, 우리도 신나게 놀고 싶어. 그럼 너네가 '약간 우리 편' 해."

클로테르가 말했다.

"웃기지 마."

맥상이 말했다.

"웃기기는 누가 웃긴다고 그래!"

클로테르가 소리를 지르면서 맥상을 쫓아갔다. 맥상은 팔을 벌리고 휘파람을 불면서 도망갔다.

그러자 클로테르도 양팔을 쫙 벌리고 부르르르, 타타타타 소리를 내면서 맥상을 쫓아갔다. 하지만 맥상은 제트기라서 따라잡기가 쉽지 않았다. 맥상은 다리가 길고 무릎이 늘 시커멓고 지저분하다. 뤼퓌스와 조아생도 양팔을 벌리고 나를 쫓아왔다.

"관제탑의 기느메르, 관제탑의 기느메르, 한 놈을 발견했다. 부아아앙!"

뤼퓌스가 말했다.

"기느메르는 나야!"

맥상이 소리를 지르면서 우리 앞으로 휘파람을 불며 지나갔다. 클로테르가 계속 타타타타 소리를 내면서 쫓아갔지만 맥상을 붙잡지는 못했다. 알세스트는 구석에서 한 팔만 펴고 뱅글뱅글 돌면서 부릉부릉 소리를 냈다. 다른 쪽 팔로는 샌드위치를 먹느라 바빴기 때문이다. 벌서고 있던 외드와 조프루아도 팔을 활짝 편 채 서로 다리를 걸어 넘어뜨리려고 했다.

"야, 너 죽었어. 내가 너한테 타타타타 하고 총을 계속 쐈단 말이야. 넘어져야지. 어제저녁에 본 영화에서는 그랬단 말이야!"

클로테르가 맥상에게 외쳤다.

"웃기시네요! 총알이 빗나갔어. 너한테 미사일을 쏴주마!"

맥상은 홱 돌아서서 미사일 쏘는 시늉을 하며 뛰어갔다. 그러다가 무샤비에르 선생님과 쿵 하고 부딪쳤다.

"조심 좀 해라. 너희 전부 이리 와봐."

우리는 무샤비에르 선생님한테 다가갔다.

"조금 전부터 지켜봤는데, 도대체 뭘 하고 있는 거냐?"

"뭘요, 선생님?"

내가 물었다.

"이거 말이다, 이거."

무샤비에르 선생님은 팔을 벌리고는 휘파람도 불며, 부아앙 소리도 내고, 타타타 소리도 내면서 달려갔다. 그러다가 부이옹 선생님과 교장 선생님 앞에서 딱 멈췄다. 부이옹 선생님과 교장 선생님이 운동장에 나와 놀란 눈으로 무샤비에르 선생님을 쳐다보고 있었다.

"제가 말씀드리지 않았습니까, 교장 선생님! 걱정된다고요. 무샤비에르 선생은 아직 적응하려면 멀었다니까요."

부이옹 선생님이 말했다.

교장 선생님은 여전히 두 팔을 벌리고 선 무샤비에르 선생님의 팔을 붙잡고 말했다.

"이제 그만 착륙하세요. 우리 이야기 좀 합시다."

다음 쉬는 시간에는 부이옹 선생님이 우리를 감독했다. 무샤비에르 선생님은 양호실에서 쉬었다. 그건 아쉬운 일이었다. 왜냐하면 우리가 잠수함 놀이를 하려고 한 팔을 뻗어서 잠망경을 만들었더니, 부이옹 선생님이 모두 벽을 보고 서 있으라고 벌을 주었기 때문이다. 아직 어뢰는 쏘지도 않았는데 말이다!

폭죽 소동

우리는 교실에서 조용히 담임 선생님 말을 듣고 있었다. 선생님이 셴 강이 엄청 구불구불하다고 설명하고, 지도에서 셴 강이 어디 있는지 보여주려고 뒤돌아섰을 때였다. 바로 그때 펑! 하고 폭죽이 터졌다. 그때 교실 문이 열리더니 교장 선생님이 들어왔다.

"무슨 일입니까?"

교장 선생님이 물었다.

"학생 중에서 누가 폭죽을 터뜨렸어요."

선생님이 대답했다.

"아! 이런! 세상에! 폭죽 터뜨린 사람 당장 나와. 안 나오면 그 벌로 반 전체가 목요일에 학교에 나와야 할 거다!"

교장 선생님은 팔짱을 끼고 범인이 나오기를 기다렸다. 하지만 아무도 입을 열지 않았다.

조금 있으니까, 뤼퓌스가 일어섰다.

"선생님."

"그래, 뭐냐?"

교장 선생님이 물었다.

"조프루아가 그랬어요."

뤼퓌스가 말했다.

"야, 너 어디 아파?"

조프루아가 발끈하고 일어났다.

"폭죽 가지고 장난친 건 넌데 내가 왜 벌을 받아?"

뤼퓌스가 소리쳤다. 둘은 치고받고 싸웠다.

교실 안이 엄청 시끄러워졌다. 모두들 마구 떠들기 시작했다. 교장 선생님은 주먹으로 담임 선생님 책상을 쾅쾅쾅 치면서 고함을 쳤다.

"조용히 못 해? 이런 식으로 나오겠다 이거지? 아무도 자수를 안 했으니까 모두 목요일에 학교에 나오도록!"

교장 선생님은 교실을 나갔고, 선생님의 귀염둥이인 아냥은 울면서 바닥을 데굴데굴 굴렀다. 아냥은 이건 말도 안 된다고, 자기는 학교에 나오는 벌 따위는 받지 않겠다고, 부모님한테 말해서 다른 학교로 전학 가겠다고 소리를 질렀다. 정말 희한하게도, 누가 폭죽을 터뜨렸는지는 아무도 몰랐다.

목요일 오후에 우리는 학교에 왔다. 우리는 기분이 아주 나빴다. 특히 아냥은 태어나서 처음으로 학교에 나오는 벌을 받았다. 아냥은 울면서 딸꾹질을 해댔다. 운동장에서 부이옹 선생님이 우리를 기다리고 있었다. 부이옹 선생님은 항상 "내 눈을 잘 봐."라고 말하는데, 그럴 때 선생님 눈동자는 꼭 부이옹 수프에 동동 떠 있는 기름 덩어리같이 보인다. 그래서 형들이 그런 별명을 붙여주었다.

"자, 줄을 서라. 하나, 둘! 하나, 둘!"

부이옹 선생님이 구령을 붙였다. 우리는 선생님을 따라갔다.

우리가 교실에 앉자, 부이옹 선생님이 말했다.

"모두 내 눈을 잘 봐라! 너희 잘못으로 나까지 이렇게 학교에 나왔다. 경고하는데, 조금이라도 말을 안 들으면 혼날 줄 알아! 알아들었나?"

우리는 아무 말도 하지 않았다. 장난칠 때가 아니라는 것쯤은 알고 있었다. 부이옹 선생님은 계속 말했다.

"다음 문장을 삼백 번씩 써라. '교실에서 폭죽을 터뜨리고 곧바로 자수하지 않는 행동은 옳지 않습니다.'"

그때 교장 선생님이 교실에 들어와서, 우리는 모두 자리에서 일어섰다.

"자, 폭죽 사건을 일으킨 우리 학생들은 어떻게 하고 있지요?"

교장 선생님이 부이옹 선생님에게 물었다.

"네, 제가 잘 지도하고 있습니다. 교장 선생님께서 결정하신 대로 반성문을 삼백 번씩 쓰게 하고 있습니다."

"좋아요, 좋아, 잘하셨습니다. 전부 다 쓸 때까지 단 한 사람도 교실 밖으로 나가지 못하게 하세요. 이 녀석들 혼이 좀 나야 합니다."

교장 선생님은 부이옹 선생님에게 눈을 찡긋해 보이고는 교실에서 나갔다. 부이옹 선생님은 한숨을 크게 쉬고 창문 너머를 바라보았다. 날씨가 엄청 좋았다. 아냥은 또 울기 시작했다. 화가 난 선생님은 아냥에게 계속 꾀부리면 본때를 보여주겠다고 했다. 그러자 아냥은 교실 바닥을 구르면서 아무도 자기를 사랑하지 않는다고 했다. 조금 있으니까 아냥의 얼굴이 새파래졌다. 선생님은 아냥을 안고 급히 밖으로 뛰어나갔다.

부이옹 선생님은 한참 동안이나 돌아오지 않았다. 그러자 외드가 말했다.

"내가 가서 무슨 일인지 보고 올게."

외드는 조아생과 함께 교실 밖으로 나갔다. 얼마 뒤에 부이옹 선생님이 아냥을 데리고 돌아왔다. 아냥은 진정된 것 같았지만 이따금 코를 훌쩍거렸다. 그리고 아무 말 없이 다시 반성문을 쓰기 시작했다.

잠시 후에 외드와 조아생이 돌아왔다.

"어, 여기 계셨네요. 선생님 찾으러 돌아다녔어요."

외드가 부이옹 선생님에게 말했다. 선생님의 얼굴이 시뻘게졌다.

"네놈들의 어릿광대짓에는 이제 신물이 난다! 교장 선생님 말씀 못 들었어? 빨리 앉아서 반성문 쓰지 못해? 다 쓰기 전엔 집에 못 갈 줄 알아!"

부이옹 선생님이 고함을 쳤다.

"그럼 저녁밥은요?"

알세스트가 물었다.

"저는요, 엄마가 집에 늦게 오면 안 된다고 했는데요."

내가 말했다.

"반성문을 조금 덜 쓰면 훨씬 빨리 끝날 텐데요."

조아생이 말했다.

"문장도 좀 짧은 걸로 바꾸면 안 될까요? '옳지 않습니다'는 너무 길고 받침도 복잡해서 잘 못 쓰겠어요."

클로테르가 말했다. 그러자 외드도 끼어들었다.

"받침이 다 ㄿ이야?"

그 말을 듣고 뤼퓌스가 킬킬댔다. 우리는 너나할것없이 떠들기 시작했다. 그러자 부이옹 선생님이 주먹으로 책상을 두들기면서 소리쳤다.

"시간 낭비하지 말고 빨리 반성문이나 쓰지 못해!"

부이옹 선생님은 마음이 엄청 초조한 것 같았다. 선생님은 이따금 교실을 왔다갔다하다가 창문 앞에 서서 한숨을 푹푹 내쉬었다.

"선생님!"

맥상이 말했다.

"조용히 해! 너희 얘기라면 더 이상 듣고 싶지도 않다! 입도 벙긋하지 마! 한마디도 하지 마!"

선생님이 또 고함을 쳤다. 이제 교실에서는 슥삭슥삭 글씨 쓰는 소리, 부이옹 선생님의 한숨 소리, 아냥이 훌쩍이는 소리밖에 들리지 않았다.

반성문을 제일 먼저 끝낸 건 아냥이었다. 아냥이 반성문을 내자 선생님은 기분이 훨씬 좋아진 것 같았다. 선생님은 아냥의 머리를 가볍게 토닥이면서 우리더러 아냥을 본받으라고 했다. 아이들은 하나둘 반성문을 끝내고 부이옹 선생님에게 냈다. 그제야 선생님은 맥상이 반성문을 쓰지 않았다는 걸 알았다.

"이 녀석, 다 널 기다리고 있잖아! 어째서 넌 반성문을 안 쓰고 있었지?"

선생님이 소리쳤다.

"연필이 부러져서요, 선생님."

맥상이 대답했다. 선생님의 눈이 휘둥그레졌다.

"그런데 왜 진작 말하지 않은 거야?"

"말하려고 했는데요, 선생님이 아까 아무 말도 하지 말라고 했잖아요."

부이옹 선생님은 손으로 얼굴을 쓸어내렸다. 그러고는 맥상에게 연필을 빌려주었다. 맥상은 열심히 반성문을 쓰기 시작했다. 맥상은 글씨를 아주 잘 쓴다.

"지금까지 몇 번이나 썼냐?"

부이옹 선생님이 물었다.

"스물세 번이요. 지금 스물네 번째 쓰고 있어요."

맥상이 대답했다. 선생님은 약간 망설이더니 맥상의 종이를 집어들고 책상에 앉았다. 그러고는 펜을 꺼내어 아주 빨리 반성문을 쓰기 시작했다. 그동안 우리는 선생님이 반성문 쓰는 모습을 구경했다.

반성문을 다 쓰자 선생님은 기분이 엄청 좋아 보였다.

"아냥, 교장 선생님한테 가서 반성문 다 썼다고 말씀드려라."

부이옹 선생님이 말했다.

잠시 후 교장 선생님이 교실에 들어오자, 부이옹 선생님은 반성문 뭉치를 내밀었다.

"좋아요. 아주 좋아요. 이번 일로 여러분이 깨달은 바가 있을 거라 생각해요. 이제 집으로 돌아가도 좋습니다."

바로 그때였다. 펑! 교실에서 또 폭죽이 터졌다. 우리는 다음주 목요일에도 모두 학교에 나오는 벌을 받았다.

본때를 보여주마

　담임 선생님이 지리 시간에 나를 칠판 앞으로 불러냈다. 선생님은 파드칼레의 도청 소재지가 어디냐고 물었다. 나는 답을 몰랐는데 맨 앞줄에 앉은 조프루아가 작은 소리로 "마르세유."라고 가르쳐주었다. 그래서 나는 그렇게 대답했다. 그것은 틀린 답이었다. 선생님은 나에게 빵점을 주었다.

　교문을 나설 때, 나는 조프루아를 쫓아가서 책가방을 붙잡았다. 친구들 모두가 우리 둘 주위로 몰려들었다.

　"너 왜 나한테 틀린 답 가르쳐줬어?"

　내가 조프루아에게 물었다.

　"장난이지. 선생님이 빵점 줄 때 보니까 너 엄청 바보 같더라."

　조프루아가 대꾸했다.

"친구한테 답 가르쳐줄 때는 장난치면 안 돼! 그건 친구의 먹을 걸 가로채는 것만큼이나 나쁜 짓이야!"

알세스트가 말했다.

"그래, 그건 정말 나쁜 짓이야."

조아생도 한마디 거들었다.

"날 좀 내버려둬, 이 바보들아! 우리 아빠는 너네 아빠보다 훨씬 더 부자야. 너네가 뭔데 나한테 이래? 웃기지 말라고!"

조프루아는 이렇게 말하고는 가버렸다.

우리는 기분이 나빴다.

"우리가 뭘 어쨌다고 저래?"

내가 물었다.

"맞아, 우리를 열받게 한 건 자기면서."

맥상이 말했다.

"맞아, 저 녀석이 내 구슬도 따먹었어."

조아생도 맞장구를 쳤다.

"야, 내일 쉬는 시간에 저 녀석 혼내주는 거 어때? 코피를 터뜨리자!"

외드가 말했다.

"그건 안 돼. 그랬다간 부이옹 선생님한테 벌받을걸."

내가 말했다.

"나한테 좋은 생각이 있어. 녀석을 따돌리는 거야!"

뤼퓌스가 말했다. 정말 끝내주는 생각이었다. 따돌리는 게 뭔지 여러분이 알고 있을지 모르겠다. 따돌린다는 건 어떤 친구한테 우리가 화가 났다는 걸 보여주기 위해 말을 걸지 않는 거다. 같이 말도 안 하고, 놀지도 않고, 그 애가 아예 없는 것처럼 행동하는 거다. 조프루아는 따돌림을 당해봐야 한다. 정말이지 당해봐야 알 거다. 우리는 모두 찬성했다. 특히 클로테르는 친구들한테 틀린 답을 가르쳐주는 일만큼은 처음부터 본때를 보여줘야 한다며 대찬성이었다.

다음 날 아침, 나는 조프루아에게 실수로 말을 걸면 어쩌나 하는 생각에 엄청 가슴 졸이며 학교에 왔다. 친구들 모두 조프루아를 기다리고 있었다. 드디어 조프루아가 왔다. 녀석은 꾸러미 하나를 안고 있었다.

"조프루아, 우린 너를 따돌리기로 했어."

내가 말했다.

"말 걸지 않기로 한 것 같은데……."

클로테르가 말했다.

"난 우리가 이제 조프루아하고 말을 안 할 거라는 걸 알려준 것 뿐이야."

"쉬는 시간에도 같이 놀아주지 않을 거야."

뤼퓌스도 거들었다.

"흥! 나도 좋다 뭐. 나 혼자 이 안에 든 것 갖고 신나게 놀 거야."

조프루아가 말했다.

"그게 뭔데?"

알세스트가 물었다.

"야, 알세스트, 쟤랑 말하지 마!"

내가 말했다.

"맞아! 누구든 먼저 조프루아랑 말하는 녀석은 코피를 터뜨려 줄 거야!"

외드가 말했다.

"그래, 맞아."

클로테르가 말했다.

수업 시간부터 따돌림이 시작되었다. 정말 재미있었다. 조프루아가 외드에게 비행기 모양의 연필깎이를 빌려달랬는데, 외드는 조프루아를 쳐다보지도 않았다. 그러고는 연필깎이를 들고 부아앙 소리를 내면서 책상에 비행기를 착륙시키는 시늉을 했다. 우리는 모두 웃었다. 조프루아한테는 쌤통이었다. 하지만 선생님이 외드에게 벌을 주고, "나는 수학 시간에 연필깎이를 가지고 놀지 않겠습니다. 그러면 수업을 못 따라가게 되고, 친구들을 방해하면 친구들도 산만해져서 벌을 받게 되기 때문입니다."를 백 번 써 오라고 했다.

곧 쉬는 시간 종이 울렸고, 우리는 운동장으로 나왔다. 모두 뛰어다니고 소리를 지르기 시작했다.

"야! 야! 우리 놀자!"

우리는 조프루아를 쳐다보았다. 조프루아는 혼자서 잔뜩 약이 올라 있었다. 녀석은 꾸러미를 열고 장난감 소방차를 꺼냈다. 사다리와 경적까지 달린 빨간색 소방차였다. 우리는 거들떠보지 않고 여기저기 뛰어다니면서 재미있게 놀았다. 좋아하는 친구들끼리는 언제나 재미있게 놀 수 있으니까. 그런데 알세스트가 조프루아의 소방차를 보러 갔다.

"알세스트, 너 뭐 하는 거야?"

뤼퓌스가 물었다.

"그냥 조프루아의 소방차를 보고 있어."

"조프루아의 소방차를 보면 안 돼! 우린 걔랑 모르는 사이라고!"

뤼퓌스가 외쳤다.

"바보야, 조프루아한텐 아무 말도 안 했어. 그냥 소방차만 보는 거야. 내가 걔 소방차 쳐다보는 것도 네 허락을 받아야 되냐? 응?"

"너 계속 그러고 있으면 너도 따돌릴 거야!"

"네가 뭔데? 말도 안 돼, 네가 뭔데?"

알세스트가 외쳤다.

"얘들아, 이제 알세스트도 따돌리는 거야!"

뤼퓌스가 말했다. 나는 정말 난처했다. 알세스트는 나랑 제일 친한 친구이기 때문이다. 알세스트와 말을 못 하면 하나도 재미없다. 알세스트는 버터 바른 빵 세 개 중 하나를 먹으면서 조프루아의 소방차를 계속 구경하고 있었다. 클로테르가 알세스트에게 다가가 물었다.

"알세스트, 이 소방차, 사다리도 움직여?"

"클로테르도 따돌리자!"

뤼퓌스가 외쳤다. 그러자 클로테르가 발끈했다.

"야, 너 미쳤냐?"

"맞아, 클로테르랑 내가 조프루아의 소방차가 보고 싶어서 보는데, 뤼퓌스 네가 뭔데 그래?"

어느새 그쪽에 가 있던 외드도 말했다.

"잘들 한다, 잘들 해. 저쪽에 가는 애들은 전부 다 따돌릴 거야. 얘들아, 그럴 거지, 응?"

뤼퓌스가 말했다. 조아생, 맥상 그리고 나한테 한 말이었다. 우리는 뤼퓌스 말이 옳다고, 저쪽에 가서 붙는 애들은 친구가 아니라고 했다. 우리는 경찰 도둑 놀이를 시작했다. 하지만 셋이서 노는 건 하나도 재미없었다. 왜 세 명이냐 하면, 맥상까지 조프루아가 소방차 갖고 노는 걸 구경하는 애들 편에 끼었기 때문이다. 그 소방차가 좋은 점은 아빠의 진짜 자동차처럼 헤드라이트도 켜진다는 거였다. 경적을 누르면 진짜로 왜앵 소리도 났다.

"야, 니콜라! 이리 와서 우리랑 놀자! 안 그러면 너도 따돌림당할 거야! 와! 야, 저것 봐! 저 차 엄청 빨리 달린다!"

뤼퓌스가 소리쳤다. 어느새 녀석마저 소방차가 달리는 걸 보려고 소방차 쪽으로 다가갔던 거다. 이제 왕따가 아닌 건 조아생뿐이었다. 조아생은 혼자서 운동장을 뛰어다니며 소리쳤다.

"나 잡아봐라! 얘들아! 나 잡아봐!"

얼마 안 있어, 조아생도 자기 혼자 경찰 도둑 놀이 하는 게 싫증이 났는지 우리한테 왔다. 우리는 모두 조프루아의 소방차 주위에 둘러섰다. 생각해보니 우리가 조프루아에게 좀 심했던 것 같았다. 어쨌든 조프루아도 친구니까 말이다.

"조프루아, 널 용서해줄게. 넌 이제 왕따 아니야. 우리랑 같이 놀 수 있어. 그럼 내가 저기 가 있을 테니까 소방차가 나한테 오게 해봐."

내가 말했다.

"그럼 난 불이 난 것처럼 할게."

알세스트가 말했다.

"그럼 난 사다리를 올려야지."

뤼퓌스가 말했다.

"자! 자! 빨리! 쉬는 시간 얼마 안 남았단 말이야!"

외드가 외쳤다.

이런! 우리는 조프루아의 소방차를 갖고 놀 수 없었다. 정말 말도 안 된다! 조프루아 녀석, 우리 모두를 따돌려버리다니!

요새

일요일 오후에 클로테르와 알세스트가 우리 집에 놀러 왔다. 클로테르는 장난감 병정들을 가져왔고, 알세스트는 축구공을 가져왔다. 그 축구공은 지난 학기에 압수당했던 거다. 알세스트는 잼 바른 빵도 네 조각 가져왔다.

날씨가 아주 좋고 햇볕도 쨍쨍하자, 아빠는 우리더러 정원에서 놀아도 좋다고 했다. 아빠도 신문을 가지고 정원으로 나와 베고니아 앞에 놓인 긴 의자에 앉았다. 그러고는 엄청 피곤해서 좀 쉬고 싶으니까 방해하지 말고 놀라고 했다.

나는 아빠에게 차고에 있는 종이상자들을 가지고 놀아도 되는지 물었다.

"뭐 하려고?"

"요새를 만들어서 클로테르의 병정들을 그 안에다 넣어두려고요."

"좋아, 하지만 시끄럽게 하거나 어지럽히면 안 된다."

나는 종이상자를 가지러 갔다. 아빠는 그동안 신문을 읽었다. 우리는 상자들을 쌓아 올렸다.

"이런, 그게 뭐냐? 요새가 하나도 안 멋있구나!"

"괜찮아요, 우리는 이렇게 만들어요."

내가 대답했다.

"창문하고 문을 만들면 훨씬 좋을 텐데."

알세스트가 두 번째 빵을 입안 가득 문 채로 아빠에게 뭐라고뭐라고 웅얼거렸다.

"너 지금 뭐라고 한 거니?"

"창문하고 문은 뭘로 만드냐고요."

클로테르가 대신 대답했다. 알세스트는 고개를 끄덕였다.

"얘는 너 없으면 어떻게 대화를 할지 궁금하구나."

아빠가 웃으면서 말했다.

"아무튼 말이지, 창문하고 문 만드는 건 아주 간단하단다. 니콜라! 엄마한테 가서 가위 좀 달라고 해라. 아빠가 쓸 일이 있다고."

엄마는 가위를 내주면서 나한테 다치지 않도록 조심하라고 말했다.

"엄마 말이 맞아. 가위를 쓸 때는 조심해야지. 아빠가 해보마."

아빠는 긴 의자에서 일어나 제일 큰 상자를 집어들었다. 그러고는 가위로 쓱싹쓱싹 하더니 문 하나와 창문 여러 개를 만들었다.

엄청 근사했다.

"봐라. 아까보다 백 배는 낫지? 이제 다른 상자로 탑을 만들어 보자꾸나."

아빠는 가위로 다른 상자를 잘랐다. 그러다가 갑자기 비명을 질렀다. 아빠는 손가락을 빨았다. 내가 엄마를 부르려고 하자 아빠가 말렸다. 아빠는 손가락을 손수건으로 친친 동여매고 계속 탑을 만들었다.

"니콜라, 아빠 책상 서랍에서 풀 좀 찾아 와!"

나는 풀을 가져왔다. 아빠는 자른 종이를 둥그렇게 말아서 붙였다. 진짜 탑같이 보였다.

"됐다. 이제 이 탑들을 모서리마다 붙여야지. 그렇게 하면……이런! 알세스트! 잼이 잔뜩 묻은 손으로 탑을 만지면 안 되지!"

아빠 말에 알세스트는 또 뭐라고 했다. 하지만 나는 알아듣지 못했다. 클로테르가 설명해주지 않았기 때문이다. 어쨌든 아빠는 신경도 쓰지 않았다. 그만큼 탑을 만드는 데 정신이 팔려 있었다. 탑을 세우는 일은 만만찮았다. 아빠는 엄청 더웠는지 얼굴이 땀범벅이었다.

"이제 뭘 만들 차례인지 아니? 성에서 총을 쏠 수 있도록 성벽에 구멍을 뚫는 거다. 그런 구멍을 총안이라고 한단다. 총안이 없으면 요새라고 할 수 없지."

아빠는 연필로 총안을 낼 곳에 구멍을 그렸다. 그리고 입을 헤벌린 채 구멍을 오리기 시작했다. 요새는 엄청 근사해졌다!

"니콜라, 서랍장 왼쪽 두 번째 칸에서 빳빳한 종이 좀 찾아 와라.

가는 김에 네 크레용도 가져오고."

내가 정원으로 다시 나와보니 아빠는 아예 땅바닥에 앉아 요새를 붙잡고 씨름하고 있었다. 클로테르와 알세스트는 긴 의자에 앉아서 아빠의 모습을 구경하고 있었다.

"이제 탑에다가 뾰족 지붕을 세울 거다. 그리고 이 종이로는 망루를 만들 거야. 그다음에는 크레용으로 요새를 색칠하는 거지……."

"내가 색칠할까요?"

내가 물었다.

"아니, 아빠한테 맡겨두렴. 그럴듯해 보이는 요새를 갖고 싶으면 정성껏 만들어야지. 너희가 도와줄 일이 생기면 부르마. 자, 작은 나뭇가지 하나 구해다줄래? 그걸로 깃대를 만들어서 깃발을 달자."

우리가 나뭇가지를 갖다주자, 아빠는 종이를 네모나게 잘라서 나뭇가지에 붙였다. 아빠는 그 종이가 깃발이라고 했다. 아빠는 종이에 파란색과 빨간색을 칠하고 가운데는 흰색으로 남겼다. 정말 멋졌다.

"알세스트가 요새가 완성됐느냐고 물어보는데요?"

클로테르가 말했다.

"아직 안 됐다고 해. 일을 제대로 하려면 시간이 걸리는 법이지. 무슨 일이든 대충대충 하는 태도는 배우지 마라. 아저씨 일 방해하지 말고 어떻게 만드는지 잘 봐둬. 그러면 다음번에는 너희가 직접 만들 수 있잖니."

조금 있으니까 엄마가 우리를 불렀다.

"간식 준비됐다! 와서 먹으렴!"

"야, 가자!"

마침 잼 바른 빵을 다 먹은 알세스트가 말했다.

우리는 집 쪽으로 뛰어갔다. 아빠가 우리에게 조심하라고 소리쳤다. 클로테르가 탑 하나를 망가뜨릴 뻔했다고, 어쩌면 그렇게들 조심성이 없느냐고 말이다.

우리가 식당에 갔더니, 엄마가 나보고 아빠는 안 올 건지 물어보라고 했다. 그래서 내가 정원으로 다시 나갔더니, 아빠는 지금 바빠서 생각이 없다고, 다 끝나면 들어가겠다고 전하라고 했다.

엄마가 준 간식은 참 맛있었다. 초콜릿과 브리오슈 빵과 딸기잼

이었는데, 알세스트가 엄청 좋아했다. 알세스트는 잼이란 잼은 다 좋아하는데 딸기잼을 특히 좋아한다. 우리가 간식을 먹는 동안에도 아빠는 여러 번 들락날락했다. 실과 바늘을 가지러, 다른 풀을 가지러, 그리고 검은색 잉크와 잘 드는 작은 부엌칼을 가지러 왔다.

간식을 다 먹고 나서, 나는 새로 산 작은 자동차들을 보여주려고 친구들을 내 방으로 데려갔다. 우리가 책상과 침대 사이에서 자동차 시합을 하고 있는데, 아빠가 들어왔다. 아빠의 셔츠는 엄청 더러웠고, 얼굴에는 잉크 얼룩이 묻어 있었다. 손가락 두 개에는 반창고까지 붙어 있었다. 아빠는 팔로 이마의 땀을 닦으며 말했다.

"자, 얘들아. 요새가 완성됐다."

"무슨 요새요?"

클로테르가 물었다.

"있잖아. 우리 요새 말이야!"

내가 말했다.

"아, 요새!"

알세스트가 말했다.

우리는 아빠를 따라 내려왔다. 아빠는 우리가 기가 막힌 요새를 보게 될 거라고, 그렇게 근사한 요새는 본 적이 없을 거라고, 요새를 갖고 재미있게 놀 수 있을 거라고 했다. 그러고는 식당 앞을 지나가면서 엄마한테도 나와서 보라고 했다.

요새는 정말로 끝내줬다! 거의 진짜 같았다. 장난감 가게 진열창에서나 볼 수 있는 요새였다. 깃발 달린 깃대도 있고, 기사 영화에 나오는 것처럼 성문을 열면 다리가 내려오는 장치도 있었다. 아빠는 클로테르의 장난감 병정들을 보초병처럼 성벽 총안에다 세워놓았다. 아빠는 아주 의기양양했다.

아빠는 엄마 어깨에 팔을 두르며 웃었다. 엄마도 아빠가 웃는 걸 보고 함께 웃었다. 엄마 아빠가 함께 웃는 모습을 보니 나도 기분이 참 좋았다.

"자, 아빠 솜씨 멋지지? 그렇지? 아빠는 이제 좀 쉬어야겠다. 긴의자에 누워 쉴 테니, 너희는 이 멋진 요새 갖고 신나게 놀아라."

아빠가 말했다.

"신난다! 알세스트! 공 가져와!"

클로테르가 외쳤다.

"공?"

아빠가 물었다.

"공격!"

내가 외쳤다.

"폭격 개시!"

알세스트도 외쳤다.

쿵! 쿵! 쿵! 우리는 공으로 세 번 내려치고 발로 마구 밟아서, 요 새를 박살내고, 전투에서 멋지게 이겼다!

서커스

아싸! 목요일 오후에 우리 반 모두 서커스를 보러 갔다. 서커스 단장이 학교에서 딱 한 반을 공연에 초대했는데 우리 반이 뽑혔다. 교장 선생님이 이 말을 했을 때, 우리는 엄청 놀랐다. 대개 우리 반이 목요일 오후에 어디를 가는 건 절대 서커스를 보러 가거나 하는 신나는 일이 아니었기 때문이다. 이상한 건, 담임 선생님이 금방이라도 울 것 같은 얼굴이었다는 거다. 우리를 서커스에 데려가야 하는 사람이 바로 선생님이니까, 선생님도 초대를 받은 건데 말이다.

목요일에 서커스를 구경하러 가는 차 안에서, 선생님은 우리가 얌전히 굴 것을 믿는다고 말했다. 우리는 모두 그러겠다고 했다. 우리는 담임 선생님이 참 좋다.

공연장에 들어가기 전에 선생님은 우리가 다 있는지 세어보고는 한 명이 없다는 걸 알았다. 알세스트가 솜사탕을 사러 간 거였다. 알세스트는 돌아와서 선생님한테 혼이 났다.

"이런 게 어딨어요. 나는 솜사탕을 먹어야 한단 말이에요. 솜사탕이 얼마나 맛있다고요. 선생님도 좀 드실래요?"

알세스트의 말에 선생님은 한숨을 내쉬고는, 이제 공연장 안으

로 들어갈 시간이라고, 벌써 늦었다고 했다. 하지만 조프루아와 클로테르도 솜사탕을 사러 가서, 그 애들을 기다려야 했다. 그 애들이 돌아왔을 때 선생님은 기분이 아주 안 좋았다.

"너희는 서커스 볼 자격도 없어!"

그러자 클로테르가 변명을 했다.

"알세스트 때문에 우리도 솜사탕이 먹고 싶어졌어요. 솜사탕 사

러 가면 안 되는 줄 몰랐어요."

아냥이 끼어들었다.

"선생님, 외드도 솜사탕 사러 가고 싶대요."

"야, 조용히 못 해? 이 고자질쟁이! 너 코피 터지고 싶어?"

외드가 외쳤다. 그러자 아냥은 울기 시작했다. 아냥은 모두가 자기를 이용한다고, 끔찍하다고, 자기는 병이 나고 말 거라고 말했다. 선생님은 외드에게 벌로 다음주 목요일에도 학교에 나오라고 했다.

"말도 안 돼요! 이런 법이 어딨어요? 저는 솜사탕을 사러 가지도 않았는데 벌을 주고, 솜사탕을 사 온 애들한테는 아무 말씀도 안 하시고!"

외드가 대들었다.

"샘내는구나! 샘쟁이, 샘쟁이! 솜사탕이 샘나서 그러지?"

클로테르가 약을 올렸다. 그때 조아생이 선생님에게 물었다.

"선생님, 저도 솜사탕 사러 갔다 와도 될까요?"

"솜사탕 타령은 이제 그만! 더 이상 듣고 싶지 않다!"

선생님이 고함을 쳤다.

그러자 조아생이 말했다.

"쟤들은 솜사탕 먹는데, 저는 솜사탕 얘기도 하면 안 된다고요? 그건 너무 불공평해요!"

"넌 참 운도 없구나. 이 솜사탕 진짜 맛있는데!"

알세스트가 웃으면서 약을 올렸다.

"야, 뚱보! 넌 빠져!"

조아생이 외쳤다.

"너 솜사탕으로 한번 맞아볼래?"

알세스트가 말했다.

"해볼 테면 해봐!"

조아생도 지지 않았다. 알세스트는 솜사탕으로 조아생 얼굴을 갈겼다. 조아생은 기분이 상해서 알세스트에게 덤벼들었다. 담임 선생님은 고함을 치기 시작했다. 그러자 안내하는 아저씨가 와서 말했다.

"선생님, 공연을 보실 거면 애들을 데리고 들어가세요. 시작한 지 벌써 십오 분이나 됐어요. 저 안에도 광대들은 있답니다."

공연장 안에서는 음악이 쩌렁쩌렁 울리고 있었다. 한 아저씨가 무대 위로 천천히 걸어 나왔다. 전에도 비슷한 옷차림을 본 적이 있다. 메메의 생일에 점심을 먹으러 갔던 음식점의 지배인 아저씨가 입었던 옷과 비슷했다. 아저씨는 마술을 보여주겠다고 했다. 잠시 후, 아저씨 손에서 갑자기 불붙은 담배들이 막 나타났다.

"쳇, 속임수야. 저런 건 진짜 마술이 아니라 눈속음이야."

뤼퓌스가 말했다.

"눈속음이 아니라 눈속임이라고 해야지."

아냥이 말했다.

"누가 너한테 가르쳐달랬어? 너더러 바보 같은 소리 해달라고 말한 사람 없어!"

뤼퓌스가 말했다.

"선생님, 뤼퓌스가 하는 말 들으셨어요?"

아냥이 묻자 선생님이 말했다.

"뤼퓌스, 얌전히 굴지 않으면 내보낸다."

그러자 우리 뒤에 앉아 있던 아저씨가 말했다.

"이왕이면 몽땅 데리고 나가주시면 안 됩니까? 조용히 좀 봅시다."

선생님은 뒤돌아보더니 그 아저씨한테 말했다.

"그렇게는 안 되겠는데요."

"우리 아빠는 경찰관인데요, 아빠한테 말해서 아저씨 교통위반 딱지 잔뜩 떼게 할 거예요."

뤼퓌스도 한마디 했다.

그때 아냥이 선생님을 불렀다.

"선생님, 저기 좀 보세요. 눈속임하는 아저씨가 조아생을 불러냈어요."

그 말은 사실이었다. 조아생은 무대 위의 마술사 옆에 있었다.

마술사가 말했다.

"와우! 여기 용감한 소년 한 명이 나왔군요! 여러분, 박수 부탁합니다!"

선생님이 벌떡 일어나서 소리쳤다.

"조아생, 안 돼! 당장 이리 와!"

하지만 눈속임하는 아저씨(아냥의 말을 빌리면)는 조아생을 사라지게 하겠다고 말했다. 아저씨는 조아생을 커다란 여행 가방 안에 들어가게 하고 뚜껑을 닫았다. 아저씨가 "얍!" 하고 외치고 다시 가방 뚜껑을 열었다. 조아생은 사라지고 없었다.

"오, 맙소사!"

선생님이 비명을 질렀다.

그러자 우리 뒤에 있던 아저씨는 마술사가 우리를 몽땅 트렁크에
넣고 사라지게 했으면 좋겠다고 했다.

"이보세요, 말씀이 너무 지나치시군요."

우리 선생님이 말했다.

"선생님 말이 맞습니다. 이 가녀린 선생님이 말썽꾸러기들을 데
리고 와서 고생하는 게 보이지도 않습니까?"

다른 아저씨가 선생님 편을 들었다.

"맞아요."

알세스트가 끼어들었다.

"지금 나를 가르치려는 거요?"

처음 말한 아저씨가 말했다.

"그럼 나가서 얘기 좀 할까요?"

다른 아저씨가 말했다.

"아, 됐습니다. 됐어요."

첫 번째 아저씨가 말했다. 다른 아저씨가 "겁쟁이 같으니!" 하고 코웃음을 쳤다. 그때 음악이 엄청 크게 울려 퍼졌고, 조아생이 다시 나타났다. 모두 박수를 쳤다. 선생님은 조아생에게 벌을 주겠다고 했다.

잠시 후, 무대 위에 커다란 우리가 세워졌다. 우리 안에는 사자와 호랑이들이 있었다. 이어서 조련사가 무대에 나타났다. 그 아저씨는 자기 머리를 사자 입안에 넣었고, 사람들은 비명을 지르거나 "와아!" 하고 소리를 쳤다.

뤼퓌스는 조아생이 멀쩡하게 돌아온 걸 보니 마술사가 틀림없이 진짜가 아니라고 했다.

"그렇지 않아. 조아생은 돌아왔지만 그 전에 분명히 사라졌었어."

외드가 말했다.

"그건 속임수야."

뤼퓌스가 맞받아쳤다.

"넌 바보야. 정말 한 대 때려주고 싶다."

외드가 말했다.

"조용히 좀 해!"

우리 뒤에 있던 아저씨가 소리쳤다.

"뭡니까? 또 시작입니까?"

다른 아저씨가 한마디 했다. 그러자 처음 아저씨가 말했다.

"내가 시작하고 싶으면 시작하는 거지!"

그러는 사이에 외드가 뤼퓌스의 얼굴에 주먹 한 방을 날렸다. 사람들은 저마다 "쉿!" 하면서 조용히 하라고 했고, 선생님은 우리를 공연장에서 데리고 나왔다. 정말 아쉬운 일이었다. 어릿광대들이 막 무대에 등장하는 순간이었기 때문이다.

차에 올라타려는데, 조련사 아저씨가 우리 선생님한테 다가와서 말했다.

"공연하는 틈틈이 선생님을 지켜봤습니다. 정말이지, 존경합니다. 저라면 도저히 그렇게 못 할 것 같습니다. 교사라는 직업을 선택할 용기가 없어요!"

사과 그리기

우리는 오늘 기분이 아주 좋았다. 그림을 그리는 날이기 때문이다. 교실에서 그림을 그리는 건 참 재미있다. 수업을 들을 필요도 없고, 숙제를 할 필요도 없고, 친구들과 말도 할 수 있고, 쉬는 시간하고 조금 비슷한 것 같기도 하다. 어쩌면 그래서 담임 선생님은 그림 그리기를 자주 안 시키고 지도 같은 걸 따라 그리게 하나보다. 지도 그리기는 진짜 그림 그리기라고 할 수 없다. 게다가 프랑스 지도는 그리기가 어렵다. 브르타뉴 지방은 특히 더 어렵다. 지도 그리기를 좋아하는 아이는 아냥뿐이다. 하지만 아냥은 따로 쳐야 한다. 녀석은 반에서 일등이고 선생님의 귀염둥이니까 말이다.

우리는 지난주에 클로테르와 조아생이 싸운 일 빼고는, 말도 아주 잘 듣고 말썽도 피우지 않았다. 그러자 선생님이 말했다.

"좋아요. 그럼 내일은 그림 도구를 갖고 오세요."

우리가 교실에 들어와보니, 선생님 책상에 사과 하나가 놓여 있었다.

"오늘은 정물화를 그릴 거예요. 모두 이 사과를 그리세요. 친구들하고 얘기하는 건 좋지만 교실을 돌아다니거나 하면 안 돼요."

아냥이 손을 들었다. 아냥은 그림 그리는 걸 별로 안 좋아한다. 외워서 하는 게 아니라서 자기가 일등을 한다는 보장이 없기 때문이다.

"선생님, 사과가 너무 멀리 있어서 잘 안 보여요."

"그래, 그럼 앞으로 오렴."

그러자 모두 사과를 더 가까이서 보겠다고 자리에서 일어났다. 하지만 선생님은 자로 책상을 탁탁 치면서 우리보고 제자리에 가서 앉으라고 했다.

"선생님, 그럼 저는 어떻게 해요, 네?"

아냥이 물었다.

"아냥, 정말로 사과가 잘 안 보이면 다른 걸 그려도 좋아. 하지만 조용히 해야 한다!"

"그럼 프랑스 지도를 그릴래요. 산이랑 강의 중요한 지류들도 그릴게요."

아냥은 아주 만족해했다. 프랑스 지도는 자기가 외워서 그릴 수 있으니까 말이다. 정말 못 말리는 녀석이다!

조프루아는 아빠가 엄청 부자라서 언제나 별의별 걸 다 사준다. 조프루아가 책가방에서 진짜 끝내주는 물감 상자를 꺼냈다. 붓도

엄청 많고 작은 물통도 들어 있었다. 우리는 모두 그 상자를 구경하러 모여들었다. 나도 아빠한테 하나 사달라고 해야겠다! 선생님은 다시 자로 교탁을 치고는 계속 그러면 모두 아냥처럼 프랑스 지도를 그리고 강과 산을 표시하게 하겠다고 했다. 그래서 우리는 전부 다 제자리에 가서 앉았다. 하지만 조프루아는 선생님의 허락을 받고 물통에 물을 받으러 나갔다. 맥상은 조프루아를 따라가려다가 반성문 쓰는 벌을 받았다.

외드가 손을 들었다. 외드는 사과를 어떻게 그려야 하는지 모르겠다고 했다. 외드의 옆자리에 앉은 뤼퓌스도 모르겠다고 했다.

"우선 사각형을 그리렴. 그리고 사각형 안에 사과 모양을 그리면 좀 더 쉽게 그릴 수 있을 거야."

외드와 뤼퓌스는 좋은 생각이라고 말하고는 자를 꺼냈다. 그러고는 사과를 그리기 시작했다.

클로테르는 기분이 좋지 않았다. 클로테르는 반에서 꼴찌이고, 옆자리 친구를 그대로 따라하지 않으면 아무것도 못 한다. 그런데 클로테르 옆에는 조아생이 앉아 있었다. 조아생은 클로테르가 자기 구슬을 따먹은 것 때문에 골이 나서, 클로테르를 약 올리려고 일부러 사과 대신 비행기를 그리고 있었다.

내 옆에 앉은 알세스트는 입맛을 쩝쩝 다시면서 사과를 쳐다보고 있었다.

"우리 엄마는 사과로 파이를 끝내주게 만드셔. 일요일마다 만들어주신다! 위에 조그만 구멍이 뚫린 파이 알지?"

알세스트가 말했다.

"뭐? 구멍 난 파이?"

내가 물었다.

"그래, 바로 그거. 다음에 우리 집에 오면 보여줄게. 자, 이것 봐."

알세스트는 파이를 그려서 나에게 보여주었다. 하지만 쉬는 시간에 먹을 잼 바른 빵조각 하나를 꺼내 몰래 먹느라 그림 그리던 걸 멈춰야 했다. 알세스트는 정말 웃긴다. 뭘 보든 식욕을 느끼는 녀석이니까!

나는 사과를 보니까 텔레비전이 생각났다. 텔레비전에서 윌리엄 텔이라는 사람이 나오는 시리즈를 본 적이 있다. 그 시리즈는 시작할 때마다 윌리엄 텔이 자기 아들 머리에 사과를 올려놓고 슝! 하고 활을 쏘는 장면이 나온다. 쏠 때마다 백발백중, 한 번도 빗나간 적이 없다. 〈윌리엄 텔〉은 진짜 끝내준다. 하지만 그 시리즈에 요새는 별로 안 나온다. 다른 영화에서는 늘 멋진 요새가 나오고, 그 요새를 공격하는 사람들이 무더기로 나오는데 말이다. 그러면 요새 위에 있는 사람들은 밖에 있는 사람들 머리 위로 이것저것을 던진다. 나는 요새 그리는 걸 참 좋아한다.

"그런데 조프루아는 뭐 하느라 여태 안 오지?"

선생님이 말했다.

"선생님, 제가 찾아올까요?"

맥상이 말했다.

선생님은 맥상에게 정말 못 말리겠다면서 반성문이나 쓰라고 했다. 조금 있으니까 조프루아가 홀딱 젖은 채 물이 가득한 물통을 들고 돌아왔다.

"이런, 조프루아, 왜 이렇게 오래 걸렸니?"

선생님이 말했다.

"제 잘못이 아니에요. 물통 때문이에요. 계단을 올라오려고 하면 자꾸 물통이 뒤집혀서요. 다시 물을 채우러 왔다갔다했어요."

"알았다. 이제 네 자리로 가서 그림이나 그리렴."

조프루아는 맥상 옆에 가서 앉았다. 그러고는 붓을 꺼내어 물감에 물을 섞기 시작했다.

"물감 좀 빌려줄래?"

맥상이 물었다.

"물감이 필요하면 너네 아빠한테 사달라고 해. 우리 아빠는 남한테 내 물건 빌려주는 거 싫어하셔."

조프루아가 대꾸했다. 조프루아 말이 맞다. 아빠들은 그래서 골치 아프다.

"나는 네 잘난 물감 때문에 두 번이나 벌받았어. 그리고 말이지, 너는 바보 천치야!"

맥상이 말했다. 그러자 조프루아는 붓을 이리저리 휘둘러서 맥상의 도화지에 굵고 빨간 선을 두 개나 그었다. 맥상이 화가 잔뜩 나서 벌떡 일어섰다. 그 바람에 빨간 물이 가득 든 조프루아의 물통이 엎어져서, 조프루아의 도화지가 빨갛게 젖어버렸다. 조프루아의 윗옷에도 빨간 물이 들었다. 조프루아는 엄청 화가 나서, 아무렇게나 주먹을 휘둘렀다. 선생님이 소리를 질렀고, 우리는 모두 자리에서 일어났다. 그 틈에 클로테르는 비행기만 잔뜩 그리고 있던 조아생과 치고받고 싸웠다. 그때 교장 선생님이 우리 교실에 들어왔다.

"잘하고 있군요! 아주 잘하고 있어요! 교장실까지 이 소리가 다 들려요! 도대체 무슨 일입니까?"

"저…… 저…… 미술 수업을 하고 있습니다."

담임 선생님이 대답했다. 우리 선생님은 정말 멋진 분이다. 하지만 교장 선생님이 오면 우리 때문에 늘 어쩔 줄 몰라 한다.

"아하! 그래요? 어디 좀 봅시다."

교장 선생님은 학생들 사이를 지나가면서 내가 그린 요새, 알세스트가 그린 파이, 아냥이 그린 프랑스 지도, 조아생의 비행기 그림, 클로테르의 흰 도화지, 시뻘겋게 칠해진 맥상과 조프루아의 스

케치북을 보았다. 그리고 외드와 뤼퓌스가 그린 바다 전투 그림도
보았다.

"그런데 이 꼬마 화가들한테 도대체 뭘 그리라고 한 겁니까?"

교장 선생님이 물었다.

"사과요. 사과를 그리는 시간인데요."

담임 선생님이 대답했다.

교장 선생님은 우리한테 목요일에도 학교에 나오라고 했다.

신기한 쌍안경

조아생이 학교에 쌍안경을 가지고 왔다.

조아생은 우리에게 쌍안경이 어디서 났는지 말해주었다.

"어제 우리 엄마가 다락방 정리하는 걸 도와드렸거든. 그런데 트렁크에 이 쌍안경이 들어 있는 거야. 엄마가 그러는데, 원래 아빠가 극장이나 축구장에 갈 때 쓰려고 샀던 거래. 그런데 곧바로 텔레비전을 사버려서 이 쌍안경은 거의 쓰지도 않았대."

"너네 엄마가 쌍안경을 학교에 가져가도 된다고 했어?"

내가 물었다. 엄마 아빠들은 우리가 학교에 뭘 가져가는 걸 아주 싫어하니까 말이다.

"물론 아니지. 하지만 점심 먹으러 집에 갈 때 도로 갖다놓을 거야. 엄마는 아무것도 모를 테니 아무 문제 없어."

조아생이 말했다.

"그런데 극장이나 축구장에서 쌍안경으로 뭘 하는 거야?"

클로테르가 물었다. 클로테르는 좋은 친구지만 도무지 아는 게 없다.

"어휴, 이 바보야! 쌍안경은 멀리 있는 걸 볼 때 쓰는 거잖아!"

조아생이 대꾸했다.

"맞아. 전함들 나오는 영화를 본 적이 있는데, 사령관이 쌍안경으로 적군의 배들이 오는 걸 보고는 쾅, 쾅, 쾅 하고 대포를 쏴서 그 배들을 침몰시켰어. 그런데 적군의 배를 이끄는 사령관이 쌍안경 가진 사령관이랑 친구였거든. 둘은 오랫동안 서로 못 만났던 거야. 쌍안경을 가진 사령관은 친구 사령관을 구해줬어. 그런데 친구는 사령관이 자기 배를 침몰시켰다고 악수도 하지 않으려고 했지. 전쟁이 끝나기 전에는 자기네 둘이 더 이상 친구가 될 수 없다고 하면서. 하지만 둘은 그 전에 다시 친구가 돼. 쌍안경을 가진 사령관의 배도 침몰하는데, 그 친구 사령관이 쌍안경 가진 사령관을 구해주거든."

맥상이 말했다.

"그래, 맞아. 극장에서나 축구장에서도 똑같아."

조아생이 말했다.

"아, 그렇구나!"

클로테르도 말했다. 하지만 클로테르 녀석, 무슨 말인지 이해 못한 게 틀림없다.

"나 한 번만 보여줘!"

모두 아우성치며 조아생에게 졸랐다.

"그래, 알았어. 하지만 부이옹한테 들키지 않게 조심해. 부이옹한테 걸리면 쌍안경을 압수할 테고, 그러면 나는 집에서 끝장이야."

조아생이 말했다.

부이옹 선생님도 우리 엄마 아빠들과 똑같다. 우리가 학교에 뭘 가져오는 걸 눈 뜨고 못 본다.

조아생은 쌍안경을 어떻게 봐야 하는지 가르쳐주었다. 조그만 바퀴 같은 걸 돌려야 하는데, 처음에는 흐릿하게 보이다가 나중에는 끝내주게 잘 보인다. 운동장 저쪽 끝이 눈앞에 있는 것처럼 보였다. 외드는 쌍안경을 눈에 댄 채 앞으로 걸어가서 우리를 웃겼다. 우리 모두 외드처럼 해보았다. 아주 멀리 있는 애들이랑 꼭 부딪칠 것만 같아서 걷기가 엄청 어려웠다.

"부이옹을 조심해."

조아생이 잔뜩 걱정하면서 말했다.

"응, 괜찮아. 부이옹은 지금 딴 데 보고 있어."

쌍안경을 갖고 있던 조프루아가 말했다.

"야, 그거 끝내준다! 쌍안경만 있으면 우리가 부이옹을 감시할 수 있어. 부이옹 눈에 띄지 않고도 말이야. 그럼 쉬는 시간 내내 마음 놓고 놀 수 있어!"

뤼퓌스가 말했다.

우리는 모두 기막힌 생각이라고 했다. 조아생은 한술 더 떴다. 쌍안경은 멀리 있는 적들이 뭘 하는지 다 볼 수 있기 때문에, 조직을 만들어서 적들과 싸울 때도 엄청 쓸모가 있다는 거였다.

"바다에서 전투를 할 때처럼 말이야?"

클로테르가 물었다.

"그렇지. 그리고 같은 편 친구들이 멀리서 신호를 보내도 다 볼
수 있어. 먼 곳에서 무슨 일이 일어나는지 그 신호를 보면 아는 거
지. 자, 우리 연습 한번 해보자."

조아생이 말했다.

그것도 정말 기막힌 생각이었다. 우리는 클로테르에게 운동장 저
쪽 끝에 가서 신호를 보내라고 했다. 클로테르의 신호가 잘 보이는
지 확인해보기 위해서였다.

"무슨 신호?"

클로테르가 물었다.

"그냥 뭐든. 몸짓을 하든지, 얼굴을 찌푸리든지……."

조아생이 일러주었다.

그렇지만 클로테르는 자기도 쌍안경을 보고 싶기 때문에 운동장
저쪽에는 가기 싫다고 했다. 그러자 외드가 빨리 가지 않으면 주먹
맛을 보여주겠다고 위협했다. 같은 편은 적들을 막기 위해 훈련을
하지 않으면 안 된다고, 클로테르가 시키는 대로 하지 않으면 겁쟁
이, 배신자가 되는 거라고 했다. 그래서 클로테르는 운동장 저쪽으
로 갔다.

클로테르는 운동장 끝에서 우리 쪽을 돌아보고 이런저런 몸짓을
해보였다. 조아생은 쌍안경으로 그 모습을 보며 재미있어했다. 그
다음은 내 차례였다. 클로테르가 얼굴을 마구 찡그리고 눈동자를
모으고 혀를 내미는 모습을 보니까 정말 우스웠다. 손만 뻗으면 클

206

로테르의 얼굴을 만질 수 있을 것 같았다. 그런데 갑자기 클로테르 옆에 아주 가까이 있는 부이옹 선생님이 보였다. 나는 얼른 쌍안경을 조아생에게 돌려주었다.

하지만 다행히도 운동장 저쪽 끝에 있는 부이옹 선생님은 우리를 보지 못했다. 부이옹 선생님은 클로테르에게 뭐라고 말하더니 고개를 절레절레 흔들면서 가버렸다. 클로테르가 우리에게 뛰어왔다.

"부이옹이 나보고 혼자서 왜 그렇게 인상을 쓰고 있냐고, 정신 나간 거 아니냐고 했어."

클로테르가 무슨 일이 있었는지 설명해주었다.

"그래서 왜 그러고 있었는지 다 말했어?"

외드가 물었다.

"아니! 나는 겁쟁이도 아니고 배신자도 아냐!"

클로테르가 대꾸했다.

알세스트는 브리오슈 빵을 먹느라 아직 쌍안경으로 클로테르의 신호를 보지 못했다. 알세스트는 빵을 다 먹고 손을 닦은 뒤에 클로테르에게 다시 운동장 끝에 가서 신호를 보내라고 했다. 하지만 클로테르는 싫다고 했다. 자기는 할 만큼 했으니까 이제 우리가 신호를 보내고 자기가 볼 차례라고 했다. 그리고 만약 그렇게 하지 않으면 모두 겁쟁이에다 배신자라고 했다. 클로테르의 말이 옳았기 때문에, 조아생은 클로테르에게 쌍안경을 건네주었다. 우리는 모두 운동장 건너편으로 가서 클로테르에게 마구 신호를 보내기 시작했다. 그때 부이옹 선생님의 고함 소리가 들렸다.

"좀 그만할 수 없냐, 응? 아까는 한 녀석이 그 자리에서 어릿광대짓을 하더니, 이젠 떼로 몰려와서 하네! 내 눈을 잘 봐라! 무슨 꿍꿍이인지는 모르겠다만 분명히 경고하마! 내가 너희를 지켜보고 있다, 요 말썽쟁이들!"

그래서 우리는 클로테르가 있는 자리로 돌아왔다. 클로테르는 아주 재미있는 걸 알아냈다고 했다. 실수로 쌍안경을 거꾸로 대고 보았더니, 가까이 있는 게 엄청 멀리 있는 것처럼 조그맣게 보인다고 했다.

"너 장난치는 거지?"

뤼퓌스가 코웃음을 쳤다.

"아냐, 진짜야. 클로테르, 쌍안경 좀 다시 줘봐. 와, 그래, 너희가 아주 작게, 아주 멀리 있는 것처럼 보여…… 부이옹처럼 작고 멀리…… 부이옹이 너희 바로 뒤에 있어……"

조아생이 말했다.

학교가 끝나면 부이옹 선생님이 조아생한테 쌍안경을 돌려주었
으면 좋겠다. 가장 큰 이유는 우리 친구 조아생이 집에서 혼나지 않
기를 바라기 때문이고, 그다음은 이제부터 쉬는 시간에 부이옹 선
생님이 쌍안경으로 우리를 내내 감시할까봐 걱정되기 때문이다.

그 벌은 너무해

"너 방금 엄마한테 뭐라고 했니?"

엄마가 물었다. 나는 정말 화가 나 있었다. 그래서 엄마한테 한 말을 그대로 되풀이했다. 그러자 엄마가 말했다.

"그래? 좋아. 너 오늘 아이스크림은 없을 줄 알아."

그건 너무 심했다. 매일 오후에 우리 집 앞으로 아이스크림 아저씨가 지나간다. 아저씨는 아이스크림 수레를 끌고 지나가면서 종을 친다. 그러면 엄마는 나한테 아이스크림을 사 먹으라고 돈을 준다. 초콜릿, 바닐라, 딸기, 피스타치오 아이스크림이 있다. 전부 다 맛있지만, 특히 딸기맛이랑 피스타치오맛이 좋다. 빨간색과 초록색이 정말 예쁘기 때문이다. 아저씨는 아이스크림을 과자로 된 콘이나 컵에 담아주기도 하고 나무막대에 꽂아주기도 한다. 알세스트는 콘

과자가 제일 낫다는데, 그건 콘 과자는 먹을 수 있지만 컵이나 나무 막대는 아무 쓸모가 없기 때문이란다. 나도 알세스트 말에 동감한다. 하지만 컵으로 먹는 아이스크림에는 아주 예쁜 숟가락이 딸려 있다. 또 막대기에 꽂힌 아이스크림은 들고 다니면서 먹는 재미가 있다. 하지만 잘못하면 아이스크림이 땅에 떨어져버릴 위험이 있다. 땅에 떨어진 아이스크림은 다시 담기가 아주 어렵다.

나는 엄마 말을 듣고 울기 시작했고, 만약 아이스크림을 못 먹으면 죽어버리겠다고 했다.

"무슨 일이야? 애를 잡기라도 하는 거야?"

아빠가 물었다.

"무슨 일이냐고? 당신 아들이 너무 못되게 굴고 말을 안 들어서 벌을 줬어. 오늘 애한테 아이스크림은 없어."

엄마가 말했다.

"아주 잘했어, 여보. 니콜라! 조용히 해! 엄마 말씀이 맞다. 너 며칠 전부터 말썽만 부렸지? 울어봤자 소용없으니까 뚝 그쳐. 따끔한 맛을 봐야 너도 정신이 들지."

그래서 나는 집 밖으로 나왔다. 정원에 앉아서 엄마 아빠가 사주는 아이스크림 같은 건 치사해서 먹고 싶지도 않다고, 그까짓 것쯤 우습다고, 집을 나가버려야겠다고 생각했다. 그리고 돈을 아주 많이 벌어서 땅을 사는 거다. 조프루아가, 자기네 아빠는 땅을 사서 돈을 엄청 많이 벌었다고 했다. 그런 다음에 내 전용 비행기를 타고 집에 돌아오는 거다. 아주 커다란 딸기아이스크림과 피스타치오아이스크림을 먹으면서 말이다. 절대로 농담이 아니다!

아빠가 신문을 들고 정원에 나왔다. 아빠는 나를 쳐다보고는 긴 의자에 앉았다. 조금 있다가 아빠는 신문을 내리고 나를 쳐다보더니 이렇게 말했다.

"오늘은 꽤 더운 것 같구나."

하지만 나는 아무 말도 하지 않았다. 그러자 아빠는 한숨을 내쉬고는 다시 신문을 읽기 시작했다. 조금 있으니까, 아빠가 읽던 신문을 또 내리고 말을 걸었다.

"햇볕에 앉아 있지 마라, 니콜라. 그늘로 가."

나는 바닥에서 돌멩이 하나를 주워 나무에 던졌다. 돌이 빗나가

서 다른 돌을 집어 또 던졌다. 그 돌도 빗나갔다.

"계속 뾰로통해 있는다고 일이 해결되는 게 아니야. 그래봤자 아무 도움도 안 돼. 돌멩이 그만 던져!"

아빠가 말했다.

나는 손에 쥔 돌멩이를 놓고, 이번에는 작은 막대기로 개미들이 짐 나르는 걸 도와주었다.

"그 아이스크림 장수, 도대체 몇 시에 지나가니?"

아빠가 나에게 물었다.

"4시 30분에요."

아빠는 손목시계를 들여다보고는 한숨을 쉬더니, 신문을 들었다가 다시 내려놓고 말했다.

"니콜라, 너는 왜 그렇게 말을 안 듣니? 말 안 들으면 어떻게 되는지 잘 알잖아? 아빠 엄만들 너한테 벌주고 싶겠니?"

그래서 나는 또 울기 시작했다. 나는 그건 말도 안 된다고, 일부러 그런 건 아니었다고 말했다. 아빠는 긴 의자에서 일어나 내 옆으로 다가와 몸을 기울였다. 아빠는 내가 이제 어엿한 남자고, 어엿한 남자는 울지 않는 거라고 했다. 그런 다음 내 코를 풀어주고 머리를 쓰다듬으면서 말했다.

"잘 들어라, 니콜라. 내가 엄마한테 가서 말해보마. 그럼 넌 엄마한테 잘못했다고 해. 다시는 그러지 않겠다고. 알았지?"

"네, 아빠! 그럴게요!"

그래서 아빠(우리 아빠는 정말 멋지다.)는 집 안으로 들어갔고, 나는 바닐라맛과 피스타치오맛을 먹어야겠다고 생각했다. 하얀색과 초록색도 아주 예쁘니까 말이다. 그런데 조금 있으니까 집에서 고함 소리가 막 나더니, 아빠가 얼굴이 벌게져서 정원으로 나왔다. 아빠는 긴 의자에 앉아서 신문을 들었다. 하지만 곧 신문을 구겨서 땅바닥에 내동댕이치고는 나를 보고 소리를 질렀다.

"아! 아빠한테 아이스크림 얘기는 꺼내지도 마라! 진작 엄마 말을 잘 들었어야지. 이제 그 문제는 더 얘기하지 않는 거다! 알았지?"

그래서 나는 또 울기 시작했다. 그러자 옆집 블레뒤르 아저씨가 울타리 위로 커다란 머리통을 내밀었다.

"무슨 일이야?"

"아, 자네로군! 아무도 자네 안 불렀어!"

아빠가 대꾸했다.

"미안, 미안. 아무도 나를 부르진 않았겠지. 하지만 도저히 사람의 소리라고 할 수 없는 끔찍한 고함 소리가 들려서 말이야. 우리 옆집에서 사람 가죽을 산 채로 벗기기라도 하는 거라면 경찰에 신고하기 전에 확인부터 해보는 게 당연하다고 생각하는데……."

"아이고, 재미있어라! 하하하!"

아빠가 말했다.

"엄마 아빠가 아이스크림을 안 사준대요!"

내가 외쳤다.

"저런, 집안 형편이 그렇게까지 어려워졌나?"

블레뒤르 아저씨가 물었다.

"니콜라는 벌을 받는 중이야. 블레뒤르, 마지막으로 말하는데, 자네는 자네 일에나 신경 쓰라고!"

아빠가 고함을 쳤다.

"농담 아닐세. 자네, 불쌍한 어린것한테 너무 엄하게 하는 것 아
닌가?"

"니콜라를 벌주고 있는 건 내가 아니라 우리 마누라야!"

"아, 그래. 자네 부인이 그런다면야."

블레뒤르 아저씨는 킬킬대면서 말했다.

"블레뒤르, 마지막이야! 자네 집구석으로 들어가! 아니면 내가
전부터 누누이 말했듯이 따끔한 맛을 보게 될 거야. 경고하는 거
야. 농담 아니라고!"

"그래, 어디 한번 보고 싶구먼."

블레뒤르 아저씨가 대꾸했다.

조금 있으니까 엄마가 장바구니를 들고 집에서 나왔다.

"장 좀 보고 올게."

"좀 들어봐, 당신은……."

아빠가 말을 하려고 했다.

"안 돼, 안 돼, 안 된다고! 이건 아주 심각한 일이야! 지금 우리
가 애한테 져주면 벌주는 게 아무 소용이 없어져! 니콜라도 아무
말이나 하고 아무 짓이나 하면 안 된다는 걸 깨달아야지! 얘 나이
때는 우리가 교육을 책임져야 한다고! 난 부모가 너무 마음이 약
해서 아들이 나중에 문제아가 됐다고 손가락질당하기 싫어! 안 돼,
안 되고말고!"

"제 생각에는, 잘 타이르면 굳이 벌을 주지 않아도……."

블레뒤르 아저씨가 끼어들었다. 엄마는 아저씨 쪽을 휙 돌아봤

다. 나는 겁이 났다. 엄마가 그렇게 화난 모습은 본 적이 없었다.

"이런 말씀 드리게 돼서 유감이지만요. 이 일은 어디까지나 저희 일이에요. 그러니까 제발 참견하지 말아주세요!"

엄마가 말했다.

"아니, 저는 다만……."

블레뒤르 아저씨가 뭐라고 말하려고 했다.

"여보! 당신 거기서 입 다물고 구경만 할 거야? 지금 당신 친구가……."

"친구라니? 누가 내 친구야?"

아빠가 외쳤다.

"나도 당신 친구 아니오! 당신네 일이니까 당신네가 알아서 해! 우리는 남, 완전히 남이니까!"

아저씨는 이렇게 말하고 가버렸다. 엄마가 아빠한테 말했다.

"됐어. 이제 난 장 보러 갈 거야. 내가 없는 동안에 당신 아들한테 아이스크림 사주기만 해봐!"

"그놈의 아이스크림 얘기는 꺼내지도 마!"

아빠가 소리쳤다.

엄마는 집을 나섰다. 조금 있으니까 아이스크림 아저씨가 지나가는 소리가 들렸다. 나는 또 울기 시작했다. 아빠는 내가 이 연극을 계속하면 볼기짝을 때려주겠다고 고함을 쳤다. 아빠는 집 안으로 들어가더니 쾅 소리가 나게 문을 닫았다.

저녁을 먹는 내내 우리는 한마디도 하지 않았다. 모두가 모두에게 화가 잔뜩 나 있었기 때문이다. 조금 있으니까 엄마가 나를 물끄러미 바라보면서 물었다.

"니콜라. 이젠 말 잘 들을 거지? 다시는 엄마 속상하게 안 할 거지?"

나는 찔끔 눈물이 났다. 나는 앞으로 말을 잘 듣겠다고, 다시는 엄마를 속상하게 하지 않겠다고 대답했다. 그건 정말이다. 나는 엄마를 참 좋아하니까 말이다.

그러자 엄마는 자리에서 일어나 냉장고로 가더니 웃으면서 뭔가를 들고 나왔다. 그게 뭐였냐면…… 접시에 담긴 커다란 딸기아이스크림이었다!

나는 달려가서 엄마에게 뽀뽀를 했다. 나는 엄마가 세상에서 제일 좋은 엄마라고 했고, 엄마는 내가 엄마의 귀여운 강아지라고 했다. 나는 아이스크림을 많이, 엄청 많이 먹었다. 아빠는 먹고 싶지 않다고 했기 때문이다. 아빠는 휘둥그레진 눈으로 엄마를 쳐다보면서 가만히 앉아만 있었다.

외젠 삼촌

외젠 삼촌이 우리 집에 저녁을 먹으러 왔다. 외젠 삼촌은 늘 생테 티엔이나 리옹 같은 아주 먼 곳을 여행 중이라서 자주 만나지 못한 다. 나는 친구들에게 외젠 삼촌이 탐험가라고 말했는데, 꼭 그런 건 아니다. 삼촌이 여행을 하는 건, 물건을 팔기 위해서다. 삼촌은 돈 을 아주 많이 버는 것 같다. 나는 외젠 삼촌이 오는 게 정말 좋다. 삼촌은 엄청 재미있기 때문이다. 삼촌은 쉬지 않고 장난치고 무지 큰 소리로 웃는다. 삼촌은 허풍을 잘 떠는데, 나는 한 번도 제대로 들어본 적이 없다. 삼촌이 그런 이야기를 하려고 하면 엄마 아빠가 나를 내보내기 때문이다.

아빠가 외젠 삼촌에게 문을 열어주었다. 아빠와 삼촌은 서로의 뺨에 뽀뽀를 했다. 아빠가 남자 어른이랑 뽀뽀하는 걸 보니까 우스왔다. 하지만 외젠 삼촌은 진짜 남자 어른이 아니라 아빠의 동생이다. 삼촌은 그다음에 엄마에게 뽀뽀를 했고, 형(우리 아빠)이 한 일중에서 유일하게 잘한 일은 바로 엄마랑 결혼한 거라고 했다. 엄마는 웃으면서 삼촌은 절대로 변하지 않을 사람이라고 말했다. 그러고 나서 삼촌은 "웃샤!" 하면서 나를 안아 올리고는 내가 정말 많이 컸다고, 삼촌이 제일 예뻐하는 조카는 나라고 했다. 삼촌은 우리에게 선물을 주었다. 아빠한테는 넥타이 열두 개, 엄마한테는 스타킹 여섯 켤레, 나한테는 스웨터 세 벌을 주었다. 외젠 삼촌은 늘 재미있는 선물을 한다!

우리는 거실로 갔다. 삼촌이 아빠에게 담배 하나를 내밀었다.

"아, 됐어! 그거 펑 하고 터지는 거지? 나도 다 알아."

아빠가 말했다.

"그런 거 아니야. 자, 이것 봐. 내가 피워볼 테니까. 봤지? 자, 그럼 이제 한 대 피워봐. 이거 네덜란드산이야!"

삼촌이 말했다.

"저녁도 먹기 전에 담배부터 피울 거예요?"

엄마가 말렸다.

펑! 아빠의 담배가 터졌다. 너무 웃겼다. 특히 외젠 삼촌이 신나게 웃었다! 아빠도 웃었다. 아빠가 포도주를 내왔다. 하지만 외젠 삼촌은 포도주를 한 모금 마시고는 얼굴을 있는 대로 찡그리고는 카펫에 뱉어버렸다. 아빠는 너무 웃는 바람에 몸을 못 가누어 벽난로에 기대야 했다. 아빠가 그 병에 든 건 포도주가 아니고 식초라고 했다. 그러자 외젠 삼촌도 웃으면서 아빠의 뺨을 살짝 때렸다. 아빠

는 손으로 외젠 삼촌의 머리카락을 헝클어뜨렸다. 외젠 삼촌이 우리 집에 오는 날은 정말 재미있다!

엄마는 저녁 식사를 마저 준비하려고 부엌으로 들어갔다. 아빠는 외젠 삼촌에게 파란색 안락의자에 앉으라고 했다.

"내가 속을 줄 알고?"

외젠 삼촌은 초록색 의자에 앉았다. 그 의자에는 담뱃불에 그을린 자국이 있는데, 그것 때문에 아빠랑 엄마가 싸운 적이 있다. 그런데 갑자기 외젠 삼촌이 비명을 지르면서 벌떡 일어섰다. 아빠가 초록색 의자에다 압정을 놓아둔 거였다. 나는 너무 웃어서 배가 아플 지경이었다.

"자! 우리 이제 장난 그만 치자. 알았지?"

외젠 삼촌은 아빠에게 손을 내밀었다. 아빠는 삼촌의 손을 잡고 악수를 하려다가 비명을 질렀다. 외젠 삼촌의 손에 뿌지직! 소리를 내는 조그만 기구가 들려 있었다. 정말 끝내줬다. 조프루아도 똑같은 걸 학교에 가져온 적이 있는데, 그날 조프루아는 아냥이 일러바치는 바람에 정학당할 뻔했다.

"식사하세요!"

엄마가 말했다.

외젠 삼촌은 아빠의 등을 손바닥으로 찰싹 때렸고, 우리는 함께 식당으로 갔다. 외젠 삼촌은 아빠 등에다 '바겐세일'이라는 꼬리표를 붙여놓고는 나에게 아무 말도 하지 말라고 손짓을 했다. 식탁 의자에 앉기 전에, 삼촌은 이상한 물건이 없는지 확인하고 앉았다. 엄마는 수프를 가져왔고, 아빠는 잔에 포도주를 따랐다. 내 잔에는 물을 따르고 포도주를 몇 방울 떨어뜨렸다. 장밋빛이 참 예뻤다. 외젠 삼촌은 아빠가 먼저 포도주를 마시기 전에는 마시지 않겠다고 했다. 아빠는 삼촌더러 정말 바보라며 포도주를 들이켰다. 그제야 삼촌도 자기 잔을 비웠다. 그런데 삼촌의 잔에는 조그만 구멍이 뚫려 있어서, 삼촌이 입은 셔츠와 넥타이에 포도주가 줄줄 쏟아졌다.

"어머! 도련님, 넥타이 어떡해요! 두 사람 다 너무 심한 것 아니에요?"

"아닙니다, 괜찮아요. 괜찮습니다, 형수님. 형이 샘나서 이러는 거예요. 우리 가족 중에서 제가 늘 가장 똑똑한 아이로 손꼽혔거든요."

삼촌은 아빠의 수프에다 소금을 듬뿍 쳤다. 나는 도저히 저녁을 먹을 수가 없었다. 아빠랑 삼촌이 우스꽝스러운 짓을 할 때마다 자꾸 사레가 들렸기 때문이다. 그래서 엄마가 구이 요리를 내올 때는 모두 내가 음식을 다 먹을 때까지 기다려야 했다.

외젠 삼촌이 접시에 놓인 고기를 써는데, 접시가 움직이기 시작했다. 왜였을까? 아하! 아빠가 새로운 물건을 사다놓은 거였다. 가느다란 파이프인데 식탁보 밑에 설치하고 스위치를 누르면 작은 풍선처럼 부풀어 올라 접시를 움직이는 거였다. 우리는 모두 웃었고, 엄마는 음식이 식기 전에 먹어야 한다고 말했다. 그때 외젠 삼촌은 아빠의 팔을 쳐서 포크를 떨어뜨리게 했다. 아빠가 포크를 주우려고 식탁 밑으로 몸을 숙인 사이, 삼촌은 아빠의 고기에 후추를 잔뜩 뿌렸다. 끝내줬다! 나는 아빠와 삼촌이 어떻게 그런 생각을 해내는지 궁금했다.

정말 웃겼던 건 치즈가 나왔을 때였다. 삼촌이 카망베르 치즈

를 자르는 순간, 치즈가 팩! 소리를 냈다. 가짜 치즈였다. 그다음에
는 아주 맛있는 초콜릿케이크가 나왔다. 외젠 삼촌이 아빠 귀에 대
고 무슨 이야기를 하는 동안, 나는 초콜릿케이크 한 조각을 더 먹
었다.

식사를 마치고 우리는 다시 거실로 갔다. 엄마가 커피를 내왔다.
그런데 정말 우스운 건, 삼촌이 커피에 설탕을 넣자 커피에서 연기
가 막 피어오른 거였다. 엄마는 커피를 다시 내와야 했다. 외젠 삼
촌이 아빠의 넥타이를 잡아당겼다. 그 바람에 아빠는 커피를 옷에
다 모조리 엎질렀다. 아빠가 씻으러 나간 사이에, 엄마는 나보고 이
제 잘 시간이라고 했다.

"아, 엄마! 조금만 더 있으면 안 돼요? 조금만!"

나는 엄마를 졸랐다.

"저도 그만 가봐야 할 것 같습니다."

삼촌이 말했다.

그때 아빠가 손을 닦으면서 나왔다.

"뭐야! 벌써 가려고?"

"응, 하루 종일 운전했더니 피곤하네. 하지만 가족들과 편안한 저녁 시간을 가져서 정말 즐거웠어. 나야 뭐, 다 늙어서 방방곡곡 떠돌아다니는 노총각이잖아."

삼촌은 나에게 뽀뽀를 했다. 그리고 엄마에게도 뽀뽀를 하면서 이렇게 저녁을 잘 먹어본 적이 없다고, 형은 이런 걸 누릴 자격이 없는데, 참 운이 좋은 사람이라고 했다. 아빠는 웃으면서 삼촌을 차 있는 데까지 배웅했다. 그런데 밖에서 이상한 소리가 들렸다. 아빠가 외젠 삼촌의 차에다 낡은 깡통을 매달아놓은 거였다.

나는 아빠가 다시 집으로 들어왔을 때까지도 정신없이 웃고 있었다. 그런데 아빠는 전혀 웃지 않았다. 아빠는 나보고 거실로 오라고 하더니 막 야단을 쳤다.

아빠는 나한테 삼촌 앞에서는 아무 말 안 했지만 내가 물어보지도 않고 초콜릿케이크를 두 번이나 먹은 건 잘못이라고 말했다. 이제 나는 다 컸기 때문에 가정교육을 잘못 받은 말썽꾸러기처럼 굴면 안 된다면서 말이다.

놀이기구 오는 날

외드, 조프루아, 알세스트와 나는 정원에서 숨바꼭질을 하고 있었다. 하지만 별로 재미가 없었다. 우리 집 정원에는 나무가 한 그루밖에 없어서 그 뒤에 숨어봤자 술래가 금방 찾아내기 때문이다. 무엇보다도 알세스트는 나무보다 더 뚱뚱하다. 알세스트가 뚱뚱하지 않다고 해도 녀석은 쉽게 찾아낼 수 있을 거다. 늘 뭔가를 먹고 있어서 우적우적 씹는 소리가 들리니까 말이다.

우리는 뭘 하고 놀까 궁리했다. 아빠가 정원을 갈퀴로 긁어서 깨끗이 정리하는 건 어떻겠냐고 했다. 그때 뤼퓌스가 우리에게 달려왔다.

"광장에 놀이기구가 왔대! 여기서 무지 가까워!"

뤼퓌스가 말했다. 우리는 당장 가자고 했다. 하지만 아빠는 아무

227

말도 들으려고 하지 않았다.

"나는 너희를 거기까지 데려다줄 수 없다. 아빠는 일하러 가야 해. 그리고 너희끼리 그런 데 가기에는 아직 너무 어려."

하지만 우리는 계속 졸랐다.

"한 번만요."

알세스트가 말했다.

"우리는 그렇게 어리지 않아요. 저는 누구 코피든 터뜨릴 수 있어요."

외드도 한마디 했다.

"우리 아빠는 내가 뭐 해달라고 하면 전부 다 해주는데……."

조프루아가 말했다.

"말 잘 들을게요, 네?"

나도 아빠에게 말했다.

하지만 아빠는 고개를 가로저으며 안 된다고만 했다. 그러자 뤼퓌스가 말했다.

"아저씨가 우리 부탁 들어주시면요, 저도 우리 아빠한테 말해서 아저씨한테 교통위반 딱지 안 떼게 해드릴게요."

아빠는 뤼퓌스를 쳐다보고 잠시 생각하더니 말했다.

"좋아, 내가 너희를 보내주는 건, 너희 재미있으라고, 특히 뤼퓌스, 네 아빠가 원하시는 일이라니까 보내는 거다. 하지만 말썽 부리지 말고 한 시간 안에 돌아와야 한다."

우리는 금세 기분이 좋아졌고, 나는 아빠에게 뽀뽀를 했다.

놀이기구를 타는 데 필요한 돈은 문제 될 게 없었다. 나는 이다

음에 어른이 되면 비행기를 사려고 저금통에 모아둔 돈을 꺼냈다. 조프루아는 돈이 많았다. 조프루아네 아빠는 엄청 부자라서 용돈을 많이 준다.

광장에는 사람이 아주 많았다. 우리는 범퍼카부터 탔다. 알세스트와 나는 빨간 자동차에 탔고, 외드와 조프루아는 노란 자동차에 탔다. 뤼퓌스는 아빠가 준 호루라기를 가지고 파란 자동차에 탔다. 자동차들끼리 서로 부딪히니까 엄청 재미있었다. 우리는 마구 소리를 지르고 웃었다. 뤼퓌스는 호루라기를 불면서 외쳤다.

"자, 가세요! 가! 거기 그 차는 오른쪽으로!"

주인아저씨가 우리를 아주 이상한 눈으로 바라봤다. 마치 우리를 감시라도 하는 것 같았다. 알세스트가 주머니에서 생강빵 한 조각을 꺼내서 아주 만족스러운 기분으로 먹고 있는데, 외드와 조프루아가 탄 차가 우리 차와 부딪혔다. 그 바람에 알세스트가 먹고 있던 생강빵을 놓쳤다.

"잠깐만. 금방 올게."

알세스트는 이렇게 말하고 생강빵을 주우려고 차에서 뛰어내렸다. 뤼퓌스가 외쳤다.

"이봐요, 거기! 횡단보도로 건너요!"

범퍼카 주인아저씨는 깜짝 놀라서 전원을 껐고, 자동차가 모두 멈췄다.

"얘야, 너 제정신이냐?"

생강빵을 다시 주운 알세스트에게 아저씨가 말했다.

"가세요! 가!"

뤼퓌스가 소리를 지르기 시작했다.

아저씨는 정말 기분이 안 좋은 것 같았다. 아저씨는 우리가 피운 소란이며 엉뚱한 짓에 진절머리가 난다며 그만 가라고 했다. 나는 아저씨한테 원래 한 번 타면 다섯 바퀴를 돌아야 하는데 우리는 아직 네 바퀴밖에 안 돌았다고 말했다. 외드는 아저씨의 코에 주먹을 날리려고 했다. 뤼퓌스는 아저씨한테 신분증을 보여달라고 했다. 다른 손님들은 왜 자동차가 안 움직이냐면서 불평을 해댔다. 결국 일은 잘 해결되었다. 아저씨가 우리에게 다섯 바퀴 타는 요금을 고스란히 돌려준 거다. 그래서 우리는 범퍼카에서 내렸다. 범퍼카는 탈 만큼 탔고, 알세스트는 생강빵을 또 떨어뜨릴까봐 겁내고 있었으니까.

그러고 나서 우리는 솜사탕을 샀다. 생긴 건 이불솜 같지만 솜사탕이 훨씬 달콤하다. 솜사탕은 여기저기 묻으면 금세 아주 끈적끈적해진다. 우리는 솜사탕을 다 먹고 나서 작고 동그란 컵들이 빨리 돌아가는 놀이기구를 타러 갔다. 우리는 무척 재미있었는데, 어떤 아저씨는 놀이기구에서 내리면서 얼굴과 옷에 솜사탕이 잔뜩 묻었

다고 불평을 했다. 알세스트 바로 뒤에 앉았던 아저씨였다. 알세스트가 놀이기구에 올라타기 전에 솜사탕을 한 무더기 사서 놀이기구를 타는 내내 들고 있었던 거다.

알세스트는 배가 고프다면서, 뭐 맛있는 게 없는지 찾아보자고 했다. 우리는 마시멜로와 감자튀김과 초콜릿과 캐러멜과 소시지를 사 먹고 레모네이드를 마셨다. 그러고 나니까 속이 아주 거북했는데, 알세스트가 위아래로 오르락내리락하는 비행기를 타러 가자고 했다. 우리는 그러자고 했지만 타지 않는 편이 좋았을 뻔했다. 비행기를 타는 동안 속이 무지 메슥거렸고, 비행기 아저씨는 화를 내면서 우리 때문에 손님들이 도망갔다고 말했다.

우리는 좀 쉬어야 할 것 같아서 조용한 놀이기구를 찾았다. 그래서 미로에 들어가기로 했다. 미로는 근사했다. 미로 안에는 투명한 유리벽이 엄청 많은데, 안에 들어가면 벽이 있는지 없는지 안 보여서 나오는 길을 찾기가 아주 어렵다. 밖에 있는 사람들은 안에 있는 사람들이 길 찾느라 헤매는 걸 구경하면서 엄청 웃어댄다. 아무튼 미로 안에 들어간 사람들보다는 밖에서 구경하는 사람들이 훨씬 더 재미있어한다.

처음에 우리는 차례대로 앞사람 뒤를 따라 들어갔지만 곧 길을 잃고 말았다. 뤼퓌스의 호루라기 소리, 외드가 여기서 못 나가면 아무한테나 주먹을 휘둘러서 코피를 터뜨리겠다고 떠드는 소리가 들렸다. 알세스트는 배가 고프다면서 저녁 먹는 시간에 맞춰 못 나가면 어떡하냐며 울기 시작했다. 그런데 밖에 누군가가 보였다. 그 사람은 웃고 있지 않았다. 바로 우리 아빠였다.

"이 말썽쟁이들, 당장 거기서 나와!"

아빠가 소리쳤다. 우리는 정말 나가고 싶었지만 마음대로 되지 않았다. 그래서 아빠가 우리를 찾으러 미로 안으로 들어왔다. 나는 아빠를 만나러 가려다가 길을 잘못 들어서 내 뒤를 바짝 쫓아오던 알세스트와 함께 밖으로 나갈 수 있었다. 내가 미로 안에 있는 친구들을 보면서 나오는 길을 가르쳐주려고 애쓰는 동안, 알세스트는 샌드위치를 사러 갔다. 뤼퓌스가 나왔고, 외드와 조프루아도 곧 밖으로 나왔다.

아빠만 아직 미로 밖으로 나오지 못했다. 우리는 아빠를 기다리는 동안, 알세스트처럼 샌드위치를 사 와서 미로 앞 잔디밭에 앉아서 먹고 있었다. 바로 그때 뤼퓌스의 아빠가 왔다. 뤼퓌스의 아빠도 기분이 좋아 보이지 않았다. 아저씨는 뤼퓌스를 혼내면서 저녁 6시가 되도록 밖에 있었다고, 더구나 어른도 없이 애들끼리만 이러면 안 된다고 꾸짖었다. 그러자 뤼퓌스는 우리 아빠와 같이 있었다고, 우리 아빠가 미로 안에 있어서 기다리는 중이라고 했다.

뤼퓌스의 아빠는 화가 나서 얼굴이 시뻘게졌다. 그리고 미로 주인 아저씨한테 우리 아빠를 데리고 나와달라고 부탁했다. 미로 아저씨는 껄껄 웃으면서 들어가더니 우리 아빠를 데리고 나왔다. 아빠도 화가 잔뜩 나 있었다.

뤼퓌스의 아빠가 우리 아빠한테 따졌다.

"이보세요, 애들을 보는 사람이 이게 뭐 하는 겁니까? 애들이 댁을 보고 뭘 배우겠습니까?"

"하지만 이건 다 댁의 말썽꾸러기 아들 뤼퓌스 때문에 일어난 일입니다. 애들을 여기 데려온 건 뤼퓌스라고요!"

"아, 그래요? 저기 횡단보도에 세워놓은 회색 자동차, 댁의 것 맞지요?"

뤼퓌스의 아빠가 물었다.

"그런데요?"

우리 아빠가 대답했다.

그러자 뤼퓌스의 아빠는 우리 아빠에게 교통위반 딱지를 끊어주었다.

책 좀 읽자고요!

저녁에 아빠가 퇴근하면서 커다란 가방을 들고 왔다. 아빠는 기분이 아주 별로인 것 같았다.

"오늘 저녁은 좀 일찍 먹었으면 좋겠는데…… 일거리를 가져왔어. 내일 아침까지 끝내야 해서 말이야."

아빠가 말했다.

엄마는 한숨을 푹 내쉬고는 곧 저녁을 차리겠다고 했다. 나는 아빠에게 오늘 학교에서 있었던 일을 얘기하기 시작했다. 하지만 아빠는 내 말을 듣지 않았다. 그 대신 가방에서 종이를 잔뜩 꺼내놓고는 살펴보기 시작했다. 아빠가 내 말을 안 들어준 건 정말 유감이다. 오늘 학교에서 알세스트에게 세 골이나 먹였는데 말이다. 조금 있다 엄마가 와서 식사 준비가 다 됐다고 말했다.

　우리는 저녁을 엄청 잘 먹었다. 우리는 포타주 수프를 먹고 퓌레를 곁들인 스테이크를 먹었다. 퓌레에다 포크로 그림을 그리면 아주 재미있다. 그다음에는 점심에 먹고 남은 케이크를 먹었다. 하나아쉬웠던 건, 밥 먹는 내내 아무도 말을 안 했다는 거다. 내가 학교에서 세 골이나 넣은 얘기를 다시 꺼내려고 했더니, 아빠는 "밥이나 먹어!"라고 말했다.

　저녁을 먹고 엄마가 부엌에서 설거지를 하는 동안, 아빠와 나는 거실로 갔다. 아빠는(내가 깨뜨리기 전까지는) 분홍색 꽃병이 놓여 있던 탁자에 종이들을 늘어놓았고, 나는 바닥에 앉아서 장난감 자동차를 가지고 놀고 있었다. 부릉부릉!

부릉부릉!
부르르릉!

"니콜라, 시끄럽게 하지 마라!"

아빠가 소리쳤다.

그래서 나는 울기 시작했다. 엄마가 달려나왔다.

"무슨 일이야?"

"무슨 일이냐 하면 말이지, 나는 일을 해야 하고, 그러려면 집 안
이 조용해야 한다고!"

아빠가 대꾸했다.

그러자 엄마는 나보고 얌전히 있어야 한다고, 당장 올라가서 자
고 싶지 않으면 아빠를 방해하지 말라고 말했다. 나는 바로 잠자러

가기는 싫어서(밤에는 대개 잠이 잘 안 온다.) 그러면 외젠 삼촌이 저번에 우리 집에 왔을 때 준 책을 읽어도 되냐고 물었다. 엄마는 참 좋은 생각이라고 했다. 그래서 나는 외젠 삼촌이 준 책을 찾으러 갔다. 그건 정말 근사한 책이었다. 그 책에 나오는 친구들 일당은 보물을 찾으러 다니는데 보물 지도가 반쪽밖에 없어서 숱한 고생을 한다. 그 반쪽 지도는 나머지 반쪽을 찾아내지 못하면 아무 소용이 없다. 어제 엄청 흥미진진한 장면까지 읽었을 때 엄마가 내 방의 불을 꺼버려서 다음 장면을 보지 못했다. 친구들 중에서 대장인 딕이 어느 낡은 집에서 곱사등이를 만나는 장면이었다.

그런데 아빠가 소리를 지르기 시작했다.

"이 망할 놈의 펜! 이젠 아예 나오지도 않는군! 니콜라! 가서 네 펜 좀 가져와라."

그래서 나는 책을 카펫 위에 두고 내 방으로 펜을 찾으러 갔다. 나는 메메가 나한테 준 펜을 가져다가 아빠에게 빌려주었다.

곱사등이의 집 밖에서는 천둥 번개와 함께 엄청난 폭풍우가 몰아치고 있었다. 하지만 딕은 무서워하지 않았다.

잠시 후에 엄마가 부엌에서 나오더니 아빠 맞은편 안락의자에 앉았다.

"무슈봄 사장이 너무하는 것 같아. 아무리 월급을 준다지만 퇴근한 뒤에도 일을 시키면 안 되지."

엄마가 말했다.

"다른 데 좋은 자리 있으면 나한테 좀 알려주지 그래."

아빠가 대꾸했다.

"참 예리한 지적이네!"

엄마가 말했다.

"지금 난 예리한 지적이고 뭐고 간에 아무 생각 없거든! 내일 아침까지 이 일을 끝내야 한다고! 친애하는 우리 가족이 허락해주신다면 말이야!"

아빠가 큰소리를 냈다.

"나야 허락해주지. 난 방에 올라가서 라디오나 들을 거니까. 이 얘긴 내일 마저 하자고. 당신이 좀 진정된 다음에 말이야."

엄마는 방으로 올라갔다. 나는 다시 외젠 삼촌이 준 책을 읽기 시작했다. 대장 딕이 곱사등이의 집 안으로 들어가는 장면이었다. 엄청난 폭풍우가 몰아쳤지만 딕은 겁내지 않았다. 그런데 갑자기 아빠 서류 한 장이 카펫 위에 떨어졌다.

"빌어먹을! 니콜라! 그 종이 집어주고 가서 저 문 좀 닫아라. 우리 집 식구들은 도대체가 문을 닫고 다닐 줄을 몰라. 정말 희한하다니까!"

아빠가 말했다.

그래서 나는 종이를 집어 아빠한테 주고 식당 문을 닫으러 갔다. 우리 식구들이 문 닫는 걸 늘 깜박한다는 건 사실이다. 덕분에 환기는 잘 된다. 그런데 아빠가 또 나를 불렀다. 그쪽으로 간 김에 부엌에 가서 물을 한 잔 떠 오라는 거였다. 나는 아빠에게 물을 갖다주고 다시 외젠 삼촌이 준 재미있는 책을 읽으려고 했다. 반쪽짜리 보물 지도를 가진 친구들이 나오는 이야기 말이다. 그런데 아빠의 서류가 카펫 위에 또 떨어졌다. 아빠는 나더러 이번에는 부엌문을

닫으라고 했다.

문을 닫고 왔더니, 아빠가 나에게 '속하다(appartenir)'라는 단어
를 어떻게 쓰느냐고 물었다. 그래서 나는 p도 두 개, t도 두 개, n
도 두 개라고 말했다. 그러자 아빠는 한숨을 쉬더니 서재에 가서 사
전을 찾아 오라고 했다. 아빠한테 사전을 갖다주기 전에 그 단어를
찾아보았지만 결국 찾지 못했다. 아마도 그 단어에 h는 안 들어가
는 것 같다.

나는 사전을 아빠에게 갖다주고 카펫에 드러누웠다. 나는 다시
딕이 천둥 번개가 내리치는 와중에 곱사등이의 집 복도를 걸어가
는 장면을 찾았다. 그런데 누군가 우리 집 초인종을 누르는 거였다.

"니콜라, 가서 문 좀 열어라."

나는 아빠가 시키는 대로 했다. 블레뒤르 아저씨였다. 아저씨는 우리 아빠 괴롭히는 걸 좋아한다. 물론 아빠는 아저씨가 그러는 걸 좋아하지 않는다.

"잘 있었니, 니콜라? 불쌍한 너희 아빠 안에 계시냐?"

"블레뒤르, 그만 돌아가지! 날을 잘못 잡았어. 성가시게 하지 말라고! 돌아가게나!"

아빠가 거실에 앉아 외쳤다.

하지만 아저씨는 나와 함께 거실로 들어왔다. 내가 덕이 폭풍우가 몰아치는 날 곱사등이의 집 복도에 있는 장면을 다시 찾는 사이, 아저씨가 말했다.

"나는 자네가 체커 놀이를 하고 싶어하지 않을까 해서 왔는데."

"자네는 내가 바쁜 게 보이지도 않나? 내일 아침까지 끝내야 할 중요한 일이 있다고."

"사장이 그렇게 부려먹는데 자넨 가만히 있나? 자네는 이용당하는 거야. 나야 뭐 자영업자니까 상관없지만. 만약 내가 사장 밑에서 일을 하는데 그 사장이 퇴근해서까지 일을 시키면 한마디 하겠네. 나라면 말이지, 그런 사장한테……."

"자네가 무슨 말을 해? 자네 같은 겁쟁이가 무슨 말을 하냐고? 그리고 자네한테 일을 시켜줄 사장이 어디 있어!"

"누가 겁쟁이라고? 누가 누구한테 일을 안 시킨다고?"

"내 말 다 들었잖아. 못 알아들었어도 내 잘못은 아니고. 이제 나좀 일하게 내버려둬."

"아, 그래?"

"그래!"

그때 내가 책을 집어서 겨드랑이에다 끼고 외쳤다.

"그만 좀 하세요! 난 잠이나 자러 갈래요!"

나는 거실을 나왔다. 실랑이를 하던 아빠와 아저씨가 눈이 휘둥 그레져서 나를 쳐다봤다. 정말이지 이게 뭐냔 말이다. 결국 똑같은 페이지를 스무 번이나 읽어야 했다!

나더러 어쩌라고. 회사에서 아빠한테 숙제를 너무 많이 내주는 것 같다. 나도 학교에서 하루 종일 시달리다가 집에 오는데, 도무지 조금도 편히 쉴 수가 없으니!

쓱쓱싹싹

"자, 니콜라! 목욕할 시간이다."

엄마가 말했다. 나는 아니라고, 목욕할 필요 없다고 했다. 어쨌든 난 그렇게 더럽지도 않고, 맥상은 늘 무릎이 시커먼데도 걔네 엄마는 목욕을 자주 시키지 않는다고, 내일 꼭 하겠다고, 오늘 저녁은 몸이 별로 좋지 않다고 했다. 그러자 엄마는 나를 목욕시키려면 항상 똑같은 전쟁을 치러야 하고, 목욕이 끝나면 욕조에서 나오게 하느라 또 한바탕 난리를 쳐야 하니 이젠 정말 지겹다고 했다. 그때 아빠가 왔다.

"니콜라, 이게 무슨 소리냐? 왜 목욕하는 걸 싫어하니? 목욕하면 기분이 좋잖아!"

그래서 나는 그렇지 않다고, 목욕은 하나도 기분 좋지 않다고 했다. 엄마가 스펀지로 내 얼굴을 쓱쓱싹싹 문지르는 것도 아프고, 눈이며 코에 비누거품이 잔뜩 들어가는 것도 아프다고 했다. 게다가 지금 나는 그렇게 더럽지도 않고 오늘은 몸이 별로 안 좋으니까 내일 꼭 목욕을 하겠다고 했다.

"그럼 오늘은 너 혼자 목욕해볼래? 너도 좋지? 네가 혼자서 목욕하면 비누거품이 눈에 안 들어가게 할 수 있잖아."

아빠가 물었다.

"당신, 정신 나갔어? 얘는 아직 어려! 아직 한 번도 혼자서 목욕을 해본 적이 없다고."

엄마가 말했다.

"너무 어리다고? 우리 니콜라는 다 컸는걸. 얘는 이제 아기가 아니야. 목욕 정도는 혼자서도 할 수 있다고. 안 그러니, 니콜라?"

아빠가 말했다.

"네, 맞아요! 그리고요, 학교에서 알세스트랑 뤼퓌스랑 클로테르가 그러는데요, 걔들도 집에서 혼자 목욕한대요. 정말이지, 나는 우리 집에서 다른 애들처럼 혼자서 해본 적이 없어요!"

물론 나는 조프루아 얘기는 꺼내지도 않았다. 조프루아는 가정부가 목욕을 시켜준다고 했다. 하지만 조프루아 이야기는 그대로 다 믿으면 안 된다. 녀석은 거짓말도 많이 하니까 말이다.

"그렇지? 자, 그럼 이 어엿한 사나이를 위해 목욕물이나 좀 받아줘. 니콜라는 어른처럼 혼자 목욕할 거야."

아빠가 엄마에게 말했다.

엄마는 조금 망설이다가 나를 아주 이상한 눈으로 쳐다봤다. 그러고는 목욕물을 받을 테니까 물이 식기 전에 얼른 가서 목욕하라 며 서둘러 일어났다. 나는 엄마가 너무 당황하는 것 같아서 놀랐다.

"가끔은 말이지, 네가 너무 커버렸다는 사실을 확인하면서 엄마는 마음이 서운하기도 하단다. 그리고 너도 나중에는 알게 될 거다. 여자들에 관한 한, 굳이 다 이해하려고 할 필요가 없다는 걸 말이야."

아빠가 나에게 설명해주었다. 아빠는 가끔 그렇게 무슨 뜻인지 모를 말을 한다. 아빠는 내 머리를 쓰다듬고는 엄마가 욕실에서 부르니까 빨리 목욕할 준비를 하라고 했다. 나를 부르는 엄마의 목소리가 정말 이상했다!

나는 혼자서 목욕하게 되어 엄청 우쭐해졌다. 적어도 재작년 생일부터는 나도 다 큰 어른이 되었으니까 말이다. 얼굴에는 비누질하지 말아야지. 나는 목욕할 때 필요한 물건들을 챙기러 내 방으로 갔다. 우선 장난감 돛단배를 챙겼다. 돛이 없어서 아쉽다. 꼭 돛을 다시 달아야겠다. 그다음에는 연통이랑 스크루가 달린 배도 챙겼다. 이 배는 물에는 잘 안 뜨지만 침몰 놀이를 하기에는 딱이다. 배가 침몰하자 사람들이 모두 다 구조되는 영화가 있었다. 물에 뛰어들려고 하지 않았던 선장까지, 한 사람도 빼놓지 않고 말이다. 하긴 그렇게 멋진 제복을 입고 있으면 나라도 물에 뛰어들기 싫었을 거다!

나는 바다에 추락하는 자동차 놀이를 하려고 파란색 장난감 자동차도 집어들었다. 군함도 챙겼다. 알세스트한테 빌려주기 전까지만 해도 이 군함에는 대포가 있었다. 배에 탄 승객으로 쓰려고 장난감 병정 세 개랑 조그만 목마도 챙겼다.

곰인형은 털이 남아 있어서 가져가지 않기로 했다. 다른 인형들은 내가 아빠의 옛날 면도기로 털을 죄다 깎아버렸다. 그 면도기는 고장이 났다. 그리고 실은 전에 곰인형을 물에 넣어본 적이 있는데, 욕조 안이 털투성이가 되어서 엄마가 아주 싫어했다. 게다가 곰인형은 목욕을 시키면 모양이 아주 이상해진다. 나는 내 장난감을 함부로 다루는 걸 좋아하지 않는다. 나는 아주 조심스러운 편이다.

엄마는 내가 장난감을 잔뜩 들고 욕실에 들어가는 걸 보고는 눈이 휘둥그레졌다.

"이 잡동사니들을 다 욕조에 집어넣을 생각은 아니겠지?"

엄마가 물었다.

"여보, 그만둬. 니콜라가 알아서 하게 내버려두라고. 자기 하고 싶은 대로 목욕하게 해줘. 애도 자기 행동에 책임을 지는 법을 배워야 해."

아빠가 말했다.

"당신은 애 혼자 내버려두는 게 위험하다는 생각도 안 들어요?"

아빠가 껄껄대며 웃었다.

"위험? 설마 애가 욕조 안에 빠져 죽기라도 할까봐? 바다에 들어갈 때도 그렇게 유난 떨지 않았으면서 왜 그래? 자, 가자고. 그냥 좀 내버려두고."

"너무 오래 있지는 말고, 귀 뒤도 깨끗이 잘 닦아야 한다. 엄마가 필요하면 불러. 그럼 금방 달려올 테니까. 수도꼭지는 건드리지 마."

엄마는 훌쩍이며 코를 풀더니 아빠랑 나갔다. 아빠는 여전히 웃고 있었다.

　나는 얼른 옷을 벗고 욕조에 들어갔다. 물이 약간 뜨거운 것 같았지만 금세 괜찮아졌다. 나는 비누를 가지고 놀기 시작했다. 거품이 엄청 많이 나는 끝내주는 비누였다. 그다음에는 스펀지를 목에 갖다 댔다. 스펀지에서 물이 나오는 게 재미있었다. 그때 엄마가 욕실 문을 열었다.

　"괜찮니?"

엄마가 물었다.

"그냥 좀 내버려두라니까! 걱정이 지나치다구! 걔는 더 이상 다섯 살짜리 꼬마가 아니야!"

아빠가 밑에서 소리를 질렀다. 엄마는 다시 나갔다. 그런데 비누 거품 때문에 물속이 하나도 보이지 않았다. 꼭 바닷속 같았다. 나는 욕조 가장자리 한쪽을 항구 삼아서 돛 없는 돛단배를 물에 띄웠다. 그다음에는 배에다 장난감 병정 세 개랑 작은 목마를 태우고 침몰시키는 놀이를 했다. 배가 엄청 빨리 가라앉았다. 목마만 가라앉지 않았다. 나는 목마를 배처럼 물 위에 띄워놓고 놀았다.

그런데 문득 메메가 보내준 장난감 잠수부가 생각났다. 잠수부를 물속에 집어넣어서 병정들을 찾게 하면 재미있을 것 같았다. 그래서 나는 욕조에서 나왔다. 서두르느라 몸의 물기도 안 닦고 옷도 안 입은 채 내 방으로 뛰어갔다. 그랬더니 엄청 추웠다.

내 방에 들어서자마자, 욕실에서 끔찍한 비명 소리가 들렸다. 나는 다시 욕실로 뛰어갔다. 엄마가 욕조에 몸을 숙인 채 물을 마구 휘젓고 있었다. 욕조 안에 든 병정을 찾기라도 하는 것처럼 말이다.

"엄마, 왜 그래요?"

내가 물었다.

그다음은 정말 대단했다! 엄마는 내 쪽을 확 돌아보더니 비명을 지르고는 나를 껴안았다. 엄마 옷이 몽땅 다 젖었다. 그러고 나서 엄마는 나를 손바닥으로 두 대 때렸다. 우리 둘은 껴안고 막 울었다.

여자들을 이해하려고 노력할 필요가 없다는 아빠 말씀은 정말

딱 맞는다. 게다가 가장 불행한 일은, 어른처럼 혼자서 목욕하기는
다 틀렸다는 거다. 엄마는 스펀지에 비누거품을 묻혀서 내 얼굴을
다시 문질러댔다. 쓱쓱싹싹.

메메의 생일

오늘은 메메의 생일, 정말 멋진 날이다! 메메는 우리 엄마의 엄마다. 해마다 메메의 생일에는 친척들이 식당에 모여서 함께 점심을 먹으며 재미있게 보낸다.

아빠 엄마랑 내가 식당에 도착했을 때, 다른 사람들은 벌써 와 있었다. 식당 한가운데에는 꽃으로 장식된 커다란 탁자가 놓여 있고, 우리 친척들은 그 주위에서 소리치고, 웃고, 우리에게 인사를 보내고 있었다. 식당의 다른 손님들은 소리를 지르지는 않았지만 웃고 있었다.

우리는 탁자 끝에 앉아 있는 메메에게 가서 뽀뽀를 했다.

"장모님은 해마다 더 젊어지시는 것 같습니다."

아빠가 메메에게 말했다.

"그런데 우리 사위는 영 피곤해 보이는구먼. 건강에 좀 더 신경 써야겠어."

메메가 아빠한테 말했다.

그다음에는 외젠 삼촌과 인사를 했다.

"어떻게 지냈……냐고 물어볼 줄 알았지?"

삼촌이 아빠에게 장난을 쳤다. 나는 이런 농담은 처음 들어보는 거라서 엄청 웃었다. 나중에 학교 친구들한테 써먹어야겠다. 나는 외젠 삼촌이 참 좋다. 삼촌은 엄청 웃기고, 항상 허풍을 떤다. 유감 스러운 건 삼촌이 허풍을 떨기 시작하면 어른들이 나보고 나가 있으라고 한다는 거다. 카시미르 이모부도 보였다. 카시미르 이모부는 원래 별로 말이 없다. 하지만 마틸드 이모는 말이 많다. 도로테 이모는 나이가 제일 많은데 늘 다른 사람들을 혼낸다. 마르틴 이모는 아주 예쁘게 생겼다. 아빠가 마르틴 이모에게 참 예쁘다고 했더니, 엄마는 그 말이 맞다고, 하지만 이모의 머리 모양이 이상하니까 미용사를 바꾸는 게 좋겠다고 했다. 실뱅 삼촌과 아멜리 이모도 왔다. 아멜리 이모는 몸이 자주 아프다. 이모는 수술을 엄청 많이 받아서 허구한 날 수술 얘기만 늘어놓는다. 이모가 수술 얘기를 하는 건 당연하다. 수술이 성공적이었기 때문이다. 아멜리 이모는 정말 얼굴이 좋아 보인다. 그리고 내 사촌들도 왔다. 우리는 서로 멀리 살아서 자주 보지 못한다. 사촌들 중에서 로크와 랑베르는 동갑인데, 나보다 조금 어리다. 걔네 둘은 같은 날 태어났다. 그리고 나랑 동갑인 클라리스는 파란색 원피스를 입고 왔다. 엘루아는 나보다 나이가 많은데, 차이가 그렇게 많이 나지는 않는다.

어른들은 모두 로크, 랑베르, 클라리스, 엘루아 그리고 나의 머리를 쓰다듬었다. 그리고 우리가 아주 많이 컸다면서, 학교에서 공부는 잘하는지, 8 곱하기 12는 얼마인지 등을 물어봤다. 하지만 외젠 삼촌은 나한테 미래를 약속한 여자 친구가 있느냐고 물었다. 그러자 엄마가 삼촌에게 말했다.

"외젠 도련님은 절대 변하지 않을 사람이에요."

"자, 이제 앉을까? 좀 늦었구나."

메메가 말했다. 그래서 모두 자기가 앉을 자리를 찾기 시작했다. 외젠 삼촌이 나서서 자리를 정해주겠다고 했다.

"자, 마르틴은 내 옆에 앉고, 아멜리는 우리 형 옆에……"

그런데 아빠가 그렇게 앉는 건 좋지 않고, 아빠 생각은 다르다면서 삼촌의 말을 잘랐다. 하지만 도로테 이모도 아빠가 말을 다 마칠 때까지 가만있지 않았다. 도로테 이모는 아빠에게 외젠 삼촌 좀 보라고, 그렇게 다정할 수가 없다고, 서로 자주 보지도 못하는데 성의를 다해서 예의를 지키자고 했다. 마르틴 이모는 웃기 시작했지만 아빠는 웃지 않았다. 아빠는 외젠 삼촌이 늘 튀어야 직성이 풀리는 사람이라고 했다. 메메는 또 시작이냐고 했다. 다른 종업원들보다 좀 더 높아 보이는 아저씨가 메메에게 다가와서 시간이 많이 지났다고 일러주었다. 메메는 지배인 말이 맞다면서 모두 아무 데나 앉으라고 했다. 그래서 모두 자리에 앉았다. 마르틴 이모는 외젠 삼촌 옆에 앉았고, 아멜리 이모는 우리 아빠 옆에 앉았다.

"제 생각엔 아이들은 식탁 끝에 따로 앉히는 게 좋을 것 같습니다만."

지배인 아저씨가 말했다.

"그것 참 좋은 생각이네요."

우리 엄마가 말했다.

하지만 클라리스는 어른들이랑, 특히 엄마랑 같이 앉고 싶다면서 울기 시작했다. 클라리스는 자기는 누가 고기를 썰어주어야 한다고, 그건 말도 안 된다고, 자기는 병이 나고 말 거라면서 울었다. 식당의 다른 손님들은 식사를 멈추고 우리를 쳐다봤다. 지배인이 당황한 얼굴로 달려왔다.

"부탁합니다, 손님들, 제발……."

그래서 모두 자리에서 일어나 클라리스가 엄마인 아멜리 이모 옆에 앉을 수 있도록 자리를 내주었다. 다시 앉았을 때는 자리가 모두 바뀌었다. 하지만 외젠 삼촌은 여전히 마르틴 이모의 옆자리였고, 우리 아빠도 계속 도로테 이모와 아멜리 이모 사이에 앉아 있었다. 아멜리 이모는 아빠에게 끔찍한 수술 이야기를 꺼냈다.

나는 식탁 끄트머리에 로크, 랑베르, 엘루아와 같이 앉았다. 종업원들이 굴요리를 내오기 시작했다.

"애들한테는 굴 말고 돼지고기요리를 좀 갖다주세요."

마틸드 이모가 말했다.

"왜 나는 굴을 먹으면 안 돼요?"

엘루아가 소리쳤다.

"너는 굴을 별로 안 좋아하잖니."

마틸드 이모가 말했다. 마틸드 이모는 엘루아의 엄마다.

"아니에요! 나도 굴 좋아해요! 나도 굴 먹고 싶어요!"

엘루아가 외쳤다.

지배인은 엄청 당황한 얼굴로 우리한테 다가왔다. 마틸드 이모가 말했다.

"이 아이에게 굴을 좀 갖다주세요."

"참 희한한 교육 방식이네."

도로테 이모가 한마디 했다. 그 말에 마틸드 이모는 기분이 나빠졌다.

"도로테 언니, 내 애는 내 방식대로 키우게 내버려둬요. 독신인 언니가 애들 교육에 대해 뭘 안다고 그래요."

도로테 이모는 마틸드 이모의 말을 듣고 울기 시작했다. 도로테 이모는 아무도 자기를 사랑하지 않는다고, 자기는 너무 불행하다면서 훌쩍거렸다. 꼭 아냥이 학교에서 선생님의 귀염둥이라고 놀림받았을 때 우는 모습 같았다. 모두 도로테 이모를 위로하려고 자리에서 일어났다. 지배인이 굴요리를 든 종업원들을 데리고 왔다.

"앉아주세요!"

지배인이 외쳤다. 친척들은 자리에 앉았다. 나는 아빠가 그 틈을 타서 자리를 바꾸려는 걸 보았다. 하지만 아빠는 자리를 바꾸는 데 실패했다.

"봤어? 난 굴 먹는다!"

엘루아가 나에게 말했다.

나는 아무 말도 안 하고 내 소시지를 먹기 시작했다. 엘루아는 자기 굴을 쳐다보더니, 먹지는 않았다.

"엘루아, 너 굴 안 먹니?"

258

마틸드 이모가 물었다.

"안 먹을래요."

엘루아가 대답했다.

"그러게 엄마가 뭐랬어? 너는 굴 안 좋아한다고 했잖아."

"나 굴 좋아해요. 하지만 이 굴은 신선하지가 않아요!"

엘루아가 외쳤다.

"핑계도 좋지."

도로테 이모가 또 한마디 했다.

그러자 마틸드 이모가 소리를 질렀다.

"핑계가 아니에요! 애가 굴이 신선하지 않다고 하면 신선하지 않은 거죠. 게다가 내가 보기에도 이 굴은 조금 오래된 것 같은데요!"

지배인이 아주 짜증난 얼굴로 다가왔다.

"부탁입니다, 손님들, 제발요!"

"이 집 굴이 신선하지 않아요. 안 그래, 여보?"

마틸드 이모가 말했다.

"어, 그래, 그래."

카시미르 이모부가 대답했다.

"봤죠? 나만 그렇게 생각하는 게 아니라고요!"

마틸드 이모가 말했다.

지배인은 한숨을 내쉬더니 굴요리를 치우게 했다. 하지만 도로테 이모는 굴을 계속 먹겠다고 했다.

그다음에는 구이 요리가 나왔다. 그건 정말 맛있었다. 외젠 삼촌은 아주 낮은 목소리로 계속 허풍을 떨었고, 마르틴 이모는 줄곧 웃었다. 아멜리 이모는 고기를 썰면서 아빠에게 계속 말을 걸었고, 아빠는 제대로 먹지도 못했다. 하지만 아멜리 이모는 로크와 랑베르가 아프다고 해서 서둘러 나가야만 했다. 도로테 이모가 말했다.

"저것 좀 봐, 애들한테 그렇게 억지로 먹여대니까 탈이 나잖아……."

지배인 아저씨는 우리 식탁 옆에 딱 붙어 있었는데 안색이 좋지 않았다. 아저씨는 이따금 수건으로 이마에 흐르는 땀을 훔쳤다.

후식(케이크였다!)이 나왔을 때, 엘루아는 나한테 자기네 학교 친구들이 끝내준다고, 자기는 그 친구들 사이에서 대장이라고 했다. 그 말을 들으니까 너무 우스웠다. 알세스트, 조프루아, 뤼퓌스, 외드 같은 내 친구들이 훨씬 더 끝내주니까 말이다. 엘루아의 친구들하고는 비교도 안 된다. 그래서 나는 엘루아에게 이렇게 말했다.

"네 친구들은 시시해. 그리고 나도 우리 학교 친구들 사이에서 대장이야. 너는 바보야."

그래서 우리는 치고받고 싸웠다. 아빠 엄마랑 마틸드 이모가 와서 우리를 말리는 줄 알았는데 자기들끼리 말싸움을 했다. 클라리스는 울기 시작했고, 모두 일어나서 소리를 질렀다. 식당 안의 다른 손님들과 지배인까지도 말이다.

집에 돌아왔을 때, 엄마와 아빠는 기분이 별로인 것 같았다.

그럴 만도 하다! 이제 다음번 가족 식사 때까지 일 년이나 기다려야 하니 기분이 좋을 리가 없다.

사과파이

"오늘 저녁 후식으로는 사과파이를 구울 거란다."

점심을 먹고 나서 엄마가 말했다.

"와, 신난다!"

"니콜라, 오늘 오후에는 아빠가 집에서 일을 해야 하거든. 그러니까 저녁 식사 때까지 얌전히 지내라. 안 그러면 사과파이는 없어."

나는 아빠에게 장난 같은 건 치지 않겠다고 약속했다. 엄마가 만든 사과파이는 끝내주게 맛있으니까. 나는 바보 같은 짓을 저지르지 않도록 정말 조심해야 한다. 왜냐하면 가끔은 정말 얌전히 있고 싶은데도 펑! 하고 일이 터지기 때문이다. 그리고 아빠 말은 농담으로 들으면 안 된다. 아빠가 사과파이가 없다고 하면 정말 없는 거다. 아무리 울면서 집을 나가겠다고, 나중에 엄마 아빠가 후회할 거라고 말해도 아빠한테는 잘 통하지 않는다.

그래서 나는 거실에서 일하는 아빠를 방해하지 않으려고 정원으로 나갔다. 조금 있으니까 알세스트가 왔다.

"안녕! 뭐 해?"

알세스트가 물었다.

"아무것도 안 해. 저녁때까지 나 얌전히 있어야 해. 그래야 저녁에 사과파이를 먹을 수 있거든."

내가 대답했다. 알세스트는 입맛을 다시고는 이렇게 말했다.

"나도 얌전히 있으면 사과파이를 먹을 수 있을까? 어떻게 생각해?"

나는 잘 모르겠다고, 아빠 엄마의 허락 없이 친구를 저녁 식사에 초대할 수는 없다고 했다. 그러자 알세스트는 우리 아빠한테 가서 자기를 저녁 식사에 초대해줄 수 없는지 물어보겠다고 했다. 알세스트가 집 안으로 들어가려고 해서, 내가 허리띠를 붙잡고 말렸다.

"그러지 마, 알세스트. 아빠를 방해하면 아무도 사과파이를 못 먹게 돼. 너는 물론이고 나까지도 말이야."

알세스트는 머리를 긁적이더니 주머니에서 초콜릿빵을 꺼내어 베어 물고는 말했다.

"그렇다면 할 수 없지. 사과파이는 포기하는 수밖에. 우리 뭐 하고 놀까?"

나는 너무 시끄럽지 않은 놀이를 하자고 했다. 우리는 작은 목소리로 의논해서, 구슬치기를 하기로 했다.

내 구슬치기 실력은 끝내준다. 게다가 알세스트는 한 손으로는

계속 먹을 걸 입에 넣느라 한 손밖에 쓰지 않는다. 그래서 나는 구슬을 잔뜩 땄다. 알세스트는 기분이 상했다.

"너 속임수 쓴 거야."

알세스트가 말했다.

"뭐, 내가 속임수를 썼다고? 내가? 네가 구슬치기를 못 해서 그런 거잖아! 속임수는 무슨 속임수!"

내가 따졌다.

"내가 구슬치기를 못 한다고? 나는 세상에서 구슬치기를 제일 잘해! 속임수 쓰는 사람하고는 안 놀아! 내 구슬 내놔!"

알세스트가 소리를 질렀다. 나는 알세스트에게 소리치지 말라고, 안 그러면 사과파이는 물 건너간다고 말했다. 그러자 알세스트는 내가 딴 구슬을 돌려주지 않으면 마구 소리를 지르고 노래까지 부르겠다고 했다. 나는 알세스트에게 구슬을 돌려주면서 이제 다시는 말도 안 하겠다고 했다.

"됐어. 우리 더 놀까?"

알세스트가 구슬을 받고 나서 물었다. 나는 그만하자고, 사과파이를 먹으려면 내 방에 올라가서 저녁 먹을 때까지 조용히 책이나 보는 게 나을 것 같다고 했다.

"내일 보자."

알세스트는 인사를 하고 돌아갔다. 나는 알세스트가 정말 좋다. 알세스트는 역시 내 친구다.

나는 방에 가서 메메가 준 책을 폈다. 그 책에는 아빠를 찾아 전 세계를 돌아다니는 소년이 나온다. 그 애는 비행기도 타고, 잠수함도 타고, 중국에도 가고, 카우보이들도 만난다. 전에 다 읽은 책이라서 썩 재미있지는 않았다. 나는 크레용을 꺼내서 책에 있는 그림을 색칠하기 시작했다. 소년이 비행선을 타고 있는 그림이었다. 그러다가 문득 아빠가 책을 더럽히면 안 된다고 했던 말이 생각났다. 아빠는 책은 친구와 같은 거니까 사이좋게 지내야 한다고 했다. 그래서 나는 지우개로 내가 칠한 색깔을 지우려고 했다. 하지만 잘 지워지지 않았다. 그래서 더 세게 문질렀더니 종이가 찢어지고 말았다. 나는 울고 싶었다. 책 때문은 아니었다. 나중에 소년이 무인도에서 아빠를 다시 만나게 된다는 건 다 알고 있었으니까 말이다. 내가 울고 싶었던 건 아빠 때문이었다. 아빠가 내 방에 올라왔다가 이 모습을 보고 사과파이를 못 먹게 하면 어쩌나 싶어서였다. 나는 소리가 날까봐 울지 않았다. 나는 그 책장을 찢어내고 책을 도로 제자리에 꽂았다. 아빠가 비행선이 나오는 그림을 기억 못 해야 할 텐데!

나는 벽장문을 열고 장난감들을 쳐다보았다. 전기 기차를 가지

고 놀까 생각했지만, 전에 기차에서 불꽃이 마구 일어나면서 온 집 안의 불이 다 꺼졌던 일이 생각났다. 그때 나는 아빠한테 엄청 야단을 맞았다. 특히 아빠가 전기가 어떻게 됐는지 보려고 내려가다가 지하실 계단에서 넘어지고 나서는 더 심하게 혼이 났다. 장난감 비행기도 있었다. 빨간 날개가 있고 고무줄 태엽을 감아서 움직이는 프로펠러가 달린 비행기다. 하지만 그 비행기를 가지고 놀다가 파란 꽃병을 깨뜨려서 난리가 났던 일이 생각났다. 이상한 소리가 나는 팽이도 있었다. 엄마 아빠는 내 생일 선물로 그 팽이를 주면서 "들어봐, 니콜라! 팽이에서 예쁜 음악 소리가 나지?" 하고 말했다. 하지만 나중에 내가 그 팽이를 가지고 놀 때마다 아빠는 "그 끔찍한 소리 좀 안 나게 할 수 없냐?" 하고 투덜댔다.

물론 털이 반쯤 남은 곰인형도 있었다. 털이 반만 남은 건, 털을 다 깎기도 전에 아빠의 면도기가 고장 났기 때문이다. 하지만 곰인형은 아기들이나 갖고 노는 장난감이다. 이미 나는 아주 옛날에 곰인형을 갖고 노는 게 재미없어졌다.

나는 벽장문을 도로 닫았다. 정말 울고 싶었다. 장난감이 있는데도 마음대로 갖고 놀 수 없다니 진짜 말도 안 된다. 이게 다 치사한 사과파이 탓이다. 사과파이 없이도 난 얼마든지 살 수 있다. 사과파이가 아무리 바삭바삭해도, 사과와 설탕 가루가 듬뿍 올라가 있다고 해도 말이다. 나는 카드로 집짓기를 하기로 했다. 카드로 만든 집은 무너져도 시끄럽지 않기 때문이다. 카드로 집을 짓는 건 토라진 척하는 것과 비슷하다. 시작할 때만 재미있고 그다음엔 하나도 재미없다.

그러고 나서 나는 거울 앞에서 얼굴 찌푸리기 놀이를 했다. 뤼퓌스가 쉬는 시간에 가르쳐준 대로 따라하는 게 제일 재미있었다. 코를 누르고 눈 아래를 잡아당겨서 축 늘어뜨리면 꼭 개 얼굴같이 된다. 얼굴 찌푸리기 놀이를 다 하고 나서 작년 지리책을 펴 들었다.

조금 있으니까 아빠가 내 방에 들어왔다.

"뭐야, 니콜라, 너 여기 있었어? 아무 기척이 없길래 어디 갔나 했지. 방에서 뭐 하고 있었니?"

아빠가 말했다.

"얌전히 있었어요."

내가 아빠에게 대답했다. 그러자 아빠는 나를 꼭 껴안고 뽀뽀를 하면서 내가 세상에서 가장 착한 아들이라고, 이제 내려가서 함께 저녁을 먹자고 했다.

식당에 들어갔더니 엄마가 식탁에 접시들을 놓고 있었다.

"우리는 배가 고파. 맛있는 저녁 식사와 사과파이가 먹고 싶다고!"

아빠가 웃으면서 말했다.

엄마는 아빠를 쳐다보고 다시 나를 보더니, 부엌으로 뛰어들어 갔다.

"어머나! 어떡해! 내 사과파이!"

엄마가 외쳤다.

우리는 그날 후식을 먹지 못했다. 엄마가 사과파이를 새까맣게 태워버렸기 때문이다.

브리지트 누나

아빠 엄마는 친구들과 저녁 약속이 있다며 외출을 해야 한단다.
나는 찬성이다! 사실 우리 엄마 아빠는 외출을 자주 하지 않는다.
나야 밤에 혼자 있고 싶지 않고, 엄마 아빠는 저녁에는 나를 절대
밖에 데리고 나가지 않으니까 엄청 억울한 일이긴 하지만, 아빠 엄
마가 즐거운 시간을 보낸다면 나도 즐겁다.

사실 나는 말도 안 되는 일이라고 울었다. 아빠는 내게 비행기를
사주겠다고 약속했고, 그래서 좋다고 한 거다.

"얌전히 있어야 돼. 그리고 아주 친절한 누나가 와서 너를 봐줄
거니까 겁낼 것 없어. 게다가 이제 우리 니콜라도 다 컸잖니."

엄마가 말했다. 그때 우리 집 초인종이 울렸고, 아빠가 말했다.

"누나가 왔나보다."

아빠는 문을 열어주러 갔다. 어떤 누나가 들어왔다. 그 누나는 책과 공책을 팔에 안고 있었는데, 정말 친절해 보였다. 동그란 눈이 내 곰인형하고 닮은 것 같았다.

"얘가 니콜라입니다. 니콜라, 이 누나 이름은 브리지트라고 한단다. 착하게 굴고 누나 말 잘 들을 거지, 그렇지?"

아빠가 말했다.

"안녕, 니콜라. 너 다 큰 사나이구나. 잠옷도 정말 멋진걸!"

누나가 말했다.

"누나도요, 누나 눈이랑 내 곰인형 눈이랑 닮았어요."

누나는 좀 놀란 얼굴로 아까보다 더 눈을 동그랗게 뜨고 나를 쳐다보았다.

"자, 그래. 그럼 이제 우리는 간다."

아빠가 말했다.

"니콜라는 벌써 저녁 먹었고, 이제 잠자리에 들면 돼요. 잠옷도 일찌감치 입었고요. 한 십오 분 정도 더 있다가 올라가서 자라고 해요. 혹시 배가 고프면 냉장고에서 뭐라도 찾아서 먹어요. 아주 늦지는 않을 거예요. 아무리 늦어도 자정 전에는 돌아올 거예요."

엄마가 말했다. 누나는 배고프지 않다고, 내가 착하게 굴어서 아무 일 없을 거라고 말했다.

"그래요, 우리도 그랬으면 좋겠군요."

아빠가 대꾸했다. 그러고 나서 엄마와 아빠는 나에게 뽀뽀를 하고는 조금 망설이는 듯하더니 밖으로 나갔다.

나는 누나와 거실에 있었다. 누나가 나를 좀 겁내는 것 같아서

271

이상했다. 누나가 물었다.

"니콜라? 넌 학교에서 공부 잘하니?"

"그럭저럭요. 누나는요?"

"아, 나? 나도 잘해. 하지만 지리는 꽝이야. 그래서 오늘 저녁에도 책을 들고 왔잖니. 난 아주 열심히 해야 해. 지리는 중요한 과목이거든. 잔뜩 졸아서 시험을 망치면 끝장이야!"

누나는 수다쟁이였다. 누나가 하는 말을 내가 잘 알아듣지 못해서 유감이다. 아마 누나는 문법도 꽝인 게 틀림없다.

엄마가 나에게 십오 분 정도는 더 있어도 된다고 했기 때문에, 나는 누나에게 체커 놀이를 하자고 했다. 나는 세 판을 내리 이겼다. 나는 체커 놀이를 끝내주게 잘한다.

"자, 이제 자야지!"

누나가 말했다. 우리는 악수를 하고, 나는 잠을 자러 올라갔다. 나는 정말 말을 잘 듣는 아이라는 걸 꼭 말해두어야겠다. 엄마 아빠도 기뻐할 거다.

그런데 잠이 오지 않았다. 뭘 해야 할지 도무지 알 수가 없었다. 그래서 나는 잠이 오기를 기다리는 동안, 목이 마르다고 하기로 했다.

"누나, 물 한 잔만 갖다주세요!"

내가 외쳤다.

"금방 갈게!"

누나가 말했다. 부엌에서 수도꼭지 트는 소리가 들리더니, 누나의 비명 소리가 들려왔다. 누나가 뭐라고 소리쳤는데 나는 알아듣지 못했다. 누나가 물컵을 들고 나타났다. 블라우스가 흠뻑 젖어 있

272

었다.

"부엌에서 수돗물을 틀 때는 조심해야 해요. 물이 막 튀는데, 아빠가 아직 못 고쳤거든요."

"그래, 그렇더라."

누나가 말했다. 누나는 기분이 별로 안 좋은 것 같았다. 나는 물을 마셨다. 진짜 목이 말랐던 건 아니라서 물이 잘 안 넘어갔다. 누나는 나에게 이제 잘 시간이라고 했다. 나는 그렇긴 한데 잠이 오지 않는다고 말했다.

"그래, 그럼 뭘 할까?"

"나도 몰라요. 누나가 이야기 하나 해주세요. 가끔은 엄마가 해주는 이야기를 듣다가 잠이 들 때도 있거든요."

누나는 나를 빤히 쳐다보고 한숨을 크게 쉬더니 이야기를 시작했다. 누나는 내가 모르는 단어들을 잔뜩 써가며 이야기했다. 영화에 출연하고 싶은 한 소녀가 있었는데, 어느 축하 행사에서 돈 많은 제작자를 만나 모든 신문에 사진이 실릴 만큼 유명해진다는 이야기를 들으면서, 나는 잠이 들었다.

전화벨 소리에 나는 잠이 깼다. 누가 전화를 했는지 궁금해서 아래층으로 내려갔다. 거실에 다다랐을 때, 누나는 막 전화를 끊은 참이었다.

"누구였어요?"

내가 물었다. 누나는 내가 내려와 있는 줄 모르고, 깜짝 놀라서 비명을 질렀다. 누나는 우리 엄마가 내가 잘 자고 있는지 물어봤다고 했다.

나는 침대로 돌아가고 싶지 않아서 누나에게 말을 걸었다.

"뭐 하고 있었어요?"

"자, 이제 다시 가서 자야지!"

"뭐 했는지 말해주면 자러 갈게요."

누나는 또 한숨을 쉬더니 오스트레일리아의 경제에 대해서 공부하는 중이었다고 했다.

"그게 뭔데요?"

하지만 누나는 대답하려고 하지 않았다. 내 생각엔 누나가 아기한테 말하듯이 나한테 대충 둘러댄 것 같았다.

"나 케이크 한 조각 먹어도 돼요?"

"그래, 좋아. 하지만 한 조각만 먹고 곧바로 네 방으로 가는 거다!"

누나는 케이크를 꺼내러 부엌으로 갔다. 누나는 내 것 한 조각, 자기 것 한 조각을 가지고 왔다. 초콜릿케이크라서 아주 맛있었다.

나는 내 케이크를 먹었다. 누나는 자기 케이크에는 손도 대지 않고 내가 다 먹기를 기다렸다.

"자, 이제 꿈나라로 가야지!"

"케이크를 먹고 바로 자면 무서운 꿈을 꾼단 말이에요!"

"무서운 꿈이라니?"

"나는요, 무서운 꿈을 엄청 많이 꿔요. 밤에 우리 집에 도둑들이 들어와서요, 사람들을 다 죽이는 거예요. 아주 키가 크고 못된 도둑들이에요. 거실 창문이 잘 안 닫히는데, 아빠가 아직 수리를 못 했거든요. 그 창문으로 도둑들이 들어와서……."

"됐어, 그만!"

누나가 얼굴이 하얘져서 소리를 질렀다. 나는 누나 얼굴이 장밋빛일 때가 더 좋았다.

"그럼 나는 자러 갈게요. 누나는 혼자 거실에 있어야겠네요."

그러자 누나는 엄청 친절해졌다. 누나는 서두를 것 없다고, 어쨌든 몇 분 정도는 더 있어도 되지 않겠냐고 했다.

"무서운 꿈 이야기 또 있는데 해줄까요?"

내가 물었다. 하지만 누나는 싫다고, 그런 꿈 이야기라면 됐다고 했다. 대신 다른 이야기는 없냐고 물었다. 그래서 나는 엄마가 준 새 책에서 읽은 이야기를 했다. 옛날에 예쁜 공주가 있었는데, 그 공주의 엄마는 진짜 엄마가 아니라서 공주를 예뻐하지 않았고, 게다가 그 엄마는 못된 마녀라서 공주에게 이상한 것을 먹여서 엄청 오랫동안 잠자게 만들어버렸다는 얘기였다. 바로 여기서부터 재미있어지는데, 누나를 보니 그 이야기 속의 공주처럼 쿨쿨 잠들어 있었다.

나는 이야기를 멈추고 누나의 케이크를 먹으면서 누나의 지리책을 넘겨 보았다. 바로 그때 아빠와 엄마가 돌아왔다. 아빠 엄마는 나를 보고 아주 놀란 것 같았다. 그리고 오늘 저녁 식사 때 별로 재미가 없었는지 기분이 나빠 보였다. 기껏 보내줬더니! 마음이 무거

윘다.

　나는 잠을 자러 올라갔다. 하지만 아래층 거실에서 아빠 엄마와 누나가 큰 소리로 다투는 소리가 들렸다. 정말 너무한다.

　아빠와 엄마가 외출하는 건 좋다. 하지만 잠도 조용히 못 자게 하다니!

엄마의 선물

아침에 우체부 아저씨가 아빠에게 외젠 삼촌의 편지를 전해줬다. 삼촌은 정말 멋지다. 엄마가 아침 식사를 준비하는 동안에 아빠는 편지를 뜯어보았다. 그런데 봉투 안에는 편지 말고도 10프랑짜리 지폐 한 장이 들어 있었다. 아빠는 돈을 보고 깜짝 놀라더니 편지를 찬찬히 읽어보고는 껄껄 웃었다. 엄마가 커피를 내오자, 아빠가 말했다.

"외젠이 이번 달에 우리 집에 오겠다고 했었는데 못 오게 되었다는군. 그리고 말이야. 당신이 아주 재미있어할 일이 있어. 편지 끝에 뭐라고 썼는지 알아? 기다려봐, 내가 읽어줄 테니까. 그래, 여기야. '그리고 니콜라가 예쁜 엄마에게 작은 선물을 하나 할 수 있도록 10프랑짜리 지폐를 동봉합니다.'"

"와, 신난다!"

내가 외쳤다.

"하여튼 알아줘야 해! 난 가끔 도련님 머릿속에 뭐가 들었는지 정말 궁금하다니까!"

엄마가 말했다.

"왜 그래? 내가 보기에는 정말 멋진 생각인데. 외젠도 역시 우리 집안 남자야. 우리 집안 남자는 다 마음이 넓고 인심이 좋거든. 우리 집안으로 말하자면……."

"됐어요, 됐어. 내가 아무 말도 안 한 걸로 해두자고요. 그래도 난 이 돈은 그냥 니콜라 저금통에 넣으면 좋겠는데……."

"싫어요! 엄마한테 선물 사드릴 거예요! 우리는요, 그러니까 우리 집안 남자는요, 엄청 마음이 넓고 인심이 좋단 말이에요!"

내가 소리쳤다. 아빠 엄마는 내 말을 듣고 한바탕 웃었다. 엄마는 나에게 뽀뽀를 하고 아빠는 내 머리를 쓰다듬어주었다. 엄마가 말했다.

"그래, 알았다, 니콜라. 네가 정 그러고 싶다면 내일 엄마랑 나가 보자. 우리 둘이서 선물을 같이 고르는 거야. 어차피 내일은 장을 보러 나갈 생각이었으니까."

나는 기분이 참 좋았다. 나는 선물하는 걸 좋아한다. 하지만 저금통에 돈을 많이 모으지 못해서 선물을 자주 하지는 못한다. 은행에 저축해둔 돈은 많지만 그 돈은 내 마음대로 찾아 쓸 수 없다. 그 돈으로는 어른이 됐을 때 비행기를 살 거다. 진짜 비행기 말이다. 그리고 엄마와 함께 쇼핑을 하면 좋은 점이 또 있다. 카페에서 엄청 맛있는 케이크, 특히 초콜릿케이크를 간식으로 먹을 수 있다는 거다.

다음 날 내내 나는 시간이 빨리 가기만을 바랐다. 점심을 먹을 때 아빠가 웃으면서 말했다.

"그러니까 오늘 오후에 니콜라하고 같이 쇼핑을 할 거라 이거지?"

엄마도 웃으면서 대꾸했다.

"물건은 니콜라가 살 거야. 나는 그냥 같이 가주는 것뿐이야!"

아빠와 엄마는 아주 즐겁게 웃었다. 나도 웃었다. 아빠와 엄마가 웃으면 나도 항상 웃음이 나온다. 점심(초콜릿케이크가 나왔다.)을 먹고 나서, 아빠는 다시 사무실로 돌아갔고, 나와 엄마는 외출 준비를 했다. 물론 10프랑짜리 지폐를 내 주머니에 챙기는 것도 잊지 않았다. 손수건 주머니가 아니라 호주머니에 넣었다. 내가 어렸을 때 손수건 주머니에 돈을 넣었다가 잃어버렸던 일이 기억났기 때문이다.

가게에는 사람들이 북적거렸다. 우리는 우리 돈으로 살 수 있는 것들부터 구경하기 시작했다.

"엄마 생각에 그 돈이면 아주 예쁜 스카프를 살 수 있을 것 같은데……."

엄마가 말했다.

나는 겨우 스카프 한 장으로는 멋진 선물이 될 수 없을 것 같았지만, 엄마는 스카프가 제일 갖고 싶다고 했다.

우리는 스카프 판매대로 갔다. 엄마가 같이 있어서 다행이었다.

무엇을 골라야 할지 통 알 수 없으니까. 스카프가 여기저기 사방에
널려 있었다.

"이건 얼마예요?"

엄마가 점원에게 물었다.

"12프랑입니다."

점원이 대답했다. 나는 아주 난처했다. 내게는 외젠 삼촌이 준 10프
랑밖에 없었다. 엄마는 안됐지만 할 수 없다고, 다른 선물을 골라보
자고 했다.

"하지만 엄마는 스카프가 갖고 싶다고 했잖아요."

내가 말했다.

엄마의 얼굴이 조금 빨개졌다. 엄마는 내 손을 잡아끌었다.

"괜찮아, 괜찮아, 니콜라. 자, 가자. 다른 좋은 선물도 많을 거야."

"싫어요! 난 스카프 사드릴 거예요!"

내가 소리쳤다.

정말이지, 갖고 싶은 걸 사주지 못한다면 선물을 하는 게 다 무슨 소용이냔 말이다.

엄마는 나를 쳐다보고 점원을 쳐다보더니 미소를 지었다. 점원도 우리 엄마를 보고 미소를 지었다. 엄마가 나에게 말했다.

"좋아. 그럼 우리 이렇게 하자꾸나. 내가 너한테 2프랑을 줄게. 그러면 넌 이 예쁜 스카프를 엄마한테 선물할 수 있잖니."

엄마는 가방을 열고 2프랑을 꺼내 내게 주었다. 우리는 스카프 판매대로 돌아왔고, 엄마는 근사한 파란색 스카프를 골랐다. 나는 10프랑짜리 지폐와 2프랑을 점원에게 내밀었다.

"계산은 이분이 하시는 거예요."

엄마가 말했다. 엄마와 점원은 웃었다. 나는 엄청 우쭐해졌다. 점원 누나는 나처럼 귀여운 아이는 여태껏 본 적이 없다면서 스카프를 포장한 상자를 주었다. 나는 그것을 엄마에게 건네주었고, 엄마는 나에게 뽀뽀를 했다. 우리는 발걸음을 돌렸다.

하지만 상점 밖으로 나가지는 않았다. 엄마가 이왕 온 김에 코르사주를 보고 가겠다고, 코르사주가 하나 필요하다고 했기 때문이다.

"하지만 난 이제 돈이 없는걸요."

내가 말했다. 엄마는 살짝 웃어 보이고는 방법이 다 있으니까 걱정하지 말라고 했다. 그래서 우리는 코르사주 판매대로 갔다. 엄마

는 코르사주 하나를 고르고 나에게 돈을 잔뜩 주었다. 나는 그 돈
을 다시 점원에게 주었다. 점원은 웃으면서 내가 너무 예쁘고 귀엽
다고 했다. 쇼핑할 때 또 좋은 점은 점원 누나들이 아주 친절하게
대해준다는 거다.

엄마는 아주 기분이 좋았다. 엄마는 나한테 예쁜 코르사주와 스
카프를 사줘서 고맙다고 했다.

그다음에 우리는 옷을 보러 갔다. 나는 엄마가 옷을 이것저것 입
어보는 동안 의자에 앉아 있었다. 시간이 오래 걸렸지만, 점원 누나
가 나에게 초콜릿사탕을 주었다. 엄마는 엄청 기분이 좋아져서 다

시 나왔다. 그리고 나를 계산대까지 데려가서 옷값을 내게 했다. 내가 먹은 사탕은 공짜였다.

나는 엄마에게 장갑이랑 벨트랑 구두까지 사주었다. 우리는 둘 다 정말 피곤했다. 엄마는 내가 사줄 선물을 고르며 이것저것 입어보고 신어보느라 시간이 많이 걸렸다.

"이제 간식 먹으러 갈까?"

엄마가 말했다.

우리는 에스컬레이터를 탔다. 에스컬레이터는 정말 끝내줬다. 게다가 우리가 간식을 먹을 카페는 맨 위층에 있었다. 우리는 무지 맛있는 간식을 먹었다. 초콜릿도 먹고 초콜릿케이크도 먹었다. 나는 초콜릿이 정말 좋다.

간식값은 엄마가 내겠다고 했다.

우리가 집에 돌아왔을 때, 아빠는 벌써 와 있었다.

"이런! 이런! 왜 이렇게 오래 걸렸어? 그래, 니콜라, 엄마한테 멋진 선물을 사드렸니?"

"그럼요! 선물을 엄청 많이 했어요! 전부 다 내가 돈을 냈고요, 점원 누나들이 아주 친절하게 대해줬어요!"

아빠는 엄마가 들고 있는 꾸러미들을 보더니 눈이 휘둥그레졌다. 엄마가 말했다.

"여보, 당신 말이 맞아. 당신 집안 남자들은 하나같이 너무 마음이 넓어. 벌써 니콜라부터가 그렇잖아?"

엄마는 이렇게 말하고는 선물 꾸러미들을 들고 침실로 들어갔다.

나는 아빠와 거실에 있었다. 아빠는 안락의자에 앉아서 한숨을 쉬었다. 그러더니 나를 무릎에 앉히고는 머리를 쓰다듬어주었다. 아빠는 웃음을 터뜨리고는 이렇게 말했다.

"아무렴, 우리 니콜라! 네 아빠 집안 남자들은 정말 괜찮은 사람들이지…… 하지만 어떤 면에서는, 아직 네 엄마 집안 여자들한테 배워야 할 게 너무 많구나!"

돌아온 꼬마 니콜라와 별난 이웃

새로운 이웃

오늘 아침부터 우리한테 새로운 이웃이 생겼다!

우리에게 이웃이 있긴 하다. 블레뒤르 아저씨인데, 아주 친절하지만 우리 아빠하고는 늘 티격태격하는 사이다. 하지만 다른 쪽 옆집은 줄곧 비어 있었다. 아빠는 그 집에 아무도 안 산다는 점을 이용해서 우리 정원에 떨어진 낙엽이나 휴지 같은 것들을 울타리 너머로 슬쩍 던지곤 했다. 그 집에 사람이 없었기 때문에 말썽은 일어나지 않았다. 저번에 아빠가 블레뒤르 아저씨네 정원에 오렌지 껍질을 던졌을 때는 아저씨가 한 달 동안 우리 아빠와 말도 하지 않았는데 말이다. 지난주에 엄마가 우유 가게 아줌마한테 들었다면서 얘기해줬는데, 비어 있는 우리 옆집이 쿠르트플라크 씨라는 사람한테 팔렸다고 했다. 그 아저씨는 프티 테파르냥 백화점의 신발 코너

지배인인데, 피아노 치는 걸 좋아하는 부인과 내 또래의 딸과 산단다. 우유 가게 아줌마도 그것 말고는 아무것도 모르고, 단지 '반 덴 플뤼그 회사'에서 그 집 이사를 맡아 닷새 후에 이삿짐을 옮길 거라는 것만 안다고 했다. 그 닷새 후가 바로 오늘이다.

"왔어요! 왔어요!"

여기저기 '반 덴 플뤼그'라고 씌어 있는 커다란 이삿짐 트럭이 오는 걸 보고 내가 외쳤다. 아빠와 엄마도 거실 창가로 와서 함께 구경을 했다. 이삿짐 트럭 뒤에 자동차 한 대가 따라왔다. 그 자동차에서 눈썹이 숯덩이만큼 짙은 아저씨와 꽃무늬 원피스를 입은 아줌마가 내렸다. 아줌마는 손에 꾸러미 여러 개와 새장을 들고 있었다. 그다음에는 내 또래로 보이는 여자아이가 인형을 들고 내렸다.

"저 여자는 무슨 옷을 저렇게 입었대? 커튼을 몸에 친친 감은 것 같잖아!"

엄마가 아빠에게 말했다.

"그러게 말이야. 저 집 차는 내 차보다 더 구형 같은데?"

아빠가 말했다.

이삿짐센터 아저씨들이 트럭에서 내렸다. 주인아저씨가 대문과 현관문을 열러 간 사이, 아줌마는 새장 든 손을 이리저리 휘저으며 이삿짐센터 아저씨들에게 뭐라고 설명을 했다. 여자아이는 자기네 엄마 주위에서 깡충깡충 뛰어다니다가 엄마가 뭐라고 하자 잠자코 서 있었다.

"정원에 나가도 돼요?"

내가 물었다.

"그래, 하지만 새 이웃을 방해하면 안 된다."

아빠가 말했다.

"그리고 신기한 동물 구경하듯 쳐다봐도 안 돼. 예의를 지켜야 한다!"

엄마는 그렇게 말하고는 나와 함께 밖으로 나갔다. 아침에 비가 왔는데도 지금 꼭 베고니아에 물을 줘야겠다면서 말이다. 엄마와 내가 정원에 나와보니, 이삿짐센터 아저씨들이 트럭에서 가구들을 잔뜩 꺼내서 길에 내려놓는 중이었다. 그런데 그 옆에서 블레뒤르 아저씨가 세차를 하고 있었다. 나는 깜짝 놀랐다. 왜냐하면 블레뒤르 아저씨는 원래 차고 안에서 세차를 하기 때문이다. 더구나 오늘처럼 비가 오락가락하는 날에는 절대로 밖에서 세차하는 법이 없다.

"그 루이 16세풍의 안락의자는 조심해서 옮기세요! 젖지 않게 뭘 좀 덮어주시고요. 그 장식 융단은 아주 귀한 거예요!"

새장을 든 아줌마가 소리를 질렀다. 그다음에는 아저씨들이 엄청 무거워 보이는 커다란 피아노를 트럭에서 내렸다.

"살살! 조심해요! 그건 연주회용 드레엘 피아노라고요! 아주 비싼 물건이에요!"

아줌마가 또 소리를 질렀다. 새장 속에 든 새는 전혀 즐거워 보이지 않았다. 아줌마가 새장을 정신없이 휘두르면서 말하고 있었으니까 말이다. 아저씨들은 가구를 집 안으로 옮기기 시작했고, 아줌마는 줄곧 따라다니면서 아무것도 깨면 안 된다, 엄청 비싼 물건이다 하면서 잔소리를 해댔다. 내가 이해할 수 없었던 건, 아줌마가 왜 그렇게 소리를 크게 지르는가 하는 거였다. 아마도 이삿짐센터 아저

씨들이 아줌마 말을 귀담아듣지 않고 자기들끼리 킥킥대고 웃어서 그런지도 모르겠다.

나는 울타리 쪽으로 다가갔다. 새로 이사 온 여자아이가 한 발로 뛰면서 혼자 놀고 있었다.

"안녕, 내 이름은 마리 에드비주야. 네 이름은 뭐니?"

여자애가 나에게 말을 걸었다.

"니콜라야."

내가 대답했다. 내 얼굴이 새빨개졌다. 바보처럼 말이다.

"너 학교에 다니니?"

그 애가 또 물었다.

"응."

내가 대답했다.

"나도야. 그리고 나는 전에 볼거리를 앓았어."

마리 에드비주가 말했다. 나는 그 애에게 "너 이거 할 줄 알아?" 하고 묻고는 재주넘기를 한 바퀴 해 보였다. 엄마가 나를 못 봐서 다행이었다. 풀이 젖어 있어서 내 윗옷에 풀물이 들었기 때문이다.

"내가 전에 살던 동네에 어떤 남자애가 있었는데, 걔는 재주넘기를 연속 세 바퀴나 할 수 있었어!"

마리 에드비주가 말했다.

"쳇! 나는 내가 하고 싶은 만큼 얼마든지 할 수 있어! 잘 봐!"

나는 이렇게 말하고 재주넘기를 시작했다. 하지만 운이 없었다. 엄마한테 딱 걸린 거다.

"니콜라, 너 왜 잔디밭에서 그렇게 구르고 있니? 네 꼴 좀 봐! 그리고 이런 날씨에 왜 바깥에 나와 있어!"

엄마가 소리를 질렀다. 그러자 아빠가 후다닥 집 밖으로 나와서 물었다.

"무슨 일이야?"

"아니에요, 아무것도! 그냥 재주넘기를 좀 했을 뿐이에요."

내가 대답했다.

"저한테 보여주려고 그런 거예요. 별일 아니에요."

마리 에드비주도 말했다.

"마리 에드비주! 너 거기서 뭐 하고 있어!"

쿠르트플라크 아저씨가 외쳤다.

"옆집 사는 남자애하고 놀고 있었어요."

마리 에드비주가 대답했다. 그러자 눈썹이 짙은 아저씨가 와서 마리 에드비주에게 밖에 있지 말고 안으로 들어가서 엄마를 도와주라고 했다. 우리 아빠가 미소를 띠고 울타리 쪽으로 다가갔다.

"애들 좀 보세요. 둘이 첫눈에 반했나봅니다."

아빠가 말했다. 아저씨는 눈썹을 찡그리면서 전혀 웃지 않고 물었다.

"댁이 우리 새 이웃입니까?"

"하! 하! 정확히 말하자면…… 그쪽이 우리의 새로운 이웃이라고 해야겠지요. 하! 하! 하!"

"아, 그렇군요. 그러면 울타리 너머로 그 집 쓰레기를 이리로 보내는 일은 삼가주시면 고맙겠습니다!"

아빠의 얼굴에서 웃음기가 가시며, 두 눈이 휘둥그레졌다. 쿠르트플라크 아저씨가 계속 말했다.

"우리 집 정원은 분명히 댁의 쓰레기통이 아닙니다!"

아빠는 기분이 몹시 상했다.

"이봐요! 말씀이 좀 이상하네요! 이사하느라 신경이 날카로워졌는지는 몰라도……."

"신경이 날카롭긴 누가 날카롭다고 그래요! 내가 어떤 식으로 말하든 그건 내 마음입니다. 어쨌든 말썽을 일으키기 싫으면 남의 집 사유지를 쓰레기통 취급하는 일은 그만두시라고요. 세상에 이런 경우가 어디 있습니까?"

"뭐요? 고물 차에 꾀죄죄한 살림을 갖고 와서 콧대만 높아서는! 나도 할 일 없는 사람 아닙니다!"

"아, 이렇게 나오시겠다? 좋습니다! 두고 봅시다. 그 전에 먼저 당신네 거나 도로 가져가쇼!"

쿠르트플라크 아저씨는 이렇게 외치고는 우리 집 정원으로 낙엽 뭉치랑 휴지, 빈 병 세 개를 던졌다. 그러고는 자기네 집으로 들어가버렸다.

아빠는 입을 헤벌린 채 가만히 서 있었다. 아빠는 블레뒤르 아저씨 쪽을 돌아보았다. 블레뒤르 아저씨는 여전히 보도에서 세차를 하고 있었다.

"이럴 수가, 블레뒤르! 자네도 봤지?"

하지만 블레뒤르 아저씨는 뾰루퉁한 입으로 이렇게 말했다.

"아무렴, 봤지. 자네는 새 이웃이 오니까 나는 눈에 보이지도 않지? 아무렴, 나도 봤지, 봤고말고!"

그러고서 블레뒤르 아저씨는 자기 집으로 들어갔다.

블레뒤르 아저씨는 샘이 났나보다.

깜짝 선물

아빠가 함박웃음을 띠고 집으로 들어왔다.

"우리 가족한테 아주 신나는 일이 있어. 내가 깜짝 선물을 준비했거든. 창밖에 뭐가 보이는지 이야기해봐."

아빠가 말했다.

"어떤 경찰관이 초록색 자동차에 주차위반 딱지를 붙이는 게 보이는데?"

엄마가 말했다. 그러자 아빠의 얼굴에서 웃음이 싹 가셨다. 아빠는 얼른 밖으로 뛰어나갔고, 나와 엄마도 따라 나갔다.

아빠는 경찰관 아저씨와 실랑이하는 중이었다. 경찰관 아저씨는 조그만 파란 종이에 뭐라고 잔뜩 적고 있었다. 꼭 우리 학생주임인 부이옹 선생님이 벌받을 아이들의 이름을 적을 때하고 비슷했다.

"하지만 경찰관님, 이해가 안 되는군요."

아빠가 말했다.

"이 차가 지금 주차장 입구를 막고 서 있잖습니까?"

경찰관이 대꾸했다.

"그래요. 하지만 여기는 내 집 주차장이고, 이건 내 차라고요!"

아빠가 소리쳤다.

이 말을 듣고 엄마가 외쳤다.

"뭐? 이게 당신 차라고?"

"나중에 설명할게. 지금 이 사람하고 말하고 있잖아."

아빠가 말했다.

"여기가 댁의 주차장이냐 아니냐는 아무런 상관이 없습니다. 교통법규에 따르면 이 상황은 명백한 불법입니다. 교통법규 정도는 선생께서도 아시겠지요?"

경찰관이 말했다.

"그래도 난 이 차가 도대체 뭔지 당신 입으로 지금 당장 들어야겠어!"

엄마가 소리쳤다.

"교통법규야 잘 알지요. 운전 한두 해 하는 것도 아닌데요. 그런데 제가 높은 자리에 있는 경찰 친구들을 좀 알거든요."

아빠가 말했다.

"잘됐네요. 그 높은 자리에 있다는 친구분들이 교통위반 범칙금 정도는 빌려줄 겁니다. 그 친구들에게 인사나 전하시지요."

경찰관은 웃으면서 이렇게 말하고 가버렸다.

아빠는 얼굴이 시뻘게져서 파란 종이를 든 채 가만히 서 있었다.

"여보?"

엄마가 신경질적인 투로 아빠를 불렀다. 아빠가 입을 열었다.

"그러니까 우리 낡은 차를 처분하고 이 차를 새로 샀어. 당신하고 니콜라를 깜짝 놀라게 해주려고 했는데 시작부터 이게 뭐람!"

엄마가 팔짱을 꼈다. 그건 아주 화가 났다는 뜻이다.

"뭐야? 이렇게 큰 물건을 사면서 나한테 한마디 상의도 안 했단 말이야?"

"미리 상의를 하면 깜짝 선물이 아니잖아."

"아, 알았어! 나는 똑똑한 여자가 못 돼서 자동차 구매 같은 문제는 나하고 상의할 필요도 없다 이거지? 당신은 혼자 양복을 사러 가도 아주 멋진 것만 골라 오잖아. 줄무늬 양복처럼!"

"줄무늬가 어디가 어때서?"

"어디가 어떻긴. 지난번에 사 온, 꼭 매트리스 커버 같은 거 기억 안 나? 주름만 잔뜩 가고! 그리고 적어도 당신은 자동차 색깔 정도는 나랑 의논했어야 했어. 이 초록색은 너무 보기 싫어. 게다가 내가 초록색 싫어하는 거 잘 알면서!"

"아니, 언제부터 당신이 초록색을 싫어했지?"

"됐어, 관둬. 난 부엌에나 들어갈래. 나야 뭐 운전이라곤 솥뚜껑 운전밖에 할 줄 모르니까!"

엄마는 이렇게 말하고 들어가버렸다.

"이런! 엄마를 기쁘게 해주려고 한 건데, 단단히 꼬였군."

아빠가 말했다. 그러면서 아빠는 나한테 나중에 커서 절대로 결혼하지 말라고 했다. 나는 알았다고 했다. 옆집에 사는 마리 에드비주하고라면 모르겠지만 말이다.

"웬 소란이야?"

블레뒤르 아저씨가 물었다. 어느새 아저씨는 우리 바로 옆에 와 있었다. 아빠가 홱 뒤돌아보았다.

"그렇지! 참견꾼이 어디 갔나 했어!"

블레뒤르 아저씨는 손가락으로 자동차를 가리키면서 "이건 또 뭐야?" 하고 물었다.

"내 새 자동차. 어때?"

아빠가 대답했다. 블레뒤르 아저씨는 차를 빙 둘러보더니 아랫입술을 비죽 내밀고는 말했다.

"이걸 사다니 참 취향도 독특해. 이 차가 속도가 잘 안 난다는 건 삼척동자도 다 알아. 주행 성능이 바닥이라고."

아빠가 껄껄대며 말했다.

"그래, 여우와 포도 이야기가 이래서 나왔군. 포도가 너무 시지?"

나도 여우와 포도 이야기는 안다. 어떤 여우가 포도가 먹고 싶었는데 포도가 너무 높이 달려 있어서 손이 닿지 않자, 시어서 못 먹는 포도라고 생각해버렸다는 이야기다. 나는 이 이야기를 지난주에 학교에서 들었는데, 시험에서는 20점 만점에 3점밖에 못 받았다. 알세스트가 입에 먹을 걸 잔뜩 문 채 답을 가르쳐줬는데, 무슨 말인지 알아들을 수가 없어서 그랬다.

"그래, 신 포도처럼 이 차도 너무 푸르딩딩해. 시금치를 아무렇게나 문대놓은 꼴이로군!"

블레뒤르 아저씨가 웃으면서 말했다.

"무식한 친구 같으니, 분명히 말해두겠는데, 이 차 색깔은 밝은 에메랄드 색이야. 요즘에 가장 유행하는 색이라고. 그리고 자네 말마따나 내 고물차가 자네 마음에 들든 안 들든 전혀 상관이 없네. 자네가 죽기 전까지 이 차에 타볼 일은 없을 테니까!"

아빠가 말했다.

"자네도 일찍 죽고 싶지 않거들랑 이 차에는 안 타는 게 좋을 거야. 시속 20킬로미터에서 커브만 한 번 돌아도 뒤집힐 차니까."

블레뒤르 아저씨도 지지 않았다.

"그래, 질투로 눈이 뒤집힌 면상에 내 주먹맛을 좀 보고 싶은가? 응?"

아빠가 말했다.

"어디 한번 쳐보시지."

"아, 그래?"

"그래, 쳐보라니까."

아빠와 아저씨는 평소에 자주 그러듯이 서로 밀치며 실랑이를 벌이기 시작했다. 나는 두 사람이 티격태격하는 동안에 차 안이 어떻

게 생겼는지 보려고 차에 올라탔다. 차 안은 아주 근사했다. 완전히 새것이었고 엄청 좋은 냄새도 났다. 나는 운전석에 앉아서 입으로 부릉부릉 소리를 내보았다. 아빠한테 운전을 가르쳐달라고 해야겠다. 불편한 점이 있다면 페달이 너무 멀어서 내 발이 닿지 않는다는 거였다.

"니콜라!"

아빠가 소리쳐 불렀다. 나는 깜짝 놀라서 나도 모르게 무릎으로 경적을 누르고 말았다. 빠앙!

"너 당장 내려오지 못해? 누가 너보고 차에 타도 좋다고 했어?"

"그냥 안이 어떻게 생겼나 궁금해서 그랬어요. 블레뒤르 아저씨랑 이야기가 다 끝난 줄 몰랐어요."

나는 이렇게 말하고 울기 시작했다. 엄마가 집에서 달려나왔다.

"도대체 무슨 일이야? 이웃하고 싸움이나 하고, 애는 울리고, 이게 모두 나랑 한마디 상의도 없이 사들인 이 잘난 자동차 때문이지."

엄마가 말했다.

"그러시겠지. 그나저나 나는 당신이 어떻게 부엌에 있었으면서 여기서 일어난 일을 다 알고 있는지 모르겠군."

아빠가 대꾸했다.

"오오!"

엄마는 외마디 소리를 지르고는 눈물을 흘렸다. 엄마는 평생 그렇게 모욕적인 말은 들어본 적이 없다고, 나의 엄마의 엄마인 메메 말씀을 들었어야 했다고, 엄마는 정말 불행하다고 말했다. 나까지 울어대는 통에 엄청 시끄러웠다.

조금 있으니까 아까 그 경찰관 아저씨가 오는 게 보였다.

"선생께서 경적을 울리신 게 틀림없지요?"

경찰관은 이렇게 말하면서 수첩을 꺼냈다.

"아니에요, 아저씨! 경적을 울린 건 저예요."

내가 말했다.

"니콜라, 조용히 못 해?"

아빠가 고함을 쳤다. 그래서 나는 또 울기 시작했다. 이건 정말 너무했다. 엄마는 내 손을 잡고 집으로 들어갔다. 나는 집에 들어가면서 경찰관 아저씨가 아빠에게 하는 말을 들었다.

"아니, 아직도 차가 주차장 앞에 있군요! 잘하셨습니다! 높은 자리에 계시다는 친구분들에게 하실 이야기가 참 많으시겠네요!"

저녁 식사 시간에도 아빠는 차고에 틀어박혀서 새 차하고 같이 있었다. 엄마와 나는 걱정이 되어 아빠를 찾으러 갔다. 엄마는 아빠에게 어쨌든 자동차 색깔이 그렇게까지 보기 싫지는 않다고 말해주었다. 그리고 나는 커브를 돌 때 차가 뒤집히는 것도 재미있을 거라고 했다.

아빠는 기분이 좋아졌다. 우리가 아빠를 용서했다는 걸 알았기 때문이다.

칙칙폭폭

어제저녁, 학교에서 돌아와 간식(버터빵이었다.)을 다 먹고 났을 때, 누가 우리 집 초인종을 눌렀다. 나는 문을 열어주러 나갔다. 커다란 상자가 보였고, 상자 뒤에 역시 커다란 알세스트가 있었다.

"알세스트, 웬일이야?"

알세스트는 나하고 놀려고 전기 기차를 가져왔다고 했다. 아빠가 우리 집에서 저녁 먹을 때까지 놀아도 좋다고 허락했단다. 나는 엄마한테 가서 알세스트하고 놀아도 되는지 물어보았다. 엄마는 그래도 좋다고, 하지만 얌전하게 놀아야 한다고 했다. 그리고 엄마한테 방해가 안 되게 내 방에 올라가서 놀라고 했다.

나는 엄청 기분이 좋았다. 전기 기차 놀이는 재미있고, 알세스트는 내가 엄청 좋아하는 친구이기 때문이다. 우리는 아주 어릴 때부터 알고 지냈다. 그 이야기를 다 하려면 몇 달은 걸릴 거다. 나는 알세스트의 전기 기차를 아직 한 번도 본 적이 없었다. 알세스트가 크리스마스 때 산타 할아버지에게 받은 선물인데, 크리스마스 이후로는 알세스트네 집에 놀러 간 적이 없기 때문이다. 상자가 제법 커다란 걸 보니 분명히 아주 근사한 기차일 것 같았다. 나는 내 방까지 알세스트가 상자를 들고 가는 걸 도와주었다. 알세스트가 세 번째 계단에서부터 너무 헉헉대서 전기 기차를 내 방까지 못 들고 갈까봐 걱정이 되었기 때문이다.

방에 도착하자, 알세스트는 상자를 내려놓더니 우선 샌드위치부터 꺼냈다. 샌드위치 밑에는 끝내주는 것들이 있었다. 철로가 엄청 많았고, 선로 변경 장치에다가 교차로, 곡선 철로, 기차역, 암소 두 마리, 그리고 터널까지 있었다. 터널 속에 샌드위치에서 빠진 햄조각도 하나 있었다. 상자 안에는 그것 말고도 초록색 기관차와 승객을 싣는 차량이 두 칸, 상품을 싣는 화물 차량이 한 칸, 나뭇조각을 싣는 다른 화물 차량이 또 한 칸, 그리고 식당차도 있었다. 우리 가족이 여행 갈 때 타고 갔던 진짜 기차처럼 말이다. 하지만 그때는 엄마가 바나나와 삶은 달걀, 소시지를 싸 와서 식당차에는 못 갔다. 아빠는 식당차에서 먹는 것보다 엄마가 싸 온 음식이 더 낫다고 했다. 그때 아빠는 오렌지주스가 미지근하다면서 음료수 파는 아저씨랑 싸웠다. 하지만 빨대를 잔뜩 꽂은 오렌지주스는 끝내줬다.

"자, 여기에다 철로를 깔자. 그리고 침대 밑이랑 장롱 밑을 통과하게 한 다음 저기서 꺾어지는 거야. 여기에는 터널을 놓고 저기에는 역이랑 건널목을 놓자. 그리고 암소 두 마리는 여기에다 두자."

알세스트가 샌드위치를 먹으면서 말했다.

"암소 한 마리는 이쪽에 놓으면 어때?"

내가 물었다.

"이 기차가 누구 거야? 네 거야? 내 거야?"

알세스트가 말했다. 알세스트 말이 맞다. 기차는 알세스트 거다. 그래서 우리는 알세스트가 정한 대로 암소들을 놓았다. 산타클로스 할아버지한테 이렇게 근사한 선물을 받다니 알세스트는 진짜 운이 좋다. 솔직히 알세스트는 별로 착한 아이도 아니다. 나보다 벌도 더 많이 받고, 공부도 내가 더 잘한다. 내가 알세스트보다 더 착한데, 이건 정말 불공평하다. 나는 갑자기 약이 올라서 알세스트를 찰싹 때렸다. 알세스트가 놀라서 나를 쳐다봤다. 그 모습이 정말 우스웠다. 내가 때리는 바람에 녀석이 먹고 있던 샌드위치가 미끄러져서 버터가 귀까지 잔뜩 묻은 거였다. 알세스트가 내 다리를 발로 걷어찼다. 나는 소리를 질렀고, 엄마가 달려왔다.

"너희 사이좋게 놀고 있는 거니?"

엄마가 물었다.

"네, 아줌마. 왜요?"

알세스트가 대답했다.

"아! 그럼요, 엄마! 우리 아주 재미있게 놀고 있어요."

나도 말했다. 그건 사실이었다. 나는 알세스트랑 노는 걸 좋아하니까.

"내가 잘못 들었나? 그래, 사이좋게 놀아라."

그리고 엄마는 다시 내려갔다.

"네 가족들이 우리를 좀 내버려두면 좋겠는데. 난 여기 늦게까지 있을 수 없단 말이야. 오늘 저녁에는 포토프 스튜가 나오거든. 난 포토프 스튜를 바닥까지 싹싹 핥아 먹어."

알세스트가 말했다. 우리는 서둘러 철로를 깔았다. 기차를 멀리서 조종할 수 있는 작은 리모컨도 있었다.

"어디에서 사고가 나는 걸로 할까?"

내가 물었다. 전기 기차를 갖고 놀 때는 사고가 나야 진짜로 재미있다.

"터널 밑의 철로를 치워버리면 어떨까?"

알세스트가 말했다. 정말 멋진 생각이었다. 내가 철로를 치우려고 하는데, 알세스트가 자기가 치우겠다고 했다. 그래서 나는, 그럼 나는 그동안 기차를 철로에 올려놓겠다고 말하고 기차를 찾으려고 상자를 뒤적거렸다.

"만지지 마! 망가진단 말야!"

알세스트가 우적우적 먹고 있던 햄샌드위치 조각을 사방에 튀기면서 소리를 질렀다.

"여기는 우리 집이야! 그러니까 나도 네 기차를 만질 자격이 있다고."

내가 알세스트에게 말했다.

"여기가 너네 집인지는 몰라도 기차는 내 거야. 그러니까 그 기차 당장 내려놔!"

알세스트가 말했다. 나는 객차로 알세스트의 머리를 때렸다. 알세스트는 식당차로 나를 때렸다. 우리는 기차를 손에 들고 치고받고 싸웠다. 아빠가 내 방으로 뛰어들어왔다.

　"거봐, 너네 가족들이 우리를 자꾸 방해하잖아!"

　알세스트가 말했다. 아빠는 입을 벌리고 알세스트를 쳐다봤다.

　"아빠, 우리는 노는 중이에요. 알세스트가 전기 기차를 가져왔고
요, 엄마가 같이 놀아도 된댔어요."

　내가 아빠에게 설명했다.

　"맞아요."

알세스트가 맞장구를 쳤다.

"알세스트, 너는 나한테 인사 좀 하면 어디가 덧나니?"

아빠가 말했다. 그러자 알세스트가 말했다.

"안녕하세요!"

아빠는 한숨을 쉬더니, 철로와 전기 기차를 보고는 휘파람을 불었다.

"오, 이것 봐라! 이 기차 진짜 멋진데!"

"산타클로스 할아버지가 크리스마스 때 알세스트한테 준 거래요. 나도 작년에는 착하게 굴었는데……."

내가 말했다. 하지만 아빠는 바닥에 앉아서 아주 기분 좋은 얼굴로 기차를 구경하느라 정신이 없었다.

"나도 너희 나이 땐 이런 기차가 갖고 싶었단다. 하지만 공부하느라 너무 바빠서 놀 시간이 없었지."

아빠가 말했다.

"너무 만지작거리지 마세요. 망가진단 말이에요. 아저씨, 저는 니콜라랑 놀려고 기차를 가져온 거지 망가뜨리려고 가져온 게 아니거든요."

알세스트가 말했다.

아빠는 아무것도 망가뜨리지 않을 거라고, 전기 기차를 갖고 제대로 노는 법을 보여주겠다고 했다.

"일단 기관차하고 차량들을 다 줘봐. 내가 철로에다 설치를 할 테니까."

알세스트는 아빠가 자기 샌드위치를 먹어치우기라도 한 듯이 빤히 쳐다보았지만 어쩔 수 없이 기차를 건네주었다. 알세스트는 신중한 녀석이어서 자기보다 큰 사람하고는 절대 싸우지 않는다.

"자, 출발합니다! 치이이이익폭! 칙칙폭폭! 칙칙폭폭!"

아빠는 이상한 목소리로 고함을 질렀다. 그러고 나서 버튼을 막 눌렀는데, 기차가 움직이지 않았다.

"뭐야! 왜 이래?"

아빠가 엄청 실망해서 외쳤다. 아빠는 주위를 둘러보더니 갑자기 이마를 탁 치면서 말했다.

"아이고, 얘들아! 플러그도 안 꽂았잖아! 이러니 움직일 리가 없지. 내가 와서 천만다행이지?"

아빠는 껄껄대고 웃으면서 플러그를 꽂았다.

"자, 이제 다시 간다! 칙칙폭폭!"

아빠는 다시 버튼을 눌렀다. 그 순간 멋진 불꽃이 확 일더니 온 집 안의 불이 다 꺼져버렸다.

알세스트가 말했다.

"어, 우리 집이랑 똑같이 됐네. 내가 집에 전기가 안 들어오는 것 같다고 했더니 아빠가 친구 집에 가져가서 해보라고 했거든."

아빠는 아무 말 없이 바닥에 주저앉은 채 알세스트를 노려보았다.

"이제 가야겠다. 어두워질 때까지 안 들어가면 엄마한테 혼나. 안녕!"

알세스트가 말했다.

엄마와 나는 식탁에 촛불을 켜놓고 저녁을 먹었다. 아주 근사했다. 아빠가 우리와 함께 저녁을 먹지 않아서 속상했다. 아빠는 뾰루퉁해져서 내 방에 계속 앉아 있었다. 알세스트의 기차가 움직이는 걸 못 본 게 아빠를 그렇게까지 실망시킬 줄은 몰랐다.

체커 놀이

　우리 옆집에 사는 마리 에드비주는 노란 머리에 얼굴은 장밋빛이고 눈은 파랗다. 그 애는 아주 예쁘다. 나는 그 애를 자주 못 만난다. 왜냐하면 쿠르트플라크 아저씨와 아줌마가 우리 아빠 엄마랑 별로 친하지 않기 때문이다. 그리고 마리 에드비주가 엄청 바쁘기 때문이기도 하다. 그 애는 늘 피아노나 그 밖의 잡다한 것들을 배우느라 시간이 없다.

　그래서 오늘 마리 에드비주가 자기네 집 정원에서 같이 놀자고 했을 때 나는 기분이 엄청 좋았다. 엄마에게 허락을 받으러 갔더니 엄마가 말했다.

　"그럼 괜찮고말고. 하지만 니콜라, 마리 에드비주한테 친절해야 한다. 엄마는 다툼이 생기는 걸 원치 않아. 너도 알다시피 걔네 엄마가 좀 신경질적이잖니. 그러니까 흠잡히면 안 돼."

나는 사이좋게 놀겠다고 약속하고 마리 에드비주네 정원으로 뛰어갔다.

"우리 뭐 하고 놀까?"

내가 물었다.

"간호사 놀이를 하면 어떨까? 네가 아주 많이 아파서 덜덜 떨고 있는데 내가 간호해서 살려주는 거야. 아니면 전쟁터에서 네가 엄청 많이 다쳤는데 내가 위험을 무릅쓰고 전쟁터에 가서 너를 돌봐주는 거야."

나는 전쟁터 쪽이 더 재미있을 것 같았다. 그래서 풀밭에 드러누웠다. 마리 에드비주는 내 옆에 앉아서 말했다.

"어머나! 가엾어라! 아주 심각하네! 그래도 내가 당신을 구하기 위해 위험을 무릅쓰고 달려왔으니 다행이에요. 어머나, 세상에!"

간호사 놀이는 별로 재미가 없었다. 하지만 나는 엄마 말대로 말썽을 일으키고 싶지 않았다. 마리 에드비주는 나를 엄청 열심히 간호하는 시늉을 하더니 이제 그만 다른 놀이를 하자고 했다. 나는 얼른 그러자고 했다.

"달리기 시합 어때? 저기 저 나무에 먼저 도착하는 사람이 이기는 거야."

마리 에드비주가 말했다.

달리기는 진짜 재미있다. 나는 100미터 달리기를 끝내주게 잘한다. 빈터에서 친구들과 시합을 하면 내가 항상 이긴다. 하지만 맥상은 이길 수가 없다. 맥상은 다리도 엄청 길고 무릎도 아주 딴딴하

기 때문이다. 거리는 100미터가 안 되지만 그래도 우리는 100미터
달리기라고 한다.

"자, 내가 셋까지 셀게. 셋에 출발하는 거야!"

마리 에드비주가 말했다. 그래놓고 자기는 달리기 시작했다. 나
무 가까이 다 가서야 그 애는 "하나, 둘, 셋!"이라고 외쳤다.

"내가 이겼다! 내가 이겼어! 예!"

마리 에드비주는 노래를 불렀다. 내가 달리기 시합을 할 때는 동

시에 출발해야 하는 거라고 설명을 해줬다. 그러자 그 애는 좋다고 하면서 다시 시합을 하자고 했다.

"하지만 내가 너보다 조금 앞에서 출발하게 해줘. 여기는 우리 집 정원이니까 말이야."

우리는 동시에 출발했지만 마리 에드비주는 나무하고 훨씬 가까운 데서 출발했기 때문에 또 이겼다. 몇 번 하고 나서 내가 이제 그만하자고 했더니 마리 에드비주는 내가 너무 빨리 싫증을 낸다고 했다. 하지만 자기도 달리기 시합이 썩 재미있지는 않으니까 다른 놀이를 하자고 했다.

"나한테 페탕크 공이 있어. 너 페탕크 놀이 할 줄 아니?"

마리 에드비주가 물었다.

나는 페탕크 놀이라면 자신 있다. 어른들한테도 이긴 적이 있다. 전에 아빠랑 블레뒤르 아저씨랑 같이 했는데 내가 두 사람을 이겼다. 아빠랑 아저씨는 엄청 웃어댔지만 절대 두 사람이 나한테 일부러 져준 게 아니다! 특히 블레뒤르 아저씨는 절대 아니다!

마리 에드비주는 여러 가지 색깔이 칠해진 나무공을 갖고 나왔다.

"나는 노란 공으로 할게. 빨간 공도 내가 던진다. 그리고 내가 먼저 시작할 거야."

그 애는 빨간 공을 먼저 던지고 그다음에 자기 공을 던졌다. 그렇게 잘하지는 못했다. 다음에는 내가 공을 던졌다. 내 공이 그 애 공보다 빨간 공에 더 가까이 갔다.

그러자 마리 에드비주가 외쳤다.

"어! 이건 아냐! 취소! 다시 해. 공이 손에서 미끄러진 거야. 다시 할래."

그러더니 그 애는 다시 공을 던졌다. 그래놓고는 또 공이 미끄러졌다면서 또 던졌다. 이번에는 그 애가 던진 공이 내 공보다 빨간 공

에 더 가까웠다. 우리는 놀이를 계속했다. 마리 에드비주는 자꾸만 공을 다시 던졌다. 나는 집에 가고 싶어졌다. 이런 식으로 페탕크 놀이를 하는 건 하나도 재미없다. 더구나 말썽을 부리면 안 되기 때문에 더 답답했다. 이건 정말이지, 말도 안 된다!

"아휴! 우리 힘이 덜 드는 다른 놀이 할까? 잠깐만 기다려. 내 방에 가지고 놀 게 많거든. 내가 가져올게!"

마리 에드비주가 말했다.

나는 그 애가 나오기를 기다렸다. 마리 에드비주는 커다란 상자를 들고 정원으로 나왔다. 그 안에는 별의별 게 다 들어 있었다. 카드, 칩, 망가진 재봉틀, 주사위, 주사위 놀이판(우리 집에도 세 개나 있다.), 떨어진 인형 팔 등 없는 게 없었다.

"카드놀이는 어때? 너 카드놀이 할 줄 아니?"

마리 에드비주가 물었다.

나는 바타유 놀이를 할 줄 안다고, 가끔 집에서 아빠랑 카드를 가지고 바타유 놀이를 하는데, 엄청 재미있다고 말했다.

하지만 마리 에드비주가 말했다.

"내가 훨씬 재미있는 놀이를 알아. 내가 만들어낸 놀이야. 너도 진짜 재미있어할 거야."

마리 에드비주가 만든 놀이는 엄청 복잡했다. 나는 도무지 이해가 되지 않았다. 그 애는 나와 카드를 나누어 갖고는, 내 패를 보고 카드를 바꾸자고 했다. 그건 바타유 놀이하고 조금 비슷했지만 훨씬 더 복잡했다. 예를 들자면, 그 애가 자꾸 3을 내놓고 내가 가진 킹을 가져갔기 때문이다. 그 애가 만든 놀이에서는 클로버 킹이 다이아몬드 3보다 더 높은 것 같았다. 나는 마리 에드비주의 놀이가 엄청 바보 같다는 생각이 들었다. 하지만 말썽을 일으키고 싶지 않아서 아무 말도 하지 않았다. 왜냐하면 쿠르트플라크 아줌마가 창문으로 우리가 노는 모습을 지켜보고 있었기 때문이다.

마리 에드비주는 내 카드를 다 따먹고 나서 또 한 판을 하겠느냐고 물었다. 그래서 나는 다른 놀이를 했으면 좋겠다고, 이 놀이는 너무 어렵다고 했다. 그래서 커다란 상자를 뒤지다가 바닥에서 그 것을 발견했다. 그게 뭐였냐면…… 바로 체커 놀이 세트였다! 나는 체커 놀이를 끝내주게 잘한다! 나는 체커 놀이 챔피언이다!

"우리 체커 놀이 하자!"

내가 외쳤다.

"좋아! 내가 하얀 말을 할 거야. 그리고 시작도 내가 먼저 할 거야."

그 애가 대답했다.

우리는 풀밭에 체커 놀이판을 펴고 말을 깔았다. 마리 에드비주가 먼저 시작했다. 그 애가 내 말 두 개를 따먹고는 엄청 신나했다. 하지만 바로 이어서 내가 탁, 탁, 탁! 하고 그 애의 말 세 개를 따먹었다.

그러자 마리 에드비주는 나를 빤히 쳐다봤다. 그 애의 얼굴이 빨개졌다. 마치 울려고 할 때처럼 턱이 바들바들 떨렸다. 마리 에드비주는 눈물이 그렁그렁한 채 벌떡 일어나서 체커 놀이판을 발로 차고는 마구 소리를 지르면서 자기네 집으로 들어가버렸다.

"치사한 속임수쟁이! 너랑 다시는 안 놀 거야!"

나는 엄청 당황해서 우리 집으로 돌아왔다. 엄마는 마리 에드비주가 외치는 소리를 듣고 문 앞에서 나를 기다리고 있었다. 나는 그동안 있었던 일을 엄마에게 다 이야기했다. 그러자 엄마는 눈을 치켜뜨고 고개를 설레설레 젓더니 이렇게 말했다.

"넌 어쩜 그렇게 네 아빠를 쏙 뺐니? 남자들이란 정말 다 똑같아! 자기가 지면 꼭 골을 내지!"

트럼펫

이번주 내내 말썽을 거의 안 피웠더니 아빠가 용돈을 주면서 말했다.

"장난감 가게에 가서 갖고 싶은 걸 하나 사렴."

와! 나는 트럼펫을 샀다.

입을 대고 불면 끝내주는 소리가 나는 멋진 트럼펫이었다. 나는 집으로 돌아오면서 이걸 갖고 재미있게 놀아야겠다고, 아빠도 아주 좋아할 거라고 생각했다.

정원에 들어서자, 아빠가 가위로 울타리를 손질하는 모습이 보였다. 나는 아빠를 깜짝 놀래주려고 살금살금 등 뒤로 다가가서 트럼펫을 힘차게 불었다. 아빠는 비명을 질렀다. 트럼펫 소리에 놀라서가 아니라 가위에 손가락을 베었기 때문이었다.

아빠는 손가락을 빨면서 뒤를 돌아보았다. 아빠는 두 눈이 휘둥그레져서 말했다.

"너 트럼펫을 샀구나!"

그다음에는 아주 작은 목소리로 이렇게 말했다.

"내 이렇게 될 줄 알았어."

아빠는 손가락을 치료하려고 집 안으로 들어갔다. 우리 아빠는 너무너무 훌륭한 분이지만 손이 야무지지 못하다. 아마 그래서 아빠가 정원 일 하는 걸 싫어하나보다.

나는 트럼펫을 불면서 집 안으로 들어갔다. 엄마가 부엌에서 뛰어나오면서 외쳤다.

"무슨 일이야? 무슨 일이냐고?"

엄마는 내 트럼펫을 보고 별로 좋아하지 않았다.

"어디서 그런 게 났니? 그런 뚱딴지같은 장난감이 어디서 나타난 거야?"

나는 아빠가 트럼펫을 사줬다고 말했다. 마침 그때 아빠가 왔다. 아빠는 엄마에게 손가락에 반창고 붙이는 걸 도와달라고 하려던 참이었다. 엄마는 팔짱을 끼고, 나한테 트럼펫을 사주다니 어쩜 그렇게 좋은 생각을 해냈느냐고 아빠를 칭찬했다. 엄청 겸손한 우리 아빠는 얼굴이 시뻘게져서는 정확히 어떻게 된 일인지 설명하기 시작했다. 나도 그건 정말 좋은 생각이었다고, 나도 아빠를 칭찬해주고 싶다고 했다.

그러고 나서 나는 트럼펫을 불었다. 엄마는 아빠한테 할 말이 있으니 나보고 나가서 놀라고 했다. 아직 칭찬해줄 말이 더 남은 모양이다.

나는 정원으로 나가서 나무 밑에 앉았다. 그러고는 트럼펫을 불어서 참새들에게 겁을 주며 놀았다. 아빠 칭찬이 다 끝났는지 집 안이 조용해지자 새가 한 마리도 남지 않았다. 나는 새들을 좋아하기 때문에 앞으로는 될 수 있는 대로 창문을 다 닫고 집 안에서만 트럼펫을 불어야겠다고 생각했다.

조금 있으니까 아빠가 아주 당황한 얼굴로 집에서 나왔다.

"니콜라, 너에게 할 말이 있다."

나는 급한 일이냐고, 지금은 트럼펫을 불어야 하니까 나중에 말하면 안 되느냐고 물었다. 집에서 뭔가 깨지는 소리가 났다. 나는 놀랐다. 엄마는 평소에 절대로 뭘 깨뜨리는 법이 없기 때문이다. 아빠는 아주 급한 일이라고, 남자 대 남자로 이야기해야겠다고 했다. 그래서 내가 말했다.

"그러면 큰 소리로 말하세요. 제가 트럼펫을 계속 불면서 들을 수 있게요."

나는 시간을 낭비하고 싶지 않았다. 그런데 아빠가 "니콜라!" 하고 소리를 버럭 질렀다. 화가 난 것 같았다. 나는 그제야 알아차렸다. 아빠도 트럼펫을 불고 싶은데 차마 나한테 부탁을 못 한 거다. 나는 트럼펫을 있는 힘껏 세게 불고 난 다음에 아빠에게 건네주었다. 그때 이웃에 사는 블레뒤르 아저씨가 울타리 너머로 고개를 내밀고 외쳤다.

"이 소란이 금세 끝나지 않으려나 본데?"

블레뒤르 아저씨와 우리 아빠는 티격태격하기를 좋아하지만 오늘은 때를 잘못 골랐다. 아빠가 하고 싶은 건 트럼펫을 부는 거였으니까 말이다.

"블레뒤르, 자네 안 불렀어."

아빠가 말했다.

"그렇게 요란하게 트럼펫을 불어놓고, 안 불렀다고? 이런 식으로 사람을 부르는 건 내가 군대에 있었을 때나 있던 일인데!"

블레뒤르 아저씨가 대꾸했다.

"자네가 군대에? 아이고, 무늬만 군인이었던 주제에!"

아빠는 껄껄대고 웃었지만 전혀 기분이 좋아 보이지 않았다. 나는 '무늬만 군인'이라는 게 무슨 뜻인지 몰랐는데, 블레뒤르 아저씨는 그 말에 기분이 상했나보다. 아저씨는 울타리를 넘어서 우리 정원으로 뛰어들어왔다.

"무늬만 군인? 내가? 나는 참전도 했어! 내가 자네 같은 줄 알아?"

나는 블레뒤르 아저씨의 전쟁 이야기를 듣는 게 좋다. 전에 아저씨가 적군으로 가득 찬 잠수함에서 혼자 포로로 잡혔던 이야기를 해주었다. 그런데 아빠가 다른 얘기를 꺼내는 바람에 아저씨의 이야기를 끝까지 듣지 못해서 아쉬웠다.

"아, 그래?"

아빠가 물었다.

"아무렴!"

아저씨는 이렇게 대꾸하면서 아빠를 밀쳤고, 아빠는 잔디밭에 주저앉고 말았다.

　아저씨는 아빠가 일어날 틈도 주지 않고 얼른 울타리를 뛰어넘어 자기 집으로 들어가면서 소리를 질렀다.

　"그리고 자네가 불쌍한 아들에게 사준 저 괴상망측한 장난감 소리 좀 더 이상 안 듣게 해줘!"

　아빠는 일어나서 나에게 말했다.

　"트럼펫 내놔!"

내 생각이 옳았다. 아빠는 정말 트럼펫을 불고 싶었던 거다. 나는 아빠를 아주 좋아하기 때문에 트럼펫을 빌려줬다. 다만 아빠가 트럼펫을 너무 오래 갖고 놀지 않았으면 좋겠다고 생각했다. 나도 트럼펫을 계속 갖고 놀고 싶었으니까 말이다.

아빠는 우리 집과 블레뒤르 아저씨네 집 사이의 울타리로 다가 갔다. 그러고는 숨을 있는 대로 들이마시고는 트럼펫을 힘차게 불었다. 아빠 얼굴이 시뻘게졌다. 정말 굉장했다! 나는 그 조그만 트럼펫이 그렇게 큰 소리를 낼 줄은 몰랐다. 아빠가 다시 숨을 들이마시려고 잠깐 멈춘 사이에 블레뒤르 아저씨네 집에서 뭔가 부서지는 소리가 났다. 그러더니 아저씨네 집 문이 활짝 열리고, 아저씨가 달려나왔다. 그와 동시에 우리 집 문도 열렸다. 엄마가 마치 여행이라도 떠나는 사람처럼 큰 가방을 들고 나왔다. 아빠는 두 사람을 번갈아 쳐다보았다. 아빠는 좀 놀란 것 같았다.

"나 친정으로 갈 거야."

엄마가 말했다.

"메메 집에 가는 거예요? 나도 가면 안 돼요? 메메한테 트럼펫을 불어드리고 재미있게 놀래요!"

내가 말했다.

엄마는 나를 쳐다보더니 눈물을 흘리기 시작했다. 아빠는 엄마를 달래려고 했지만 그럴 겨를이 없었다. 블레뒤르 아저씨가 울타리를 넘어서 우리 집 정원으로 들어왔기 때문이다. 그게 아저씨의 버릇이다. 한번은 아빠가 아저씨를 불러놓고서 울타리 밑에 빨래통을 놓아둔 적이 있다. 그때도 아저씨가 울타리를 넘어오다가 그 통에 빠져서 우리 모두 엄청 웃었다. 하지만 지금은 웃을 분위기가 아니었다.

"그 트럼펫 내놔!"

블레뒤르 아저씨도 트럼펫을 불고 싶은 모양이었다.

하지만 아빠는 무시했다. 아저씨는 계속 소리를 질렀다.

"자네가 그 망할 놈의 트럼펫을 불어서 내 아내를 놀라게 했잖아! 그 바람에 아내가 들고 있던 접시들을 다 깨뜨렸다고!"

"쳇! 싸구려 접시 몇 개 가지고! 별로 큰일도 아니구먼! 가봐, 이건 우리 집안 문제야."

그러자 블레뒤르 아저씨는 이제 더 이상 집안 문제가 아니라고, 이 정도 소음이면 동네 전체의 문제라고 대꾸했다. 블레뒤르 아저씨의 말이 맞았다. 동네 사람들이 모두 창문을 열고 우리를 쳐다보면서 "조용히 좀 해요!"라고 했으니까 말이다.

"그 트럼펫 이리 내놔."

블레뒤르 아저씨가 말했다. 아저씨는 정말로 트럼펫이 불고 싶었나보다. 친절한 우리 아빠는 "자, 받게."라고 했다. 아빠는 트럼펫을 내밀었지만 꽉 잡고 놔주지 않았다. 아빠와 아저씨는 서로 트럼펫을 잡아당기면서 실랑이를 하다가 트럼펫을 땅바닥에 떨어뜨리고 말았다. 아빠는 블레뒤르 아저씨를 밀쳤고, 아저씨는 트럼펫 위로 주저앉았다. 내가 얼른 트럼펫을 주웠는데, 트럼펫은 이미 납작해져 있었다. 더 이상 불 수 없게 되어버린 거다.

그래서 나는 막 울기 시작했다. 정말이지, 이게 뭐냔 말이다. 아빠든 아저씨든 트럼펫을 불고 싶으면 자기 걸 살 일이지!

내가 엉엉 울자, 아빠 엄마와 아저씨는 나를 위로하려고 했다.
엄마가 말했다.

"우리 아들, 착하지? 아빠가 새 장난감을 사주실 거야."

그러자 아빠가 말했다.

"그럼, 그럼, 그렇고말고."

블레뒤르 아저씨는 트럼펫 위에 주저앉은 게 아팠는지 엉덩이를 문지르면서, 울타리를 넘어 자기네 정원으로 돌아갔다.

이제 모든 게 잘 해결되었다. 엄마가 준 돈으로 나는 심벌즈를 샀다. 하지만 심벌즈가 트럼펫만큼 재미있을지는 잘 모르겠다.

엄마의 운전면허 따기

우리는 저녁을 먹고 거실에 모여 있었다. 뜨개질을 하던 엄마가 불쑥 고개를 들고 아빠에게 말했다.

"여보, 나 말이야, 왜 지금까지 운전을 안 배웠나 몰라. 내가 운전을 할 줄 알면 차를 차고에 넣어두고 썩히지 않아도 되잖아."

"안 돼."

아빠가 말했다.

"아니, 왜 안 되는데? 내 친구들은 다 운전해. 클레망스랑 베르티유는 자기 차도 따로 있다고. 그러니까 내가 운전을 못 할 이유는 하나도……"

"이만 가서 자야겠어. 오늘 회사에서 무척 피곤했거든."

아빠는 이렇게 말하고 방으로 들어갔다.

다음 날, 저녁 식사 시간에 아주 맛있는 초콜릿케이크가 나왔다. 나는 깜짝 놀랐다. 화요일은 원래 콩포트가 나오는 날이기 때문이다. 엄마가 아빠에게 물었다.

"당신 생각해봤어? 내가 운전 배우는 거 말이야."

"무슨 얘기야?"

"알면서 왜 그래? 어제 얘기했잖아. 내 말을 끝까지 들어봐. 내 말부터 듣고 말하라고."

엄마는 아빠에게 케이크를 더 주고는 말했다.

"내가 운전을 할 줄 알면 저녁에 내가 회사로 당신을 데리러 갈 수도 있어. 그럼 당신은 콩나물시루 같은 버스에서 시달리지 않아도 돼. 그리고 애를 위해서도 좋지. 비가 오는 날에는 내가 학교에 니콜라를 데리러 갈 수 있으니까. 그럼 애가 감기 때문에 고생할 일도 줄어들 거고."

"와! 신난다! 친구들도 함께 태우면 되겠다!"

내가 외쳤다.

"물론이지. 그리고 일주일 치 장을 한꺼번에 봐서 차에 싣고 올 수도 있어. 휴가 여행을 갈 때도 점심 먹고 나서 당신이 졸리면 내가 대신 운전을 할 수도 있고. 당신도 알다시피 내가 워낙 조심성이 많잖아. 아, 나도 당신이 무슨 말을 하려는지 알아. 블레뒤르 부인이 낸 사고 이야기를 하려는 거지? 하지만 여보, 당신도 블레뒤르 부인을 잘 알잖아. 그 부인은 좋은 사람이긴 하지만 엉뚱한 데 한눈팔기 일쑤인걸. 그리고 보험회사 얘기랑은 다르지만, 아무튼 그이는 사실 자기 잘못이 아니었다고 하더라고……."

"뤼퓌스네 엄마도 뤼퓌스 아빠 차를 몰아요. 뤼퓌스가 그러는데, 걔네 엄마는 운전을 무지 잘한대요."

나도 한마디 거들었다.

"아! 너도 아는구나?"

엄마는 이렇게 말하면서 나에게 케이크 한 조각을 더 주었다.

"자, 당신은 어떻게 생각해?"

"확실히 그놈의 버스가 끔찍하긴 하지. 신문도 펼 수 없을 정도 니까."

아빠가 대답했다. 그러자 엄마는 벌떡 일어나서 아빠에게 뽀뽀를 했다. 아빠는 웃었다. 엄마는 나한테도 뽀뽀를 하고 우리 둘에게 케이크를 더 주었다.

"이런! 난 아직 동의한 게 아니야!"

아빠가 말했다.

다음 날 저녁, 아빠는 집에서 한마디도 하지 않았다. 엄마는 눈이 퉁퉁 붓고 빨개져 있었다. 나는 아무 말 없이 콩포트를 먹었다. 장난칠 분위기가 아니었다. 조금 있으니까 아빠가 크게 한숨을 쉬더니 엄마에게 말했다.

"내 말 좀 들어봐. 내가 오늘 유난히 신경이 예민해져서 그런 건지도 몰라. 하지만 어쩔 수 없어. 당신이 운전에 소질이 없는 건 사실이야."

"아! 그래, 미안해, 미안하다고! 안 그래도 블레뒤르 부인이 남편한테는 절대로 운전을 배우지 말라고 하더라! 당신은 그저 차라면 부들부들 떨고 신경이 곤두서서 소리를 질러대는데, 내가 어쩌겠

어! 나 운전학원에 등록할 거야!"

엄마가 말했다.

"뭐? 운전학원비가 얼마나 비싼지 알고나 하는 소리야? 안 돼!
안 돼! 절대로 안 돼!"

아빠가 소리를 질렀다.

"니콜라, 가서 자거라. 내일 학교에 가야지."

엄마가 나에게 말했다.

다음 날 저녁, 엄마는 엄청 기분이 좋아 보였다.

"여보, 나 아주 잘하고 있어. 운전학원 강사가 나보고 자세가 아
주 좋다고 했어. 처음에는 조금 무섭더니 좀 지나니까 슬슬 재미가
붙더라고. 정말이지, 운전하는 것 너무 재미있어! 내일은 3단 기어
넣는 걸 배울 거야."

나는 엄마가 운전을 배워서 기분이 참 좋았다. 엄마가 학교에 나

를 데리러 와서 친구들도 모두 태우고 가면 정말로 신날 테니까 말이다. 그리고 저녁에는 아빠를 데리러 가서 외식도 하고, 영화를 보러 극장에 갈 수도 있을 거다. 조금 아쉬운 건, 엄마가 가끔 학원에서 기분이 아주 나빠져서 돌아온다는 거다. 한번은 엄마가 주차를 배운 날이었는데, 그날은 가족 모두 기분이 나빴고, 저녁 식사도 준비가 안 되어 있었다.

엄마가 언덕길에서 시동을 걸고 출발하는 걸 못해서 엉엉 운 날도 있었다. 그날, 아빠는 이제 됐다고, 학원비만 버리고 집안 꼴은 엉망진창이라고, 다 때려치우는 게 낫다고 막 소리를 질렀다.

"내가 회사로 데리러 가면 어깨춤 출 사람이 누군데! 그리고 우리 엄마도 당신이 모시고 다니지 않아도 되잖아!"

엄마가 말했다.

어느 날 저녁, 엄마가 일주일 뒤면 시험을 볼 거라고 말했다. 그리고 강사가 마지막 날까지 수업을 열심히 듣는 게 좋을 거라고 했다는 말도 했다.

"아무렴, 그렇지! 그 강사도 바보는 아니구먼!"

아빠가 말했다.

그 주에는 집에서 아무도 웃지 않았다. 엄마는 신경이 점점 더 날카로워졌고, 아빠도 마찬가지였기 때문이다. 심지어 한번은 아빠가 쾅 소리가 나게 문을 닫고 집을 나간 적도 있었다. 하지만 밖에 비가 오고 있어서 아빠는 금방 돌아왔다.

시험 바로 전날은 끔찍했다. 우리는 엄청 빨리 저녁을 먹었다. 후식으로는 점심에 먹고 남은 콩포트가 그대로 나왔다. 저녁을 먹고 나서, 엄마는 거실에서 그동안 배운 것을 복습했다.

"아니, 도대체 학원에서 뭘 배운 거야? 정말 이 표지판이 뭔지 몰라?"

아빠가 소리를 질렀다.

"내가 아까 말했지? 당신이 그렇게 소릴 지르면 머릿속이 하얘져 버린다고. 나도 물론 뭔지 알아. 하지만 당신 때문에 생각이 안 난단 말이야!"

엄마도 소리쳤다.

"아! 어떡하나! 당신의 그런 핑계를 들어줄 만큼 이해심 많은 시험 감독이 걸려야 할 텐데!"

아빠가 대꾸했다. 그래서 내가 말했다.

"그건요, 기찻길이 있다는 뜻이에요."

그러자 엄마가 소리를 질렀다.

"니콜라! 너한텐 아무것도 안 물었어! 너 안 자니? 내일 학교 안 가?"

그래서 나는 막 울었다. 정말이지, 이게 뭐냔 말이다. 말도 안 된다. 그건 기찻길 표지판이 맞다. 답을 맞혔는데 칭찬을 해주기는커녕 잠이나 자라고 야단만 치다니 너무 억울했다. 아빠가 엄마에게 그런 일로 애 앞에서 소리를 지르면 안 된다고 하자, 엄마도 눈물을 흘리기 시작했다. 엄마는 이제 정말 됐다고, 지겹다고, 차라리 시험을 안 보고 말겠다고, 어쨌든 엄마는 아직 시험 볼 준비가 안 되어 있고, 아직도 배워야 할 것투성이라서 버텨낼 수가 없다고 말했다.

아빠는 두 팔을 번쩍 치켜올리고는 거실 탁자 주위를 뱅뱅 돌았다. 그러고 나서 엄마한테 그만 진정하라고, 괜찮다고, 엄마는 분명히 준비를 잘했고, 다 잘될 거라고 했다. 만약 엄마가 아빠를 데리러 사무실로 차를 몰고 오면 아빠 친구들이 부러워할 거고, 우리 식구들은 엄마를 자랑스러워할 거라고 했다. 그러자 엄마는 울다가 웃었다. 엄마는 엄마가 바보라면서 나한테 뽀뽀를 하고 아빠에게도 뽀뽀를 했다. 아빠는 운전학원 교재를 찾으러 갔다. 그 책은 소파 뒤에 떨어져 있었다. 그리고 나는 잠을 자러 내 방으로 올라갔다.

다음 날 아침, 나는 학교에서 엄청 마음을 졸였다. 엄마가 오전 10시에 시험을 치르기 때문이었다. 내 친구들도 초조해하기는 마찬가지였다. 내가 친구들에게 엄마가 운전면허를 따면 학교에 나를 데리러 올 거라고 했기 때문이다. 나는 학교 종이 울리자마자 집으로 뛰어갔다. 집에 돌아와보니 아빠와 엄마가 웃고 있었다. 아빠와 엄마는 손님을 초대한 날처럼 포도주를 마시고 있었다. 엄마는 얼굴이 발그레했다. 엄마가 그렇게 기분 좋아하는 모습을 보니까 나도 무지 좋았다.

"엄마한테 뽀뽀해주렴. 엄마가 시험에서 멋지게 합격했단다. 한 번에 면허를 땄어!"

아빠가 말했다.

"와! 우리 엄마 최고!"

내가 외쳤다. 나는 엄마에게 뽀뽀를 했다. 엄마는 운전면허 시험에 합격했다는 통지서를 나에게 보여주었다. 엄마 말이, 스무 명이 시험을 봤는데 합격한 사람은 아홉 명뿐이었단다.

"아휴! 어쨌든 다 끝나서 정말 후련하구나! 안 그러니, 니콜라?"

아빠가 말했다.

"네, 맞아요!"

내가 말했다. 그러자 엄마가 말했다.

"나도 그래! 내가 그동안 얼마나 힘들었는지 모를 거야! 하지만 이제 끝났어. 다 끝났어. 한 가지 확실히 말해두는데, 나 다시는 운전 안 할 거야!"

글짓기 숙제

아빠는 퇴근해 들어와서 엄마와 나에게 뽀뽀를 했다.

"아! 오늘은 너무 힘든 날이었어!"

아빠는 실내화를 신고 신문을 집어든 채 안락의자에 앉았다. 나는 아빠에게 숙제하는 걸 도와달라고 했다.

"안 돼, 안 돼! 절대 안 돼!"

아빠가 외쳤다. 아빠는 뭔가 마음에 안 들 때면 늘 그렇듯이 신문을 바닥에 내동댕이쳤다. 그러고는 내 집에서도 잠시나마 쉴 수가 없다니 말도 안 된다고 했다. 그래서 나는 울기 시작했다. 엄마가 부엌에서 달려나와서 무슨 일이냐고 물었다. 그래서 나는 너무 불행하다고, 아무도 날 사랑하지 않는다고, 먼 곳으로, 아주 먼 곳으로 떠나버리겠다고, 모두 엄청 후회하게 될 거라고, 내가 기분이

345

안 좋을 때면 늘 하는 말들을 늘어놓았다. 엄마는 아빠에게 알아서 나를 달래주라고, 엄마는 수플레를 만드는 중이니까 조용히 해달라고 한 뒤에 부엌으로 다시 들어갔다. 나는 아빠가 나를 어떻게 달래줄지 정말 궁금했다!

아빠는 훌륭히 해냈다. 아빠는 우선 나를 무릎에 앉히고서 커다란 손수건으로 내 얼굴을 닦아주었다. 그러고 나서 아빠의 아빠는 절대로 숙제를 도와주지 않았지만, 아빠는 마지막으로 한 번만 내 숙제를 도와주겠다고 했다. 우리 아빠는 정말 멋지다!

우리는 거실의 작은 탁자에 자리를 잡았다.

아빠가 물었다.

"그래, 숙제가 도대체 뭐야?"

나는 글짓기 숙제라고 대답했다.

"우정에 대해, 가장 친한 친구에 대해 쓰는 거예요."

"아, 그거 재미있겠구나. 아빠는 글짓기를 아주 잘한단다. 학창 시절에 아빠 선생님들이 아빠한테 발자크 같은 재능이 있다고 했어."

아빠가 말했다.

왜 선생님들이 아빠에게 그런 말을 했는지는 모르겠지만, 어쨌든 다행이다. 아빠가 그 말을 아주 자랑스러워하는 것처럼 보였으니까 말이다.

아빠는 나에게 펜을 잡으라고 했다.

"우선 정리를 좀 해보자. 맨 먼저, 너랑 제일 친한 친구가 누구지?"

"나는 제일 친한 친구가 엄청 많아요. 나머지 애들은 친구가 아니고요."

아빠는 조금 놀란 기색으로 나를 바라봤다.

"좋아, 좋아."

아빠는 나에게 그 많은 친구들 중에서 제일 친한 친구 한 명을 골라서 그 친구의 어떤 점이 좋은지 적어보라고 했다. 그렇게 하면 글짓기의 뼈대가 세워지고, 일단 뼈대를 잡으면 나머지는 쉬울 거라고 했다.

그래서 나는 아빠에게 알세스트 이야기를 했다. 항상 먹을 걸 손에서 놓지 않는 알세스트는 절대 병이 나지 않는다. 알세스트는 내 친구들 중에서 제일 뚱뚱하고, 정말 멋진 친구다. 알세스트 다음에는 조프루아 이야기를 했다. 조프루아는 아주 신기한 친구다. 그 애 아빠는 엄청 부자라서 장난감을 많이 사준다. 조프루아는 가끔 친구들에게 그 장난감을 망가뜨려도 된다면서 빌려준다. 그다음에는 외드가 있다. 외드는 힘이 엄청 세고 주먹질을 잘한다. 하지만 수줍음이 많아서 주먹질도 친구들한테만 한다. 뤼퓌스도 있다. 뤼퓌스도 다른 친구들처럼 별난 구석이 아주 많다. 뤼퓌스는 호루라기를 갖고 다니는데, 그 애 아빠는 경찰관이다. 그리고 맥상은 무릎이 아주 단단하고 달리기를 잘하는 친구다. 맥상의 무릎은 늘 시커멓다. 그다음에는 조아생이 있다. 조아생은 자기 물건 빌려주는 걸 좋아하지 않는다. 그리고 용돈을 많이 받아서 늘 캐러멜을 사 먹는데, 그럴 때마다 우리는 조아생이 캐러멜 먹는 걸 구경한다.

여기까지 이야기했을 때 나는 말을 멈추었다. 아빠가 눈이 휘둥그레져서 나를 쳐다보고 있었기 때문이다.

"생각보다 좀 어렵겠구나."

그때 우리 집 초인종이 울렸다. 아빠가 문을 열어주러 나갔다가 블레뒤르 아저씨와 함께 들어왔다.

"체커 놀이나 한판 하자고 왔지."

아저씨가 말했다.

"안 돼. 지금은 니콜라 숙제를 봐주는 중이야."

아빠가 대답했다.

블레뒤르 아저씨는 내 숙제에 호기심이 생긴 것 같았다. 아저씨는 내 글짓기 주제를 듣고는 빨리 시작해야겠다고, 금세 끝낼 수 있겠다고 했다.

"잠깐만, 내 아들 숙제는 내가 봐줄 거야."

아빠가 말했다.

"에헤, 우리 둘이 같이 도와주면 숙제는 더 빨리, 더 잘 끝낼 수 있잖나."

아저씨는 이렇게 말하고 거실 탁자 옆에 앉았다. 아저씨는 머리를 긁적이고, 허공을 바라보더니 "그래, 그래, 그래."라고 했다. 그러고는 나에게 제일 친한 친구가 누구냐고 물었다. 내가 대답을 하려는데, 아빠가 그럴 틈도 안 주고 블레뒤르 아저씨에게 우리끼리 하게 내버려두라고, 우리는 아저씨가 필요하지 않다고 했다.

"그래, 하지만 내가 이러는 건, 자네 아들이 좋은 성적을 받게 해주려고 그러는 거야. 니콜라라고 만날 성적이 엉망이어야 한다는 법 있나?"

아저씨가 말했다.

아빠는 아저씨 말에 기분이 상했다.

"어쨌든 니콜라에게 이 글짓기에 대해 설명하는 데 자네가 쓸모가 있긴 하겠어. 내가 자네를 묘사하는 글을 쓴다면 아마 이렇게 시작하겠지. '블레뒤르는 나와 제일 친한 친구다. 그 친구는 허구한 날 잘난 체만 하고, 못생기고, 얼간이처럼 군다.'"

아빠가 말했다.

"아! 내가 자네의 제일 친한 친구라니, 그렇게 심한 말은 처음이야! 기분 나빠. 그리고 말이야, 글짓기를 하려면 맞춤법부터 제대로 알아야 해. 그러니까 어서 펜을 나한테 넘기라고!"

아저씨가 소리쳤다.

나는 아빠가 기분이 안 좋은 것 같아서 아빠 편을 들어주고 싶었다. 그래서 블레뒤르 아저씨에게 우리 아빠는 글을 아주 잘 써서, 선생님들이 아빠한테 발자크 같은 재능이 있다고 했다는 이야기를 해주었다. 블레뒤르 아저씨는 껄껄대고 웃기 시작했다. 그러자 아빠는 아저씨가 매고 있던 넥타이에 잉크를 묻혔다.

블레뒤르 아저씨는 엄청 화를 냈다.

"나와! 자네가 남자라면 당장 나오라고!"

아저씨가 아빠에게 말했다.

"니콜라의 글짓기가 끝나면 기꺼이 나가서 자네와 한판 붙지."

아빠가 대꾸했다.

"겁이 나서 당장은 못 나오겠나보지?"

"그러니까 밖에 나가서 좀 기다려. 우리 지금 바쁜 거 안 보이나?"

하지만 블레뒤르 아저씨는 계속 아빠가 겁이 나서 그러는 거라고 빈정거렸다. 그러자 아빠는 "아, 그래?"라고 물었고, 아저씨는 "그래!"라고 했다. 결국 두 사람은 정원으로 나갔다.

나는 글짓기는 나 혼자 하는 편이 낫겠다고 생각했다. 이제 아빠와 블레뒤르 아저씨는 한동안 서로 밀치고 싸우느라 정신이 없을 테니까 말이다. 하지만 그 덕에 거실이 조용해져서 나는 멋진 글짓기를 할 수 있었다. 나는 아냥이 나랑 제일 친한 친구라고 썼다. 그건 사실이 아니지만 담임 선생님은 좋아할 거다. 아냥은 우리 선생님의 귀염둥이니까 말이다. 글짓기를 끝냈더니, 엄마가 수플레가

다 되었다고, 식기 전에 빨리 먹으라고 했다. 불쌍한 아빠는 이따가 달걀이나 먹어야 할 거다. 뜨거울 때 먹어야 하는 수플레가 아빠를 기다려주지는 않으니까. 정말이지, 식구들과 저녁을 함께 먹지 못한다면 일찍 퇴근하는 게 도대체 무슨 소용일까? 아빠가 수플레를 못 먹게 되어 정말 유감스럽다. 수플레는 정말 맛있었다.

나는 글짓기 숙제에서 아주 좋은 점수를 받았다. 선생님은 내 공책에 이렇게 썼다.

'독창적인 주제를 개성적으로 잘 썼어요.'

한 가지 마음에 걸리는 일은, 우정에 대해 글짓기를 하던 날부터 아빠와 블레뒤르 아저씨가 서로 말도 하지 않게 된 거다.

쿠르트플라크 아저씨 길들이기

아침에 쿠르트플라크 아저씨가 우리 집에 찾아왔다. 우린 모두 엄청 놀랐다. 쿠르트플라크 아저씨는 이사 오는 날 아빠와 싸운 뒤로, 아빠한테는 한 번도 말을 걸지 않았기 때문이다. 아저씨에게는 늘 피아노를 치는 부인과 내 또래의 딸 마리 에드비주가 있다. 마리 에드비주는 아주 예쁘다. 나는 아마 나중에 그 애와 결혼하게 될 것 같다.

"실례지만 사다리나 발판을 좀 빌려주실 수 있습니까? 그림하고 거울을 벽에 걸려고 하거든요."

아저씨가 말했다.

"아, 물론입니다. 기꺼이 빌려드리지요."

아빠가 조금 놀란 표정으로 대답했다. 아빠는 사다리를 꺼내주려고 아저씨와 함께 차고로 갔다. 보는 사람이 없을 때만 몰래 올라가볼 수 있는 커다란 사다리다. 아저씨는 웃으면서 "고맙습니다."라고 했다. 아저씨가 우리 옆집에 이사 온 뒤로 그렇게 웃은 건 처음이었다.

"뭘요, 이웃사촌이란 말도 있잖습니까? 안 그렇습니까?"

아빠가 말했다.

아저씨가 돌아간 후, 아빠는 아주 기분이 좋아서 엄마에게 말했다.

"당신도 봤지? 저 친구 이제 좀 사람 냄새가 나는군. 조금 사근사근해졌어. 이참에 저 친구를 완전히 길들이자고."

나도 기분이 좋았다. 엄마 아빠가 쿠르트플라크 아저씨를 길들이면, 나는 마리 에드비주와 마음껏 놀 수 있을 테니까 말이다.

조금 있으니까 누가 또 우리 집 초인종을 눌렀다. 이번에도 쿠르트플라크 아저씨였다.

"또 방해를 해서 죄송합니다. 그림을 걸려고 봤더니 제가 사놓은 고리가 전혀 맞지 않네요. 그런데 오늘은 일요일이라서 상점도 다 문을 닫았을 테고……."

"저와 같이 지하실로 내려가십시다. 못이랑 고리가 잔뜩 든 상자가 있으니까요. 그중에서 필요한 걸 찾을 수 있을 겁니다."

아빠가 말했다.

아빠와 아저씨는 지하실로 내려갔다. 잠시 후 다시 올라오는 두 사람의 모습이 아주 만족스러워 보였다. 쿠르트플라크 아저씨는 갈고리를 한 움큼 쥐고 있었다. 아저씨가 물었다.

"정말 이걸 다 가져가도 괜찮겠습니까?"

"이웃끼린데요. 괜찮습니다."

아빠가 말했다. 쿠르트플라크 아저씨는 집으로 돌아갔다.

"저 사람이 원래 그렇게 나쁜 사람은 아닌 것 같아. 덩치는 곰 같아도 마음은 비단결 같은 사람이더라고."

아빠는 이렇게 말하고서 옷을 갈아입으러 갔다. 지하실에서 넘어지는 바람에 셔츠가 온통 시커메졌기 때문이다.

누가 또 우리 집 초인종을 누르자, 아빠가 말했다.

"니콜라, 가서 문 좀 열어라. 분명히 쿠르트플라크 씨일 거다."

내가 문을 열어주었더니 쿠르트플라크 아저씨가 말했다.

"정말로 죄송합니다. 너무 폐를 끼치고 있는 줄은 압니다만……."

"아닙니다. 괜찮습니다."

아빠가 말했다.

"제가 망치를 어디에 두었는지 못 찾겠네요. 아시다시피 이사를 하다보면 짐 정리도 안 되고 엉망진창이잖습니까?"

"그런 상황이라면 제가 너무 잘 알지요. 우리가 이 집으로 이사 올 때 어땠는지 얘기하기 시작하면 끝도 없을 겁니다. 아내와 저는 우리 아들 니콜라가 어디 있는지도 모를 만큼 정신이 쏙 빠졌더랬

지요!"

아빠, 엄마, 쿠르트플라크 아저씨와 나는 모두 웃었다.

아빠가 말했다.

"잠깐만 기다리세요. 망치를 찾아다드리지요."

그러고는 다락방에 올라가서 망치를 가지고 내려와 아저씨에게 주었다.

"또 필요한 게 있으면 주저하지 말고 찾아오세요."

아빠가 말했다.

"아이고, 이거 어떻게 감사를 드려야 할지 모르겠네요."

아저씨는 이렇게 말한 뒤에 망치를 가지고 갔다.

"아주 괜찮은 친구란 말이야. 첫인상만으로 사람을 판단하면 안 돼. 저 사람이 겉으로는 무뚝뚝하고 까다로워 보여도 아주 수줍음이 많은 사람이라는 걸 나는 단박에 알아차렸단 말이야."

아빠는 손바닥을 비비면서 말했다.

"쿠르트플라크 씨네 부부가 브리지 게임을 할 줄 알까요?"

엄마가 말했다.

쿠르트플라크 아저씨가 다시 우리 집을 찾아왔을 때는 무척 당황스러운 듯 어색하게 웃고 있었다.

"정말이지, 선생님 댁에서 우리를 아주 성가신 이웃이라고 생각하셔도 할 말이 없습니다."

"무슨 말씀이세요, 서로 돕고 살아야지요. 그리고 선생님이라니, 당치 않습니다."

"그럼 저도 그냥 쿠르트플라크라고 불러주십시오."

"기꺼이 그러지요. 쿠르트플라크 씨, 이번에는 뭐가 필요하십니까?"

"아, 그게 말입니다! 벽에다 댁의 망치로 댁의 갈고리를 박으려고 했더니 벽이 약간 부서져서 석회가루가 떨어지는 겁니다. 그런데 우리 집 청소기는 아내가 이삿짐을 쌀 때 썼던 끈조각들을 치우다가 고장이 나버렸거든요……."

"아, 말씀 안 하셔도 알겠습니다. 우리 집 청소기를 가져오지요."

아빠는 아저씨에게 청소기를 주었다. 아저씨는 금방 도로 가져오

겠다고, 우리 아빠더러 정말 너무 친절한 사람이라고 했다. 아빠가 나에게 말했다.

"봐라, 아주 약간의 친절만 베풀어도 사람들은 서로 친구가 될 수 있단다."

하지만 엄마는 이렇게 말했다.

"그런데 석회가루 같은 걸 빨아들여도 청소기가 괜찮을지 모르 겠네."

"친구를 위해서라면 청소기 쯤이야."

아빠가 대답했다.

조금 있으니까 쿠르트플라크 아저씨가 사다리를 돌려주러 왔다.

"이걸 어디에다 둘까요?"

"됐습니다. 그냥 두세요. 제가 차고에다 갖다놓으면 됩니다."

아빠가 대답했다.

"그럼 이제 청소기를 가져오겠습니다."

아저씨가 말했다.

"청소기를 고칠 때까지 쿠르트플라크 부인께서 며칠 더 쓰시는 게 좋지 않을까요?"

아빠가 엄마의 눈치를 보면서 말했다. 하지만 쿠르트플라크 아저씨는 그럴 순 없다고, 그건 너무 큰 폐를 끼치는 거라고, 그리고 벌써 쿠르트플라크 아줌마는 우리 집 청소기로 아직 남아 있던 끈조각까지 깨끗하게 치웠으니 괜찮다고 했다.

쿠르트플라크 아저씨는 청소기를 가져오더니 갑자기 이마를 탁 쳤다.

"내 정신이 이렇다니까! 망치 가져오는 걸 깜박했네요!"

"급할 거 없습니다, 쿠르트플라크 씨. 우리 사이에 뭘······."

아빠가 말했다.

"아닙니다, 아니에요. 이미 너무 많은 폐를 끼쳤습니다. 망치를 금방 가져오지요."

"그러면 우리 니콜라가 같이 가서 가져오면 어떨까요?"

"그럴 게 아니라, 우리 딸 마리 에드비주 편에 망치를 들려 보내겠습니다. 제 얼굴은 지겹도록 보셨으니까요!"

아빠와 아저씨는 함께 껄껄 웃으면서 작별 인사를 하고 힘차게 악수를 했다. 아빠는 아저씨가 간 다음에 이렇게 말했다.

"왜 여태 우리가 저 친구 성격이 고약하다고 생각했나 몰라. 그

집 딸내미가 오면 차라도 함께하자고 저 집 부부를 초대하면 어떨
까 싶은데."

"와! 좋아요!"

내가 외쳤다. 우리 집에 차를 마시러 손님이 오면 엄마가 꼭 케이
크를 만들기 때문이다. 조금 있으니까 마리 에드비주가(그 애는 참
예쁘다.) 망치를 가지고 왔다. 아빠는 그 애한테 사탕을 주었다. 그
런데 쿠르트플라크 아저씨네 가족은 우리 집에 차를 마시러 오지
않았다. 아저씨는 아빠한테 단단히 화가 나서 다시는 말도 하지 않
을 것처럼 말했다.

아저씨는 우리 집에 전화를 걸어서, 점심을 먹기 바로 전에 아이들
에게 사탕을 주는 게 도대체 말이나 되는 일이냐고 막 따졌던 거다.

일등을 하다!

어제 내가 우리 반에서 일등을 했다. 신난다!

담임 선생님이 우리에게 받아쓰기를 시켰는데, 나는 일곱 개를 틀렸다. 나 다음으로 아냥이 일곱 개 반을 틀려서 이등이 되었다. 아냥은 우리 반에서 일등이고 선생님의 귀염둥이기 때문에 받아쓰기에서 일등을 놓친 걸 무척 속상해했다.

아냥은 선생님에게 억울하다고, 아는 문제였는데 실수로 틀린 거라고 징징거렸다. 선생님이 조용히 하라고 하자, 아냥은 울기 시작했다. 아냥은 아빠에게 이르겠다고, 그러면 아빠가 교장 선생님한테 따질 거라고, 아무도 자기를 사랑하지 않는다고, 정말 너무 끔찍하다고 말했다. 선생님이 벽을 보고 서 있으라고 했더니, 아냥은 병이 나고 말았다.

　나는 받아쓰기 시험지를 가지고 학교를 나섰다. 선생님이 시험지에 빨간 글씨로 '니콜라가 받아쓰기에서 일등을 했어요. 참 잘했어요.'라고 써주었다. 친구들은 평소처럼 나와 함께 빵집에 가서 진열대를 구경하고 초콜릿을 사고 싶어했다. 하지만 나는 오늘은 집에 빨리 가봐야겠다고 했다.

　"받아쓰기에서 일등 하니까 이제 우리랑 같이 놀기도 싫다 이거지?"

　알세스트가 말했다. 나는 대꾸도 하지 않았다. 알세스트는 받아쓰기에서 스물여덟 개하고 반이나 틀렸다. 나는 집까지 뛰어갔다.

　"나 일등 했어요!"

　나는 소리치면서 집 안으로 들어갔다. 엄마는 내 받아쓰기 시험지를 보고는 내게 뽀뽀를 해주었다. 엄마는 내가 무척 자랑스럽다고, 아빠도 아주 기뻐할 거라고 했다.

　"그럼 오늘 후식으로 초콜릿케이크 먹는 거예요?"

"오늘 저녁에? 어머, 어쩌니. 오늘은 초콜릿케이크를 만들 시간이 없어. 아빠 셔츠를 다려야 하거든."

"엄청 어려운 단어가 많이 나오는 받아쓰기였어요. 선생님이 애들 앞에서 칭찬도 해줬단 말이에요."

엄마는 나를 쳐다보고 한숨을 쉬더니 이렇게 말했다.

"그래, 그래, 우리 아들. 상으로 초콜릿케이크를 먹게 해줄게."

엄마는 부엌으로 다시 들어갔다. 정말이지 이게 뭐람!

아빠가 문을 열고 들어오자, 나는 받아쓰기 시험지를 들고 달려가서 큰 소리로 외쳤다.

"아빠, 보세요. 선생님이 내 시험지에 뭐라고 썼는지 보시라고요."

아빠는 시험지를 보고는 이렇게 말했다.

"아주 장하구나, 우리 아들."

아빠는 겉옷을 벗고 거실 안락의자에 앉더니 신문을 읽기 시작했다.

"아빠, 내가 일등을 했어요!"

"응, 그래."

아빠가 대답했다. 나는 부엌으로 달려가서 엄마에게 이건 말도 안 된다고, 아빠는 내 시험지를 자세히 들여다보지도 않는다고 했다. 나는 화가 나서 발을 동동 구르고 입을 삐죽거리며 소리를 질렀다.

"니콜라, 진정해. 아빠가 일하느라 피곤하셔서 그래. 아빠가 무슨 일인지 제대로 몰라서 그런 거니까 우리가 가서 잘 설명해드리자. 그러면 아빠도 너를 칭찬해주실 거야."

나는 엄마와 함께 거실로 갔다.

"여보, 니콜라가 학교에서 일등을 했어. 우리가 칭찬해줘야 할 것 같아."

아빠는 신문을 보다 말고 고개를 들고는 눈이 휘둥그레져서 말했다.

"칭찬은 벌써 해줬는데? 아주 장하다고 말해줬어."

아빠는 내 머리를 쓰다듬어주었고, 엄마는 다시 부엌으로 들어갔다.

"아빠, 내 받아쓰기 시험지 좀 읽어보세요. 진짜 어려웠단 말이에요!"

"그래, 나중에. 나중에 볼게."

아빠는 다시 신문을 읽기 시작했다.

나는 부엌에 가서 엄마에게 아빠가 받아쓰기 시험지를 안 읽어 본다고, 아무도 나한테 관심이 없다고, 나는 집을 나갈 거고 모두 엄청 후회하게 될 거라고, 특히 지금은 내가 일등을 했으니까 후회가 더 클 거라고 했다. 나는 엄마를 따라서 다시 거실로 왔다.

"여보, 내 생각에는 얘가 오늘 학교에서 아주 좋은 성적을 받았으니까 당신이 좀 더 관심을 보여주는 게 좋을 것 같아."

엄마는 이렇게 말하고는 더 이상 엄마를 귀찮게 하지 말라고, 안 그러면 초콜릿케이크를 만들 수가 없다고 했다. 엄마는 다시 부엌으로 들어갔다.

"아빠, 내 받아쓰기 시험지 볼 거죠?"

내가 말했다.

아빠는 시험지를 들고 보면서 말했다.

"오! 이런! 이런! 정말 어렵구나. 오, 이것 봐라! 잘했네. 오! 이런! 정말 대단하구나!"

아빠는 다시 신문을 들었다.

"아빠, 그럼 스케이트 사줄 거죠?"

"스케이트? 무슨 스케이트?"

"아빠도 알잖아요. 전에 내가 반에서 일등 하면 스케이트 사준다고 약속했잖아요."

"니콜라, 그 얘기는 나중에 하자꾸나. 알았지?"

정말이지 어이가 없었다! 스케이트를 사준다고 약속해서, 내가

반에서 받아쓰기 일등을 하고 선생님이 칭찬도 해줬는데, 이제 와
서 다음에 얘기하자니! 나는 카펫에 주저앉아 주먹으로 바닥을 치
면서 떼를 썼다.

"너 볼기짝 맞고 싶어?"

아빠 말에 나는 울음을 터뜨렸다. 엄마가 달려나왔다.

"또 왜 그래?"

나는 아빠가 내 볼기짝을 때리려고 했다고 말했다.

"정말이지 애 기죽이는 방법도 가지가지라니까."

엄마가 말했다.

"맞아요. 스케이트 안 사주면 나는 엄청 기가 죽을 거예요."

내가 말했다.

"무슨 스케이트?"

엄마가 물었다. 그러자 아빠가 설명했다.

"내가 이 받아쓰기의 대가로 스케이트 한 켤레 값을 내놔야 할
모양이야."

"노력을 했으니까 상을 받아야지."

엄마가 말했다.

"아무렴, 백만장자 아빠한테서 태어난 니콜라는 정말 행운아야.
그러니까 나도 기쁜 마음으로 황금스케이트를 선물해주지. 철자법
을 일곱 개밖에 안 틀렸다고 칭찬해주면서!"

아빠가 말했다. 우와, 우리 아빠가 백만장자였다니! 이 사실을 조
프루아에게 말해줘야겠다. 녀석은 항상 자기 아빠가 엄청 부자라고
뻐기고 다니니까 말이다. 어쨌든 친구들이 쉬는 시간에 내가 황금

스케이트를 신은 모습을 보면 모두 놀라서 뒤로 넘어갈 거다!

"그래, 알았으니까 저녁 얻어먹고 싶으면 내가 부엌에서 조용히 요리 좀 하게 해줘."

엄마가 말했다.

"서둘러줘. 당신도 알겠지만 오늘 저녁 먹고 나서 사장 집으로 가야 해. 그 집에서 고객들을 만나기로 했어."

아빠가 말했다.

"어머, 어떡해! 당신 셔츠! 니콜라의 케이크를 만드느라 셔츠 다리는 걸 깜빡했어!"

"잘한다, 잘해! 그래, 나는 이 집에 있으나마나 한 사람이로군. 지금 입고 있는 이 셔츠를 그대로 입는 수밖에 없지. 아주 잘했어!"

그러자 엄마는 울기 시작했다. 아빠는 엄마에게 뽀뽀를 해주었다. 나는 너무 슬펐다. 엄마가 슬퍼하는 걸 보면 나도 마음이 엄청 아프다.

저녁을 먹는 자리에서는 아무도 입을 열지 않았다. 케이크가 나왔지만 나는 먹고 싶지도 않았다.

하지만 오늘은 그야말로 끝내줬다. 나는 수학 시험에서 빵점을 맞고 집으로 왔다. 아빠는 나를 혼내기는커녕 "그래, 이게 우리 아들이지."라고 했다. 아빠는 나와 엄마를 극장에 데려가서 영화도 보여줬다. 학교가 끝나고 친구들과 빵집에 초콜릿을 사러 갔을 때 알세스트가 한 말이 딱 맞았다.

"아빠 엄마를 굳이 이해하려고 애쓸 필요는 없어."

크로케 놀이

오늘 끝내주는 놀이를 배웠다. 바로 크로케다. 블레뒤르 아저씨가 우리 집 정원에 커다란 나무상자를 안고 왔다. 아저씨가 아빠에게 말했다.

"내가 뭘 마련했는지 좀 봐."

아저씨는 상자를 열었고, 아빠와 나는 그 안에 뭐가 있는지 들여다보았다. 나무로 된 공 여러 개, 손잡이가 기다란 망치 같은 것들, 반달 모양의 고리들이 잔뜩 들어 있었다.

"이게 뭐야? 크로케 놀이 세트잖아? 땅에 구를 일 있어?"

아빠가 외쳤다.

"크로케가 뭔데요?"

내가 물었다.

"자네보고 땅에 구르라고 안 할게. 같이 해보려고 갖고 온 거야."

"좋아."

아빠가 말했다.

"나도 해도 돼요? 네? 해도 돼요?"

내가 물었다. 하지만 아빠는 아무 대답도 안 했다. 우리 집 정원
에다 고리를 때려 박는 아저씨에게 소리를 지르느라 그럴 짬이 없
었다.

"이봐! 우리 집 잔디에다 그걸 마구 박아대면 안 되지, 안 그래?"

아빠가 외쳤다.

"잔디? 콧방귀밖에 안 나오는군. 눈 씻고 봐도 잡초만 무성한 풀
밭이구먼. 그냥 빈터나 다름없잖아."

아저씨가 말했다. 하지만 아저씨 말은 틀렸다. 우리 정원은 빈터
와 하나도 안 비슷하다. 빈터에는 바퀴 없는 고물 자동차도 있고,
그 안에 들어가서 부릉부릉하고 신나게 놀 수도 있고, 우리 정원보
다 훨씬 근사하다. 아빠는 블레뒤르 아저씨의 말에 기분이 나빠졌
다. 아빠는 아무도 아저씨를 부르지 않았다고, 아빠도 아저씨네 정
원에다 마구 구멍을 파겠다고, 만약 개가 있었다면 당장 풀어서 아
저씨를 쫓아냈을 거라고 했다.

"아, 됐어! 됐다고!"

아저씨는 상자와 고리, 망치를 챙겨서 자기네 집으로 갔다.

아빠와 나는 우리 집 정원에 그대로 있었다. 아빠는 머리를 긁적
이면서 잔디를 바라보더니 다음주에는 꼭 정원을 손질해야겠다고
했다. 나는 울타리 너머를 쳐다보았다. 블레뒤르 아저씨가 자기 집

정원 곳곳에 고리를 박는 모습이 보였다. 그러고 나서 아저씨는 나무공을 망치로 치기 시작했다.

"아이고, 재미있어라! 너무너무 재미있다!"

블레뒤르 아저씨는 노래라도 부르듯 외쳤다. 아저씨 혼자서 휘파람도 불고 "오! 이번 공은 끝내주게 갔는데? 이런!" 하고 소리치는 게 정말로 재미있어 보였다. 나도 재미있게 놀고 싶었다. 물론 크로케를 할 줄은 모르지만, 나는 뭐든지 엄청 빨리 배운다. 문법, 수학, 지리, 역사랑 암송만 빼고 말이다. 암송할 때는 다음 낱말이 도무지 생각이 나지 않는다.

"아빠, 나 블레뒤르 아저씨하고 놀아도 돼요?"

내가 아빠에게 물었다.

"안 된다, 니콜라. 네가 금세 이겨버릴걸? 그러면 블레뒤르 아저씨는 네가 속임수를 썼다고 생트집을 잡을 거다."

아빠는 목청을 돋우어 아주 큰 소리로 말했다. 그러자 블레뒤르 아저씨가 벌건 얼굴을 울타리 너머로 내밀고 외쳤다.

"자네가 그렇게 빈정대니까 하는 말인데, 내가 자네랑 시합해서 이긴다는 데 100프랑 걸겠네!"

아빠는 껄껄 웃으며 아저씨가 사기를 치려고 한다고 했다. 그러자 아저씨는 우리 아빠가 겁쟁이고 아마 내기할 100프랑도 없을 거라고 했다.

"뭐, 내가 겁쟁이라고? 내가 정말 겁쟁이인지 아닌지 한번 볼 텐가?"

아빠는 블레뒤르 아저씨네 정원으로 갔다. 나도 아빠를 따라서 갔다.

"내가 파란 공을 칠 거야. 자네가 빨간 공을 치라고."

아저씨가 말했다.

"그럼 나는 초록색 공 할래요!"

내가 말했다. 하지만 아빠는 나한테 내가 크로케를 할 줄도 모르고, 돈이 걸린 시합에는 끌어들이고 싶지 않다고 했다. 그래서 나는 막 울었다. 나는 말도 안 된다고, 엄마한테 가서 다 말하겠다고 했다. 그러자 아빠는 다음 판부터 나를 끼워주겠다고, 이번 판은 구경을 하면서 어떻게 하는 건지 잘 보라고, 그리고 아저씨가 자기 공을 아주 멀리 보내면 공을 찾아오는 일을 하라고 했다. 아빠는 블레뒤르 아저씨에게 100프랑을 따서 나에게 맛있는 케이크를 사주겠다고 했고 그래서 나는 좋다고 했다.

크로케는 참 희한한 놀이다. 규칙이 여간 어려운 게 아니다. 경기를 하는 사람들은 처음에 누가 먼저 할 건지를 놓고 싸운다. 일단 "이 놀이 세트는 내 거야. 하기 싫으면 몽땅 다 상자에 도로 넣을 테니까 자네는 자네 일이나 보라구!"라고 말하는 사람이 먼저 하게 된다. 이 말을 한 사람은 블레뒤르 아저씨였다. 아저씨는 망치를 쥐고 자기 공을 팡! 하고 때렸다. 아저씨의 파란 공이 블레뒤르 아줌마가 기르는 노란 꽃들 사이에 떨어졌다. 그러자 또 다른 사람, 그러니까 우리 아빠가 킬킬대고 웃었다. 아줌마가 창문을 열고 아저씨에게 뭐라고뭐라고 소리를 질러댔다. 하지만 그건 놀이에 포함되지 않는다. 어쨌든 아줌마는 놀이를 하고 있는 게 아니니까 말이다.

아빠는 웃음을 멈추고 빨간 공을 아주 부드럽게 밀었다. 아빠가 밀어낸 공이 반원형의 고리 가까이 밀려갔다. 그러자 아빠는 발로 살짝 공을 건드렸다. 아저씨가 뛰어오면서 외쳤다.

"그건 무효야, 무효! 자네는 망치로 공을 두 번이나 쳤어!"

"아니에요! 두 번째는 발로 민 거예요!"

내가 소리쳤다. 그러자 아빠가 이해할 수 없는 행동을 했다. 내가 아빠 편을 들어주었는데도 나한테 화를 낸 거다.

"니콜라! 너 조용히 안 있을 거면 집으로 가!"

아빠가 호통을 쳤다. 나는 울기 시작했다. 나는 크로케를 배우고 싶다고, 너무 억울하다고 말했다. 아저씨가 아빠에게 말했다.

"괜히 애꿎은 애만 잡지 말고 좀 정정당당하게 게임을 해봐!"

그러자 놀이는 한참 더 복잡해졌다. 경기하던 사람들이 망치를 내려놓고는 서로 멱살을 잡고 싸웠기 때문이다.

블레뒤르 아줌마가 다시 창문을 열고 아저씨를 불렀다. 그러자 아저씨는 얼굴이 시뻘게져서는 우리 아빠에게 조금 작은 목소리로 이야기하자고, 아줌마의 친구들이 차를 마시러 집에 와 있다고 말했다.

"자, 그럼 다시 시작하자고."

아저씨가 망치를 주우면서 말했다.

"말도 안 돼! 잘 풀리고 있는데 왜 처음부터 다시 해?"

아빠가 말했다.

게임은 점점 더 재미있어졌다. 크로케에서는 경기하는 사람들이 경기 도중에 공을 마음대로 바꿀 수 있나보다. 아저씨는 우리 아빠의 빨간 공을 치고는 이렇게 말했다.

"자! 이제 망했지? 자네도 다시 시작하는 게 낫겠지?"

그런데 그 공이 아저씨네 집 벽에 탕! 하고 부딪혔다.

블레뒤르 아줌마가 아주 기분 나쁜 얼굴로 또 창문을 열었다. 차가 쏟아져서 아줌마 옷 앞자락이 흠뻑 젖어 있었다. 아줌마는 거실 벽에 걸어둔 그림이 떨어졌다고 소리를 질렀다. 하지만 아빠와 아저씨는 경기를 중단하지 않았다. 둘 다 경기에 엄청 열중해 있었다. 아저씨가 친 공이 아주 잘 맞았는지, 아빠가 잔뜩 화가 나 있는 것 같았다.

"자네가 잘난 줄 알지? 어디 누가 이기나 보자고!"

아저씨가 아빠한테 말했다.

아빠는 망치로 아저씨의 발등을 세게 때렸다. 아저씨는 "아이

376

고! 아이고!" 하더니 아저씨의 망치로 우리 아빠의 머리를 때리려
고 했다.

크로케 놀이에서는 내가 이해할 수 없는 게 너무 많았다. 예를
들면 나무공이랑 반원형 고리들은 도대체 어디에 쓰는 건지 모르
겠다. 하지만 상관없다. 그런 건 없어도 될 것 같다. 망치로 쓸 만한
것들을 찾아봐야겠다. 내일 학교에 가서 친구들에게 크로케를 가
르쳐줘야지.

쉬는 시간에 크로케를 하면 엄청 재미있을 거다.

실베스트르

"왜 친구들이랑 빈터에 가서 놀면 안 돼요? 날씨도 이렇게 좋은데!"

내가 엄마에게 말했다.

"안 돼, 니콜라. 오늘은 집에 있으라고 했잖니."

엄마가 말했다.

"하지만 친구들이 빈터에 상자를 잔뜩 가져온다고 했단 말이에요. 그럼 엄청 재미있을 텐데. 상자를 가지고 버스 놀이나 기차 놀이를 할 거란 말이에요. 무지 재미있을 거예요!"

"바로 그래서 안 된다는 거야! 엄마는 네가 사람들이 내다 버린 쓰레기를 갖고 노는 게 싫어! 네가 온통 진흙투성이가 돼서 꾀죄죄한 꼴로 집에 들어오는 데 아주 넌더리가 난다! 이제 좀 얌전히 굴어! 오늘은 마르슬랭 아줌마가 아기를 데리고 놀러 오기로 했어. 아줌마 앞에서 말썽 피우면 알아서 해!"

"하지만 친구들이 기다린단 말이에요. 나 혼자 집에서 뭐 하고 놀아요?"

"아줌마네 아기랑 놀아주면 되잖니. 아주 귀여울 거야."

엄마 말대로 아기는 엄청 귀여울 거다. 하지만 아기하고는 재미있게 놀 수가 없다. 사촌 동생이 아기라서 잘 안다. 아기는 건드리기만 해도 말썽이 벌어지기 일쑤다.

나는 엄마가 어떻게 나오는지 보기 위해 울어보려고 했지만, 엄마는 내가 계속 떼를 쓰면 화를 내겠다고 했다. 그래서 나는 정원에 나가서 땅바닥에 대고 발길질만 했다. 너무 억울했다. 정말이지 오늘은 목요일이라 학교에 안 가도 되고, 문법 시험에서는 12등이나 했다. 친구들과 놀지도 못하면 학교에서 성적을 잘 받으려고 애쓸 필요가 뭐가 있냔 말이다.

나는 뾰로통해져서 페탕크 놀이를 했다. 혼자 하는 페탕크 놀이는 별로 재미가 없었다. 그때 누가 우리 집 대문 앞에서 초인종을 눌렀고, 엄마가 문을 열러 뛰어나갔다. 마르슬랭 아줌마가 유모차를 끌고 온 거였다. 마르슬랭 아줌마는 우리 동네에 사는데, 한동안 볼 수가 없었다. 아마 아기를 낳으러 병원에 갔던 모양이다.

엄마와 마르슬랭 아줌마는 소리를 질러댔다. 오랜만에 만나서 엄청 좋은가보다. 그러고 나서 엄마는 유모차 안에 든 아기를 보려고 몸을 숙였다.

"어쩜, 너무 귀여운 공주님이네!"

엄마가 말했다.

"남자애야. 이름은 실베스트르라고 해."

아줌마가 말했다.

"아, 그래? 그렇구나. 애가 자기 닮았네!"

"어머, 그렇게 생각해? 우리 시어머니는 나보다는 아빠를 많이 닮았다고 하던데. 사실 눈동자가 파란 걸 보면 조르주를 닮은 것 같기도 해. 내 눈은 갈색이잖아."

"하지만 눈동자 색깔은 자라면서 많이 바뀌더라고. 보통 어릴 때는 파랗다가 크면서 갈색이 되지. 게다가 애 표정이 완전히 자기를 쏙 뺐는데?"

엄마는 이렇게 말하고는 "우르르르, 까꿍! 도리도리!"를 했다. 나도 아기를 보려고 다가갔다. 하지만 유모차가 너무 높아서 까치발을 해야 했다. 까치발을 했는데도 제대로 보이지가 않았다.

"너 아기한테 손대면 안 된다!"

엄마가 소리쳤다.

"그냥 내버려둬."

마르슬랭 아줌마가 웃으면서 말했다. 아줌마는 나를 안아 올려서 아기를 잘 볼 수 있게 해주었다. 아기는 눈이 아주 컸는데, 아무데도 보고 있지 않았다. 아기는 침을 질질 흘리면서 발그레한 작은 손을 꼭 쥐고 있었다. 아기와 아줌마가 어디가 닮았다는 건지 모르겠다. 아줌마는 나를 다시 땅에 내려주고는 실베스트르가 나를 보고 웃었다면서 나와 실베스트르가 어느새 아주 친해졌다고 했다. 하지만 그건 거짓말이다. 실베스트르가 한 일이라고는 내내 침을 흘린 것뿐이었으니까.

그다음에 엄마와 아줌마는 정원의 베고니아 화단 옆에 있는 긴 의자에 앉았다. 나는 다시 페탕크 놀이를 시작했다.

"니콜라, 당장 그만두지 못하겠니?"

엄마가 소리를 질렀다.

"왜요?"

내가 물었다.

엄마는 엄청 무서웠다.

"커다란 페탕크 공에 아기가 맞기라도 하면 어떡해. 위험하잖아."

엄마가 말했다.

"어머! 그렇게 야단치지 마. 분명히 니콜라가 알아서 조심할 거야."

아줌마가 말했다.

"오늘 쟤가 왜 저러는지 모르겠어. 사사건건 말썽이야!"

"아니야, 얘는. 니콜라가 얼마나 다정한 아인데. 게다가 이제 정말 다 컸는걸. 니콜라도 실베스트르 옆에서는 페탕크 놀이를 안 하는 게 좋다는 걸 잘 안다고. 그렇지, 니콜라?"

나는 놀이를 그만두었다. 그러고는 호주머니에 두 손을 집어넣은 채 나무에 기댔다. 나는 슬슬 심술이 나기 시작했다. 목구멍에 커다란 덩어리가 걸린 것처럼 울어버리고 싶었다. 실베스트르 때문에 아줌마와 엄마가 나를 심심하게 만들었다. 아기는 뭐든지 하고 싶은 대로 하게 내버려두면서 나는 아무것도 못 하게 하다니!

조금 있으니까 마르슬랭 아줌마가 실베스트르에게 줄 우유를 데워야겠다고 말했다. 아기가 우유 먹을 시간이 되었던 거다.

"니콜라한테 실베스트르를 좀 보고 있으라고 하지 뭐. 우리가 니콜라를 얼마나 믿는지 보여줄 겸 말이야. 니콜라도 이제 어엿한 남자인걸!"

마르슬랭 아줌마가 말했다.

내가 아무 말도 안 하고 있으니까 엄마는 눈을 부릅뜨면서 내게 눈치를 주었다. 그래서 나는 내가 실베스트르를 보고 있겠다고 했다. 아줌마는 웃으면서 엄마와 함께 집으로 들어갔다. 나는 유모차 가까이 다가가서 다시 한 번 아기를 보려고 가장자리를 붙잡았다. 실베스트르가 그 커다란 눈으로 나를 쳐다봤다. 그런데 갑자기 실베스트르가 흘리던 침을 뚝 멈추고는 입을 벌리고 막 울기 시작했다.

"어, 왜 그래? 조용히 해, 아가야!"

하지만 실베스트르는 점점 더 큰 소리로 울었다. 아줌마와 엄마가 집에서 달려나왔다.

"니콜라! 너 또 무슨 짓을 한 거야?"

엄마가 소리를 질렀다. 그래서 나도 울기 시작했다. 나는 아무 짓도 안 했다고, 실베스트르가 왜 날 보고 우는지 나도 모르겠다고 했다. 그러자 마르슬랭 아줌마는 내가 아무 짓도 안 했다는 말을 믿는다고, 실베스트르는 워낙 잘 운다고, 더구나 우유 먹을 시간이 돼서 그랬을 거라고 말했다. 그러자 엄마는 몸을 숙여 내 팔을 잡고 말했다.

"그래, 됐다, 니콜라. 엄마가 너를 혼내려고 그런 거 아니야. 우리 귀여운 병아리, 엄마도 네가 나쁜 짓 하지 않았다는 거 잘 알아."

엄마는 나에게 뽀뽀를 해주었고 나도 엄마에게 뽀뽀를 했다. 우리 엄마는 정말 멋지다. 나는 우리가 서로 화를 내지 않게 돼서 기분이 좋았다.

실베스트르도 더 이상 울지 않았다. 아기는 이상한 소리를 내면서 젖병을 빨았다.

"이런, 너무 오랫동안 나와 있었네. 이제 집에 가봐야 할 것 같아."

마르슬랭 아줌마가 말했다.

아줌마는 엄마와 뽀뽀를 하고 우리 집을 나섰다. 아줌마는 나가다가 잠깐 뒤를 돌아보고 이렇게 물었다.

"니콜라, 엄마가 너한테 실베스트르 같은 동생을 데려다주면 좋겠지? 안 그러니?"

"아, 그럼요! 동생이 있으면 좋겠어요!"

내가 말했다.

그러자 엄마와 아줌마는 호들갑을 떨면서 웃었다. 그리고 모두 나에게 또 뽀뽀를 했다. 왜들 그러는지!

엄마가 실베스트르 같은 동생을 데려다주면 좋겠다는 말은 진심이다. 엄마가 동생을 데려온다면 그 동생을 태울 유모차도 같이 사 올 테니까 말이다.

유모차 바퀴하고 빈터에서 주운 상자만 있으면 나와 친구들은 엄청 신나는 버스 놀이를 할 수 있겠지!

나는 정리 정돈을 잘해

"이게 돼지우리가 아니고 도대체 뭐니?"

엄마가 내 방을 가리키며 말했다. 내 방이 좀 지저분한 건 사실이다. 장난감이랑 책이랑 잡지 같은 게 사방에 널려 있다. 정리를 하려고 했지만 솔직히 쉬운 일은 아니었다. 그리고 엄마는 오늘 화가 나 있었다.

"엄마는 한 시간쯤 나갔다 올 테니까 그때까지 네 방 정리를 다 해놓았으면 좋겠구나. 쓸데없는 짓 좀 하지 말고."

엄마가 나가자마자 나는 정리 정돈을 시작했다. 쓸데없는 짓이라면 걱정할 필요가 없다. 이제 나는 다 컸기 때문에 그런 짓은 안 한다. 아무튼 석 달 전 내 생일을 치르기 전과는 완전히 달라졌단 얘기다.

나는 내 침대 밑에 쑤셔 넣은 물건들을 꺼내는 것부터 시작했다. 뭐가 엄청 많았다. 거기서 비행기를 찾았다. 고무줄 태엽을 감으면 프로펠러가 돌아가면서 날아간다. 엄마는 내가 그 비행기를 갖고 노는 걸 싫어한다. 늘 내가 언젠가는 그걸로 무슨 사고를 치고 말거랬다. 나는 비행기가 여전히 잘 나는지 시험해보았다. 엄마 말이 맞았다. 비행기는 내 방 밖으로 날아가서 멋진 비행을 보여주고는 탁자에 놓인 꽃병에 부딪혀 꽃병을 깨뜨리고 말았다.

심각한 문제는 아니었다. 아빠는 할머니가 준 그 꽃병이 안 예쁘다고 몇 번이나 이야기했으니까 말이다. 물론 꽃병 안에는 꽃과 물이 있었고, 탁자와 작은 레이스깔개에 물이 쏟아져버렸다. 하지만 물은 금방 마를 거니까 괜찮다. 정말 별로 심각한 문제는 아니었다. 비행기도 하나도 망가지지 않았다.

　나는 다시 내 방으로 들어와서 침대 밑에 있던 장난감들을 장롱 안에 정리하기 시작했다. 나는 장롱 안에서 털이 북슬북슬한 곰인형을 찾았다. 내가 어렸을 때 갖고 놀던 거다. 가엾은 내 곰인형은 여기저기 딱지가 앉은 것처럼 털이 빠져서 보기 싫었다. 그래서 나는 곰인형을 예쁘게 단장시켜주기로 마음을 먹었다. 나는 욕실에서 아빠의 전기면도기를 가져왔다. 털을 전부 밀어버리면 어디가 털이 빠진 자리였는지 더 이상 알아볼 수 없을 테니까 말이다. 게다가 아빠의 전기면도기는 엄청 신기하다. 위이잉 소리를 내면서 털을 모조리 깎아버린다. 그런데 곰인형의 털을 반쯤 깎았을 때, 면도기에서 위이잉 소리가 나지 않고 불꽃이 번쩍 일더니, 더 이상 켜지지 않았다. 별로 큰 문제는 아니었다. 아빠 면도기가 너무 오래됐다면서 새것을 하나 사야겠다고 늘 말했으니까 말이다. 하지만 곰인형은 조금 불쌍하게 됐다. 윗몸만 털이 깎여서, 꼭 털바지를 입은 것처럼 보였기 때문이다.

나는 곰인형을 다시 장롱에 집어넣고 아빠의 면도기도 욕실에 갖다놓았다. 그러고는 정리를 마저 하려고 내 방으로 왔다. 성가시게도 장난감이 장롱에 다 들어가지 않았다. 그래서 나는 버려도 되는 것들을 골라내려고 전부 도로 꺼내기로 했다. 나는 바퀴 없는 자동차나 자동차 없는 바퀴, 바람 빠진 축구공, 주사위 놀이에 쓰는 칩들, 쌓기 놀이에 쓰는 블록들, 이미 다 읽은 책이랑 벌써 다 색칠한 그림 같은 걸 골라냈다. 그런 것들은 아무 짝에도 쓸모가 없었다. 그래서 나는 몽땅 다 이불에 싸서 쓰레기통에 버리기로 했다. 그때 아주 좋은 생각이 떠올랐다. 창문으로 이 꾸러미를 던지면 계단을 더럽힐 염려도 없고 훨씬 더 빨리 끝낼 수 있을 것 같았다. 하지만 현관문 위의 유리지붕을 생각하지 못한 게 문제였다. 꾸러미가 유리지붕 위에 떨어져 유리가 깨져버린 거였다. 다행히도 별로 큰 문제는 아니었다. 엄마는 항상 이 유리지붕은 청소를 할 수가 없다고, 현관문 위에 저런 걸 올려놓은 건 누구 생각인지 참 이상한 발상이라고 했으니까 말이다. 아빠는 그렇다고 저 유리지붕을 바닥에 두고 깔개로 쓸 수는 없는 노릇 아니냐고 말하면서 웃기도 했다. 그때 엄마는 그 말에 기분이 상해서 나보고 나가 있으라고, 아빠하고 할 얘기가 있다고 했다.

어쨌든 현관문 앞에 어질러져 있는 장난감들을 그대로 내버려

둘 수는 없었다. 그래서 청소기를 가져왔다.

엄마는 한 번도 집 밖에서 청소기를 쓴 적이 없다. 하지만 엄마가 잘못 생각한 거다. 전선이 아주 길어서 마당까지 청소기가 나올수도 있고, 이 청소기는 뭐든지 다 빨아들일 수 있다. 장난감, 자갈, 깨진 유리 조각 등 뭐든지 말이다. 그런데 유리 조각 때문에 청소기의 먼지 봉투가 찢어진 것 같았다. 그래도 별로 심각한 문제는 아니었다. 엄마는 찢어진 데를 다시 붙일 수 있을 테고, 만약 붙일 수없다면 새 봉투를 넣으면 되니까 말이다. 한 가지 문제는, 먼지 봉투 안에 들어 있던 잡동사니들이 봉투가 찢어지면서 현관문 앞에도로 쏟아져버렸다는 거다. 같은 자리에 다시 떨어져버렸으니, 기껏 청소기를 끌고 나온 게 헛일이 됐다! 나는 일단 제일 큰 조각들만 얼른 주워서 쓰레기통에 버렸다. 나머지는 어떻게 치우나 고민하다가 또 기막힌 생각이 떠올랐다. 물청소를 하는 거다. 나는 물을 받으러 부엌에 갔다. 그런데 문제가 생겼다. 여기저기 아무리 둘러봐도 물을 담을 만한 양동이가 보이지 않았다. 엄마가 돌아올 때까지는 시간이 별로 없었고, 나는 현관을 깨끗이 싹 청소해서 엄마를 깜짝 놀래주고 싶었다. 그래서 나는 커다란 수프 그릇을 이용하기로 했다. 엄마가 손님이 올 때만 내놓는 그 수프 그릇은 가장자리에 금빛 띠가 둘러져 있고 우리 집 그릇 중에서 제일 크다. 수프 그릇은 찬장 안에 있기 때문에 발판을 놓고 올라가야만 했다. 나는 발판에 올라가는 걸 좋아하지만, 수프 그릇을 꺼내는 건 쉽지 않았다. 수프 그릇 앞쪽에 접시들이 잔뜩 쌓여 있었기 때문이다. 솔직히 엄마는 정리를 잘 못하는 것 같다는 생각이 든다. 수프 그릇을 그렇게 찬장 깊숙이 넣어두다니. 언제 물청소를 할 일이 생겨 그 수프 그릇을 꺼내게 될지 어떻게 아느냔 말이다. 엄마한테 꼭 얘기 해줘야겠다.

하지만 마침내 나는 혼자서 수프 그릇을 꺼내는 데 성공했다. 접시 두 개가 깨지기는 했지만 별로 큰 문제는 아니었다. 왜냐하면 접시는 아직도 스물두 개나 더 있으니까 말이다. 우리 집에 손님이 한꺼번에 스물두 명이 온 적은 한 번도 없었다!

나는 수프 그릇에 물을 가득 담아서 현관으로 나갔다. 그런데 수프 그릇이 너무 커서 앞이 잘 보이지 않아, 카펫에 물을 반쯤 쏟고 말았다. 그래도 그렇게 운이 나쁘지는 않았다. 어쨌든 수프 그릇은 놓치지 않았고, 카펫은 금방 마를 테니까.

마침내 나는 현관 앞 먼지 더미에 물을 끼얹었다. 그리고 걸레를 가져다가 바닥을 닦았다. 솔직히 말하면 아주 성공적이지는 않았다. 먼지와 물이 뒤엉켜 진창이 되어버렸기 때문이다. 그래도 어쨌든 크게 문제 될 건 없었다. 일단 마르기만 하면 쉽게 없어질 테니까 말이다. 가장 난감한 건 수프 그릇을 깬 거였다. 접시는 잔뜩 있지만 수프 그릇은 하나뿐이었다. 그래도 문제없었다. 어쨌든 끔찍할 것까지는 없었다. 아빠는 손님들이 왔을 때 수프 그릇에 담긴 포타주보다 접시에 담긴 요리가 나오는 걸 더 좋아하니까 말이다. 옛날에 아빠가 접시에 담긴 전채 요리가 더 좋다고 했더니, 엄마는 포타주가 마요네즈를 친 달걀 따위보다 더 그럴 듯한 요리라고 대꾸했다. 그래서 아빠와 엄마는 말다툼을 했다. 하지만 이젠 그런 말다툼을 하지 않아도 된다. 포타주를 담을 수프 그릇이 없어졌으니까.

문제의 수프 그릇을 부엌에 갖다놓지 않아도 되었기 때문에, 나는 약간의 여유가 생겼다. 그래서 다시 내 방에 올라가 모든 물건을 장롱에 넣어 깨끗이 정리했다. 나는 아주 빨리 해치웠다. 부엌에 다시 가봐야 한다는 생각이 나서 더 서둘렀다. 수도꼭지 잠그는 걸 잊었다는 게 떠오른 거다. 부엌에 가보니 개수대의 물 빠지는 구멍이 깨진 접시 조각들로 막혀 있어서 사방으로 물이 넘치고 있었다. 그래도 물이 타일 위로 넘쳤으니까 괜찮다. 내일 해가 나면 금세 마를 테니까, 엄마가 굳이 바닥 청소를 안 해도 될 거다. 엄마는 바닥 청소가 피곤하다고 싫어한다.

엄마가 돌아왔을 때, 드디어 내 방은 말끔히 정리되어 있었다. 나는 엄마가 나를 칭찬해줄 거라고 굳게 믿었다.

그런데 맙소사, 뒤로 넘어갈 만한 일을 말해줘야겠다. 내가 분명히 말하는데, 이건 절대 거짓말이 아니다. 엄마는 나를 마구 혼냈다!

커다란 코끼리

　문법 시험에서 8등을 했다. 아빠는 나에게 아주 잘했다고 했다. 그리고 저녁에 깜짝 놀랄 선물을 주겠다고 했다.

　저녁때 아빠가 사무실에서 돌아오자 나는 아빠한테 달려가서 뽀뽀를 했다. 아빠가 집에 오면 늘 기분이 참 좋다. 특히 나한테 깜짝 선물을 주기로 한 날은 기분이 더 좋다! 아빠는 나한테 뽀뽀를 하고 "웃샤!" 하고 한 번 안아준 뒤에 작고 납작한 상자 하나를 건네주었다. 아주 납작한 걸 보니 내가 갖고 싶어하던 헤드라이트가 들어오는 빨간 자동차는 아닌 것 같았다.

　"자, 니콜라! 선물을 열어봐야지."

　아빠가 웃으면서 말했다.

　나는 선물 포장지를 벗겼다.

그 안에 뭐가 들어 있었을까? 여러분은 아마 짐작도 못 할 거다. 그건 레코드판이었다! 레코드판은 코끼리, 원숭이, 사람 그림이 잔뜩 그려진 예쁜 케이스에 들어 있었다. 그리고 케이스에는 '커다란 코끼리'라는 제목이 씌어 있었다.

나는 엄청 뿌듯하고 기분이 좋았다! 처음으로 나만의 레코드판을 갖게 된 거다! 우리 아빠는 세상에서 가장 멋진 아빠다. 나는 아빠에게 뽀뽀를 했다. 아빠도 기분이 엄청 좋은 것 같았다. 엄마도 부엌에서 나오더니 웃으면서 나에게 뽀뽀를 해주었다. 아, 이럴 때 우리 집은 정말 환상이다!

"내 레코드판 들어봐도 되죠?"

내가 아빠에게 물었다.

"그럼, 우리 강아지, 레코드판은 들으라고 있는 거잖니. 잠깐만, 아빠가 전축을 틀어주마."

아빠는 전축에다 레코드판을 올려놓았다. 그러자 희한한 음악 소리가 조그맣게 들리면서 어떤 여자가 노래를 하기 시작했다.

"커다란 코끼리, 코끼리, 코끼리였지…… 커다란 코, 커다란 코, 커다란 코를 가진."

조금 있으니까 남자랑 여자들이 엄청 많이 나와서 코끼리 이야기를 들려주었다. 그 코끼리는 꼬마 원숭이랑 친구 사이인데 둘이서 바보 같은 짓들을 엄청 많이 하며 돌아다닌다. 그런데 사냥꾼이 나타나서 코끼리를 잡는다. 하지만 원숭이가 와서 코끼리를 구해준다. 그러자 사냥꾼은 막 울기 시작하고, 결국 코끼리와 원숭이는 사냥꾼하고도 친구가 된다. 세 친구는 함께 서커스에 가서 엄청 돈을

많이 벌고. 셋은 다시 아까 나온 노래를 부른다.

"커다란 코끼리, 코끼리, 코끼리였지…… 커다란 코, 커다란 코, 커다란 코를 가진."

"어머, 재미있네."

엄마가 말했다.

"그렇지? 요즘은 애들한테 좋은 물건들이 참 많이 나온다니까."

아빠가 말했다.

"아빠, 한 번 더 들어도 돼요?"

"아, 물론이지, 우리 아들."

아빠는 레코드판을 다시 틀었다. 아빠, 엄마와 나는 다 같이 후렴 부분을 따라 불렀다.

"커다란 코끼리, 코끼리, 코끼리였지…… 커다란 코, 커다란 코, 커다란 코를 가진."

그러고 나서 우리는 모두 함께 웃으면서 박수를 쳤다.

"전화로 알세스트한테 이걸 들려줘도 돼요?"

"아…… 그래, 뭐 네가 꼭 그러고 싶다면야……."

아빠가 대답했다.

나는 알세스트에게 전화를 걸었다.

"들어봐, 알세스트. 우리 아빠가 나한테 준 거야. 내 레코드판이라고."

"알았어. 하지만 빨리 끝내. 곧 저녁 먹을 거니까. 스튜는 뜨거울 때 먹지 않으면 맛이 없어."

알세스트가 말했다.

나는 레코드판을 틀고 그 옆에 수화기를 갖다 댔다.

"커다란 코끼리, 코끼리, 코끼리였지…… 커다란 코, 커다란 코, 커다란 코를 가진."

노래가 다 끝난 다음에 나는 다시 수화기를 들고 알세스트에게 멋지지 않냐고 물어보았다. 하지만 아무 소리도 나지 않았다. 알세스트는 저녁을 먹고 있는 게 분명했다.

"자, 저녁 식사라면 우리 집도 준비 다 됐어요! 식탁으로 와요!" 엄마가 말했다.

"밥 먹기 전에 내 레코드판 한 번만 더 들어도 돼요?"

내가 물었다.

"안 된다, 니콜라. 지금은 저녁 먹을 시간이야. 레코드판은 가만히 놔둬."

아빠가 말했다. 아빠가 아주 엄하게 말해서, 나는 더 이상 조르지 않았다.

식탁에 앉아 수프를 먹으며 나는 노래를 불렀다.

"커다란 코끼리, 코끼리, 코끼리였지…… 커다란 코, 커다란 코, 커다란 코를 가진."

"니콜라! 조용히 하고 수프나 먹어!"

아빠가 고함을 쳤다.

이상하게도 아빠는 화가 난 것 같아 보였다.

저녁을 다 먹고 난 뒤에는 어제 먹고 남은 사과파이를 먹었다. 나는 다시 레코드판을 틀러 갔다. 그런데 아빠가 고함을 쳤다.

"니콜라! 너 뭐 하는 거냐?"

"레코드판 들으려고요."

"이제 됐다, 니콜라. 아빠 신문 좀 보자. 잠자리에 들 시간이잖아."

"자기 전에 마지막으로 딱 한 번만 들을게요."

"안 돼, 안 돼, 안 돼!"

아빠가 소리를 질렀다.

그래서 나는 막 울기 시작했다. 정말이지, 이게 뭐냔 말이다! 내가 내 레코드판도 마음대로 들을 수 없다니 정말 너무 억울했다. 문법 시험에서 8등이나 한 사람이 누군데, 어떻게 이럴 수가 있을까?

엄마가 내 울음소리를 듣고 부엌에서 달려나왔다.

"무슨 일이야?"

"아빠가 내 레코드판을 못 듣게 해요."

내가 설명을 했다.

"아니, 아빠가 왜 그러실까?"

엄마도 궁금해했다.

"당신도 생각 좀 해봐. 나는 이제 좀 조용히 쉬고 싶다고. 코끼리 이야기를 스무 번도 더 들으면서 신문을 읽고 싶진 않단 말이야! 당연한 것 아냐? 안 그래?"

아빠가 말했다.

"그게 뭐가 당연해? 레코드판은 들으라고 사준 거잖아. 혹시 레코드판 가지고 재미있게 노는 걸 방해하고 싶어서 사준 거야?"

"나 참, 끝내주는군! 이제는 애한테 선물을 사줘도 뭐라고 하네. 대단해! 정말 대단해! 내가 도대체 이 집안에서 뭐 하는 사람인지 모르겠군! 정말이지, 내가 못살아!"

"못살겠는 건 나야! 당신은 내가 무슨 말만 하면 소리지르고 윽박지르고……."

"윽박질렀다고? 내가?"

아빠가 또 소리를 질렀다.

"그래."

엄마는 이제 나와 함께 울기 시작했다.

아빠는 신문을 바닥에 내동댕이쳤다. 그러고는 파란색 전등갓을 씌운 램프가 놓인 작은 탁자와 안락의자 사이를 왔다갔다하기 시작했다.

"그래, 그래, 내가 사과할게. 그만 울어. 내가 좀 예민했어. 오늘 회사에서 아주 피곤했거든. 자, 됐어, 됐어, 그만."

아빠가 부드러운 목소리로 엄마를 달랬다.

아빠는 엄마에게 다가가서 뽀뽀를 해주었다. 아빠는 나에게도 뽀뽀를 했다. 엄마는 눈물을 닦고 내 코를 풀어주었다. 엄마는 아주 멋진 미소를 얼굴 가득 지어 보였다. 우리는 다시 레코드판을 틀고 다 함께 노래를 불렀다.

"커다란 코끼리, 코끼리, 코끼리였지…… 커다란 코, 커다란 코,

커다란 코를 가진."

그렇게 두 번을 듣고 나서, 나는 잠자리에 들었다.

다음 날 저녁 아빠가 퇴근했을 때, 나는 거실에 엎드려 책을 보고 있었다.

"어! 니콜라! 너 레코드판 안 듣니?"

아빠가 물었다.

"오늘 벌써 세 번이나 들었어요. 이제 코끼리 이야기는 지겨워요."

그러자 아빠는 얼굴이 시뻘게지도록 화를 냈다.

"하여간 요즘 애들은 다 똑같아! 좋은 선물을 해주면 뭐하나! 하룻밤만 지나면 시들해지지. 이러니 좋은 걸 해주려다가도 마음이 싹 달아나버린다니까!"

정직한 사람

토요일 오후, 알세스트랑 클로테르와 함께 학교에서 돌아오는 길이었다. 내가 길에서 뭘 발견했을까? 바로 동전 지갑이다!

"어, 동전 지갑이다!"

나는 이렇게 외치고는 가서 지갑을 주웠다.

"어, 이거 어떻게 하지?"

클로테르가 물었다.

"처음 발견한 건 나야."

내가 말했다.

"하지만 우리 셋이 같이 있었잖아."

클로테르가 말했다.

"맞아, 하지만 맨 처음 본 사람은 나야."

내가 말하자 클로테르는 그건 말도 안 된다고, 나는 친구도 아니라고 했다. 나는 동전 지갑을 열어보았다. 안에는 돈이 잔뜩 들어있었다.

"그거 돌려줘야 해."

알세스트가 말했다.

"너 장난하냐?"

클로테르와 내가 알세스트에게 물었다.

"아냐, 장난 아냐. 네가 그걸 갖고 있으면 경찰이 너희 집에 들이닥칠 거야. 그리고 너보고 지갑을 훔쳤다고 할 거야. 그러면 너는 감옥에 가게 되겠지. 뭔가를 주웠을 때 주인에게 돌려주지 않으면 감옥에 가게 돼. 우리 아빠가 그렇게 말씀하셨어."

알세스트가 말했다.

클로테르는 자기네 집으로 뛰어가버렸다. 나는 알세스트에게 지갑을 누구에게 돌려줘야 하는지 물었다. 지갑을 줍는 바람에 엄청 귀찮아진 거다.

"글쎄, 경찰서에 가야지. 그러면 경찰서에서는 너한테 정말 정직하다고 할 거야. 정직한 사람이란, 주운 물건을 돌려주는 사람이니까. 하지만 서둘러야 해. 안 그러면 경찰이 먼저 너를 찾아와서 감옥으로 데려갈 테니까."

알세스트가 말했다.

"그럼 이 지갑을 원래 있던 자리에 도로 놓으면 어떨까?"

"아, 그건 안 돼. 만약 누가 너를 봤다면 너는 꼼짝없이 감옥행이야. 우리 아빠가 그렇게 말했어."

나는 엉엉 울면서 집으로 뛰어갔다. 집에 도착해보니 아빠와 엄마는 정원의 긴 의자에 앉아 있었다.

"니콜라! 무슨 일이니?"

엄마가 외쳤다.

"빨리 경찰서에 가야 해요!"

내가 소리쳤다.

아빠와 엄마는 벌떡 일어났다.

"경찰서? 진정해라, 니콜라. 도대체 무슨 일인지 엄마 아빠에게 차근차근 설명을 해보렴."

아빠가 말했다.

그래서 나는 동전 지갑을 주운 이야기와 내가 정직한 사람이 되지 않으면 경찰이 나를 감옥에 잡아넣으러 올 거라는 이야기를 했다. 아빠와 엄마는 서로 마주 보고 웃었다.

"그 동전 지갑 좀 보여줄래?"

나는 아빠에게 지갑을 건네주었다. 아빠는 지갑을 열고 안에 돈이 얼마나 들었는지 세어보았다.

"45상팀이 들어 있구나. 맙소사! 이런 큰돈을 갖고 다니면서 칠칠찮게 지갑을 흘리다니! 니콜라, 아빠 생각에는 이 돈을 잃어버린 사람이 앞으로 좀 더 조심하는 법을 배울 수 있도록, 이건 그냥 네 저금통에 넣어두면 어떨까 싶은데……."

"안 돼요! 빨리 경찰서에 가져가야 해요!"

내가 소리를 질렀다.

"니콜라 말이 맞아. 기특해라. 엄마가 칭찬해줄게."

엄마가 말했다.

"그건 그래. 그래, 니콜라, 경찰서에 갖다주기로 하자."

아빠가 긴 의자에 다시 앉으면서 말했다.

"나 혼자 가기 겁나요."

"당신이 좀 같이 가줘."

엄마가 말했다.

"그야 물론이지."

"지금 당장요."

"니콜라, 또 아빠를 못살게 굴기 시작하는 거냐? 며칠 안에만 가면 돼."

아빠가 말했다.

나는 또 울기 시작했다. 내가 당장 동전 지갑을 가져가지 않으면 경찰이 나를 감옥에 넣으려고 찾아올 거라고, 분명히 내가 동전 지갑 줍는 걸 누군가 봤을 거라고, 그러니까 당장 지갑을 돌려주러 가지 않으면 나는 죽어버리겠다고 했다.

"어서 같이 가줘. 애가 아주 불안해하잖아."

엄마가 말했다.

"하지만 방금 옷을 갈아입었는데? 나 피곤하단 말이야. 설마 나더러 달랑 45상팀이 든 이 같잖은 지갑을 경찰서에 가져다주러 옷을 또 갈아입으라는 거야? 경찰서 사람들이 나를 놀릴걸? 아니, 아예 덜떨어진 사람 취급할지도 모르지!"

"아니. 그 사람들은 당신이 정직한 행동을 할 수 있도록 아들에게 용기를 북돋워주는 좋은 아빠라고 생각할 거야."

408

"알세스트가 나한테 정직한 게 뭔지 설명해줬어요."

내가 한마디 했다.

"이제 네 친구 알세스트까지 나를 귀찮게 하는구나."

아빠가 말했다.

엄마는 아빠에게 이 일이 보기보다 훨씬 중요한 거라고, 어린애
(여기서 어린애란 나를 가리킨다.)에게 개념과 원칙을 똑똑히 일깨워
주는 것은 아빠의 의무라고, 그러니까 아빠는 나를 데리고 경찰서
에 가야 한다고 했다. 그러자 아빠는 됐다고, 알았다고 하면서 옷
을 갈아입으러 갔다.

우리는 경찰서에 들어가서 접수대 앞에 섰다. 나는 엄청 겁이 났
다. 접수대 뒤에는 경찰 아저씨가 있었다. 그 아저씨가 뤼퓌스의 아

빠처럼 제복을 입고 있지 않아서 조금 놀랐다.

"무슨 일로 오셨습니까?"

경찰 아저씨가 물었다.

아빠가 자초지종을 설명했다.

"우리가, 그러니까 우리 애가 동전 지갑 하나를 주웠습니다. 그래서 신고를 하려고요."

"물건은 갖고 오셨지요?"

아저씨가 물었다.

아빠는 동전 지갑을 경찰 아저씨에게 건네주었다. 아저씨는 지갑을 열어보고 아빠를 다시 쳐다보았다.

"45상팀?"

"맞습니다."

아빠가 대답했다.

그때 다른 아저씨가 사무실에서 나와 접수대로 다가와서 물었다.

"무슨 일인가?"

"아, 이 분께서 동전 지갑을 주워서 신고하러 오셨습니다, 서장님."

"정확히 말하자면, 우리 아들이 길에서 주운 겁니다."

아빠가 설명을 했다.

서장 아저씨는 동전 지갑을 건네받아 안에 든 돈을 세어보더니 환하게 미소를 지었다. 아저씨가 내 쪽으로 다가와서 나는 얼른 아빠 뒤로 숨었다.

"아주 착한 아이로구나. 이건 아주 정직한 행동이란다. 칭찬해주

마. 그리고 선생님께도 축하를 드립니다. 정말 정직하고 귀여운 아들을 두셨군요."

서장 아저씨가 말했다.

"우리는 이 애한테 개념과 원칙을 가르치려고 노력하고 있지요. 자, 이 녀석, 겁낼 것 없어, 서장님과 악수하렴."

아빠는 한껏 기분이 좋아져서 말했다.

서장님은 나와 악수를 하면서 학교에서 공부를 잘하는지 물었다. 그래서 나는 그렇다고 했다. 서장님이 내가 수학에서 14등을 했다는 걸 몰랐으면 좋겠다.

"너처럼 정직한 아이라면 틀림없이 공부도 잘할 줄 알았다. 자! 그럼 이 동전 지갑 분실 신고를 위해 진술서를 좀 작성해야겠습니다. 이보게, 양식을 좀 가져다주게."

경찰 아저씨는 서장님에게 종이 한 장을 건네 주었다. 서장님은 거기다 뭐라고 쓰더니 아빠에게 펜을 내밀며 말했다.

"제 생각에 선생님께서 직접 이 아이 이름으로 진술서를 써주시는 게 좋을 것 같습니다. 그러니까 날짜, 주운 장소, 대략적인 시각, 그리고 사인도 좀 해주시고요. 네, 됐습니다. 감사합니다."

서장님은 나에게 동전 지갑이 분실물 보관소로 가게 될 거라고, 만약 일 년 안에 주인이 찾아가지 않으면 그 동전 지갑은 내 것이 된다고 설명해주었다.

"이런 분실물 신고가 자주 들어옵니까?"

아빠가 물었다.

"아, 그럼요! 사람들이 길에다 별의별 것들을 얼마나 많이 흘리고 다니는지 상상도 못 하실 겁니다! 그 이야기를 하자면 엄청나지요! 하지만 이 아이처럼 그런 얼빠진 사람들이 잃어버린 물건들을 가져오는 정직한 아이들만 있는 건 아니랍니다! 참 안된 일이지요."

그리고 나서 서장님은 나와 악수를 하고 아빠하고도 악수를 했다. 우리는 경찰 아저씨하고도 악수를 했다. 모두 다 싱글벙글 웃었다. 우리는 아주 기분 좋게 집으로 돌아왔다. 나는 엄마에게 경찰서에서 있었던 일을 다 이야기해주었고, 엄마는 나에게 뽀뽀를 했다. 나는 우리 가족이 모두 엄청 정직해서 자랑스러웠다. 정직한 우리 아빠는 서장님 펜을 가져다주러 한 번 더 경찰서에 가야 했다.

약

일요일 밤에 나는 아주 많이 아팠다. 그래서 월요일 아침에 엄마는 학교에 전화를 걸어서 내가 결석할 거라고 알렸다.

하지만 나는 기분이 좋지 않았다. 왜냐하면 엄마가 의사 선생님한테도 전화를 걸어서 우리가 진료를 받으러 갈 거라고 했기 때문이다. 나는 병원에 가는 게 싫다. 정말이지, 의사 선생님들은 절대로 안 아프게 할 거라고 해놓고 폭! 하고 주사를 놓는다.

"울지 마, 이 바보 녀석! 의사 선생님이 안 아프게 해주실 거야!"

엄마가 말했다.

우리가 병원에 도착할 때까지도 나는 계속 울고 있었다. 우리는 대기실에서 기다렸다. 조금 있다가 흰 옷을 입은 아줌마가 우리보고 들어갈 차례라고 했다. 나는 들어가고 싶지 않았지만 엄마가 내

팔을 잡아당겼다.

"이 소란이 다 니콜라 때문이었구나?"

의사 선생님은 웃으면서 손을 씻고 이렇게 물었다.

"하지만 그러면 안 되지, 요 녀석아? 선생님 환자들을 다 쫓아내고 싶어? 자, 착하지. 선생님이 아프게 안 할게."

엄마는 지난밤에 내가 어땠는지 설명했다. 그러자 의사 선생님이 말했다.

"자, 그럼 좀 봅시다. 니콜라, 옷 좀 벗어볼래?"

나는 옷을 벗었다. 의사 선생님은 나를 안아서 하얀 시트가 덮인 긴 의자에 뉘었다.

"이런, 떨고 있구나! 넌 다 컸잖니, 니콜라! 그리고 선생님 잘 알

지? 선생님이 너를 잡아먹기라도 할까봐? 마음을 가라앉히렴!"

선생님은 내 몸 위에 수건 한 장을 덮어주고 청진기로 진찰을 했다. 그다음에는 나에게 혀를 내밀어보라고 했고, 내 몸 여기저기를 짚어보았다. 그러고 나서는 내 코끝을 살짝 쥐었다.

"자! 그리 걱정할 정도는 아니구나! 네가 더 이상 아야 하지 않게 우리 같이 애써보자. 그리고 선생님이 진찰할 때 정말로 안 아팠지? 아팠니?"

선생님이 말했다.

"아니요."

나는 이렇게 대답하면서 웃었다.

의사 선생님이 좋은 분인 건 맞다. 선생님은 나보고 다시 옷을 입으라고 하고는 책상에 가서 앉았다. 의사 선생님은 종이에 뭐라고 쓰면서 엄마에게 말했다.

"전혀 걱정하실 필요 없습니다. 니콜라에게 이 약을 먹이세요. 물 한 잔에 다섯 방울씩 타서 매끼 식사 전에 먹이시면 됩니다. 아침에도 먹이세요. 그리고 사나흘 뒤에 다시 오십시오."

의사 선생님은 나를 보고 웃으면서 말했다.

"그런 얼굴 하지 마라, 니콜라! 선생님이 무슨 몹쓸 약이라도 줄까봐서 그러니? 안 그런 거 너도 잘 알지? 이 약은 아주 먹기 좋아. 아무 맛도 안 난단다. 그래서 선생님은 선생님 친구들한테만 이 약을 주지."

의사 선생님은 장난으로 나를 살짝 한 대 때리면서 웃었다. 하지만 나는 웃지 않았다. 약이라면 아주 질색이기 때문이다. 약은 엄청 맛이 없다. 그리고 약을 안 먹겠다고 하면 집에서 한바탕 난리가 난다.

"선생님도 매일같이 아이들 상대하려면 힘드시겠어요!"

엄마가 말했다.

"아, 알아주셔서 감사합니다. 그렇죠."

의사 선생님은 우리를 문 앞까지 배웅하면서 말했다.

"그래도 의사 노릇 몇 년 하다보면 이런 꼬마 녀석들 속이 훤히 보이지요. 요 녀석, 다음에 또 울면 주사 놓는다!"

병원을 나오면서 나는 엄마에게 약은 절대로 먹지 않을 거라고, 차라리 아픈 게 더 낫다고 했다.

"니콜라, 잘 들어봐. 너도 이제 의젓하게 행동할 나이가 됐어. 우리는 약을 사러 갈 거고, 너는 용감하게 그 약을 먹을 거야. 우리 니콜라는 정말로 용감하잖아, 안 그래?"

"그래요. 맞아요."

"아무렴 그렇고말고. 아빠도 니콜라가 투정 부리지 않고 약을 먹는 걸 보면 아주 대견해하실 거야. 어쩌면 다음주 일요일에 우리를 극장에 데려가주실지도 모르지."

우리는 약국에 가서 약을 샀다. 예쁜 파란색 상자에 근사하게 생긴 작은 병이 담겨 있었다. 게다가 그 안에 뭐가 있었냐 하면, 스포이트까지 들어 있었다!

우리는 아빠보다 먼저 집에 도착했다. 조금 있으니까 아빠가 점심을 먹으러 집에 왔다.

"의사가 뭐래?"

아빠가 물었다.

"별거 아니래. 당신 그거 알아? 의사 선생님이 니콜라에게 약을 먹이라고 했어. 다 큰 어른들처럼 니콜라도 약을 먹는 거지."

엄마가 말했다.

아빠는 나를 바라보면서 턱을 만지작거렸다.

"약이라고? 음, 음, 음."

그러고는 아빠는 외투를 벗으러 갔다.

밥 먹을 때 엄마는 물을 한 잔 가져와서 거기에 스포이트로 약을 다섯 방울 떨어뜨렸다. 그다음에 작은 숟가락으로 잘 섞고 나에게 말했다.

"자, 니콜라, 한 번에 삼키자! 꿀꺽!"

나는 약을 탄 물을 마셨다. 아무 맛도 안 났다. 아빠 엄마는 나에게 뽀뽀를 했다.

오후에 나는 집에 계속 있었다. 그건 아주 좋았다. 나는 장난감 병정들을 가지고 놀았다. 엄마가 저녁을 차릴 때, 내 접시 옆에 약을 갖다놓았다.

"약 미리 먹어도 돼요?"

내가 물었다.

"다 같이 저녁 식사 할 때까지 기다리자."

엄마가 말했다.

잠시 후에 우리는 모두 식탁에 앉았다. 엄마는 내가 직접 스포이트로 약을 물에 탈 수 있게 해주었다. 아빠는 내가 자랑스럽다고, 다음주 일요일에는 모두 함께 극장에 가는 게 어떨까 생각 중이라고 했다.

아침에 일어나서, 나는 엄마에게 약 챙기는 걸 잊지 말라고 했다. 엄마는 웃으면서 절대 잊어버리지 않겠다고 했다. 나는 약병을 들고 물컵에 다섯 방울을 탔다. 그러고는 단번에 마셔버리고 약병을 책가방에 넣었다.

"어머, 너 뭐 하니, 니콜라?"

엄마가 물었다.

"약을 학교에 가져가려고요."

내가 대답했다.

"학교에? 너 정신 나갔니?"

엄마가 물었다.

나는 정신 나가지 않았다고, 하지만 나는 아프니까 학교에서도 아마 약이 필요할 것 같다고, 그리고 친구들에게 내 약을 보여주고 싶다고 했다. 하지만 엄마는 내 말을 들으려 하지 않았다. 엄마는 내 책가방에서 약을 도로 꺼냈다. 내가 울음을 터뜨리자, 엄마는 소란 피우지 말라고, 계속 이러면 다시는 약을 못 먹게 하겠다고 했다.

학교에 갔더니, 친구들이 왜 어제 결석했냐고 물었다.

"나 무지무지 아팠어. 병원에 갔는데 의사 선생님이 엄청 심각한 병이라고 약을 줬어."

"약 맛없지?"

뤼퓌스가 물었다.

"끔찍해! 하지만 나한테는 아무것도 아냐. 나는 엄청나게 용감하거든. 내가 먹는 약은 파란 상자에 들어 있는데, 다 큰 어른이 먹는 약이야."

그러자 조프루아가 코웃음을 쳤다.

"쳇! 나는 작년에 너보다 더 끔찍한 약을 먹었어. 비타민이라고."

"어, 그래? 그럼 내가 뭐 하나 물어봐도 될까? 네 약에도 스포이트가 들어 있었어?"

"그게 뭔데?"

"그건 말이지, 네가 먹은 약쯤은 나한테 우스운 수준이다, 이 얘기지! 내 약에는 스포이트가 들어 있거든!"

"니콜라 말이 맞아. 네 약쯤은 우리도 모두 우스워."

외드가 조프루아에게 말했다.

 외드와 조프루아가 서로 치고받고 싸우는 동안 알세스트는 나에
게, 전에 의사한테 받았다는 약 이야기를 했다. 의사 선생님이 알세
스트에게 식욕을 줄이는 약을 먹게 했는데, 알세스트의 엄마는 알
세스트가 밥을 먹으면서 그 약을 몰래 먹는 걸 보고 더 이상 약을

못 먹게 했단다.

　교실에서 담임 선생님은 나에게 몸이 괜찮아졌는지 물었다. 그래서 나는 끝내주는 약을 먹었다고 설명했다. 선생님은 아주 잘했다고 말했다. 그러고 나서 우리에게 받아쓰기를 시켰다.

목요일에 엄마와 나는 다시 병원에 갔다. 이번에는 하나도 무섭지 않았다.

"이렇게 다시 보니까 좋구나. 귀여운 녀석, 옷을 좀 벗어보겠니?"

의사 선생님이 말했다.

나는 옷을 벗었고, 선생님은 청진기를 대보고, 나에게 혀를 내밀어보라고 하고, 엄마에게 내가 계속 힘들어했는지 물어보았다. 그러고는 나에게 다시 옷을 입으라고 했다.

"자, 더 이상 치료가 필요 없게 돼서 기쁘구나."

의사 선생님은 웃으면서 내 턱을 한 대 치는 시늉을 해 보였다.

"우리 꼬마 환자한테 좋은 소식인걸. 너는 이제 다 나았어. 더 이상 약을 안 먹어도 된다!"

나는 그 말을 듣고 울기 시작했다. 오늘 의사 선생님은 우리를 문 앞까지 바래다주지 않았다.

의사 선생님은 아무 말 없이 책상에 앉아 있었다.

미아보호소

"니콜라 옷을 꼭 사러 나가야 해. 옷에 묻은 얼룩을 빼려고 해봤는데 도저히 안 되겠어!"

식탁에 모두 앉았을 때 엄마가 말했다.

아빠는 눈이 휘둥그레져서 나를 쳐다보더니 이렇게 말했다.

"얘는 입히는 데만도 한 재산 드는군! 옷을 사주는 족족 못 입게 만들잖아. 쇠로 된 갑옷을 입히든가 해야지, 원."

나는 그것 참 좋은 생각이라고, 양복보다는 갑옷이 더 좋다고 했다. 감청색 정장을 입고 있으면 우스꽝스러운 광대처럼 보이기 때문이다. 하지만 엄마는 내가 갑옷을 입는 일은 없을 거라고, 새로 감청색 정장을 사야 하니까 곧바로 백화점에 가야 한다고, 얼른 사과나 먹으라고 소리를 질렀다.

우리는 백화점에 들어섰다. 백화점은 엄청 크고 불빛도 휘황찬란하고, 사람도 물건도 아주 많았다. 그리고 에스컬레이터도 있었다. 에스컬레이터는 정말 근사하다. 엘리베이터보다는 에스컬레이터가 훨씬 더 재미있다.

어떤 아저씨가 우리 엄마에게 아동복은 6층에 있다고 알려주었다. 그래서 우리는 에스컬레이터를 탔다. 엄마는 내 팔을 꽉 붙잡고 말했다.

"니콜라, 바보 같은 짓 하면 안 된다! 알았지?"

우리는 6층에서 또 어떤 아저씨를 만났다. 그 아저씨는 아주 멋진 옷을 차려입고 계속 웃고 있었다. 이가 희한할 정도로 새하얀 그 아저씨가 엄마에게 다가왔다.

"손님, 뭘 도와드릴까요?"

아저씨 말에 엄마는 내가 입을 정장 한 벌을 살 거라고 말했다.

"우리 꼬마 손님, 어떤 옷이 마음에 들려나?"

아저씨가 여전히 함박웃음을 지어 보이며 나에게 물었다.

"저는요, 카우보이 옷이 갖고 싶어요."

내가 대답했다.

"그런 옷은 4층 장난감 코너에 가야 있단다."

아저씨는 미소 띤 얼굴로 알려주었다. 그래서 나는 엄마에게 나를 따라오라고 말하고는 아래층으로 내려가는 에스컬레이터를 탔다.

"니콜라, 당장 올라오지 못해!"

엄마가 소리를 질렀다. 엄마가 기분이 너무 안 좋아 보여서 나는 내려가는 에스컬레이터에서 위로 다시 올라오려고 했다. 하지만 그

건 너무 힘들었다. 게다가 내려가는 에스컬레이터에서 거꾸로 올라가는 건 내려가는 다른 손님들에게 피해를 주는 일이다. 사람들은 "쟤 저러다가 다치겠네." 하기도 하고, "에스컬레이터에서 장난치면 안 된다." 하기도 하고, "애들을 간수할 줄 모르는 부모들이 꼭 있다니까!" 하기도 했다. 결국 나는 다른 사람들과 함께 아래층으로 내려가는 수밖에 없었다.

5층에서 나는 엄마한테 가려고 다시 올라가는 에스컬레이터를 탔다. 하지만 6층에 올라가보니 엄마는 없고 어떤 아저씨만 있었다.

"이런, 말썽쟁이 녀석! 네 엄마는 너 찾으러 내려갔다!"

그제야 나는 그 아저씨를 알아볼 수 있었다. 아까 계속 웃으면서 말하던 그 아저씨였다. 아저씨는 더 이상 웃고 있지 않았다. 솔직히 그 아저씨는 이를 내보이지 않는 게 더 나았다. 하지만 나는 그런 말은 하지 않았다. 왜냐하면 엄마를 찾으러 다시 5층으로 서둘러 내려가야 했기 때문이다.

5층은 굉장했다. 엄마는 보이지 않았지만, 스포츠 용품을 파는 코너가 보였다. 없는 게 없었다! 스키, 스케이트, 축구공, 권투 글러브. 나는 어울리는지 보려고 권투 글러브를 껴보았다. 물론 나한테는 너무 컸지만 그래도 글러브를 끼고 있으니까 엄청 근사했다. 내 친구 외드도 권투 글러브를 무지 좋아할 거다. 외드는 종종 어떤 애들은 코가 너무 딱딱해서 자기 주먹이 아프다고 투덜거리기 때문이다.

내가 진열창 안을 들여다보는데, 어떤 아저씨가 웃는 얼굴로 다가왔다. 아저씨는 나한테 뭘 하고 있는지 물었다. 나는 엄마를 찾는

중이라고, 에스컬레이터에서 엄마를 잃어버렸다고 했다. 그러자 아저씨 얼굴에서 웃음기가 싹 가셨다. 이 아저씨도 안 웃는 게 더 나았다. 이가 너무 들쭉날쭉해서 입술로 덮어놓는 게 더 나았던 거다. 아저씨는 내 팔을 잡고 말했다.

"가자."

아저씨는 내 한쪽 손에 낀 권투 글러브를 잡아끌었다. 하지만 아저씨는 몇 발짝 걷다 말고 멈춰 섰다. 아저씨 손에는 권투 글러브 한 짝만 들려 있었다. 다시 나에게 온 아저씨는 그 글러브가 어디서 났냐고 물었다. 나는 판매대에서 찾았다고, 하지만 글러브가 좀 큰 것 같다고, 내 친구 외드한테도 안 맞을 것 같다고 했다. 아저씨는 권투 글러브를 들고 나를 끌고 갔다. 이번에는 엘리베이터를 탔다.

우리는 장난감 코너에 도착했다. 그런데 그 앞 사무실 같은 곳에 '미아보호소'라고 씌어진 팻말이 붙어 있었다. 사무실 안에는 영화에 나오는 간호사같이 옷을 입은 아줌마 한 명과 남자아이 한 명이 있었다. 남자아이는 한 손에는 빨간 풍선을, 다른 한 손에는 아이스크림을 들고 있었다. 나를 데려간 아저씨가 아줌마에게 말했다.

"여기 한 명 더 있습니다! 얘네 엄마가 곧 찾으러 올 겁니다. 어떻게 애를 잃어버리고 다니는지 이해가 안 된다니까요! 물론 애들 보는 게 쉬운 일은 아니지만 말이에요!"

아저씨가 아줌마에게 말하는 사이, 나는 가까이 있는 장난감 코너를 구경하러 갔다. 끝내주게 멋진 카우보이 옷 세트가 있었다. 권총 두 개와 보이스카우트 모자도 딸려 있었다. 아빠한테 크리스마스 선물로 그걸 사달래야겠다. 오늘 엄마를 졸라봤자 소용없을 게 뻔하니까 말이다.

내가 판매대 사이에서 장난감 자동차를 가지고 놀고 있는데, 아까 그 아저씨가 왔다.

"아, 너 여기 있었구나! 이 말썽꾸러기!"

아저씨가 소리를 질렀다. 아저씨는 신경이 무척 곤두선 것 같았다. 나는 다시 아저씨 손에 이끌려 보호소 아줌마한테 갔다.

"찾았습니다. 이 아이 좀 잘 지켜봐 주세요!"

아저씨는 이렇게 말하고는 급히 나갔다. 나가면서도 내가 잘 있는지 자꾸 돌아보았다. 그러다가 아저씨는 판매대 사이에 그대로 놓아둔 장난감 자동차에 발이 걸려서 넘어지고 말았다.

아줌마는 아주 친절해 보였다. 아줌마는 딸기아이스크림을 핥아 먹고 있는 남자아이 옆에 나를 앉혔다.

"겁낼 것 없단다. 네 엄마가 곧 너를 찾으러 오실 거야."

그러고 나서 아줌마는 조금 떨어진 곳으로 갔다. 남자아이가 나를 보더니 물었다.

"너 여기 처음 왔니?"

나는 처음엔 그 애가 무슨 말을 하는지 알아듣지 못했다. 왜냐하면 그 애는 말을 하면서도 계속 아이스크림을 핥아 먹고 있었기 때문이다.

"나는 이 백화점에서 엄마를 잃어버린 게 벌써 세 번째야. 여기 사람들은 아주 친절해. 네가 조금만 울면 풍선하고 아이스크림을 줄 거야."

그 애가 설명해주었다.

바로 그때 아줌마가 돌아와서 나에게 빨간 풍선과 나무딸기아이 스크림을 주었다.

"난 안 울었는데."

내가 말했다. 그러자 그 아이가 대꾸했다.

"다음번을 위해서 알아두라고."

내가 아이스크림을 핥아 먹기 시작하는데, 멀리서 엄마가 달려오는 게 보였다. 엄마는 나를 보자마자 소리를 질렀다.

"니콜라! 우리 아기! 우리 강아지! 우리 귀여운 아들!"

엄마가 나를 한 대 찰싹 때리는 바람에, 나는 손에 들고 있던 풍선을 놓쳤다. 그러고 나서 엄마는 나를 안고 뽀뽀를 했다. 그래서 엄마한테 아이스크림이 잔뜩 묻었다. 엄마는 나보고 못된 말썽꾸러기라고, 나 때문에 엄마가 죽을 뻔했다고 했다. 그래서 나는 울기 시작했다. 아줌마가 나에게 풍선과 바닐라아이스크림을 또 가져다주었다. 옆에 있던 아이도 그걸 보고 울기 시작했다. 하지만 아줌마는 그 아이에게 벌써 세 번이나 아이스크림을 먹지 않았느냐고, 더먹으면 탈이 나고 말 거라고 했다. 그랬더니 그 아이는 울음을 뚝그치고 말했다.

"알았어요. 그럼 다음번에요."

엄마와 나는 보호소에서 나왔다. 엄마는 왜 엄마 곁에 꼭 붙어 있지 않고 그렇게 사라졌는지 물었다. 나는 카우보이 옷이 보고 싶어서 그랬다고 했다.

"그것 때문에 엄마를 그렇게 겁나게 했단 말이야? 카우보이 옷이 그렇게 갖고 싶니?"

엄마가 물었다. 나는 그렇다고 했다. 그러자 엄마가 말했다.

"가자, 니콜라. 그 카우보이 옷 엄마가 당장 사줄게!"

나는 엄마 품에 뛰어들어 뽀뽀를 했다. 엄마 옷이 아이스크림 범벅이 되어버렸다. 우리 엄마는 정말 멋지다. 옷이 아이스크림 범벅이 되더라도 말이다.

저녁에 아빠는 기분이 별로 좋지 않았다. 아빠는 왜 엄마가 감청색 정장을 사준다고 나가서 카우보이 옷 세트와 빨간 풍선을 사 왔는지 이해하지 못했다. 아빠는 다음번에는 아빠가 직접 나를 백화점에 데리고 가서 옷을 사주겠다고 했다.

그건 참 좋은 생각인 것 같다. 아빠와 같이 백화점에 가면 틀림없이 외드에게 줄 수 있는 권투 글러브를 사 올 수 있을 테니까 말이다.

돌아온 꼬마 니콜라와 완벽한 아빠

아빠 회사에 갔어요

목요일에 나는 엄마와 함께 쇼핑을 하러 갔다. 엄마는 나에게 멋진 노란색 구두를 사주었다. 유감스럽지만 그 구두는 신지 못할 거다. 신어봤을 때 발이 아팠는데, 엄마를 귀찮게 하기도 싫고 착하게 굴어야 할 것 같아서 아프다는 말을 하지 않았던 거다. 가게에서 나오는 길에 엄마는 나에게 커다란 건물을 가리키면서 말했다.

"여기에 아빠 사무실이 있단다. 우리, 아빠한테 잠깐 들러볼까?"

나는 정말 좋은 생각이라고 말했다.

엄마가 사무실 문을 열려고 하는데, 안에서 꽤 시끄러운 소리가 났다. 문을 열고 들어가니, 엄청 많은 아저씨들이 아주 바쁘게 일하고 있는 것처럼 보였다. 서류 더미에 고개를 박고 있던 아빠는 우리를 보더니 무척 놀란 표정을지었다.

"어? 여긴 웬일이야? 우린 또 사장님인 줄 알았잖아."

다른 아저씨들도 우리를 보고 나서는 아까보다 훨씬 느긋해진 것 같았다.

"여보게들, 내 아내와 아들을 소개할게. 얘는 니콜라야."

아저씨들은 자리에서 일어나 우리에게 와서 인사를 했다. 아빠는 아저씨들을 엄마에게 소개해주었다.

"여기 이 뚱뚱한 친구는 바를리에라고 해. 엄청난 대식가지."

바를리에 아저씨는 그 말을 듣고 웃었다. 그 아저씨는 내 친구 알세스트랑 비슷했다. 넥타이를 매고 있다는 것만 빼고 말이다. 아빠는 계속 동료들을 소개했다.

"이 친구는 뒤파르크라고 해. 종이비행기 만드는 데 선수지. 안경을 쓴 친구는 봉그랭이야. 일솜씨는 별로지만 꾀병 부리는 데는 따를 자가 없지. 그리고 저기 몸집이 작은 친구 이름은 파트무유. 저 친구는 눈을 뜨고 자는 재주가 있지. 그다음에 저기는 브뤼모슈, 트랑페, 마지막으로 저쪽에 앞니가 큰 친구는 말뱅이야."

엄마가 물었다.

"저희가 일을 방해한 건 아닌지 모르겠어요."

"천만에요, 전혀 아닙니다. 게다가 지금 무슈봄 사장님은 잠시 외출하셨는걸요."

봉그랭 아저씨가 대답했다.

"그래, 네 아빠가 입이 닳도록 얘기하던 니콜라가 너냐?"

말뱅 아저씨가 물었다.

나는 내가 바로 니콜라라고 했다. 그러자 아저씨들은 내 머리를 쓰다듬고 내가 학교에서 공부는 잘하는지, 얌전한 아이인지, 집에서 설거지는 아빠가 하는지를 물어보았다. 나는 말썽을 일으키고 싶지 않아서 전부 다 맞다고 했다. 그랬더니 모두 웃기 시작했다. 아빠가 말했다.

"꾀바른 녀석. 그냥 사실대로 말해도 된다, 니콜라."

그래서 나는 다시 학교에서 공부를 늘 잘하는 건 아니라고 말했다. 그러자 모두 아까보다 더 크게 웃었다. 꼭 쉬는 시간 같았다. 그래서 참 좋았다.

"자, 니콜라, 보다시피 여기가 아빠가 일하는 곳이란다."

아빠가 말했다. 그러자 트랑페 아저씨가 끼어들었다.

"집에서 설거지하다 틈틈이 나와 일하는 수준이지."

아빠는 아저씨 팔을 주먹으로 한 대 쳤고, 아저씨도 질세라 아빠의 머리를 한 대 쳤다.

나는 책상 위에 놓인 타자기를 쳐다보았다. 파트무유 아저씨가 나에게 다가와서 타자 치는 걸 한번 배워보겠느냐고 했다. 나는 그러고 싶다고, 하지만 아저씨 일하는 걸 방해하고 싶지는 않다고 했다. 그러자 파트무유 아저씨는 내가 아주 착하고 귀여운 꼬마라면서, 일하는 중이기는 하지만 그 정도는 괜찮다고 했다. 아저씨는 타자기에서 종이 한 장을 빼냈다. 그 종이에는 '가나가나가나가나구누구누구누구누구누' 같은 이상한 글자들만 잔뜩 찍혀 있었다. 아저씨는 타자 치는 방법을 가르쳐주었고, 나도 한번 해보았다. 하지만 내가 자판을 충분히 세게 누르지 않아서 글씨가 안 찍혔다. 파트무유 아저씨는 나에게 겁내지 말고 자판을 세게 치라고 했다. 그래서 내

가 타자기를 주먹으로 쳤더니 이상한 소리가 났다. 파트무유 아저씨는 좀 당황한 것 같았다. 이번에는 아저씨가 타자를 쳐보더니 뭔가 부러진 것 같다면서 손을 보기 시작했다.

나는 파트무유 아저씨가 타자기 고치는 걸 구경했다. 아저씨한테 뒤엉켜 있는 빨간 리본과 까만 리본이 참 예뻤다. 그때 종이비행기 하나가 내 눈앞으로 지나갔다. 뒤파르크 아저씨가 날려 보낸 종이비행기였다. 날개에는 진짜 비행기처럼 파란색, 하얀색, 빨간색이 칠해져 있었다.

"내 비행기가 마음에 드니?"

아저씨가 물었다. 내가 그렇다고 하자, 아저씨가 만드는 법을 가르쳐주겠다고 했다. 뒤파르크 아저씨는 책상에서 '무슈붐 기업'이라고 씌어 있는 종이 한 장을 꺼냈다. 아저씨는 재빨리 가위질을 하고 풀칠을 하고 크레용으로 색을 칠해서 비행기를 또 하나 만들었다. 아저씨는 정말 좋겠다. 집에 비행기를 엄청 쌓아놓았을 테니 말이다.

"이제 네가 해보렴. 종이는 아저씨 책상에 있단다."

뒤파르크 아저씨가 말했다.

나는 비행기를 만들기 시작했다. 다른 아저씨들은 타자기를 고치느라 정신이 없는 파트무유 아저씨 주변에 모여 있었다. 파트무유 아저씨는 꼭 물이 빠지는 내 파란 잠옷처럼 색이 묻어나는 리본 때문에 얼굴과 손이 온통 빨간색, 까만색 얼룩투성이였다. 아빠와 다른 아저씨들은 장난으로 파트무유 아저씨에게 이렇게 해봐라, 저렇게 해봐라 충고를 했다. 그 무리에 끼지 않은 사람은 바를리에 아저씨뿐이었다. 바를리에 아저씨는 자기 자리에 앉아서 발을 책상에 올려놓은 채 신문을 읽으면서 사과를 먹고 있었다.

조금 있으니까 큰 기침 소리가 났다. 그러자 모두 뒤를 돌아보았다. 사무실 문이 열려 있었고, 어떤 아저씨가 못마땅한 표정으로 서 있었다.

아빠의 동료들은 웃음을 멈추고 모두 제자리로 돌아갔다. 바를리에 아저씨는 책상에서 발을 내려놓고 신문과 먹다 남은 사과를 서랍 안에 쑤셔 넣더니 뭔가를 쓰기 시작했다. 아저씨는 엄청 뚱뚱한데도 동작은 끝내주게 빨랐다. 파트무유 아저씨는 타자기를 두드렸다. 하지만 아저씨는 일을 제대로 할 수 없었다. 아저씨 손에 리본이 둘둘 감겨 있었기 때문이다. 엄마가 실꾸리를 감을 때 아빠가 뜨개실을 손에 감고 있던 모습과 비슷했다.

아빠는 그 아저씨에게 다가가서 말했다.

"사장님, 제 아내와 아들이 지나가는 길에 저를 깜짝 놀래주려고 잠깐 들렀답니다."

아빠는 나와 엄마 쪽으로 몸을 돌리고 말했다.

"여보, 니콜라, 무슈봄 사장님이셔."

무슈봄 아저씨는 입술로만 살짝 웃으면서 엄마와 악수를 하고, 만나서 반갑다고 했다. 아저씨는 내 머리를 쓰다듬으면서 학교에서 공부는 잘하는지, 부모님 말씀은 잘 듣는지 물었다. 설거지 이야기는 묻지 않았다. 그러고 나서 아저씨의 눈길이 내 손에 들려 있던 종이비행기로 향했다. 아저씨는 아주 예쁜 종이비행기라고, 정말로 잘 만들었다고 했다. 그건 내가 만든 것들 중에서 처음으로 성공한 비행기였다. 나머지는 다 실패해서 바닥에 버렸다.

"아저씨가 갖고 싶다면 드릴게요."

내 말에 아저씨는 이번에는 진짜로 재미있어하면서 웃었다. 아저씨는 비행기를 받아 들고 이리저리 살펴보다가 웃음을 멈추었다. 아저씨 눈이 우리 엄마가 소풍 갈 때 싸주는 삶은 달걀만큼이나 커졌다.

"아니, 이건 트리팬 계약서잖아!"

아저씨가 외쳤다.

"트리팬이 내일 아침에 계약서에 사인하러 오기로 했는데!"

나는 울기 시작했다. 나는 뒤파르크 아저씨의 책상에서 그 종이를 찾았다고, 하얀 새 종이를 망치기 싫어서 재활용을 한 거라고 말했다. 무슈붐 아저씨는 참 친절했다. 아저씨는 나에게 괜찮다고, 뒤파르크 아저씨와 아저씨의 동료들이 오늘 야근을 해서라도 기꺼이 계약서를 새로 작성할 거라고 했다.

엄마와 내가 사무실을 나올 때, 아빠와 아빠의 동료들은 모두 조용히 일에 열중하고 있었다. 무슈붐 아저씨는 뒷짐을 지고 책상 사이를 돌아다녔다. 아저씨의 모습은 수학 시험을 볼 때 우리를 감독하는 부이옹 선생님과 비슷했다. 나도 빨리 어른이 되어서 학교에 안 가고 아빠처럼 사무실에서 일할 수 있었으면 좋겠다!

우리 아빠가 더 세!

점심때 아빠가 식사를 하러 집에 와서 이렇게 말했다.

"니콜라, 오늘 네 친구의 아빠를 만났단다. 그 사람 아들 이름이 외드라지, 아마?"

"외드요? 우리 반인데 아주 좋은 친구예요. 아빠도 본 적 있어요. 우리 집에 왔었잖아요."

"그래, 꼬마 주먹대장. 맞지? 그 애 아빠가 우리 사무실에 들어온 순간 어디서 본 얼굴이라고 생각했지. 곧바로 작년에 네 학교에서 시상식을 할 때 만났던 일이 생각나더구나. 그때는 서로 얘기할 기회가 없었지만."

"그런데 그 사람이 당신 사무실에는 어쩐 일로 왔대?"

엄마가 물었다.

"아 그게, 고객으로 찾아온 거였어. 아주 괜찮은 사람이더라고. 일에서는 꽤 깐깐하지만 말이야. 그래도 우리 둘이 서로 아는 사이라는 걸 알고 나니까 한결 부드러워지던데? 내일 아침에 당장 계약서에 사인하러 오기로 했어. 무슈 봄 사장이 아주 좋아했지. 어쨌든 이게 다 우리 니콜라 덕분이야."

아빠가 말했다.

우리는 함께 웃었다. 아빠가 나에게 말했다.

"외드한테 아빠가 참 좋은 분이라고 말해주렴. 우리 아빠가 그러더라고."

점심을 먹고 나서 나는 학교로 뛰어갔다. 외드에게 우리의 아빠들끼리 친구가 되었다는 걸 어서 말해주고 싶었다.

내가 학교에 도착했을 때, 외드는 운동장에서 조아생과 구슬치기를 하고 있었다.

"외드, 있잖아. 우리 아빠가 너네 아빠를 만났는데, 둘이서 같이 엄청 많은 일을 할 거래."

내가 외쳤다.

"진짜야?"

외드가 매점에서 산 과자를 먹으면서 말했다. 외드는 점심을 먹으러 집에 가지 않기 때문에 아직 아빠에게 아무 말도 못 들었던 거다.

"응. 우리 아빠가 그러는데, 너네 아빠 엄청 좋은 분이래."

"우리 아빠가 엄청 좋은 건 사실이야. 내가 성적표를 내놓을 때마다 야단을 치기는 하지만 말이야. 그럴 때 아빠는 아빠가 어렸을 때 수학에서 일등을 했던 성적표를 나한테 보여줘. 그런데 말이지, 너네 아빠랑 우리 아빠랑 친구가 됐다니 엄청 잘됐다!"

"그렇지? 맞아! 아마 아빠들이 우리를 같이 극장에 데려가고 그 다음에는 식당에 가서 맛있는 걸 사줄지도 몰라! 아, 그리고 우리 아빠는 너네 아빠가 일에는 꽤 깐깐한 사람이라고 했어."

"그게 무슨 뜻이야?"

외드가 물었다.

"글쎄, 나도 몰라. 나는 네가 알 줄 알았지. 너네 아빠니까."

그때 조프루아가 와서 한마디 했다.

"그건 내가 알아. 깐깐하다는 건 말이지, 속이려고 해도 넘어가지 않는다는 뜻이야. 우리 아빠가 그렇게 설명해줬어. 우리 아빠는 절대로 누구한테도 속아 넘어가지 않아."

외드가 그 말을 듣고 외쳤다.

"아! 그래, 맞아. 우리 아빠도 절대 누구에게도 안 속아! 니콜라, 너네 아빠한테 가서 말해! 우리 아빠를 속이고 싶겠지만 우리 아빠는 절대 안 걸려들 거라고!"

"우리 아빠는 너네 아빠를 속이고 싶어하지 않아!"

내가 소리쳤다.

"그래?"

외드가 말했다.

"그렇고말고! 그리고 우리 아빠가 너네 아빠를 찾아간 게 아니야! 너네 아빠가 혼자서 찾아온 거지! 아무도 너네 아빠를 부르지 않았어! 너네 아빠는 필요 없어! 정말이지, 진짜라고!"

내가 외쳤다.

"아! 우리 아빠가 필요 없다고? 그래? 너네 아빠는 우리 아빠를 만나게 돼서 엄청 좋았을걸? 흥!"

"웃기지 마. 우리 아빠는 너무 바빠서 별 볼 일 없는 사람들이 찾아와서 방해하는 걸 아주 싫어해!"

그러자 외드가 달려들어 내 얼굴에 주먹을 날렸다. 나는 외드에게 발길질을 했다. 우리가 그렇게 치고받고 싸우는데 부이옹 선생님이 왔다. 부이옹 선생님은 아이들이 운동장에서 싸우는 걸 싫어한다. 부이옹 선생님은 우리를 떼어놓고 두 손으로 우리 팔을 하나씩 잡고 말했다.

"너희 둘 다 내 눈을 잘 들여다봐! 이번에는 가만두지 않겠다고 했지? 이 말썽쟁이들! 내가 너희한테 친구끼리 싸우면 어떻게 되는지 똑똑히 가르쳐주지! 자! 둘 다 교장실로 걸어가! 교장 선생님께서 너희 행동에 대해 어떻게 생각하시는지 말씀해주실 거다!"

우리는 무척 당황했다. 교장실에 가면 꼭 말썽이 생기기 때문이다. 교장 선생님은 끔찍한 벌을 준다. 어떤 때는 학교 정문 앞에 서 있는 벌을 주기도 했다. 알세스트는 그 벌을 두 번이나 받았지만 다행히도 별문제 없이 잘 넘어갔다. 부이옹 선생님이 교장실 문을 두드리고 우리를 안으로 밀어 넣었다. 나는 목구멍에 커다란 덩어리가 걸린 기분이었다. 외드도 아주 난처해하는 것 같았다.

"아, 뒤봉 선생님?"

책상 뒤에 앉아 있던 교장 선생님이 말했다. 책상에는 커다란 잉크병과 종이, 그리고 학생에게서 압수한 축구공이 놓여 있었다.

뒤봉(부이옹 선생님의 원래 이름이다.) 선생님은 우리를 교장 선생님 앞으로 데려가더니 이렇게 말했다.

"교장 선생님, 이 두 학생이 운동장에서 싸움을 했습니다. 이 애들이 너무 자주 싸워대서, 교장 선생님께서 훈계를 좀 해주시는 게 좋겠다는 생각이 들어서요."

"아주 잘하셨습니다, 뒤봉 선생님. 자, 이 장난꾸러기들. 학교에 권투하러 오냐? 그렇게 야만인처럼 행동할 거야? 불쌍한 녀석들, 너희가 잘못된 길로 들어서고 있다는 걸 몰라? 그건 타락과 감옥으로 향하는 길이라는 걸 왜 모르냐? 그래, 너희가 감옥에 끌려갈 때 부모님이 뭐라고 하시겠니? 가엾은 너희 부모님은 너희를 위해 희생하시고 정직과 지혜의 모범을 보여주시는데…… 자, 도대체 왜 싸운 거냐? 이유가 뭐야? 말해봐, 선생님이 묻잖아!"

외드와 나는 엉엉 울기 시작했다.

"아! 그만! 울지 마라! 나는 이런 식으로 나오는 걸 아주 싫어한다. 니콜라, 대답해봐!"

교장 선생님이 말했다.

"얘가요, 우리 아빠가 자기네 아빠를 속이고 싶어한댔어요! 그건 사실이 아니에요!"

내가 말했다.

"아냐, 사실이잖아! 얘네 아빠가 우리 아빠를 별 볼 일 없는 사람이라고 했대요! 그리고 우리 아빠가 얘네 아빠보다 더 세다고요. 그러니까 그 말을 당장 취소하지 않으면 우리 아빠한테 말해서 얘네 아빠 회사 밖에서 기다리고 있다가 코피를 터뜨리라고 할 거예요!"

"너네 아빠보고 한번 해보라고 해! 그리고 우리 아빠가 너네 아빠보다 더 세! 엄청 더 세! 우리 아빠가 너네 아빠를 속인다면 그거 참 쌤통이겠다!"

우리는 또다시 울음을 터뜨렸다. 교장 선생님은 책상을 주먹으로 쾅 쳤다. 책상에 놓여 있던 축구공이 바닥에 떨어졌다.

"조용, 조용! 내가 조용히 하라고 했지! 요 녀석들이 나를 아주 애먹이는구나. 너희는 아무 이유도 없는 어리석은 싸움에 너희 부모님 이름을 들먹였어. 너희 부모님은 분명히 존경받는 분들이지. 그럴 만한 분들이라는 건 나도 안다. 너희가 이 일을 부모님께 말씀드리면 아마 제일 먼저 웃으실 게다. 다만 말을 하기 전에는 먼저 생각을 해봤어야 하는 거야. 알았니? 나는 너희에게 벌을 주지 않겠다. 너희가 충분히 알아들었을 거라고 생각하니까. 그리고 절대로 부이…… 아니, 뒤봉 선생님도 너희를 벌주시지 않을 거다. 자, 이제 서로 악수하고 이 일은 그만 잊어버려라."

외드와 나는 학교 정문 앞에 서 있는 벌을 받지 않아서 기분이 엄청 좋았다. 그래서 둘이 악수를 했다. 교장 선생님은 활짝 웃었다. 우리는 코를 풀고 교장실에서 나왔다. 종이 울리기 전까지 구슬치기 한 판쯤은 할 시간이 남아 있었다.

다음 날 점심때 아빠가 물었다.

"그런데 말이다, 니콜라. 네 친구 외드는 어떤 녀석이냐?"

"음, 아주 괜찮은 친구예요."

"그래? 그런데 걔 아빠는 참 희한한 사람이더구나. 오늘 아침에 사무실에 전화를 해서는, 자기는 그냥 별 볼 일 없는 사람이라고,

우리 계약은 그냥 없었던 걸로 하자고 하지 뭐냐. 다른 데 가서 일
을 해결하겠다나? 그러고는 전화를 끊어버리더라."

앙셀므와 오딜

오늘 아빠 엄마와 나는 파트무유 아저씨네 집에 차를 마시러 가기로 했다. 파트무유 아저씨는 아빠와 같은 사무실에서 일하는 동료다.

"너도 아주 재미있을 거다. 파트무유 아저씨는 애가 둘인데, 하나는 남자애고 하나는 여자애야. 참 귀여운 아이들 같더라. 아빠는 네가 가정교육을 잘 받은 아이답게 굴 거라고 믿는다."

나는 알았다고 했다.

파트무유 아저씨와 아줌마는 문을 열고 우리를 맞았다. 아저씨와 아줌마는 우리를 만나서 엄청 반가운 것 같았다.

"앙셀므! 오딜! 어서 나와보렴. 귀여운 친구 니콜라가 왔다!"

파트무유 아줌마가 외쳤다. 그러자 앙셀므와 오딜이 나왔다. 앙셀므는 나보다 조금 큰 것 같았고, 오딜은 나보다 어렸다. 우리는 서로 "안녕?" 하고 인사를 했다. 아줌마가 우리 엄마한테 물었다.

"니콜라는 학교에서 공부를 아주 잘할 것 같은데요. 안 그래요, 부인?"

"아휴, 말도 마세요. 얘 때문에 눈만 뜨면 걱정이에요. 얼마나 산만한지!"

엄마가 말했다.

"어머, 어머! 저희 아들도 그래요! 게다가 딸아이는 감기를 아주 달고 산다니까요. 애들 때문에 걱정이 말이 아니에요!"

아줌마가 맞장구를 쳤다.

"앙셀므, 오딜! 친구랑 방에 가서 간식 먹어라. 말썽 피우지 말고!"

아저씨는 어른들끼리 조용히 이야기할 수 있도록 아이들 간식은 아이들 방에 미리 준비해놓았다고 엄마에게 말했다. 그리고 나서 아저씨는 아빠의 팔을 붙잡고 무슈붐 아저씨에 대한 이야기를 늘어놓기 시작했다. 무슈붐 아저씨는 아빠와 파트무유 아저씨가 다니는 회사의 사장님이다. 엄마는 파트무유 아줌마한테 내가 쳤던 장난을 이야기하면서 웃었다. 나는 놀랐다. 왜냐하면 정작 내가 그 장난을 쳤을 때는 엄마가 전혀 웃지 않았기 때문이다.

"갈까?"

앙셀므가 나에게 말했다.

나는 그 애를 따라서 방으로 갔다. 방에 도착했을 때, 앙셀므가 갑자기 오딜을 돌아보더니 말했다.

"누가 너보고 따라오랬어?"

"왜 나는 따라가면 안 돼? 여기는 내 방이기도 해. 그리고 나도 간식을 먹을 권리가 있어! 그런데 왜 따라가면 안 된다는 거야? 응?"

오딜이 말했다.

"너는 딸기코라서 안 돼. 그게 이유야!"

앙셀므가 대꾸했다. 그러자 오딜이 마구 소리를 질렀다.

"거짓말! 거짓말! 나 딸기코 아니야. 엄마한테 다 이를 거야!"

조금 있으니까 파트무유 아줌마가 엄마와 함께 왔다.

"아니, 너희 아직도 간식 안 먹었니? 핫초코 다 식잖아."

아줌마가 말했다.

"엄마, 오빠가 나보고 딸기코래요!"

오딜이 소리쳤다. 아줌마와 엄마는 웃었다.

"이 애들은 항상 티격태격한답니다."

아줌마는 웃음을 멈추고 앙셀므와 오딜에게 눈을 부릅뜨며 말했다.

"어서 간식 먹어! 그리고 엄마한테 아무 소리 안 들리게 조용히 놀아!"

그러고 나서 아줌마랑 엄마는 방에서 나갔다.

우리 셋은 상에 둘러앉아서 핫초코와 케이크를 먹었다. 생강빵이랑 잼도 있었다. 참 맛있었다. 앙셀므가 오딜에게 말했다.

"고자질쟁이!"

그러자 오딜이 말했다.

"내가 왜 고자질쟁이야! 한 번만 더 나보고 고자질쟁이라고 하면 엄마한테 이를 거야!"

"그럼, 오늘 밤에 겁줘서 잠 못 자게 할 거다!"

"흥! 해보시지롱, 해보시지롱."

오딜은 노래 부르듯 대꾸했다.

앙셀므가 말했다.

"아, 그래? 그럼 괴물 놀이를 해야지! 우우우우! 나는 괴물이다!"

"웩! 괴물은 하나도 안 무서워!"

"그럼 귀신 놀이를 해야지, 이히히히! 나는 귀신이다!"

그러자 오딜은 입을 딱 벌리더니 울면서 마구마구 소리를 지르기 시작했다.

"으아아앙! 싫어! 귀신 놀이 하지 마!"

파트무유 아줌마가 또 달려왔다. 아줌마는 기분이 아주 안 좋은 것 같았다.

"한 번만 더 시끄러운 소리 들리면 그땐 둘 다 혼날 줄 알아. 니콜라가 어떻게 생각하겠니? 창피하지도 않아? 니콜라 좀 봐라! 얼마나 점잖니?"

아줌마는 이렇게 말하고 다시 방에서 나갔다.

간식을 다 먹고 나서 앙셀므가 나에게 물었다.

"우리 뭐 하고 놀까?"

그러자 오딜이 물었다.

"전기 기차 가지고 놀까?"

"너한테 안 물어봤어. 넌 오빠들 노는 데 끼지 말고 인형이나 갖고 놀아!"

앙셀므가 말했다.

"나도 기차 주인이야! 아빠가 우리 둘한테 사 준 거야! 그러니까 나도 오빠처럼 기차 갖고 놀아도 돼!"

오딜이 소리지르자 앙셀므는 킬킬대고 웃기 시작했다. 앙셀므는 오딜을 손가락으로 가리키면서 나를 쳐다보고 말했다.

"너 얘가 하는 말 들었냐?"

"내 말이 맞아! 기차는 우리 둘 거야. 만약 오빠가 나를 안 끼워 주면 아무도 기차 놀이 못 할 줄 알아!"

오딜이 말했다.

앙셀므는 장롱에서 차량이 많이 달린 멋진 기관차와 철로를 꺼내 왔다.

"안 돼! 안 돼! 안 돼! 내 기차 만지지 마!"

오딜이 소리질렀다.

"야, 너 맞을래?"

앙셀므가 외쳤다.

그때 방문이 열리고 파트무유 아저씨와 우리 아빠가 들어왔다.

"응, 여기가 애들 방이야. 애들아, 재미있게 놀고 있니?"

아저씨가 묻자 오딜이 외쳤다.

"오빠가 내 기차를 가지고 놀면서 나는 안 끼워줘요!"

아저씨는 오딜의 머리를 쓰다듬으면서 말했다.

"그래, 그래, 계속 놀아라. 그런데 말이야. 자네 지난번에 무슈붐 사장이 바를리에를 불러서 편지를 영어로 번역하라고 했던 일 생각나나? 정말 웃기지도 않았지!"

아저씨는 이런 이야기를 하면서 아빠를 데리고 방에서 나갔다.

"들었지? 아빠가 계속 놀랬어. 너 빼놓고! 전기 기차 가지고 말이야!"

앙셀므가 말했다.

"거짓말! 아빠가 그 기차는 나한테 준 거랬어!"

오딜도 지지 않고 외쳤다.

"우리, 기차가 침대 밑이랑 장롱 밑을 통과해서 탁자 뒤로 지나가게 하자."

앙셀므는 철로를 깔면서 나에게 말했다.

"내 기차 가지고 놀지 마!"

오딜이 소리질렀다.

"싫거든! 넌 보기나 해!"

앙셀므가 대꾸했다. 그러자 오딜은 철로 위에다가 발길질을 했다.

그걸 보고 앙셀므는 기분이 상해서 오딜을 한 대 때렸다. 오딜은 무지 놀란 것 같았다. 갑자기 바닥에 주저앉더니 순식간에 얼굴이 시뻘게졌다. 너무 빨개져서 빨간 코가 눈에 안 띌 정도였다.

"죽여버릴 거야! 죽여버릴 거야! 오빠 죽을 줄 알아!"

오딜은 마구 소리를 지르더니 기차를 주워서 앙셀므에게 던졌다.

"빗맞았다! 빗맞았다! 빗맞았지롱-롱롱!"

앙셀므는 이렇게 외치고는 두 팔을 들고 귀신 흉내를 냈다.

"이히히히! 나는 귀신이다!"

그러자 일이 아주 골치 아프게 됐다. 오딜은 울면서 앙셀므에게 달려들어 손톱으로 할퀴고, 앙셀므는 앙셀므대로 오딜의 머리카락을 잡아당기고, 그러니까 오딜은 다시 앙셀므를 깨물고, 난리도 아니었다. 둘이 맞붙어 뒹굴며 싸우는 동안에 파트무유 아저씨랑 아줌마, 우리 아빠 엄마가 방으로 뛰어왔다.

"당장 그만두지 못해?"

아줌마가 소리를 질렀다.

"너희 창피하지도 않니?"

아저씨도 소리쳤다. 그러자 앙셀므가 말했다.

"내 잘못 아니에요! 얘가 내 기차를 망가뜨리려고 했어요, 내 기
관차를 던졌단 말이에요!"

"거짓말! 오빠가 귀신 흉내 내면서 내 머리카락 막 잡아당겼잖
아!"

오딜도 외쳤다.

"그만! 이 말썽꾸러기들, 혼 좀 나야겠구나! 오늘 저녁 후식은 없어! 이번주에는 텔레비전도 못 볼 줄 알아! 울어봤자 소용없어. 계속 울면 둘 다 볼기짝을 때려줄 거야!"

아저씨가 말했다.

그때 우리 엄마가 아빠에게 말했다.

"어머, 내 정신 좀 봐. 벌써 시간이 이렇게 됐네? 이제 가봐야지."

나는 집에 돌아와서 내 방에서 혼자 울었다.

정말이지, 너무 불공평하다! 왜 나는 앙셀므처럼 재밌게 같이 놀 동생이 없는 걸까?

여보세요

학교에서 알세스트가 나한테 말했다.

"우리 집에 전화를 놨어. 오늘 저녁에 내가 전화할게."

"좋아."

내가 말했다.

집에서 저녁을 먹는데, 전화벨이 울렸다.

"누구지?"

아빠는 접시를 식탁에 내려놓으면서 물었다.

"내 전화예요."

아빠는 대꾸도 안 하고 그냥 웃었다. 아빠는 자리에서 일어서면서 아빠가 받겠다고 했다.

아빠는 수화기를 들고 "여보세요?"라고 했다가 금세 수화기를 귀에서 멀찍이 뗐다.

"그렇게 소리지르지 마라!"

아빠가 말했다.

알세스트의 목소리가 나한테까지 들렸다. 알세스트는 "여보세요! 여보세요! 니콜라? 여보세요! 여보세요! 여보세요!"라고 외치고 있었다. 아빠는 나를 부르면서 내 말이 맞다고, 내 전화였다고, 친구한테 그렇게 소리 좀 지르지 말라고 전하라고 했다.

나는 들뜬 기분으로 수화기를 받았다. 알세스트하고 전화로 말하는 건 처음이기 때문이다. 게다가 나는 전화를 받을 일이 거의 없다. 내가 받는 전화는 메메가 엄마 아빠 말씀을 잘 듣고 있는지 물어보거나, 내가 메메의 늠름한 손자라는 이야기를 해줄 때, 그리고 메메가 뽀뽀하는 소리를 들려주고 나도 메메에게 뽀뽀를 보낼 때뿐이다.

"여보세요? 알세스트?"

정말로 알세스트는 고래고래 소리를 지르고 있었다. 나도 귀가 아파서 아빠처럼 수화기를 귀에서 멀리 떼어야 했다. 나는 수화기를 얼굴에서 한참 떨어뜨려놓고 말했다.

"여보세요? 니콜라? 여보세요! 여보세요!"

"그래, 나야, 알세스트. 네 목소리 들리니까 재밌다."

내가 말했다. 하지만 알세스트는 계속 소리를 질렀다.

"여보세요? 니콜라! 말 좀 크게 해봐! 여보세요!"

그래서 나도 소리를 질렀다.

"여보세요! 내 목소리 안 들려? 알세스트! 여보세요!"

"들려! 우와, 끝내준다! 이제 내가 전화를 끊을 테니까 네가 우리 집에 걸어! 재미있겠다! 안녕!"

알세스트는 이렇게 소리를 지르고 전화를 끊었다.

"알세스트였어요."

내가 식당에 돌아와서 아빠에게 말했다.

"그건 나도 아는 사실 같구나. 그런데 너희 둘이 그렇게 소리를

질러대는데, 전화기가 무슨 필요가 있겠니? 전화기가 없어도 얼마든지 대화를 나눌 수 있겠더라. 자, 이제 조용히 앉아서 수프나 먹어라. 수프 다 식겠다."

아빠가 말했다.

"그래요, 둘 다 빨리 먹어요. 안 그러면 내가 굽고 있는 고기가 너무 타버릴 거야."

엄마도 말했다. 그런데 그때 전화벨이 또 울렸다.

"여보세요."

아빠가 받았다. 아빠는 또 수화기를 귀에서 멀찍이 떼더니 나를 불렀다.

"네 전화다."

아빠 얼굴이 슬슬 굳어간다는 느낌이 들었다. 나는 전화를 받았다. 알세스트가 소리쳤다.

"야, 뭐야? 너 우리 집에 전화했어, 안 했어?"

"할 수가 없잖아. 네가 언제 번호나 가르쳐줬냐?"

내가 이유를 설명했다.

"여보세요! 여보세요! 무슨 번호? 여보세요! 말 좀 크게 해!"

그래서 나도 고래고래 소리를 질렀다.

"네 전화번호! 전화번호 말이야! 알세스트! 여보세요!"

그때 아빠가 소리쳤다.

"이제 그만! 전화 끊고 와서 수프나 먹어!"

그래서 나는 "나 수프 먹으러 가야 해, 알세스트. 다음에 보자!" 라고 말하고 전화를 끊었다.

식탁에서 보니 아빠는 기분이 아주 안 좋은 것 같았다. 아빠는 나보고 수프를 빨리 먹으라고, 그래야 엄마가 다음 요리를 내온다고 했다. 하지만 나는 그럴 수가 없었다. 전화벨이 또 울렸기 때문이다. 나는 전화를 받아서 대답을 하려고 했지만 아빠가 나를 따라왔다. 아빠가 그렇게 화난 모습은 처음 봤다. 무시무시했다.

"당장 끊어! 안 그러면 볼기짝을 때려줄 테다!"

아빠가 고함을 쳤다. 나는 겁이 나서 전화를 곧바로 끊어버렸다.

"자, 이제 식탁에 좀 오시지들? 내가 아까도 얘기했지만 구이 요리는 제때 먹어야 해."

엄마가 말했다. 조금 있으니까 전화벨이 또 울렸다.

"여보세요! 이 못된 녀석, 당장 그만두지 못해?"

아빠가 전화를 받아 수화기에 대고 고함을 쳤다. 그러더니 입을 벌리고 눈을 크게 떴다. 아빠의 목소리가 엄청 부드러워졌다.

"죄송합니다, 무슈붐…… 네, 사장님. 니콜라의 학교 친구가 자꾸…… 네, 그것 때문에…… 아, 조금 전에 전화를 한 분이 사장님이셨군요…… 네, 물론이지요…… 네, 네, 네…… 그럼 내일 뵙겠습니다, 사장님."

아빠는 전화를 끊고 손으로 얼굴을 문질렀다.

"자, 이제 먹자."

그런데 전화벨이 또 울렸다.

아빠가 다시 전화를 받았다.

"여보세요! 아, 알세스트 너로구나……."

전화기에서 무슨 소리가 엄청 나더니 아빠의 얼굴이 시뻘게졌다. 아빠는 수화기에 대고 고함을 쳤다.

"아니! 니콜라는 너하고 통화할 수 없어. 니콜라는 수프를 먹어야 해! 니콜라가 시간이 많이 걸리든 말든 네가 상관할 바 아니잖아! ……너 계속 그렇게 소리지를래? 우리 집에 전화 걸지 마! 경고하는데, 안 그러면 아저씨가 너희 집으로 달려가서 네 볼기짝을 두들겨줄 테다! 알았어? 그래!"

그러고서 아빠는 전화를 끊었다. 그때 엄마가 입을 열었다.

"이제 내 책임 아니니까 뭐라고 하지 마. 니콜라는 차가워진 수프를 먹어야 해. 그리고 구이는 숯이 됐어."

"아니, 그럼 이게 내 책임이란 말야?"

아빠가 외쳤다.

"어쨌든 전화기를 붙들고 씨름한 사람은 내가 아니잖아!"

엄마도 말했다.

"그래, 언제나 당신만 잘났지. 나는 말이야……."

아빠가 이렇게 말하는데 또 전화가 왔다.

이번에는 내가 가서 전화를 받았다. 그런데 아빠가 소리쳤다.

"수화기 내려놔!"

"아빠 전화인데요."

아빠는 마음을 가라앉히고는 아마 무슈붐 사장님이 또 전화를 한 것 같다고, 계약 준비가 안 되어서 사장님이 아주 걱정이 많다고 했다.

"여보세요? 누구요? 알세스트의 아빠라고요? 아, 안녕하십니까. ……그래요, 내가 니콜라 아빠입니다. ……뭐라고요? 나는 댁의 아들을 협박할 권리가 없다고요? ……댁의 아들도 내가 식사하는 걸 방해할 권리가 없잖습니까? ……아, 그래요? 이보세요, 예의를 갖추셔야죠! ……한 대 맞고 싶냐고? 어디 한번 봅시다, 그래! 지금 장난하는 줄 알아요? 이런 예의도 모르는 사람 같으니! 내가 예

의범절이 뭔지 똑똑히 가르쳐주지! 아, 그래요!"

아빠는 쾅 하고 전화를 끊었다.

"이제 고기는 타기만 한 게 아니라 차갑게 식어버렸어."

엄마가 말했다.

"할 수 없지! 난 상관없어! 배고프지도 않아!"

아빠가 소리를 질렀다. 그러자 엄마는 울기 시작했다. 엄마는 너무 억울하다고, 엄마(나의 메메) 말을 들었어야 했다고, 너무나 불행하다고 했다.

"이봐, 이봐, 이봐, 내가 뭘 어쨌다고 이래?"

아빠가 말했다.

"엄마한테 전화해서 니콜라를 데리고 친정으로 돌아가겠다고 말할 거야."

엄마가 말했다.

"내 앞에서 전화의 '전' 자도 꺼내지 마!"

아빠가 외쳤다. 그때 누가 벨을 눌렀다.

알세스트의 아빠였다. 아저씨는 우리 집에 엄청 빨리 도착했다. 알세스트네 집은 우리 집에서 아주 가깝기 때문이다.

"다시 한번 말씀해보시지요."

알세스트의 아빠가 말했다.

"뭘 다시 말해요? 댁의 말썽꾸러기 아들이 전화질을 해대는 바람에 내가 미칠 뻔한 얘기요?"

우리 아빠가 물었다.

"전화를 가설하면서 댁의 허락을 받아야 하는 줄은 몰랐는데요."

알세스트의 아빠가 말했다. 그때 또 전화가 울렸다. 우리 아빠가 웃으면서 말했다.

"자, 한번 받아보세요. 그 집 아들이 고래고래 소리지르는 걸 들으면 참 기분이 좋으실 테니."

알세스트의 아빠가 우리 집 전화를 받았다.

"여보세요? 알세스트냐? ……누구요? ……아닙니다!"

알세스트의 아빠는 전화를 끊고 이렇게 말했다.

"봤지요? 우리 아들이 전화한 게 아닙니다. 경고하는데, 한 번만 더 우리 애를 위협하면 고소하겠습니다. 안녕히 계십시오!"

알세스트 아빠가 가려고 하는데 아빠가 물었다.

"참, 그런데 누구였습니까? 조금 전에 전화한 사람이?"

"내가 어떻게 압니까? 댁의 친구들 중 하나겠지요. 무슈 뭐라더라, 하여간 그런 이름이었어요. 어쨌든 우리 애는 아니었습니다!"

아저씨는 그렇게 대꾸하고 가버렸다.

하지만 어쨌든 모든 게 잘 해결되었다. 아빠는 엄마에게 뽀뽀를 해주면서, 아빠는 바싹 구운 고기를 참 좋아한다고 했다. 엄마는 엄마대로 엄마가 잘못했다고 하면서 햄을 넣은 오믈렛을 만들어주겠다고 했다. 나는 엄마 아빠에게 뽀뽀를 했고, 우리는 모두 기분이 좋아졌다.

유감스러운 일은 알세스트와 다시는 전화로 얘기할 수 없게 되었다는 거다. 아빠가 우리 집 전화를 끊어버렸기 때문이다.

폐광의 수수께끼

엄마가 내 알림장에 담임 선생님이 써준 글을 읽었다.

"선생님이 '이번 달에 니콜라는 아주 착하게 생활했습니다.'라고 써주셨네? 우리 니콜라에게 상을 줘야겠어."

엄마가 아빠에게 말했다. 그러자 아빠는 내 머리를 쓰다듬으면서 말했다.

"아무렴, 귀여운 우리 아들."

그러고는 신문을 다시 읽기 시작했다. 하지만 엄마는 그 정도로는 안 된다고, 나를 격려하는 뜻에서 아빠가 나를 극장에 데려갔으면 좋겠다고 했다. 나는 엄청 기분이 좋았다. 더구나 지금 우리 동네 극장에서는 여섯 편의 만화영화와 〈폐광의 수수께끼〉라는 카우보이 영화 한 편을 상영하는 중이었다. 포스터를 보니까 굉장히 재

미있을 것 같았다.

하지만 아빠는 지금 극장에 가고 싶은 마음이 없다고 했다. 아빠는 한숨을 두세 번 쉬고는 너무 피곤하다고, 일주일 내내 일만 해서 오늘은 집에 있고 싶다고 했다. 엄마는 그렇게 하라고, 그러면 차고를 다시 칠해야 하니까 이참에 그 일을 하면서 휴일을 보낼 수 있겠다고 했다. 아빠는 신문을 접고는 아주 희한한 표정을 지으면서 눈을 치켜떴다. 마치 천장이 무너져 내리지나 않을까 걱정하는 것 같았다.

"알았어. 〈폐광의 수수께끼〉를 보러 간다고."

아빠가 말했다. 나는 아빠에게 뽀뽀를 했고 엄마는 웃음을 지어 보였다. 우리 모두 아주 기분이 좋았다.

나는 점심시간이 너무 길게 느껴졌다. 배도 고프지 않았다. 아빠하고 나는 멋진 옷을 차려입고 마침내 극장 앞에 도착했다. 입장을 기다리는 줄에 친구들 얼굴이 여럿 보였다. 조프루아는 아예 카우보이 옷을 입고 있었다. 조프루아는 영화를 볼 때마다 변장을 하는 걸 좋아한다. 전에 달에 가는 로켓이 나오는 영화를 볼 때는 머리에 둥그런 유리어항 같은 걸 쓰고, 화성인처럼 꾸미고 왔다. 중간 휴식시간에 아이스크림을 먹을 때도 그걸 벗지 않았다. 결국 조프루아는 그 어항을 뒤집어쓰고 있으면 아주 불편하다는 걸 알아차렸다. 만약 타잔 영화를 보러 가면 조프루아가 어떤 차림으로 나타날지 궁금하다. 원숭이 분장을 하고 올까?

아빠는 표를 샀고 우리는 극장 안으로 들어갔다. 나는 아빠에게 맨 앞줄에 앉아도 되느냐고 물어보았다. 앞쪽에 앉으면 소리도 더 잘 들리고 화면도 훨씬 더 널찍하게 보이기 때문이다. 아빠는 앞줄에 앉기가 싫은지 내 손을 잡아끌었다. 하지만 불이 꺼졌고, 좌석 안내원이 빨리 자리를 정하라고 아빠를 재촉하는 바람에 그냥 맨 앞줄에 앉게 되었다.

그 줄에 앉은 사람들 중에서 어른은 우리 아빠뿐이었다. 아빠 바로 옆자리에 내 친구인 뚱보 알세스트가 앉았다.

만화영화 여섯 편은 금방 끝났다. 아빠는 중간 휴식 시간에 목도 아프고 눈도 아프다고 투덜거렸다.

아빠랑 나는 아이스크림을 사서 하나씩 먹었다. 알세스트는 영화가 끝날 때까지 먹으려고 아이스크림을 네 개나 샀다.

불이 다시 꺼지고 〈폐광의 수수께끼〉가 시작됐다. 정말 끝내줬다! 온통 검은 옷을 입고 얼굴을 검은 수건으로 가린 남자가 검은 말을 타고 나왔다. 남자는 늙은 광부를 죽이고, 늙은 광부의 딸은 슬피 운다. 하얀 옷을 입고 얼굴을 가리지 않은 보안관이 검은 옷의 남자가 누구인지 정체를 밝히고 말겠다고 맹세한다. 그리고 늙은 광부가 죽은 다음에 광산을 차지하려는 못된 은행가도 나온다.

그런데 그때 아빠가 돌아보더니 뒤에 앉은 애한테 의자를 발로 차지 말라고 말했다. 그러자 아빠 뒤쪽의 어둠 속에서 커다란 목소리가 들려왔다.

"우리 애를 가만히 내버려두쇼!"

"댁이 애한테 앞사람 등받이에서 발을 치우라고 하면 나도 가만히 내버려두겠소!"

아빠가 말했다.

476

"치워야 할 건 당신 머리요. 당신 머리 때문에 우리 애가 영화를
제대로 못 보잖소! 어떻게 어른이 돼갖고 머저리같이 맨 앞줄에 앉
을 생각을 한담?"

"아, 그래요?"

아빠가 벌떡 일어섰다. 그 순간 알세스트가 비명을 질렀다.

"내 아이스크림!"

아빠가 갑자기 일어서는 바람에 의자 팔걸이에 꽂아둔 알세스트
의 아이스크림 네 개(딸기맛 두 개, 바닐라맛 두 개)가 아빠 옷에 엎어
지고 만 거다. 사람들이 "조용히 좀 해요!", "불 켜주세요!"라고 소
리를 질렀다. 갑자기 웬 폭발음이 들렸다. 조프루아가 장난감 화약
권총을 쏜 거였다. 알세스트는 보안관을 부르면서 자기 아이스크림
을 돌려달라고 했다. 어둠 속에서 큰 목소리로 말했던 아저씨는 틀
림없이 아빠가 아이들 아이스크림을 먹어버렸을 거라고 말했다. 정
말이지 엄청 재미있었다.

하지만 불행히도 안내원이 아저씨 두 명을 데리고 와서 우리보고

모두 나가라고 했다. 알세스트는 우리 집까지 졸졸 쫓아왔다. 아빠 옷에 묻은 아이스크림이라도 어떻게든 건져보고 싶었던 거다. 아빠는 엄청 피곤해 보였다.

그날 저녁에 나는 목이 말라서 평소처럼 아빠를 불렀다. 그런데 아무런 대답이 없었다. 그래서 나는 아래층 거실로 내려갔다. 아빠는 잠옷 바람으로 극장에 전화를 걸어서 늙은 광부를 살해한 범인이 그 못된 은행가가 맞는지 물어보고 있었다!

아빠의 깜짝 생일 파티

어제 엄마가 말했다.

"내일이 아빠 생일이란다. 우리 아주 재미있는 일을 꾸며보자. 아빠 생일을 잊어버린 척하고 있다가 저녁때 아빠가 퇴근하시면 깜짝 놀래주는 거야. 멋진 선물도 준비하고 말야. 블레뒤르 아저씨는 샴페인을 가져오기로 했단다. 깜짝 파티도 아저씨 아이디어야."

그래서 오늘 아침에 나는 엄마가 일러준 대로 아빠에게 생일 축하한다는 말을 하지 않았다. 아침 식사를 하는 동안 아빠는 달력을 쳐다보았다. 아빠는 괜히 "오늘이 정확히 며칠이더라?" 하면서 엄마에게 오늘이 무슨 날 아니냐고 물었다. 엄마는 아무 날도 아니라고, 커피를 좀 더 마시겠느냐고 물었다. 아빠는 벌떡 일어나 바빠서 어서 가야겠다고 했다. 기분이 별로 좋지 않은 것 같았다.

아빠가 나가자마자 엄마는 웃음을 터뜨렸다.

"오늘 저녁에 아빠가 정말 깜짝 놀라겠다. 우리가 아빠 생일을 까맣게 잊은 줄 알겠지?"

그리고 나서 엄마는 아빠를 위해 사놓은 선물을 내게 보여주었다. 아주 근사한 넥타이였다. 엄마는 정말 끝내주는 아이디어를 잘낸다! 넥타이는 엄청 멋졌다. 샛노란 바탕에 작은 장미 무늬가 있었다. 엄마는 아빠 넥타이를 자주 사는데, 아빠는 그 넥타이들을 잘 매지 않는다. 넥타이들이 너무 예뻐서 더러워질까봐 그러나보다.

엄마는 나도 아빠에게 줄 선물을 준비해야 한다고 했다. 그래서 나는 학교에 가기 전에 저금통에 돈이 얼마나 들었는지 확인해보았다. 이다음에 어른이 되면 비행기를 사려고 모은 돈이다. 하지만 지난주에 이것저것 사야 할 게 너무 많았기 때문에 돈이 별로 남아 있지 않았다. 그 돈으로는 아빠하고 내가 갖고 싶어하는 전기 기차를 선물할 수 없을 것 같았다.

학교에서도 생일 파티 생각에 어서 집에 돌아가고 싶었다. 하루가 엄청 더디게 지나갔다.

나는 집으로 오는 길에 아빠의 선물을 샀다. 빨간색 캐러멜 한 상자였다. 돈을 다 써버렸지만 아빠는 기뻐할 거다. 엄마의 넥타이와 나의 캐러멜이 아빠에게 엄청 멋진 생일을 만들어주겠지?

집에 도착해보니 블레뒤르 아저씨가 우리 집 앞에 차를 주차하는 중이었다. 블레뒤르 아저씨는 아빠랑 만날 티격태격하지만 사실 아저씨는 우리 아빠를 좋아한다. 깜짝 파티 아이디어를 낸 게 아저씨라는 것만 봐도 그렇다.

"꽃 장식을 사 왔단다. 이 상자 좀 받아줄래? 아저씨는 가서 샴페인을 가져와야겠다."

아저씨가 나에게 말했다.

우리가 함께 집에 들어가자 엄마가 말했다.

"정말 너무 친절하세요, 블레뒤르 씨."

"제가 식당을 꾸미겠습니다. 무슨 일이 있으면 알려주세요."

아저씨가 말했다. 블레뒤르 아저씨는 멋지다. 그리고 샴페인은 정말 좋다. 특히 마개가 뻥! 하고 열리는 소리는 최고다.

블레뒤르 아저씨는 발판을 찾아와서 샹들리에에 꽃 장식을 달기 시작했다. 꽃 장식은 초콜릿을 싼 은박지처럼 반짝반짝한 종이로 만들어져 있어서 참 예뻤다. 그런데 아저씨가 꽃 장식을 다는 모습이 영 불안했다.

"아저씨, 그러다가 넘어지겠어요."

내가 말했다.

"너도 참 네 아빠하고 똑같구나. 옆에서 잔소리하지 말고 가위나 좀 다오."

하지만 아저씨는 내가 가위를 집으려고 옆으로 몸을 돌리자마자 결국 넘어지고 말았다. 그래도 크게 다치지는 않았다. 무릎만 빼고 말이다. 아저씨는 잠깐 "아이고, 아이고." 하면서 아파하다가 다시 발판에 올라가서 장식을 마저 끝냈다.

"어때? 괜찮지?"

블레뒤르 아저씨가 무릎을 문지르면서 말했다. 아저씨는 엄청 뿌듯해했다. 아저씨 말이 맞았다. 초콜릿 은박지로 만든 꽃 장식은 정

말 멋졌다. 그리고 식탁 위에는 샴페인 병들이 놓였다.

"쉿! 아빠다!"

엄마가 외쳤다. 나는 창밖을 바라보았다. 아빠가 블레뒤르 아저씨의 차 바로 뒤에다 주차를 하려고 애쓰고 있었다. 자리가 넉넉하지 않아서 주차하는 데 시간이 많이 걸렸고, 우리는 시간을 조금 벌 수 있었다.

"자, 부인과 니콜라는 현관에서 아무 일 없다는 듯이 저 친구를 맞으세요. 저는 부엌에 숨어 있을게요. 저 친구를 부엌으로 데려와서 우리 다 함께 '깜짝 놀랐지! 생일 축하합니다!'라고 외치는 겁니다. 여러분이 선물을 주고 난 다음 제가 가져온 샴페인으로 축배를 듭시다. 좋지요?"

블레뒤르 아저씨가 말했다.

"좋아요."

엄마가 말했다. 나는 아빠가 금방 알아채지 못하도록 캐러멜 상자를 주머니에 넣었다. 엄마도 넥타이를 등 뒤로 감추었다. 아저씨는 부엌의 불을 모조리 껐다. 캄캄해지는 바람에 아저씨는 다친 데를 또 어디에 부딪힌 모양이었다. 아까 넘어졌을 때처럼 "아이고, 아이고." 소리가 또 들려왔기 때문이다. 엄마는 아저씨에게 조용히 하라고, 아빠가 듣겠다고, 아빠가 금방 들어올 것 같다고 했다.

엄마와 나는 문 앞에서 아빠를 기다렸다. 생각보다 시간이 많이 걸렸다. 나는 마음이 조마조마했다. 엄마가 나에게 말했다.

"가만히 좀 있어. 아빠가 온다. 아, 왔다!"

아빠가 문을 열고 들어왔다. 그런데 기분이 아주 안 좋아 보였다.

"이럴 수가 있어? 저 심술보 뚱땡이 블레뒤르가 굴러가지도 않는 고물을 우리 집 앞에 떡 하니 주차해놨잖아! 자기네 집 차고가 엄연히 있는데 말이야! 정말 저 인간 뻔뻔한 데는 질렸다니까!"

엄마는 식당 쪽을 쳐다보았다. 엄마의 얼굴이 엄청 불안해 보였다.

"여보, 조용히 해요. 블레뒤르 씨는……."

"블레뒤르 씨가 뭐? 어쨌는데?"

아빠가 대꾸했다.

그때 블레뒤르 아저씨가 두 손에 샴페인 병을 하나씩 들고 부엌에서 나왔다. 아저씨도 엄청 화가 난 것 같았다.

"내 차는 굴러가지도 않는 고물이 아니야. 나도 심술보 뚱땡이가 아니고. 내가 샴페인까지 가져왔는데. 깜짝 파티고 뭐고 다 소용없어. 그리고 내 무릎 치료비는 자네에게 청구하겠네."

아저씨는 샴페인을 가지고 절뚝거리면서 가버렸다. 같은 쪽 무릎을 또 부딪힌 게 틀림없다.

아빠 눈이 휘둥그레졌다. 뭔가 엄청 큰 걸 삼키려는 듯 입도 헤벌어졌다.

"생일 축하해요! 깜짝 놀랐죠!"

내가 외쳤다.

나는 더 이상 감추고 있을 수가 없어서 아빠에게 캐러멜 상자를 내밀었다. 하지만 엄마는 넥타이 선물을 주지 않고 안락의자에 앉아서 눈물을 흘리기 시작했다. 엄마는 너무나 불행하다고, 엄마의 엄마 말이 옳았다고, 아이만 없었으면 벌써 예전에 친정으로 돌아갔을 거라고 했다. 아빠는 손에 캐러멜 상자를 든 채 "그렇지만 나

는…… 나는 말이지……."라고만 했다. 엄마의 기분이 계속 풀리지 않자 아빠는 나를 데리고 부엌으로 들어갔다.

아빠가 말했다.

"사는 게 참 쉽지 않구나, 니콜라."

우리는 블레뒤르 아저씨가 꾸며놓은 초콜릿 은박지 장식 아래서 캐러멜을 나누어 먹었다.

하지만 다음 날 모든 일이 잘 해결되었다. 아빠의 생일 파티는 결국 대성공이었다. 아빠가 엄마를 위해 멋진 선물을 사 왔기 때문이다.

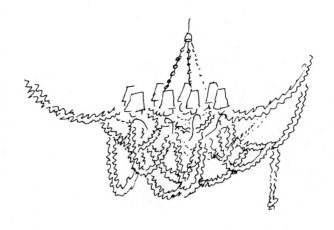

끝내주는 농담

　오늘 오후 쉬는 시간에 조아생이 우리에게 끝내주는 농담을 얘기해줬다. 점심 먹을 때 우체국에서 일하는 마르시알 삼촌이 해준 얘기라고 했다. 진짜 우스운 이야기라서 우리는 모두 엄청 깔깔댔다. 클로테르조차도 무척 재미있어했다. 나중에 무슨 이야기인지 설명해달라고 하기는 했지만 말이다. 조아생은 아주 의기양양했다. 나는 이 농담을 집에 가서 엄마 아빠한테 말해줄 생각에 기분이 엄청 좋았다. 나는 우리 가족에게 재미난 이야기 해주는 걸 좋아한다. 그럴 때면 엄마 아빠는 무지 많이 웃는다. 특히 아빠는 거의 기절할 것같이 웃는다. 오늘 저녁은 아주 즐겁게 지낼 수 있을 거다.

　안타까운 건, 내가 재미있는 농담을 많이 모른다는 거다. 그리고 나는 이야기를 하다가 어떻게 끝나는지 중간에 잊어버릴 때가 많다.

하지만 오늘 농담은 너무 재미있어서 절대로 잊어버리지 않으려고 수업 시간에도 계속 혼잣말로 외웠다. 다행히도 선생님은 나에게 질문을 하지 않았다. 혼잣말을 하느라 너무 바빠서 선생님이 무슨 말을 하는지 하나도 못 들었다. 우리 선생님은 선생님이 말할 때 듣지 않는 걸 싫어한다.

학교가 끝나자 우리는 평소처럼 어울리지도 않고 곧장 집으로 뛰어갔다. 내 생각에 모두 얼른 집에 가서 오늘 들은 농담을 이야기하고 싶어하는 것 같았다. 나는 집으로 뛰어가면서 막 웃었다. 아빠랑 엄마가 내 이야기를 듣고 웃을 생각을 하니까 웃음이 났다. 조아생의 삼촌이 들려준 농담은 진짜 끝내주게 재미있다!

"엄마! 엄마! 내가 재미난 얘기 해줄게요! 재미있는 농담!"

나는 집에 들어서면서 소리쳤다.

"니콜라, 집에 들어올 때 그렇게 야만인처럼 소리지르면서 뛰어들어오지 말라고 도대체 몇 번을 말해야 알겠니? 자, 가서 손부터 씻고 간식 먹자."

엄마가 말했다.

"하지만 재미난 얘기 해야 하는데요, 엄마!"

"먹으면서 해주면 되잖아. 먼저 손부터 씻어!"

나는 손을 씻으러 갔다. 얼른 씻으려고 비누질도 하지 않았다. 그러고 나서 부엌으로 다시 뛰어갔다.

"벌써 다 씻었어? 좋아, 이제 앉아서 빵이랑 우유 먹으렴."

"얘기는요? 간식 먹는 동안 내 이야기 들어준다고 했잖아요!"

엄마는 나를 쳐다보고는 "그래, 그래."라고 했다. 나는 그 끝내

주는 농담을 엄마에게 말해주었다. 하나도 빠뜨리지 않고 다 말했다. 너무 웃겨서 엄청 빨리 이야기했다. 나는 듣는 사람이 웃는 모습을 얼른 보고 싶은 마음에 항상 이야기를 빨리 끝내게 된다. 그래서 중간에 숨이 차서 헉헉거릴 때도 몇 번이나 있었다. 딱 한 군데가 조금 헷갈렸지만 그래도 제대로 끝냈다. 이야기가 끝나자 엄마가 말했다.

"재미있구나, 니콜라. 이제 간식 먹으렴. 그리고 올라가서 숙제해야지."

"엄마는 내 농담이 안 웃겨요?"

내가 말했다.

"아니야, 재미있어. 참 재미있는 농담이구나. 자, 어서 먹어."

"거짓말, 엄마 재미없죠? 하지만 이거 원래 엄청 재미있는 농담인데. 엄마가 원한다면 한 번 더 얘기해줄게요."

"니콜라, 이제 그만! 네 농담은 분명히 재미있었어! 그러니까 엄마 귀 더 따갑게 하지 마라! 안 그러면 엄마 화낼 거야!"

와, 정말 너무했다. 나는 울기 시작했다. 정말이지, 이게 뭐냔 말이다. 아무도 웃어주지 않는데, 재미있는 이야기를 해봤자 무슨 소용이람! 그러자 엄마는 고개를 절레절레 흔들며 천장을 바라보았다. 엄마는 크게 한숨을 쉬고는 다시 입을 열었다.

"니콜라, 엄마 말 좀 들어봐. 너는 엄마가 변덕을 부렸으면 좋겠니? 엄마가 재미있다고 했으면 그건 재미있었다는 뜻이잖니. 엄마가 들어본 것 중에서 제일 재미있는 농담이었어."

"정말이에요?"

내가 물었다.

"아무렴, 정말이고말고. 니콜라. 정말 끝내주게 재미있는 농담이야."

"그럼 아빠 오면 아빠한테 얘기해도 될까요?"

"꼭 얘기해드리렴. 아빠는 우스운 이야기를 아주 좋아하시잖니. 더구나 오늘 농담처럼 재미있는 이야기는 빼놓을 수 없지. 자, 우리 아들, 이제 올라가서 숙제를 하렴. 이제 좀 조용히 지내보자꾸나."

엄마는 이렇게 말하고 나에게 뽀뽀를 해주었다. 나는 숙제를 하러 내 방으로 올라갔다. 하지만 빨리 아빠한테 이야기를 해주고 싶어서 마음이 급했다. 드디어 아빠가 현관문을 열고 들어오는 소리가 들렸다. 나는 아래층으로 뛰어내려가서는 아빠 품에 달려들어 뽀뽀를 했다.

"오, 이런, 이런! 진정해라. 아빠가 전쟁터에서 돌아오기라도 했니? 아빠는 그저 사무실에서 고된 하루를 보내고 들어왔을 뿐이야!"

아빠가 웃으면서 말했다.

"아빠한테 얘기해줄 농담이 있어요!"

내가 외쳤다.

"그래, 그래. 그런데 조금 있다가 얘기해줄래? 아빠는 거실에서 신문을 좀 읽어야겠구나."

나는 아빠를 따라 거실로 갔다. 아빠는 안락의자에 앉아서 신문을 펴 들었다. 내가 아빠에게 물었다.

"이제 아빠한테 그 농담 얘기해줘도 돼요?"

"응?"

아빠는 내가 엄마 아빠 말을 못 들은 척할 때 그러는 것처럼 딴청을 피웠다. 그러고는 말했다.

"그래, 우리 귀염둥이, 그래. 이따가 저녁 먹을 때 얘기해다오. 그럼 아주 재미있을 거야."

"저녁 먹을 때 말고요! 지금요!"

내가 소리쳤다.

"니콜라! 제발 이러지 마라. 아빠를 잠깐이라도 편안하게 내버려두면 안 되겠니?"

나는 발을 쿵쿵 구르고 내 방으로 막 뛰어올라갔다. 아빠가 아래층에서 말하는 소리가 들렸다.

"도대체 쟤가 왜 저래?"

침대에 누워서 울고 있는데 엄마가 내 방에 들어왔다.

"니콜라."

나는 벽 쪽으로 휙 돌아누웠다. 엄마는 다가와서 내 침대에 앉더니 내 머리를 쓰다듬어주었다.

"니콜라, 귀여운 우리 아들, 아빠가 무슨 일인지 잘 이해를 못 해서 엄마가 잘 설명해드렸어. 지금은 네 이야기가 어서 듣고 싶어서 안절부절못하고 기다리신단다. 네 이야기 들으면 엄청 웃으실 거야."

엄마가 말했다.

"아빠한테 얘기 안 해줄 거예요! 아무한테도 안 해줄 거예요! 다시는 안 해요!"

내가 외쳤다.

493

"그래? 그럼 엄마가 얘기해드려야겠구나. 그 재미있는 농담 말이야."

"아, 안 돼요! 안 돼요! 내가 할래요!"

나는 아래층으로 뛰어내려갔다. 그사이에 엄마는 웃으면서 부엌으로 들어갔다. 거실에 있던 아빠는 나를 보자마자 신문을 무릎에 내려놓고 활짝 웃었다.

"자, 우리 아들, 아빠한테 와서 그 재미있는 이야기 좀 해줄래? 어디 한번 웃어보자!"

나는 이야기를 시작했다.

"있잖아요, 호랑이가 한 마리 있었는데요, 자기가 사는 숲에서 어슬렁거리고 있었어요, 아프리카에서요……."

"아프리카가 아니라 인도겠지, 우리 아들. 호랑이는 원래 아프리카에 사는 동물이 아니란다. 인도지."

아빠가 말했다.

그래서 나는 울음을 터뜨렸다. 엄마가 부엌에서 달려나왔다.

"또 무슨 일이야?"

엄마가 물었다.

"내 얘기요! 아빠가 벌써 아는 이야기예요!"

나는 이렇게 소리치고 울면서 내 방으로 뛰어올라갔다. 아빠와 엄마는 말다툼을 했다. 저녁을 먹는 동안 아무도 입을 열지 않았다. 모두 토라져 있었기 때문이다.

아빠는 죽을 지경

오늘 아침에 나는 너무 슬펐다. 아빠가 엄청 아팠기 때문이다. 감기에 걸린 거였다. 아빠는 사무실에 전화를 걸어서 며칠 못 나갈 것 같다고 알렸다. 그러고는 엄마에게 당분간 좀 쉬고 싶다고 했다. 엄마는 아빠 말이 맞다고, 건강이 무엇보다 중요하다고 했다.

엄마는 이번 기회에 차고 페인트칠을 다시 하자고도 말했다. 하지만 아빠는 정말로 몸이 많이 아프다고 대답했다. 그러자 엄마는 "그래요, 알았어요."라고 했다. 그 말을 듣고 아빠는 조금 나아진 것 같았다.

마침 목요일이어서 나는 학교에 가지 않았다. 엄마는 나에게 얌전하게 굴어야 한다고, 특히 아빠는 푹 쉬어야 하니까 절대로 귀찮게 하지 말라고 했다. 비록 감기에 걸리기는 했지만 아빠가 집에 있어서 난 기분이 참 좋았다. 그래서 아빠를 잘 돌봐주겠다고 스스로 다짐했다.

또 기분이 좋았던 이유는 마침 아주 어려운 수학 숙제가 있었기 때문이다. 아빠는 나보다 계산을 훨씬 잘한다. 그런데 내가 책이랑 공책을 가지고 아빠한테 갔더니, 아빠는 나를 전혀 도와주려 하지 않았다. 아빠는 내 나이였을 때 혼자서 숙제를 했다고, 아빠의 아빠는 절대로 도와주지 않았다고, 그래도 아빠는 늘 반에서 일등이었고 성공적인 인생을 살아왔다고 했다. 나는 울음을 터뜨렸다. 엄마가 무슨 일인가 싶어서 부엌에서 달려나왔다. 엄마는 이유를 알고 나서는, 아빠에게 어린애를 도와주는 시늉이라도 할 수 있는 것 아니냐고 했다. 여기서 어린애란 나를 두고 하는 말이다. 그러자 아빠는 진짜 죽을 지경이라고, 가족들이 아빠가 아픈 것도 알아주

지 않는다고 투덜거렸다. 나는 '죽을 지경'이라는 게 무슨 뜻인지는 잘 몰랐지만, 아마 아빠가 감기에 걸렸다는 뜻일 거라고 생각했다.

나는 방해받지 않고 조용히 울고 싶어서 정원으로 나왔다. 집 안은 엄마랑 아빠 때문에 너무 시끄러웠다. 이웃에 사는 블레뒤르 아저씨가 내가 우는 걸 보고는 무슨 일이냐고 물었다. 나는 우리 아빠가 죽을 지경이 되었다고, 그래서 내 수학 문제들을 풀어주려 하지 않는다고 했다. 아저씨의 얼굴이 새하얘졌다. 아저씨는 감기가 엄청 무서운 모양이었다. 아빠의 죽을 지경이 그렇게 심각한 건 아니라고 설명하려고 했지만 그럴 겨를이 없었다. 아저씨가 코가 빨개져서는 순식간에 우리 집 울타리를 넘어 현관문을 마구 두드렸던 거다.

엄마가 문을 열자 아저씨는 꺼이꺼이 울면서 말했다.

"희망이 있기는 한 겁니까? 어째서 저한테 좀 더 일찍 알려주시지 않았나요? 차마 그 친구 얼굴을 볼 용기가 없습니다!"

"누가 왔어?"

아빠가 거실에서 나오면서 물었다. 아저씨는 울음을 뚝 그치고 아빠를 쳐다보았다. 그러고는 다시 나를 쳐다보더니 막 화를 냈다.

"정말 고약한 농담이구나! 농담이 화를 부르는 법이야!"

아저씨가 외쳤다.

"자네, 머리가 어떻게 됐나?"

아빠가 물었다. 그러자 아저씨는 이런 걸로 장난치면 안 된다고, 그건 아주 창피한 일이라고, 진담이었어도 그다지 아쉽진 않았을 거라고 말했다. 그러고는 다시 울타리를 뛰어넘어 아저씨네 정원으로 가버렸다.

"저 친구 의사한테 좀 가봐야겠군."

아빠가 말했다. 그리고 나더러 집 안으로 들어오라고, 나도 병이 날까봐 걱정된다고 했다.

집 안에 들어갔더니, 아빠가 수학 문제를 도와주기로 했다고 엄마가 말해주었다. 그래서 우리는 거실에 자리를 잡았다. 아빠는 욕조랑 수도꼭지가 엄청 많이 나오는 문제들을 풀기 시작했다. 나는 정말로 아빠를 돕고 싶었다. 아빠한테도 그 문제들이 그렇게 쉬워 보이지 않았기 때문이다. 엄마가 와서는 아빠에게 집에 있는 김에 가계부 계산도 좀 해달라고, 밀린 지가 꽤 됐다면서 숫자가 잔뜩 씌어 있는 종이들을 내밀었다. 그러자 아빠가 말했다.

"이걸 다 들여다보다간 눈이 빠지겠어! 거실 조명은 또 왜 이리 어두워?"

엄마는 아빠 말이 맞다고, 그러니까 거실 전등을 빨리 손봐달라고 했다. 아빠는 내 수학 문제가 적힌 책을 주먹으로 쾅 쳤다. 아빠는 싫다고, 쉬고 싶다고, 어림도 없는 소리 하지 말라고 했다. 엄마는 아빠와 말다툼을 했다.

아빠가 전등을 살펴보고 있는데 전화벨이 울렸다. 아빠는 일어나서 수화기를 들고 "여보세요."라고 했다. 그러고는 부엌에 대고 "받아봐, 장모님이야!"라고 외쳤다. 장모님이란 엄마의 엄마, 나한테는 메메다.

"여보세요, 엄마? 안녕하셨어요? 아, 그이 집에 있어요. ……아뇨, 심각한 건 아니에요, 그냥 감기죠 뭐. ……아니에요, 의사를 부

499

를 것까지는 없어요. ……뭐라고요? 아니에요, 엄마. 카플루프 씨는 감기로 돌아가신 게 아니에요. 그분은 폐렴으로 돌아가셨어요. 연세도 여든아홉이나 되셨잖아요. ……잠깐만요, 지금 적을게요……."

엄마는 종이에 뭐라고 받아 적더니 조금 있다가 나에게 수화기를 넘겨주었다. 메메는 우리 집에 전화할 때마다 꼭 나를 바꿔달라고 한다. 나는 메메에게 아주 잘 지내고 있다고 했다. 메메는 내가 메메의 귀염둥이라고 하면서 뽀뽀를 해달라고 했다. 그래서 나는 전화기에 대고 뽀뽀를 했다. 메메도 메메네 전화기에 대고 뽀뽀를 했다. 나는 메메가 참 좋다.

전화를 끊고 나서 보니 아빠가 기분이 안 좋은 것 같았다.

"장모님이 뭐라셔?"

아빠가 엄마에게 물었다.

"당신한테 비타민이 든 '보고모토볼'을 주라셔. 그게 잘 듣는대."

엄마가 대답했다.

"그러실 줄 알았어. 하지만 난 안 먹을 거야!"

아빠가 말했다. 그러자 엄마는 눈물을 흘리기 시작했다. 불쌍한 엄마의 엄마는 어찌 됐건 사위가 잘되기만을 바라셨다고, 엄마는 친정으로 가버리겠다고 했다.

"알았어, 알았어, 알았다고!"

아빠가 말했다.

엄마가 길모퉁이 약국에 약을 사러 간 사이, 아빠는 계속 전등을 들여다보고 있었다.

엄마는 커다란 숟가락에다 약을 따라주었다. 아빠는 "윽!" 하면

서 약을 받아먹었다. 그러고 나서 결국 전등 고치는 걸 포기하고 내 수학 문제들을 다시 풀기 시작했다. 아마도 그 약 맛이 무지 지독했나보다. 아빠가 자꾸만 "윽!" 소리를 내뱉으면서 아까보다 더 아픈 것 같아 보였다. 불쌍한 우리 아빠. 그런데 웃겼던 건, 아빠가 내 수학 문제에 나오는 수도꼭지들과 씨름을 하고 있는데 엄마가 부엌에 있는 진짜 수도꼭지가 제대로 잠기지 않는다고, 와서 봐달라고 한 거다. 하지만 아빠는 재미가 없었는지 계속 "윽!" 소리를 내면서 부엌으로 갔다.

아빠는 옷을 갈아입고 다시 거실로 나왔다. 안 잠기는 수도꼭지를 분해하다가 온몸이 흠뻑 젖은 거였다. 수도꼭지에서는 물이 콸콸 쏟아졌다. 엄마는 아무래도 기술자를 불러야겠다고, 이제는 수도꼭지가 아예 돌아가지도 않는다고 했다. 아빠는 정말 엄청나게 피곤해 보였다. 나는 아빠의 감기가 아까보다 훨씬 더 심해지지 않을까 걱정했다.

누가 우리 집 초인종을 눌렀다. 아빠가 가서 문을 열었고, 메메가 들어왔다. 정말 끝내주는 깜짝 방문이었다! 엄마랑 나는 메메에게 뽀뽀를 했다. 아빠는 문 옆에 멀거니 서서 눈을 동그랗게 뜨고 우리를 쳐다보고 있었다.

"그렇게 놀라지 말게. 자네 간병하러 왔네. 내가 주사를 좀 놔주지."

메메가 말했다.

"아, 아닙니다! 주사 갖고 물러서세요! 그런 돌팔이 같은……."

아빠가 외쳤다.

　나는 '돌팔이'가 뭐냐고 엄마에게 물어보았다. 그런데 엄마와 메메는 그 말에 아주 기분이 나쁜 듯했다. 엄마와 메메는 동시에 뭐라고 소리를 질러댔다. 엄마는 이번에야말로 결단을 내렸다고, 친정으로 돌아가겠다고 했다. 하지만 메메는 집으로 돌아가고 싶지 않은 것 같았다. 결국 아빠는 메메의 주사를 맞을 수밖에 없었다.

　아빠가 방에서 메메와 함께 다시 내려왔는데, 걷는 것도 힘들어 보였다. 메메는 아주 만족스러운 얼굴이었다.

　"이제 금방 나을 걸세. 효과가 그만이거든. 자네가 움직이지만 않았어도 아프지 않았을 텐데. 뭐, 어쨌든 점심 먹고 난 다음에는 홉

각 치료를 해 주지. 그것도 효과 만점일 거야!"

　하지만 메메는 아빠에게 흡각 치료를 해주지 못했다. 왜냐하면
아빠가 점심을 먹고 나서 사무실에 나갔기 때문이다.

　아빠는 지금 몸 상태로는 도저히 집에 있을 수가 없어서 나간다
고 말했다.

여행을 떠나요

아빠랑 엄마랑 나는 여행을 떠나기로 했다. 모두 기분이 엄청 좋았다.

우리는 함께 집 안을 정리했다. 가구에 덮개를 씌우고, 이틀 전부터는 식사도 부엌에서 했다. 엄마가 말했다.

"남아 있는 걸 다 먹어치워야 해."

그래서 우리는 내내 카술레 스튜만 먹었다. 아빠가 카술레 스튜를 싫어해서 여섯 상자나 남아 있었던 거다. 나는 어제저녁까지는 카술레 스튜가 좋았는데, 아직도 두 상자가 남아서 점심 저녁을 다 그걸로 먹어야 한다는 걸 알고 나서는 울고 싶어졌다.

오늘 우리는 짐을 쌀 거다. 내일 아침 기차를 놓치지 않으려면 새벽 6시에 일어나야 하기 때문이다.

"이번에는 짐을 바리바리 싸가지고 가서 고생하지 말자."

엄마가 말했다.

"여보, 말 한번 잘했어. 끈으로 대충 묶은 짐 보따리를 끌고 돌아다니는 건 끔찍하다고. 가방은 아무리 많아도 세 개는 넘기지 말자고."

아빠도 맞장구를 쳤다.

"그래. 갈색 가방은 잘 안 닫히지만 끈으로 한 번 묶으면 되니까 그걸 가져가고, 커다란 파란 가방이랑 엘비르 이모가 준 작은 가방만 가져가자."

"그래, 그게 좋겠어."

아빠가 말했다. 나는 모두가 한마음이 된 것 같아서 기분이 아주 좋았다. 사실 우리는 여행을 떠날 때마다 엄청나게 많은 짐 꾸러미를 끌고 다니는 데다가 찾으려는 물건이 어디에 들었는지 매번 잊어버린다. 전에는 삶은 달걀이랑 바나나가 어디에 들었는지 몰라서 엄청 고생했다. 왜냐하면 우리는 기차를 타면 식당차에서 음식을 사 먹지 않기 때문이다. 아빠는 식당차에서 항상 똑같은 것만 판다고, 구운 사과를 곁들인 송아지 등심 요리밖에 없다고 했다. 그래서 우리는 식당차에 안 가고 삶은 달걀과 바나나를 싸 간다. 맛도 좋고 껍질만 벗기면 바로 먹을 수 있으니까. 비록 가끔 객실 안의 다른 손님들이 불평을 하기도 하지만 말이다.

아빠는 잘 안 닫히는 갈색 가방, 커다란 파란 가방, 엘비르 이모가 준 작은 가방을 찾으러 지하실로 내려갔다. 나는 내 방으로 올라가서 여행 갈 때 가져가야 할 것들을 챙겼다. 나는 무려 세 번이나

거실과 내 방을 왔다갔다해야 했다. 벽장 안에, 작은 서랍장 안에, 침대 밑에 물건들이 엄청 많았기 때문이다. 나는 그것들을 전부 거실에 내려다놓고 아빠를 기다렸다. 지하실이 아주 시끄러웠다. 조금 있으니까 아빠가 시커메져서 기분 나쁜 얼굴로 가방들을 가지고 올라왔다.

"도대체 왜 내가 찾는 가방들 위에는 늘 트렁크가 잔뜩 쌓여 있나 몰라. 그리고 왜 이 지하실은 온통 먼지투성이인 거야? 전구는 또 왜 나간 거고?"

아빠는 투덜거리면서 씻으러 갔다. 아빠는 다시 거실로 와서 내가 가져가려고 꺼내놓은 물건들을 보고는 아주 심술궂게 돌변해서 소리를 질렀다.

"이 잡동사니들은 다 뭐야? 너 설마 이 털뭉치 곰인형에 장난감 자동차, 축구공, 블록 세트까지 다 짊어지고 가겠다는 건 아니겠지?"

나는 울음을 터뜨렸다. 아빠는 눈의 흰자위까지 시뻘게져서는 말했다.

"니콜라, 네가 이러면 아빠가 싫어하는 것 알지?"

아빠는 나에게 떼쓰는 걸 그만둬주면 좋겠다고, 그러지 않으면 여름 휴가 여행에 나를 데려가지 않겠다고 했다. 그래서 나는 더 큰 소리로 울었다. 정말이지, 이게 뭐냔 말이다.

"애한테 소리질러봤자 아무 소용없을걸."

엄마가 말했다.

"애가 갓난아기처럼 죽어라 울어대면서 내 귀를 따갑게 하면 나도 계속 소리지를 수밖에 없어."

아빠가 말했다. '갓난아기'라니 우습다.

"나는 애한테 화풀이하는 건 아주 옳지 못하다고 생각해."

엄마가 아주 부드러운 목소리로 말했다.

"애한테 화풀이를 하는 게 아냐. 얌전히 좀 굴어달라고 부탁하는 거지."

"당신 이러는 거 도저히 못 봐주겠어. 너무 심해. 애가 당신한테 시달리는 거 가만히 보고 있을 수가 없어!"

엄마가 소리를 질렀다. 그래서 나는 또 울음을 터뜨렸다.

"또 뭐야? 이번에는 왜 우는 거야?"

엄마가 나에게 물었다. 나는 엄마가 아빠에게 다정하게 대하지 않아서 우는 거라고 설명했다. 그러자 엄마는 천장을 향해 두 팔을

올리고는 엄마 물건들을 챙기러 가버렸다.

나는 아빠와 무엇을 가져가도 되는지를 놓고 협상을 했다. 나는 곰인형, 장난감 병정, 삼총사 놀이 세트는 집에 두고 가겠다고 했다. 아빠도 축구공 두 개랑 집짓기 블록 세트, 태엽 감는 비행기, 삽, 양동이, 기차, 장난감 총은 가져가도 좋다고 했다. 자전거는 나중에 얘기해야겠다. 아빠는 아빠 방으로 올라갔다.

아빠 엄마 방에서 고함 소리가 들렸다. 나는 혹시 내가 필요하지 않을까 싶어서 방에 올라가보았다. 아빠는 엄마에게 왜 담요와 빨간색 털이불을 가져가느냐고 따지는 중이었다.

"방금 말했잖아. 브르타뉴 지방은 밤에 싸늘하다고."

"내가 호텔에 지불하는 돈이면, 거기서도 우리에게 이불쯤은 내줄 거야. 브르타뉴에 있는 호텔이니까 밤에 춥다는 건 그곳 사람들도 알 거 아냐!"

아빠가 말했다.

"그럴 수도 있지. 그런데 나도 궁금한 게 있어. 당신은 그 기다란 낚싯대를 가져가겠다고 들고 있는데, 도대체 그걸 어디에 넣으려고? 그걸 뭐에 쓰게?"

"생선튀김을 해 먹으려면 낚시를 해야지. 해변에 자리 깔고 말이야."

아빠가 대꾸했다.

엄마와 아빠는 가져갈 물건들을 거실로 가지고 내려갔다.

"보다시피 이 두툼한 옷이랑 이불을 다 싸려면 갈색 가방보다는 바퀴 달린 트렁크가 낫겠어. 손잡이가 한 개밖에 없는 트렁크 있잖아."

엄마가 말했다.

"그래, 당신 말이 맞아."

아빠는 이렇게 말하고 트렁크를 찾으러 갔다. 트렁크는 두툼한 옷가지를 넣기에 아주 그만이었다. 하지만 아빠의 낚싯대는 거기에도 들어가지 않았다. 분해를 해서 비스듬히 넣어도 다 들어가지 않았다.

"괜찮아. 낚싯대는 따로 들고 가지 뭐. 신문지로 싸서 들고 가면 돼. 그리고 트렁크를 가져가니까 커다란 파란 가방은 쓸모가 없겠어. 작은 세탁물 바구니 같은 거나 하나 들고 가지 뭐. 거기에다 니콜라의 장난감이랑 해수욕에 필요한 물건들을 넣자고."

아빠가 말했다.

"그래, 그러자. 기차에서 먹을 음식은 따로 쌀게. 과일 바구니 같은 데다 싸면 되겠다. 삶은 달걀하고 바나나면 되겠지?"

엄마가 말했다.

아빠는 좋은 생각이라고, 아빠는 카술레 스튜만 아니라면 뭐든지 먹겠다고 했다. 그 밖의 물건들은 아빠의 낡은 외투를 넣어두던 커다란 초록색 가방에 넣었다.

그런데 조금 있다가 엄마가 이마를 탁 치면서 해변에 놓는 긴 의자 두 개를 잊을 뻔했다고 했다. 나도 이마를 탁 치면서 자전거를 잊을 뻔했다고 했다. 아빠는 마치 아빠도 우리 이마를 때려주고 싶다는 표정으로 쳐다봤다. 그러고는 좋다고, 괜찮다고, 하지만 그렇다면 아빠도 피크닉 세트와 바구니를 가져가겠다고 했다. 우리는 모두 좋다고 했고, 아빠도 기분이 좋아졌다.

우리 모두 한마음이 되었기 때문에 이제 나는 엄마가 거실에서 짐을 싸는 걸 돕기만 하면 되었다. 그동안에 아빠는 잘 닫히지는 않지만 끈으로 묶으면 되는 갈색 가방이랑 커다란 파란 가방이랑 엘비르 이모가 준 작은 가방을 도로 갖다놓으러 지하실로 내려갔다.

출발

플랫폼에서 사람들이 소리쳤다.

"출발! 곧 출발합니다!"

기차가 치이이익! 소리를 냈다. 나는 엄청 기분이 좋았다. 우리 가족이 피서 여행을 떠나기 때문이다. 여행은 정말 좋다.

일이 착착 진행되었다. 우리는 기차를 놓치지 않으려고 새벽 6시에 일어났다. 아빠가 택시를 잡으려고 했지만 잡히지 않아서 결국 우리는 버스를 탔다. 가방이랑 짐 꾸러미를 주렁주렁 들고 버스를 타는 건 엄청 재미있었다. 기차역은 사람들로 북적거렸다. 우리는 기차가 막 떠나려고 할 때 올라탔다.

복도에서 짐이 다 있는지 세어보았다. 딱 한 꾸러미를 못 찾았는데, 그건 바로 아빠의 낚싯대였다. 하지만 낚싯대를 잃어버린 건 아니었다. 엄마가 집에서 안 들고 나왔다는 사실을 기억해냈기 때문이다. 엄마는 아빠가 검표원 아저씨를 붙들고 따지기 시작한 다음에야 그걸 기억해냈다. 아빠는 그 아저씨를 붙들고 기차역이 도둑들로 들끓는다고, 이건 정말 창피한 일이라고, 이래서야 어찌 될지 뻔하다고 막 따졌다. 그러고 나서 우리 가족은 아빠가 예약해놓은 좌석이 있는 객실을 찾아다녔다.

"여기구나."

아빠는 이렇게 말하고 객실로 들어갔다. 아빠는 들어가다가 먼저 와서 신문을 읽고 있던 나이 많은 아저씨의 발을 밟았다.

"아이고, 죄송합니다."

아빠가 말했다.

"괜찮습니다."

아저씨가 말했다.

아빠 마음에 들지 않았던 건, 우리 좌석 중 하나가 아빠가 예약한 대로 창 쪽이 아니었다는 점이었다.

"그냥 넘어갈 수는 없지!"

아빠는 다시 복도로 나가서 검표원 아저씨를 찾았다. 마침 아까 낚싯대 문제로 아빠가 붙잡고 따졌던 그 아저씨가 나타났다.

"나는 창 쪽 두 자리를 예약했는데요."

아빠가 말했다.

"아닌가보지요."

아저씨가 대꾸했다.

"왜요, 아예 나보고 거짓말쟁이라고 하시지요."

아빠 말에 아저씨가 물었다.

"뭐하려요?"

나는 울음을 터뜨렸다. 나는 창가에 앉아서 젖소를 구경할 수 없다면 차라리 기차에서 내려 집으로 돌아가겠다고 했다. 정말이지, 이게 뭐냔 말이다.

"아, 니콜라! 좀 조용히 있으면 안 되니? 볼기짝을 맞고 싶지 않으면 조용히 해!"

아빠가 고함을 쳤다. 정말이지 너무했다. 그래서 나는 더 큰 소리로 울기 시작했다. 엄마는 나에게 바나나를 주면서 아저씨께 자리를 바꿔줄 수 있는지 여쭤보라고, 만약 아저씨가 자리를 양보해주신다면 창밖으로 아주 멋진 젖소들을 볼 수 있을 거라고 했다. 아빠는 검표원 아저씨에게 더 따지려고 했지만 그럴 수 없었다. 아저씨가 벌써 가버리고 없었기 때문이다.

아빠는 짐칸에 우리 물건들을 정리했다. 그리고 나이 많은 아저씨 앞에 엄마와 나란히 앉았다.

"뭘 좀 먹고 싶은데."

아빠가 말했다.

"여행 가방 위에 있는 파란 가방에 삶은 달걀이 들었어."

엄마가 말했다. 아빠는 좌석 위로 올라가서 삶은 달걀이 가득 든 가방을 꺼냈다.

"소금이 없잖아."

아빠가 말했다.

"소금은 갈색 트렁크 안에 있어. 세탁물 바구니 아래에."

　엄마가 또 알려주었다. 아빠는 망설이더니 소금 없이 그냥 먹겠다고 했다. 신문을 보고 있던 아저씨는 한숨을 내쉬었다.

　조금 있으니까 멋진 광경이 펼쳐졌다! 젖소가 엄청, 엄청 많이 보였다.

　"엄마, 저것 좀 보세요! 젖소예요!"

　내가 외쳤다.

　"니콜라, 아저씨 바지에 바나나를 떨어뜨렸잖니! 조심 좀 할 수 없어?"

엄마가 말했다. 나이 많은 아저씨가 말했다.

"괜찮습니다."

그 아저씨는 신문을 참 느리게 읽는 것 같았다. 기차가 출발한 뒤로 신문을 단 한 장도 넘기지 않고 계속 같은 데만 보고 있었으니까 말이다. 바나나가 떨어지는 바람에 끄트머리 조금밖에 남지 않아서, 나는 삶은 달걀을 먹기 시작했다. 나는 달걀 껍데기를 까서 의자 밑에 버렸다. 옆에 앉은 나이 많은 아저씨는 다리를 아저씨 자리 밑으로 바짝 당겼다. 참 희한하다. 다리를 그렇게 하고 여행을 하면 엄청 불편할 텐데 말이다.

나는 처음에는 기차 타는 게 재미있었지만 슬슬 지겨워졌다. 특히 창밖으로 전선들만 오르락내리락하는 풍경이 계속되니까 너무 지겨웠다. 그런 광경만 내내 쳐다보고 있으면 눈이 아프다. 나는 엄마에게 아직 멀었냐고 물었다. 엄마는 그렇지 않다고, 거의 다 왔으니 눈 감고 자보라고 했다. 하지만 나는 잠이 오지 않았다. 그래서 목이 마르다고 하기로 했다.

"엄마, 나 목말라요. 오렌지주스 먹고 싶어요. 저기 저 끝에 음료수 파는 아저씨가 있어요."

내가 말했다.

"조용히 하고 잠이나 자렴."

엄마가 말했다. 하지만 아빠도 말했다.

"나도 뭘 좀 마시고 싶은걸."

아빠는 오렌지주스를 사러 갔다. 주스를 사 오면서 아빠는 빨대 가져오는 걸 잊어서 두 번이나 왔다갔다해야 했다. 음료수 병에 빨대를 꽂고 부글부글 거품을 만드는 건 참 재미있다.

조금 있으니까 검표원 아저씨가 승차권을 확인하러 왔다. 아빠는 방수 외투 주머니에 넣어둔 승차권을 찾으려고 또 좌석 위로 올라가야 했다. 우리가 가려는 브르타뉴 지방에는 비가 많이 오니까 방수 외투를 입으라고 아빠에게 권한 사람은 엄마였다.

"이렇게 계속 승객들을 귀찮게 해도 되나 모르겠군요."

아빠는 검표원 아저씨에게 승차권을 보여주는 동시에, 바닥에 떨어뜨린 나이 많은 아저씨의 모자를 주우면서 말했다.

나는 점점 기차 여행에 싫증이 났다. 창밖에는 들판과 젖소들밖에 안 보였다. 아빠도 지겨운지 전혀 재미있어하는 것 같지 않았다.

"잡지라도 몇 권 사서 타는 건데."

아빠가 말했다.

"우리가 집에서 조금만 더 일찍 나왔어도 잡지 살 시간은 있었겠지."

엄마가 대꾸했다.

그러자 아빠가 소리를 질렀다.

"비꼬지 마! 당신이 하는 말을 누가 들으면 낚싯대를 깜박한 게 나인 줄 알겠어."

"여기서 낚싯대 얘기가 왜 나오는지 모르겠네."

엄마가 말했다.

"나도 잡지 보고 싶어요!"

"니콜라! 너 조용히 하랬지!"

아빠가 고함을 쳤다. 나는 울음을 터뜨렸고 엄마는 나에게 바나나 한 개를 더 먹겠냐고 물었다. 그때 나이 많은 아저씨가 나에게 잡지 한 권을 건네주었다. 끝내주는 잡지였다. 표지에는 메달이 주렁주렁 달린 제복을 입은 아저씨와 머리에 보석을 잔뜩 단 아줌마 사진이 있었다. 두 사람은 곧 결혼할 것처럼, 그것도 엄청 멋진 결혼을 할 것처럼 보였다.

"아저씨한테 뭐라고 해야 하지?"

엄마가 물었다. 그래서 나는 "아저씨, 고맙습니다."라고 인사를 했다.

"네가 다 보고 나면 나한테도 좀 넘겨다오."

아빠가 말했다. 나이 많은 아저씨는 아빠를 쳐다보더니 아저씨가 갖고 있던 신문을 주었다. 아빠도 "고맙습니다."라고 인사를 했다.

나이 많은 아저씨는 잠을 청하려고 눈을 감았다. 하지만 이따금 눈을 떠야 했다. 창 쪽에 앉은 사람이 볼일을 보러 갈 때마다 비켜줘야 했기 때문이다. 아빠는 담배를 피우러 갔다 오고, 조금 있다가는 검표원 아저씨에게 기차가 오후 6시 16분에 목적지에 도착하는 게 맞는지 물어보러 갔다 오고, 그다음에는 음료수 파는 아저씨에게 햄샌드위치는 없는지 물어보러 갔다 왔다. 햄샌드위치는 없고 치즈샌드위치만 남아 있었다. 나도 여러 번 왔다갔다했다. 객실 끝까지 가보고 싶어서 한 번 왔다갔다했고, 그다음에는 잡지를 다 읽어서 돌려주려고 나이 많은 아저씨를 깨웠다. 아빠는 나를 야단쳤다. 잡지 표지에 보석 단 아줌마랑 결혼하려는 군인 아저씨의 넥타이 바로 밑 부분에 치즈 부스러기를 묻혔기 때문이다.

잠시 후에 검표원 아저씨가 외쳤다.

"플로그스테크, 이 분간 정차합니다! 생포르레바토로 가실 분은 여기서 갈아타세요!"

그러자 나이 많은 아저씨가 자리에서 일어나 신문과 가방을 챙겼다. 아저씨의 가방은 우리 갈색 트렁크 아래 있었다. 아저씨는 잔뜩 구겨진 모자를 쓰고 아주 우스꽝스러운 모습으로 기차에서 내렸다.

아저씨가 나가자마자 아빠가 말했다.

"아이고! 이제 좀 살겠네! 여행할 때 보면 참 뻔뻔한 사람들이 있다니까! 당신도 봤지? 저 노인네가 자리를 거의 독차지하다시피 한 거?"

봉그랭 아저씨네 스페인 여행기

봉그랭 아저씨가 오늘 오후에 우리 가족을 초대했다. 봉그랭 아저씨는 아빠 회사에서 회계 일을 맡고 있다. 아저씨에겐 부인인 봉그랭 아줌마와 코랑탱이라는 아들이 있다. 코랑탱은 나하고 동갑인데 꽤 괜찮은 녀석이다. 우리가 아저씨네 집에 도착했을 때, 봉그랭 아저씨는 깜짝 놀랄 만한 게 있다고, 차를 마신 후에 스페인 여행에서 찍은 사진을 보여주겠다고 했다.

"어제 사진을 찾았지. 현상하는 데 시간이 오래 걸리더라고. 슬라이드 필름이야. 이따 보여줄게. 사진들이 대체로 아주 잘 나왔어."

아저씨가 말했다.

나는 기분이 좋았다. 스크린에 비친 사진을 보는 건 아주 재미있다. 먼젓번 저녁에 아빠랑 같이 극장에서 본 카우보이들이 엄청 많이 나오는 진짜 영화만큼은 아니지만 그래도 그럭저럭 재미있다.

간식은 아주 맛있었다. 조그만 케이크들이 잔뜩 나왔다. 나는 딸기 얹은 것, 파인애플 얹은 것, 초콜릿 얹은 것, 아몬드 얹은 것을 다 먹어보았다. 하지만 체리를 얹은 케이크는 먹지 못했다. 엄마가 그렇게 먹어대다가는 탈이 날 거라고 했기 때문이다. 나는 그 말을 믿을 수 없었다. 내가 체리를 먹고 탈이 난 일은 한 번도 없었으니까 말이다.

차를 마신 후에 봉그랭 아저씨는 슬라이드 사진을 보는 기계를 가져왔다. 스크린이 반짝반짝 빛나는 게 엄청 멋졌다. 봉그랭 아줌마는 집 안을 어둡게 하려고 블라인드를 내렸다. 나는 코랑탱이 스크린 앞에 의자를 놓는 걸 거들었다. 그러고 나서 봉그랭 아저씨만 빼고 모두들 의자에 앉았다. 아저씨는 슬라이드 필름이 가득한 상자를 가지고 영사기 뒤에 자리를 잡았다. 불이 꺼졌고, 사진이 보이기 시작했다.

첫 번째 사진은 색이 끝내줬다. 봉그랭 아저씨의 자동차가 보이고 봉그랭 아줌마가 반쯤 잘려 나왔다.

"이건 출발하던 날 맨 처음 찍은 사진이야. 내가 신경이 약간 예민해져 있어서 구도를 잘못 잡았지 뭐야. 그 얘긴 안 하는 게 좋겠군."

아저씨가 말했다.

"왜 그 이야기를 안 해? 꼭 해야지! 난 출발하던 날을 못 잊을 거야! 다들 그날 이이를 봤어야 해요! 어찌나 소리를 질러대던지! 특히 코랑탱 때문에 늦게 생겼다고 애를 아주 달달 볶았다니까요!"

아줌마가 말했다.

"당신도 인정할 건 인정해야지. 당신 아들이 바보처럼 신발을 잃어버려가지고…… 결국 애 때문에 그날 밤 페르피냥에 도착하지 못할 뻔했잖아. 페르피냥에서 하루 묵기로 해놓고 말이야!"

아저씨도 지지 않았다.

"어쨌든 이 사진을 다시 보니까 우리 출발하던 날이 생각나서 그래…… 정말이지, 믿을 수가 없어! 여러분도 생각을 좀 해보세요."

"됐어! 내 얘기 안 끝났으니까 좀 가만 있어봐!"

봉그랭 아저씨가 웃으면서 외쳤다.

아저씨는 질질 짜는 코랑탱과 기분이 상해 있는 봉그랭 아줌마를 재촉해서 차에 태우고 재빨리 시동을 걸었다고, 그렇게 서두르느라 길에 누가 있는지 살펴볼 겨를도 없었다고 했다. 그런데 오른쪽에서 트럭이 오고 있었단다. 아저씨가 겨우 브레이크를 밟기는 했지만 그래도 자동차 범퍼가 망가지고 말았단다.

"그 트럭 운전수가 나한테 얼마나 욕을 해대던지. 그래서 온 동네 사람들이 다 내다봤다니까요!"

봉그랭 아저씨가 눈을 비비면서 말했다.

우리가 웃음을 멈추자 아저씨는 어떤 식당 사진을 보여주면서 말했다.

"이 식당 좀 봐요! 저기는 절대로 가지 마세요! 어찌나 불결한지! 게다가 바가지만 잔뜩 썼다니까요!"

아줌마도 맞장구를 쳤다.

"한번 생각해보세요! 세상에, 제대로 익지도 않은 닭고기가 요리

랍시고 나온 거예요! 별미를 맛보려고 맨 처음 들른 식당이 그 모양이었다니까요! 끔찍했죠!"

그다음 사진은 구름처럼 희미한 형체만 보였다.

"저것 보세요. 저게 코랑탱이 찍은 내 얼굴 사진입니다! 내가 사진 찍을 때 움직이면 안 된다고 그렇게 말했건만!"

아저씨가 말했다.

"하지만 당신은 애가 셔터를 누르자마자 고래고래 소리치면서 그 말을 했잖아? 그러니 애가 놀랄 수밖에 없지!"

아줌마가 말했다.

"자네 상상이 가나? 코랑탱 녀석은 여행 내내 송아지처럼 울어대지, 마누라는 계속 뾰루퉁한 얼굴을 하고 있지…… 그런 식구들을 데리고 계속 여행을 하다니. 아! 난 정말 못 잊을 거야!"

아저씨가 아빠에게 말했다.

그다음에는 활짝 웃고 있는 코랑탱 얼굴이 크게 찍힌 사진이 나왔다.

"이건 내가 찍은 거예요. 그때 이 사람은 자동차 타이어를 갈고 있었어요. 여행하는 동안 타이어에 처음으로 구멍이 났을 때예요."

아줌마가 설명했다.

아저씨는 다음 사진으로 넘겼다. 호텔이 보였다. 페르피냥에 있는 호텔 같았다. 호텔이 금방 쓰러질 것처럼 보여서, 절대 묵으면 안 될 것 같았다. 아저씨는 그 호텔에 묵고 싶지 않았지만 아줌마와 코랑탱, 그리고 구멍 난 타이어 때문에 시간이 너무 늦어서 페르피냥의 좋은 호텔들은 방이 하나도 남아 있지 않았단다. 그다음에는 온

통 움푹움푹 팬 길이 보였다.

아저씨가 아빠에게 말했다.

"이보게, 이게 바로 스페인의 도로야. 정말 믿을 수 없는 일이지. 우리는 늘 우리가 사는 곳에 대해 불평하지만 정작 남들이 사는 곳에 가보면 우리가 사는 곳이 그리 나쁘지 않다는 걸 깨닫게 되지. 제일 재미있는 건, 이런 이야기를 그 사람들한테 해주면 기분 나빠한다는 거야! 어쨌든 이번 여행에서만 타이어에 세 번이나 구멍이 났다니까!"

그다음에는 코랑탱이 웃고 있는 또다른 사진이 보였다. 그 뒤에는 스크린이 온통 새파랗게 보였다. 아저씨가 스페인의 하늘을 찍은 거라고, 항상 저렇게 구름 한 점 없이 푸르다고, 정말 끝내준다고 설명해주었다.

"끝내주긴 무슨, 저걸 다시 봐서 뭐해? 저걸 보니까 목만 마르네. 정말 엄청 더웠어요! 차 안에 있으면 꼭 화덕 안에 들어앉아 있는 것 같았다니까요!"

아줌마가 말했다.

"그 얘기는 다시 꺼내지 말자구. 그냥 우리끼리만 알고 있는 게 낫잖아."

아저씨가 말했다.

아저씨는 아줌마와 코랑탱이 여행 내내 얼마나 아저씨의 인내심을 시험했는지 이야기했다. 두 사람은 걸핏하면 뭘 마셔야겠다며 차를 세우라고 했고, 그때마다 얼마나 시간을 오래 잡아먹었는지, 아마 아저씨가 두 사람 하자는 대로 다 했으면 아직까지도 스페인에서 돌아오지 못했을 거란다.

"어머! 무슨 소리야! 차가 안 달리는데 어쩌라고! 이 사진 찍고 나서 2킬로미터쯤 더 간 다음에 자동차가 고장 났잖아. 정비사는 저녁때가 다 돼서 왔고!"

아줌마가 말했다. 아저씨는 차를 다 고치고 나서 웃고 있는 정비사 사진을 보여주었다.

그다음에는 바닷가 사진이 잔뜩 나왔다. 그런데 사람이 너무 많아서 절대로 그 바닷가에는 가면 안 될 것 같았다. 아저씨는 거기에서 일광욕을 너무 많이 하는 바람에 결국 병원에서 치료를 받아야 했다면서, 웃고 있는 의사 선생님 사진도 보여주었다. 그다음은 식당 사진이었는데, 아줌마가 그곳에서 기름진 요리를 먹고 탈이 났다고 했다. 그 뒤에는 도로에 자동차가 가득한 사진이 나왔다. 아저씨가 말했다.

"오는 길은 정말 끔찍했답니다! 이 차들 좀 보세요! 국경까지 계속 이렇게 차가 많았어요! 이러니까 우리가 페르피냥에 도착했을 때 칙칙한 호텔들 말고는 남아 있는 숙소가 없을 수밖에요! 이게 다 우리 집 바보 녀석 때문이라니까요! 차 막히니까 빨리 출발해야 한다고 그렇게 말했건만……."

"그건 내 잘못이 아니었어요!"

코랑탱이 말했다.

"아! 코랑탱, 너 또 시작이냐! 니콜라 앞에서 네 방으로 쫓겨나야 좋겠어? 알리칸테에서 그랬던 것처럼 해볼까?"

아저씨가 으름장을 놓았다.

그러자 엄마가 입을 열었다.

"시간이 많이 늦었네요. 내일 애들 학교도 가야 하니까 오늘은 이만 돌아가는 게 좋겠어요."

아저씨는 우리를 문까지 배웅하면서 아빠한테 여행 갈 때 왜 카메라를 가져가지 않느냐고 물었다. 아빠는 카메라를 가져가야겠다고 생각해본 적도 없다고 했다.

그러자 아저씨가 말했다.

"자네 생각이 틀린 거야. 사진이 얼마나 멋진 추억거리가 되는데!"

십자말 퍼즐

  나는 비 오는 일요일에 엄마 아빠하고 집에 있는 게 참 좋다. 신나게 놀 만한 게 하나도 없을 때만 빼고 말이다. 놀거리가 없을 땐 심심해서 말썽을 부리게 되고, 그러다 보면 또 한바탕 소동이 벌어진다.

  우리는 거실에 있었다. 밖에는 비가 엄청 쏟아졌다. 아빠는 신문을 읽고, 엄마는 바느질을 하고 있었다. 시계에서는 째깍째깍 소리가 났다. 나는 재미있는 이야기가 실린 잡지를 보고 있었다. 산적이랑 카우보이, 비행사, 해적이 많이 나오는 끝내주는 잡지였다. 나는 다 읽고 나서 이렇게 물었다.

  "이제 뭐 해요?"

  아무도 대꾸를 하지 않아서 내가 다시 물었다.

"나 이제 뭐 하냐고요, 네? 나 뭐 해요? 나 뭐 해요?"

"그만, 니콜라!"

엄마가 말했다.

나는 이건 말도 안 된다고, 아무것도 할 게 없어서 심심하다고, 아무도 나를 사랑하지 않는다고, 나는 집을 나가버릴 거고, 내가 없으면 모두 엄청 후회하게 될 거라고 말하고는 카펫에다 발길질을 했다.

"아, 그만둬, 니콜라! 너 또 시작이냐, 응? 잡지 보면 되잖아. 그럼 됐지!"

아빠가 고함을 쳤다.

"벌써 다 읽었어요."

내가 대꾸했다.

"그러면 다른 잡지를 읽으면 되잖아."

아빠가 말했다.

"그럴 수가 없어요. 다 읽은 잡지들은 조아생의 구슬이랑 바꿨거든요."

"그러면 그 구슬을 가지고 놀면 되겠네."

"그 구슬들은 치사한 사기꾼 맥상이 학교에서 다 따먹었어요."

아빠는 손으로 얼굴을 감싸더니 카펫 위에 있던 내 잡지를 쳐다보았다.

"아니, 잡지에 십자말 퍼즐이 있잖아! 이것 참 재미있지! 이걸 하면 되겠구나. 십자말 퍼즐은 재미도 있고 공부에도 도움이 된단다."

아빠가 말했다.

"어떻게 하는 건지 몰라요."

내가 말했다.

"그렇다면 더욱더 배워야지. 아빠가 도와주마. 아주 간단해. 일단 설명을 읽어보렴. 그리고 하얀 네모 칸이 몇 개인지 세어보면 들어갈 낱말이 몇 자인지 알 수 있지. 그다음에 거기에 맞는 낱말을 넣으면 되는 거야. 연필 좀 가져올래?"

나는 연필을 가지러 뛰어갔다. 거실에 나와보니 아빠가 엄마한테 이렇게 말하고 있었다.

"이제 좀 조용히 있을 수 있겠지!"

아빠랑 엄마는 함께 웃었다. 그래서 나도 같이 웃었다. 비 오는 일요일에 우리 세 식구가 집에 함께 있으면 정말 좋다. 우리 가족은 서로 마음이 엄청 잘 통하니까 말이다. 우리는 다 같이 웃었고, 나는 카펫에 누워서 십자말 퍼즐을 시작했다.

"워털루 전투에서 패배한 프랑스의 황제, 네 글자."

내가 설명을 읽었다.

"나폴레옹."

아빠가 활짝 웃는 얼굴로 대답했다.

"프랑스의 수도. 두 글자."

"파리."

아빠는 답을 말하고 웃었다. 이렇게 전부 다 알고 있으면 정말 좋을 거다! 아쉬운 건, 이렇게 아는 게 많아도 아빠한테는 쓸모가 없다는 거다. 아빠는 학교에 안 다니니까. 아빠가 학교에 간다면 선생님의 치사한 귀염둥이 아냥 대신 일등을 차지할 수 있을 거고, 그렇게만 된다면 참 좋을 텐데. 그리고 아빠랑 같은 반이면 아무도 나한테 감히 벌을 주지 못할 텐데, 그러면 얼마나 좋을까?

"동물. 손톱과 발톱이 있고 야옹야옹 소리를 내는 것. 세 글자."

"고양이."

아빠는 읽던 신문을 아예 무릎에 내려놓고 답을 맞히기 시작했다. 나보다 더 재미있어하는 것 같았다. 우리 아빠는 정말 끝내준다!

"우리나라 중부지방에서 자라는 참제비고깔의 한 종류. 여섯 글자."

아빠는 금방 대답하지 못했다. 아빠는 머리를 긁적이더니, 생각이 날 듯하면서도 안 떠오른다고 했다. 그래서 나는 그다음 문제의 설명을 읽었다.

쌍떡잎식물 초롱꽃목 국화과의 두해살이풀. 열 글자.

"쌍떡잎식물 초롱꽃목 국화과의 두해살이풀. 열 글자."

아빠는 읽던 신문을 다시 들고 이렇게 말했다.

"니콜라, 이제 너 혼자 해보렴. 아빠는 조용히 신문을 좀 읽고 싶구나."

그래서 나는 혼자서는 하고 싶지 않다고 했다. 하지만 아빠는 집 안에서 좀 조용히 지내고 싶다고, 벌받고 싶지 않으면 얌전히 구는 게 좋을 거라고 소리를 질렀다. 그러고는 남의 도움을 받아서 십자말 퍼즐을 푼다면 절대로 공부에 도움이 되지 않을 거라고 했다. 내가 보기에, 아빠는 몹시 화가 나 있는 것 같았고, 말썽을 부리지 않는 게 좋을 듯싶었다. 특히 간식 시간 전이니까 조심하는 게 좋을 것 같았다. 왜냐하면 엄마가 엄청 맛있는 사과파이를 구워놓았기 때문이다.

그래서 나는 혼자서 십자말 퍼즐을 계속했다. 처음에는 쉬운 단어들이 나와서 잘 되어갔다. '남아프리카의 영양, 세 글자'는 물론 '송아지'라고 썼다. '정박'이라는 설명을 보고는 '선박'이라는 답을 알아냈다. 그런데 성가시게도 십자말 퍼즐을 만드는 사람들이 실수를 한 것 같았다. '선박'은 두 글자인데 하얀 네모 칸을 엄청 많이 만들어놓은 거였다. 그래서 나는 글자를 아주 크게 써서 칸을 다 채웠다. '졸졸졸 흐르는 물'이라는 설명을 보니, 답이 '시냇물'인 것 같았다. 그런데 이번에는 칸이 두 개뿐이었다. 그래서 나는 할 수 없이 '시냇'까지밖에 쓰지 못했다. 그다음부터는 또 어려운 문제들이 나오기 시작해서 아빠에게 다시 물어봐야만 했다.

"거무스름한 갈색 털이 아주 비싸게 취급되는 동물. 두 글자?"

아빠는 신문을 탁 무릎에 내려놓고는 눈을 부릅떴다.

"니콜라, 내가 아까 너한테……."

"담비."

엄마가 답을 말했다.

아빠는 입을 헤벌린 채 엄마를 돌아보았다. 엄마는 계속 바느질을 하고 있었다. 아빠는 입을 다물었지만 기분이 별로 좋지 않은 것 같았다.

"내 생각엔 아이를 대하는 우리 태도에 어느 정도 일관성이 있어야 할 것 같은데?"

아빠가 엄마에게 말했다.

"내가 뭘 어쨌는데?"

엄마는 깜짝 놀라면서 물었다.

"내 생각은 아이가 십자말 퍼즐을 스스로 풀게 하는 게 더 나을 것 같다는 거지. 그게 다야."

"내가 보기에는 당신이 십자말 퍼즐을 너무 심각하게 받아들이고 있는 것 같거든? 난 단지 애를 약간 도와줬을 뿐이야. 그게 뭐가 잘못이라고 그래?"

"어쩌다 우연히 그 짐승 이름을 알았기 때문에 그렇게……."

"아무렴, 내가 '담비'라는 단어를 안 건 순전히 우연이고말고!"

엄마는 아주 화가 나면 그러듯이 억지로 웃으면서 말했다.

"결혼한 뒤에 나한테 그런 모피옷을 사준 사람이 있었으면 아예 모피 전문가가 됐을지도 모르지."

그러자 아빠는 자리를 박차고 일어나서 아주 잘하는 짓이라고,

가족이 아빠에게 느끼는 고마움이란 게 고작 이거냐고, 아빠는 가족한테 부족한 게 없게 하려고 똥줄이 타도록 힘겹게 일하는데 집 안에서 좀 편안히 지내는 것조차 불가능하다고 푸념을 늘어놓았다. 엄마도 엄마의 엄마(메메) 말이 백번 옳았다고 했다. 엄마 아빠는 나보고 방에 들어가서 십자말 퍼즐을 마저 하라고 했다.

나는 엄마가 간식을 먹으라고 부를 때가 되어서야 십자말 퍼즐을 겨우 끝낼 수 있었다. 잔뜩 남은 하얀 칸들은 까맣게 칠해버렸다.

식탁에선 아무도 입을 열지 않았다. 나는 하고 싶은 말이 있었는데 엄마가 조용히 먹기나 하라고 했다. 아쉬웠다. 엄마 아빠에게 내가 완성한 십자말 퍼즐을 보여주었더라면 무지 좋았을 텐데.

십자말 퍼즐은 정말 공부에 도움이 된다! 예를 들어, '우리가 사는 곳에 흔한 포유류. 되새김질을 하고 우리에게 우유를 주는 동물'이 '오한'이라는 걸 배울 수 있으니까 말이다!

포로를 구출하라

뤼퓌스가 우리에게 자기 사촌 니케즈를 만난 얘기를 해주었다. 니케즈는 보이스카우트인데, 뤼퓌스에게 재미나는 놀이를 많이 가르쳐준다고 했다. 그 놀이는 보이스카우트가 인디언들한테 배운 거란다.

"인디언들이 보이스카우트에게 놀이를 가르쳐준단 말이야?"

조프루아가 물었다.

"그렇다네, 이 사람아. 나뭇가지를 비비거나 돌을 맞부딪쳐서 불을 붙이는 것처럼 엄청 유용한 것들을 가르쳐준대. 특히 포로들을 구출하러 갈 때 길잡이를 따라가는 방법도 가르쳐주고."

뤼퓌스가 말했다.

"길잡이를 따라가다니, 그게 무슨 말이야?"

클로테르가 물었다. 그러자 뤼퓌스가 설명을 했다.

"응, 그건 말이지, 인디언들은 돌이나 나뭇가지, 깃털 같은 걸로 길에 표시를 한대. 그러면 다른 사람들이 그 표시를 보고 뒤쫓아 가는 거야. 그렇게 길을 표시하고 그 표시를 읽을 줄 알면 같은 편끼리는 엄청 쓸모 있지. 그러니까 적들하고 싸우다가 포로로 끌려 가게 된 사람들은 친구들이 자기를 따라올 수 있도록 표시를 남기 는 거야. 그러면 친구들은 적들이 눈치채지 못하게 쫓아가서 빵! 포 로로 잡혀간 친구들을 구출해주는 거지."

우리는 모두 그것 참 멋지다고 했다. 우리는 이렇게 쓸모 있는 놀 이가 좋다. 뤼퓌스가 내일은 목요일이니까 동네 공원에서 만나자 고 했다.

"왜 빈터가 아니라 공원이야? 빈터에서 노는 게 더 좋은데."

조아생이 물었다.

"빈터는 너무 좁잖아. 그런 곳에서는 포로가 쉽게 발견될 거야. 그리고 인디언들이 빈터에서 길잡이 따라가는 거 봤어?"

뤼퓌스가 말했다.

"그럼 공원에서 길잡이 따라가는 거는 봤어?"

조아생이 물었다.

"그럼 인디언들처럼 길잡이 따라가는 법을 배우고 싶은 사람만 내일 점심 먹고 공원으로 나와. 싫은 사람은 말고."

목요일에 우리는 점심을 먹고 모두 공원에 모였다. 우리 동네에는 아주 멋진 공원이 있다. 그곳에는 연못도 있고 뜨개질하면서 수다 떠는 아줌마들, 유모차들, 풀밭, 나무도 있다. 막대기와 호루라기를 갖고 있는 관리인 아저씨도 있다. 그 아저씨는 사람들이 풀밭에 들어가거나 나무에 올라가지 못하게 감시한다.

"내가 길잡이를 남기고 나서 숨을게. 그러니까 내가 적군에게 포로로 끌려간 게 되는 거야. 그럼 너희는 내가 남긴 표시들을 추적해서 나를 구해줘."

뤼퓌스가 말했다.

"길잡이는 뭘로 표시할 건데?"

맥상이 물었다.

"내가 먼저 가면서 조약돌을 주워서 작은 돌무더기를 만들어둘게. 너희는 그걸 보고 따라오면 돼. 하지만 조심해야 해! 적들이 너희가 따라오는 걸 눈치채면 안 되거든. 그러니까 너희는 진짜 인디언들처럼 기어와야 해."

뤼퓌스가 말했다.

"아, 싫어! 나는 싫어! 내 샌드위치에 흙이 묻는단 말이야."

알세스트가 말했다.

"꼭 기어야 해! 안 그러면 적들 눈에 띈다고!"

뤼퓌스가 말했다.

"싫어. 적이 나를 안 쳐다보면 되잖아. 나는 기어서는 못 가!"

알세스트가 말했다.

"기어가지 않으면 넌 인디언이 아니야. 더 이상 우리 편도 아니고!"

뤼퓌스가 소리를 질렀다.

알세스트는 씹다 만 빵부스러기가 잔뜩 묻은 혀를 "메롱." 하고

내밀었다. 둘은 곧 치고받을 기세였다. 하지만 내가 나서서 시간 낭비하지 말자고, 알세스트가 기어갔다고 치고, 그래서 적들이 보지 못했다고 치면 되지 않냐고 했다. 모두 그러는 게 좋겠다고 했다.

"좋아, 내가 길잡이를 준비하는 동안 너희는 뒤로 돌아서 있어. 나를 쳐다보면 안 돼."

뤼퓌스가 말했다.

"대장이 있어야 해. 내가 대장을 하겠어."

조프루아가 말했다.

그러자 외드가 물었다.

"왜? 무슨 말씀! 매번 이렇다니까! 늘 이 광대 같은 녀석이 대장을 하고 싶어하지. 나는 반대야! 네, 안 되고말고요, 선생님, 난 반댑니다!"

"내가 광대라고?"

조프루아가 발끈했다. 하지만 내가 나서서 그런 일로 싸우는 건 바보 같은 짓이라고 말했다. 그리고 인디언들 사이에서는 나이가 가장 많은 사람이 대장을 한다는 것도 말해주었다.

"바보 멍청아, 그런 건 어디서 주워들었냐?"

조프루아가 물었다.

"도로테 이모가 준 책에서 읽었다. 왜! 어디 한 번만 더 나한테 바보 멍청이라고 해봐!"

내가 대꾸했다.

"제일 나이가 많은 사람은 난데."

클로테르가 말했다.

클로테르가 우리 반에서 제일 나이가 많은 건 사실이다. 어렸을 때 유치원을 일 년 더 다녔기 때문이다. 무슨 대장이든, 클로테르가 대장이 된다는 건 생각만 해도 엄청 우스운 일이었다. 그래서 우리는 대장은 그냥 우리 편 진영에 남아 있다고 치기로 했다. 그리고 우리는 대장이 포로를 구출하라고 보낸 최고의 전사들이라고 하기로 했다.

"어쨌건 넌 광대야!"

외드가 조프루아에게 말했다.

외드와 조프루아는 싸움을 벌였다. 우리는 두 녀석을 둘러쌌다. 그때 호루라기 소리가 들려왔다. 관리인 아저씨가 막대기를 휘두르면서 달려오고 있었다.

"그만두지 못해? 너희가 여기 들어올 때부터 죽 지켜보고 있었지! 그렇게 야만인처럼 굴면 모두 다 쫓아낼 거야! 알았어?"

관리인 아저씨가 소리쳤다.

그러자 어떤 아줌마가 말했다.

"도무지 조용히 있을 수가 없네요! 아저씨 호루라기 소리 때문에 아기가 깼잖아요! 관리사무소에 가서 정식으로 항의를 하겠어요!"

그 아줌마는 우리와 아주 가까운 벤치에 앉아 있었는데, 뜨개질하던 걸 정리하더니 자리에서 일어났다. 아줌마는 유모차를 밀면서 가버렸다. 유모차에 탄 아기가 막 울어댔다. 관리인 아저씨는 얼굴이 시뻘게져서 아줌마를 따라갔다. 아저씨는 막대기로 우리를 가리키면서 아줌마에게 뭐라고 말했다. 아줌마는 다시 벤치에 앉아서 유모차를 여러 번 흔들었다. 그러자 아기가 더 이상 울

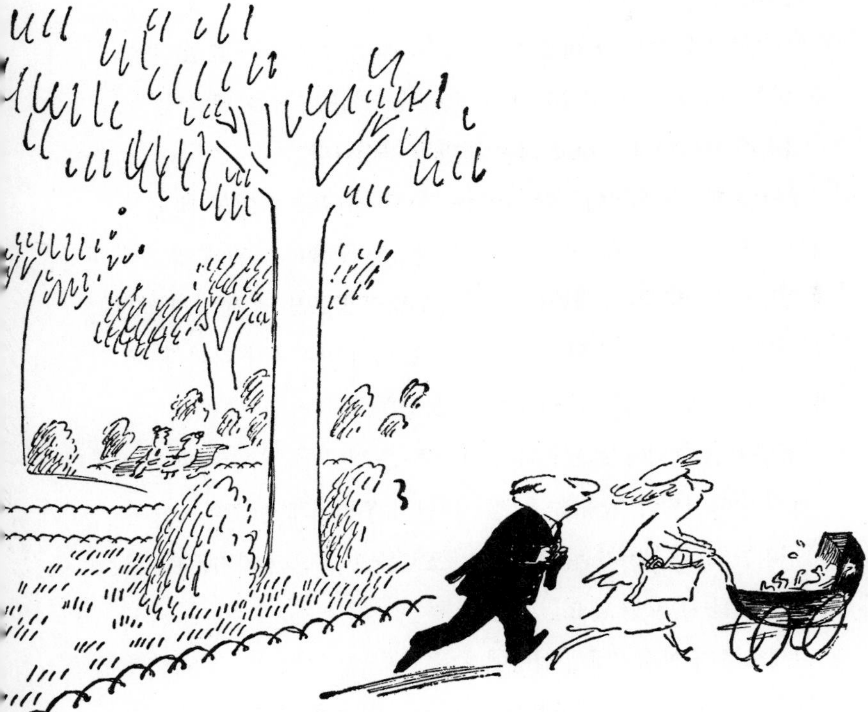

지 않았다.

"준비됐어!"

뤼퓌스가 달려와서 말했다. 뤼퓌스의 손이 새카매져 있었다.

"무슨 준비?"

클로테르가 물었다.

"길잡이 말이야, 이 바보 멍청아! 자, 너희는 아무것도 보면 안 돼. 아무것도 보지 말고 100까지 세. 그동안 나는 숨을 테니까."

뤼퓌스는 이렇게 말하고 다시 저만치 가버렸다.

우리는 100을 세었다. 뒤를 돌아보았더니 뤼퓌스는 아무 데도 보이지 않았다. 그래서 우리는 모두 뤼퓌스를 구출하기 위해 땅바닥에 엎드려 기어가기 시작했다. 브리오슈 빵을 먹으면서 기는 시늉만 하는 알세스트만 빼고 말이다. 그런데 관리인 아저씨가 다시 올 때까지 우리는 길잡이를 한 개도 찾지 못했다.

"땅바닥을 기어다니면서 대체 뭣들 하는 거냐?"

관리인 아저씨가 한쪽 눈을 찡그리면서 우리에게 물었다.

"우리는 지금 기어가는 중이에요. 포로를 구출하러 가거든요. 적들이 우리를 보면 안 돼요."

알세스트가 아저씨에게 설명했다.

"네, 우리는 길잡이를 따라가는 거예요. 인디언들처럼요."

외드도 거들었다.

우리는 관리인 아저씨에게 설명을 해주느라고 다 함께 아저씨 주위에서 기었다. 그때 어디선가 엄청 큰 호루라기 소리가 들렸다.

"창피한 줄 아세요! 항의하겠어요! 내가 아는 국회의원이 있거든요!"

아까 아저씨에게 화를 냈던 아줌마가 이렇게 외치고는 유모차를 밀고 가버렸다. 아기가 끔찍한 소리로 울어댔다. 관리인 아저씨는 아줌마를 쫓아갔다.

조금 있으니까 뤼퓌스가 잔뜩 화가 나서 씩씩대며 왔다.

"야! 너희 길잡이를 따라오는 거야, 마는 거야? 너희가 여기서 떠들고 있는 줄도 모르고 난 내내 기다렸잖아! 다 눈 감고 100까지 센 다음에 나를 찾아! 정말이지, 이게 뭐야!"

우리는 모두 눈을 감고 땅바닥에 엎드려서 100까지 셌다. 그런데 관리인 아저씨가 고래고래 소리를 지르며 우리에게 왔다.

"너희 모두 정신 나갔어? 그만 웅얼대고 눈 떠! 좋은 말로 할 때 빨리 일어나! 그리고 호루라기 가진 꼬맹이 녀석 어디 있어?"

"걔는 포로인데요. 바로 걔를 찾고 있는 거예요. 길잡이를 따라가면 분명히 찾을 수 있을 거예요."

맥상이 말했다.

"나가! 전부 나가! 다른 데 가서 놀아! 꼴도 보기 싫다! 나가! 안 그러면 모두 감옥에 처넣어버릴 거야!"

우리는 모두 일어섰다. 원래 일어서 있던 알세스트만 빼고 말이다. 우리는 공원에서 뛰어나갔다. 조아생이 빈터에 가서 놀자고 했다. 우리는 거기서 빈 깡통을 차면서 신나게 축구 시합을 했다.

공원의 나무 위에 숨어 있던 뤼퓌스는 길잡이를 따라온 관리인 아저씨에게 붙잡혔다. 결국 뤼퓌스의 아빠가 녀석을 구해주었다.

자연의 경이

알세스트와 나는 정원에서 놀고 있었다. 우리는 잔디를 깎으면서 즐겁게 놀았다. 엄청 친절한 아빠는 우리에게 잔디 깎는 기계를 빌려주면서 잔디를 잘 깎으면 사탕을 주겠다고 약속했다. 사탕이라는 말에 나하고 알세스트는 힘이 팍팍 솟았다. 잔디 깎기를 거의 다 끝냈을 무렵, 이웃에 사는 블레뒤르 아저씨가 우리 정원에 들어왔다. 아저씨는 우리보고 뭐 하느냐고 물었다. 그래서 우리가 뭘 하고 있는지 아저씨에게 설명해주었다. 긴 의자에 앉아서 신문을 읽고 있던 아빠는 아저씨를 보고 일어났다. 블레뒤르 아저씨가 말했다.

"이 게으름뱅이 친구야, 자네가 할 일을 지금 애들한테 시키는 건가?"

블레뒤르 아저씨는 우리 아빠랑 티격태격하는 걸 무지 좋아한다.

"자네 일에나 신경 쓰시지."

아빠가 대꾸했다. 아빠는 아저씨랑 티격태격하는 걸 별로 안 좋아한다.

그러자 두 사람은 말싸움을 시작했다. 블레뒤르 아저씨는 이렇게 날씨가 좋을 땐 당연히 애들을 데리고 나가서 자연의 경이를 맛보게 해줘야 한다고 했다. 아빠는 계속 아저씨에게 자네 일에나 신경 쓰라고, 애들은 조용히 잔디나 깎게 내버려두라고 했다. 결국 아빠와 아저씨는 늘 그러는 것처럼 서로 가볍게 밀치면서 실랑이를 벌였다. 우리는 그동안에 잔디를 다 깎고, 베고니아를 심어놓은 정원 가장자리까지 깨끗이 깎았다. 아마 엄마 마음에는 별로 안 들 거다.

"아빠, 왜 우리는 자연의 경이를 보러 안 가요?"

내가 물었다.

"맞아요, 사탕 먼저 주세요. 그다음에 그 경이라는 걸 보러 가요."

알세스트도 말했다.

아빠는 다정하게 웃으면서 아저씨를 쳐다보며 말했다.

"그래, 자네가 그렇게 잘났으니까 자네가 애들을 데려가. 가서 자연의 경이를 깨닫게 해주라고."

블레뒤르 아저씨는 우리를 힐끗 쳐다보고 약간 망설이는 것 같았지만 곧 결단을 내렸다.

"좋아! 내가 애들한테 자연의 경이를 보여주지. 자네는 죽었다 깨도 그런 걸 보여줄 수 없는 사람이니까 말이야!"

아저씨는 우리보고 십오 분만 기다리라고 하고는 준비를 하러 갔다.

아저씨가 다시 나타나자 아빠는 엄청 크게 껄껄대고 웃기 시작했다. 아빠는 웃음을 멈추지 못하더니 기어이 딸꾹질까지 했다.

"왜 그래? 왜 그러냐고?"

아저씨는 기분이 별로 안 좋은지 아빠를 빤히 쳐다보고는 자꾸 물었다. 아저씨는 말이라도 타러 가는 사람처럼 승마 바지에다, 기다란 모직양말을 신고, 징이 박히고 갈고리까지 달린 신발을 신고 나왔다. 허리띠에는 커다란 칼까지 차고 있었다. 그리고 갖가지 색깔이 들어간 셔츠에다 우습게 생긴 모자를 쓰고 있었다.

우리는 길을 나섰다. 그사이 아빠는 딸꾹질을 멈추려고 숨도 안 쉬고 물을 들이켰다. 아저씨는 우리를 아저씨 자동차에 태우고는 숲으로 갈 거라고 설명해주었다. 아저씨는 우리에게 어떻게 해야 숲에서 길을 잃지 않는지, 동물의 흔적은 어떻게 쫓는지, 불은 어떻게 붙이는지 등을 가르쳐주겠다고 했다.

숲이 집에서 그렇게 멀지 않아서, 우리는 금방 도착했다.

"아저씨를 잘 따라와라. 길을 잃지 않도록 조심해."

우리는 차에서 내린 뒤에 아저씨가 시키는 대로 아저씨를 따라서 숲으로 들어갔다. 알세스트는 주머니에서 커다란 샌드위치를 꺼내어 걸어가는 내내 먹었다.

내가 알세스트에게 말했다.

"우리 길을 잃지 않도록 『헨젤과 그레텔』처럼 표시를 할까? 네 샌드위치를 떼어 길에다 조금씩 떨어뜨리는 거야……."

그러자 알세스트가 대답했다.

"샌드위치를 길에 떨어뜨린다고? 너 머리가 어떻게 된 거 아니냐?"

우리는 숲 속 깊이 들어갔다. 블레뒤르 아저씨의 승마 바지가 가시덤불에 걸려서 약간 찢어졌다. 조금 있다가 나는 아저씨에게 정말로 우리에게 자연의 경이를 보여줄 거냐고 물어봤다. 그러자 블레뒤르 아저씨는 길을 잃지 않으려면 어떻게 해야 하는지부터 알려주겠다고 했다. 칼로 나무껍질에 표시를 하면서 가면 된다는 거였다. 하지만 곧 내 손수건으로 아저씨의 손가락을 싸매줘야만 했다. 아저씨가 칼로 나무에 표시를 하려다가 손가락을 베었기 때문이다. 우리는 계속 걸었다.

알세스트는 좀 지겨워졌는지 뭔가 좀 더 쓸모 있는 일을 하면 안 되냐고, 예를 들어 버섯을 따면 어떻겠느냐고 물었다. 버섯을 넣은 오믈렛은 참 맛있다. 아저씨는 펄쩍 뛰며 숲에서 버섯을 보거든 아주 조심스레 다뤄야 한다고 말했다. 위험한 독버섯들이 많다는 거였다. 알세스트는 버섯을 따기 시작했다. 그리고 독이 들었는지 알아보기 위해 한 가지 방법을 썼다. 맛을 보는 거다. 블레뒤르 아저씨는 당장 그만두라고, 그러다가 죽는다고 소리를 질렀다.

잠시 후에 블레뒤르 아저씨는 땅바닥에서 어떤 표시들을 발견했다.

"얘들아, 이것 봐라. 이게 바로 동물의 발자취란다. 발자국을 보고서 어떤 동물이 지나갔는지 알아맞히는 방법을 알려주마."

블레뒤르 아저씨는 발자국을 좀 더 자세히 보려고 몸을 웅크렸다. 그 바람에 약간 찢어져 있던 승마 바지가 더 심하게 찢어지고 말았다. 아저씨는 발자국을 보면서 중얼거렸다.

"이건 말이지…… 음……."

그때 알세스트가 말했다.

"제 생각에 이건 멧돼지 같아요, 아주 커다란 멧돼지!"

"아저씨, 멧돼지는 정말 사람 하나 죽이는 것쯤은 식은 죽 먹기인가요?"

내가 물었다.

그러자 블레뒤르 아저씨가 "여기서 당장 떠나자!"라고 외치면서 허둥지둥 일어났다.

우리가 좀 느릿느릿 따라갔더니 아저씨가 뒤를 돌아보면서 말했다.

"조심조심 나를 잘 따라와라."

그러다가 퍽! 소리가 났다. 아저씨가 진흙탕에 빠진 거였다. 나는 아저씨가 빠져나오는 걸 도왔다. 알세스트는 샌드위치를 먹는 중이라서 손이 더러워지면 안 된다고 아무것도 안 했다.

아저씨의 몰골이 그다지 보기 좋지 않았다.

"길이 안 보이는데요. 이러다가 길을 잃을 것 같아요."

내가 아저씨에게 말했다.

"침착해라, 침착해. 해가 떠 있는 동안에는 얼마든지 길을 찾을 수 있어. 나를 따라와라!"

아저씨가 말했다. 우리는 블레뒤르 아저씨를 꽤 오랫동안 따라갔다. 아저씨는 이따금 고개를 들어 나뭇가지 사이로 해를 쳐다보았다. 그러다가 우리는 여태껏 같은 자리에서 빙빙 돌고 있었다는 사실을 깨달았다. 왜냐하면 블레뒤르 아저씨가 아까 빠진 진흙 웅덩이에 또 빠졌기 때문이다. 아저씨가 웅덩이에서 나오는 동안에 나는 뒤를 돌아보았다. 알세스트가 없었다. 나는 소리를 질렀다.

"알세스트! 알세스트!"

그러고 나서 나는 다시 외쳤다.

"도와주세요! 우린 길을 잃었어요!"

그러자 아저씨는 소리쳐도 소용없다고, 무엇보다 침착해야 한다고, 우리는 곧 숲에서 나갈 수 있을 거라고 했다. 나는 아저씨에게 아저씨 말이 맞다고, 어쨌든 나는 멧돼지들이 우글대는 숲 속에서 길을 잃었어도 그렇게 무섭지는 않다고 이야기했다. 그러자 블레뒤르 아저씨도 나처럼 소리를 지르기 시작했다.

"도와주세요! 길을 잃었습니다!"

소리지르기는 무척 재미있었지만 아무도 나타나지 않았다. 아저씨가 진흙탕에 젖은 몸도 말리고 사람들에게 우리가 여기 있다는 것도 알릴 겸 불을 피우자고 했다. 하지만 아저씨가 갖고 있던 성냥도 젖어버려서 불이 좀처럼 붙지 않았다.

"아저씨 성냥을 말리려면 불을 피워야 해요."

내가 말했다. 그랬더니 아저씨는 이상한 표정으로 나를 쳐다보고는 나더러 그 아버지에 그 아들이라고 했다. 그러고 나서 아저씨는 자연을 잘 아는 사나이는 성냥 없이도 불을 피울 수 있다고 했다. 그러면서 나뭇조각들을 붙잡고 마구 비벼댔다. 나는 잠깐 동안 아저씨의 모습을 구경하다가 알세스트를 찾으러 가야겠다고 결심했다.

아저씨는 나뭇조각을 비비느라 정신이 없어서 내가 없어진 것

도 몰랐다. 나는 숲 속을 걸었다. 조금 있으니까 그리 멀지 않은 곳에서 음식을 우적우적 씹는 소리가 들렸다. 나는 "알세스트!" 하고 외쳤다. 얼마 안 있어, 나무 아래 앉아서 버섯을 먹고 있는 알세스트가 보였다. 알세스트는 나를 보고 반가워했다. 알세스트는 이제 자연의 경이는 실컷 봤으니까 집에 가서 저녁을 먹고 싶다고 했다. 생각해보면 날버섯은 집에서 먹는 스튜보다 훨씬 맛이 없으니까 말이다. 나도 슬슬 피곤해지기 시작했다. 그래서 우리 둘은 숲에서 나왔다.

돌아오는 길에 블레뒤르 아저씨가 세워둔 자동차를 봤다. 그제야 아저씨 생각이 났다. 나는 알세스트에게 아저씨를 찾으러 가야 하지 않겠느냐고 물었다. 하지만 알세스트는 아저씨가 그토록 자연의 경이를 사랑하는데 우리가 아저씨를 방해해서 되겠느냐고 했다. 우리는 걸어서 집으로 왔다. 그렇게 시간이 많이 걸리지는 않았다. 나는 저녁 식사 시간에 딱 맞춰 집에 도착했다. 내가 집에 들어가자마자 금세 비가 퍼붓기 시작했다.

저녁을 먹고 난 후에 우리 집에 전화가 왔다. 아빠가 전화를 받았다. 아빠는 껄껄 웃으면서 돌아왔다. 웃느라고 말도 제대로 못 했다.

"경찰서에서 전화가 왔어. 나를 안다는 사람을 발견했다고, 와서 신원 확인을 좀 해달라는군. 그 사람 이름이 블레뒤르인데, 숲 속에서 발견했대. 비를 맞으면서 불을 피우려고 애쓰는 중이었다는데, 왜 그랬느냐고 물어보니까 멧돼지들이 다가오지 못하게 하려고 그랬다는 거야."

나는 얼른 물 한 잔을 가지러 뛰어가야 했다. 아빠가 웃다가 또 딸꾹질을 시작한 거였다.

혼자서 집 보기

토요일 오후에 학교에서 돌아왔더니 아빠랑 엄마가 나를 불렀다. 아빠 엄마는 무척 곤란해하는 것 같았다.

아빠가 입을 열었다.

"니콜라, 오늘 저녁에 우리는 타르티노 씨네 집에서 식사를 할 거란다."

"와, 좋아요!"

내가 외쳤다.

나는 밖에서 저녁 먹는 걸 참 좋아한다. 게다가 타르티노 아저씨와 아줌마는 아주 좋은 분들이다. 전에 그 집에 간식을 먹으러 갔을 때는 맛있는 케이크가 나왔다. 그리고 타르티노 아저씨는 나에게, 멋진 그림이 아주 많이 있는 책도 빌려주었다.

"그런데 너는 집에 있어야겠다, 니콜라. 가봤자 심심하기만 할 거야. 아이는 아무도 안 오거든. 어른들끼리 만나는 자리야."

엄마가 말했다.

"어! 그런 게 어딨어요! 싫어요! 나도 갈래요!"

"니콜라, 아빠 말 들어. 엄마가 벌써 설명했잖니. 너는 타르티노 씨네 집에 가봤자 재미없을 거야."

아빠가 말했다.

"아니요! 재미있을 거예요! 그림책 보면 돼요!"

내가 대꾸했다.

"그림책? 무슨 그림책? 아니, 아냐! 이런 이야기 해봤자 소용없지. 니콜라! 오늘 저녁은 애들이 낄 자리가 아냐. 이상 끝! 더 이상 아무 말 하지 마!"

나는 울기 시작했다. 이건 정말 말도 안 된다고, 나는 저녁에 외출해본 적이 없다고, 이제 정말 지겹다고, 만약 나를 타르티노 아저씨네 집에 데려가지 않으면 아무도 그 집에 못 갈 거라고 했다. 정말이지, 아빠 엄마가 나를 떼놓고 둘이서만 나가는 건 싫다!

"됐어! 그만! 안 돼, 정말이지 버르장머리가 없어!"

아빠가 소리를 질렀다.

"여보, 내 생각에는……."

엄마가 무슨 말을 하려고 했다.

"아! 안 돼, 안 돼, 안 돼! 우린 이미 결정했어. 난 번복하고 싶지 않아. 우리는 타르티노 씨네 집에 저녁을 먹으러 갈 거고, 니콜라는 집에 남을 거야. 니콜라도 이제 다 컸어!"

558

아빠가 말했다.

"아빠, 다 컸으니까 나도 타르티노 아저씨네 저녁 먹으러 가도 되겠네요."

내가 말했다.

아빠는 안락의자에서 벌떡 일어나 손뼉을 치고는 콧김을 내뿜으면서 천장을 바라보았다. 엄마가 나에게 말했다.

"니콜라, 너도 알지? 아빠 말씀이 옳아. 너는 이제 집에 혼자 있어도 될 만큼 컸단다."

"뭐라고요? 혼자서요?"

내가 물었다.

"아무렴, 니콜라. 우리는 오늘 밤에 너를 봐줄 사람을 찾지 못했어. 하지만 우리 니콜라는 어엿한 사나이니까 이제 혼자 있어도 겁내지 않을 거라고 생각했지."

엄마가 말했다.

원래 아빠랑 엄마가 밤에 외출할 땐 늘 누군가 나를 봐주러 왔다. 아니면 도로테 이모네 집에 데려다주고 거기서 자라고 했다. 그러니까 내가 밤에 혼자서 집에 있는 건 처음인 셈이다. 다 큰 어른처럼 혼자서 말이다.

"자, 이렇게 난리법석을 떨 이유가 하나도 없단다. 니콜라도 더 이상 아기가 아니라는 걸 알아야지. 아빠 생각에 니콜라 친구들은 벌써 혼자 집을 보기도 할걸? 그 친구들도 잘 해냈을 거야. 안 그러니, 니콜라?"

"맞아요. 클로테르도 가끔 집에 혼자 있는데요. 걔네 부모님은 텔레비전을 보고 있으라고 한대요."

내가 말했다.

"그래, 너도 아는구나?"

아빠가 말했다.

"하지만 우리 집엔 텔레비전이 없잖아요."

"그래, 그렇지. 하지만 오늘 당장 어디서 갑자기 텔레비전을 사 올 수는 없잖니."

"왜 안 돼요? 텔레비전이 있으면 참 좋을 텐데. 텔레비전만 있으 면 나 혼자 저녁에 집에 있어도 괜찮을 텐데. 클로테르네는 텔레비 전이 있는데."

"니콜라, 텔레비전 얘기는 다음에 하자꾸나. 알았지?"

"그럼 텔레비전 보러 클로테르네 집에 갈래요."

그때 엄마가 입을 열었다.

"여보, 내 생각에는 딱히 다른 해결책이 없다면 그냥 그 집에 전 화를 걸어서……."

"그만! 니콜라는 혼자 집에 있을 거야. 위험할 게 뭐 있어? 얘도 사나이다움이 뭔지 배워야지!"

아빠가 소리쳤다.

나는 사나이라는 말에 엄청 뿌듯했다. 월요일에 학교에 가서 친 구들에게 이런 얘기를 잔뜩 해줘야지.

"그래, 니콜라. 네가 오늘 밤 잘 지내면 내일 극장에 데려갈게!"

엄마가 말했다.

"마침 엄청 재미있는 카우보이 영화를 하더라."

아빠도 거들었다.

"너 혼자 저녁을 먹어야 하니까 엄마가 예쁜 접시들을 꺼내서 저녁을 차려줄게. 손님이 올 때처럼 말이야. 그리고 엄마가 저녁으로 뭐 해줄 건지 아니? 바로 바로…… 감자튀김! 그리고 후식으로는 초콜릿케이크를 드리지요, 니콜라 씨!"

엄마가 말했다.

"그리고 침대에서 그림 그려도 된다!"

아빠가 말했다.

"크레용으로요?"

내가 물었다.

"그래, 크레용으로!"

아빠가 웃으면서 대답했다.

나는 코를 풀고 웃었다. 엄마도 웃으면서 나에게 뽀뽀를 했다. 엄마는 아들이 다 커서 자랑스럽다고 했다. 아빠는 내 머리를 쓰다듬으면서 어서 카우보이가 나오는 그 근사한 영화를 보러 가고 싶어서 못 참겠다고, 그리고 중간 휴식 시간에는 당연히 아이스크림을 먹을 거라고 했다.

그다음부터는 다 좋았다. 나는 내 방에 올라가서 놀았다. 아빠는 항상 나보고 숙제하라고 한마디 하는데 오늘은 그러지 않았다. 조금 있으니까 엄마가 올라와서 나에게 목욕을 하라고 했다. 그러고 나서는 미리 잠옷을 입혀주었다. 저녁 식사 준비가 벌써 다 되어서 나는 저녁을 먹으러 내려갔다. 부엌에서 감자튀김과 스테이크를 먹었다. 원래는 식당에서 먹는데 오늘만 그런 거다. 엄마가 나에게 마실 것을 주었다. 뭐였을까? 바로 레모네이드다! 초콜릿케이크도 엄청 맛있었다. 나는 케이크를 두 번이나 먹었다.

그러고 나서 나는 거실에서 놀았다. 그동안 아빠 엄마는 외출하려고 옷을 갈아입었다.

조금 있으니까 엄마가 다른 집에 초대받을 때마다 입는 파란 원피스를 입고 아주 예쁜 모습으로 나타났다. 엄마는 나에게 이제 그만 자러 갈 시간이라고 했다.

"조금 더 있다 잘래요."

내가 말했다.

"아! 니콜라! 고집부리지 마라. 엄마 아빠는 시간이 없어. 이제 다 큰 사나이처럼 행동하기로 엄마 아빠랑 약속했잖아."

아빠가 빳빳한 셔츠와 줄무늬 양복을 입고 나타나서 말했다.

"그래, 그래. 애한테 너무 소리치지 마. 니콜라는 혼자서 잠자러 갈 거야. 안 그러니, 니콜라?"

엄마가 말했다.

그래서 나는 위층으로 올라갔다. 아빠와 엄마가 내 방까지 따라왔다. 내가 침대에 눕자, 아빠는 스케치북을 주었고, 엄마는 크레용을 찾아주었다.

"자, 니콜라! 아빠가 타르티노 아저씨네 집 전화번호를 적어놓았단다. 혹시 무슨 일 생기면 전화하렴."

아빠가 말했다.

"일어나지 말고 그냥 있어. 가스나 전기 같은 건 만지지 말고."

엄마도 말했다.

"수도꼭지 틀지 말고."

아빠가 또 말했다.

"누가 문 두드리면 열어주기 전에 누구인지 꼭 물어보고."

엄마가 또 말했다.

"무엇보다도 겁먹지 말고. 겁낼 이유가 하나도 없단다."

아빠가 또 또 말했다.

"얼른 자라. 너무 늦게까지 그림 그리면 안 돼."

엄마가 또 또 또 말했다.

"좋은 꿈 꿔라."

아빠가 말했다.

"아! 여보, 내 말 좀 들어봐. 아무리 생각해도 나는……."

엄마가 아빠에게 무슨 말을 하려고 했다.

"됐어, 됐어, 됐어! 우리 늦었어. 출발해야 해."

아빠가 말을 끊었다.

아빠와 엄마는 나에게 뽀뽀를 했다. 엄마는 내 방에서 나가기 전에 나를 돌아보았다. 아빠가 엄마 팔을 붙잡고 나갔다. 조금 있으니까 아빠 엄마가 아래층에서 현관문을 잠그는 소리가 들렸다.

나는 돛단배 그림을 왕창 그렸다. 조금 있으니까 졸렸다. 그래서 크레용을 침대 옆 탁자에 놓고 불을 껐다. 나는 눈을 감았다. 꿈속에서 나는 커다란 돛단배를 타고 있었다. 타르티노 아저씨가 나에게 다가와서 아저씨 몸집보다 더 큰 그림책을 주었다. 그러더니 갑자기 내 몸을 마구 흔들었다. 눈을 떠보니 내 방에 불이 켜져 있었다. 엄마 얼굴이 아주 가까이 보였다. 엄마는 잔뜩 겁에 질려 있었다.

"니콜라! 니콜라! 일어나봐! 아! 아무 일 없었구나!"

엄마가 외쳤다.

아빠는 엄마 뒤에서 손으로 얼굴을 쓸어내리고 있었다. 아빠가 나에게 물었다.

"우리 강아지, 전화벨 울리는 소리 못 들었어?"

"네, 못 들었어요."

내가 대답했다.

"네가 잘 있는지 궁금해서 전화를 했지. 그런데 통 받지를 않는 거야."

엄마가 말했다.

"내 말이 맞지? 조용히 잘 자고 있을 거라고. 저녁을 다 먹지도 못하고 돌아왔잖아! 하여간 겁은 많아가지고……."

아빠가 말했다.

"당신도 마음 못 놓고 있었으면서."

엄마가 말했다.

"두려움은 전염되기 쉬운 거니까 그렇지. 자, 가서 타르티노 씨한 테 전화를 해야겠군. 미안하다고 사과도 하고, 아무 일도 아니라고 말해줘야지. 나는 후식도 못 먹고 왔으니까 초콜릿케이크 남은 걸 좀 먹어야겠는걸."

아빠가 말했다.

아빠랑 엄마랑 나는 모두 부엌으로 갔다. 우리는 케이크 남은 것을 먹었고, 엄마는 커피를 끓였다. 나는 우유를 마셨다.

그러고 나서 아빠는 담배 한 대를 피우면서 껄껄 웃었다. 아빠는

손으로 내 머리를 비비대면서 말했다.

"니콜라. 아빠가 생각해보니까, 엄마랑 아빠가 아직은 너를 혼자
둘 만큼 어른이 되지 못한 것 같구나!"

조프루아는 좋겠다

조프루아 녀석은 정말 운도 좋다!

조프루아는 이틀이나 결석을 했다. 부모님이 아주 멀리 떨어져 사는 사촌의 결혼식에 조프루아를 데리고 갔기 때문이다. 오늘 아침, 조프루아는 학교에 와서 우리에게 말했다.

"흠, 얘들아! 나 비행기 탔다!"

조프루아는 아빠가 결혼식이 끝나고 서둘러 돌아와야 해서 올 때는 기차를 타지 않고 비행기를 탔다고 했다.

조프루아는 엄청나게 운이 좋다. 왜냐하면 우리 친구들 중에서는 지금까지 비행기를 타본 사람이 한 명도 없기 때문이다. 외드하고 뤼퓌스하고 나는 이다음에 어른이 되어서 비행기 조종사가 될 거지만 아직까지 비행기를 한 번도 못 타봤다. 조프루아는 좋은 친

568

구이고, 우리는 샘 같은 건 내지 않는다. 하지만 항상 녀석만 운이 좋다는 건 불공평하다. 우리는 모두 비행기 이야기를 들으려고 조프루아를 둘러쌌다. 선생님의 귀염둥이인 아냥까지도 끼어 있었다. 아냥은 평소에도 그렇지만 특히 받아쓰기가 있는 날은 수업 시작 전에 복습하기 바쁜데 말이다. 바보 같은 조프루아 녀석은 무지 우쭐댔다.

"무섭지 않았어?"

아냥이 조프루아에게 물었다.

"무서워? 얘가 왜 무서웠겠냐? 비행기는 하나도 위험하지 않아."

뤼퓌스가 말했다.

"물론이지. 비행기는 버스처럼 그냥 타면 되는 거야, 그게 다라고."

외드도 맞장구를 쳤다.

그러자 조프루아가 말했다.

"너 좀 어떻게 된 거 아냐? 버스라니, 웃기시네. 비행기는 엄청 위험해."

"위험한 건 로켓이지. 그건 정말로 위험해. 로켓은 빵! 하고 쏘면 꼭 폭발하니까. 로켓하고 비행기는 상대가 안 돼. 로켓에 비하면 비행기도 버스나 다름없는 거야."

맥상이 말했다.

"그래, 그 말이 맞아. 로켓은 진짜로 위험해. 나 텔레비전에서 로켓이 왕창 터지는 것도 봤어."

클로테르가 말했다.

"우리 삼촌은 코르시카 섬에 피서 갈 때 비행기를 탔어."

조아생이 말했다.

"그래서? 도대체 무슨 얘기를 하고 싶은 건데? 어쨌든 우리 중에서 비행기를 탄 사람은 나밖에 없잖아!"

조프루아가 소리를 질렀다.

그때 알세스트가 조프루아에게 물었다.

"사촌 결혼식에는 먹을 게 뭐가 나왔어?"

조프루아는 또 소리를 질렀다.

"비행기에 탄 사람들은 모두 무서워했어! 나만 빼고 전부 다!"

"네가 그 사람들을 겁나게 한 건 아니고?"

맥상이 물었다. 우리는 그 말이 너무 우스워서 모두 한바탕 웃었다.

"그래, 그래! 너희 샘내는 거지? 맞아, 샘나서 그러는 거야! 아무것도 모르면서! 비행기를 타봤어야 알지! 별 볼 일 없는 애들은 비행기 못 타지! 별 볼 일 없는 애들은 버스나 타는 거야!"

조프루아가 외쳤다.

"너 비행기 여행 한번 요란하게 했나보구나!"

뤼퓌스가 소리를 질렀다.

그때 종이 울렸다. 그래도 조프루아는 소리를 질러댔다.

"한 번 더 말해봐! 이 별 볼 일 없는 녀석아!"

"거기, 너! 그래 너 조프루아 말이야!"

무샤비에르 선생님이 고함을 쳤다. 그러고는 이렇게 말했다.

"조프루아, 너는 이 문장을 백 번 써 와라. '쉬는 시간이 끝나고 교실로 들어가라는 종이 울리고 나면 소리를 지르면 안 됩니다.' 알왔어? 자, 이제 모두 가서 줄을 서라!"

무샤비에르 선생님은 부이옹 선생님을 돕는 선생님이다. 원래 아침에 울리는 첫 번째 종은 무샤비에르 선생님이 친다. 우리가 교실에 들어갔을 때 담임 선생님이 말했다.

"아, 조프루아! 돌아왔구나. 결혼식은 재미있었니?"

"비행기를 타고 왔어요."

조프루아가 대답했다.

"비행기를 타고? 그래, 참 좋았겠구나! 조프루아가 친구들한테 해줄 이야기가 많겠네. 여행은 잘 했니?"

선생님이 말했다.

"네, 폭풍우가 엄청났어요!"

조프루아가 말했다.

외드가 킬킬거리자, 조프루아는 엄청 화를 냈다. 조프루아는 정말이라고, 엄청난 폭풍우가 몰아쳤다고, 비행기가 떨어질 뻔했다고, 자기만 빼고 비행기에 탄 사람들이 모두 겁을 냈다고, 어떤 바보 천치든지 자기 말에 토를 달면 한 대 때려줄 거라고, 자기는 로켓 같은 건 우습다고 소리를 질러댔다. 그러자 담임 선생님의 불호령이 떨어졌다.

"조프루아! 버릇 참 고약하구나! 창피하지도 않니? 자리에 앉아!"

하지만 조프루아는 계속 소리를 질렀다. 녀석은 여태껏 비행기도 타본 적 없는 별 볼 일 없는 애들을 모두 다 때려줄 거라고 떠들어댔다.

선생님이 고함을 쳤다.

"조프루아! 너는 내일까지 벌로 다음 문장을 백 번 써 와! '교실에서 소리를 지르면 안 되고, 아무 이유 없이 친구들을 모욕하는 말을 해서도 안 됩니다.' 자, 이제 아무도 찍소리도 내지 마. 안 그러면 단체로 벌받을 줄 알아! 받아쓰기 공책 꺼내라…… 클로테르, 선생님 말 안 들리니?"

쉬는 시간에 우리는 다시 조프루아 주변으로 모여들었다. 알세스트는 작년에 있었던 자기 삼촌 결혼식에는 엄청 맛있는 연어가 잔뜩 나왔다고 우리한테 이야기했다. 하지만 아무도 귀담아듣지 않자, 알세스트는 주머니에서 잼 바른 빵을 꺼내서 먹기 시작했다.

"정말로 폭풍우가 쳤어?"

클로테르가 물었다.

"무시무시한 폭풍우였어! 조종사들도 엄청 겁먹을 정도로!"

조프루아가 대꾸했다.

"조종사들이 겁을 먹었는지 안 먹었는지 네가 어떻게 알아?"

외드가 물었다.

"그거야 봤으니까 알지."

조프루아가 대답했다.

"아냐, 아냐! 그건 아니지! 승객들이 어떻게 조종사를 보냐? 조종사들은 앞에 있는 조종실에 따로 모여 있는데! 문이 하나 있는데 거기로 드나들 수 있는 사람은 스튜어디스뿐이야. 스튜어디스가 조종사한테 커피도 가져다주고 하는 거라고!"

클로테르가 말했다.

"승객들한테도 커피를 줘?"

알세스트가 잼 바른 빵을 두 개째 먹으면서 물었다.

조프루아는 깔깔거리면서 클로테르에게 따졌다.

"야, 네가 어떻게 알아? 너 비행기 타봤어? 타보셨냐고요?"

"아니, 하지만 텔레비전에서 봤어. 승객들은 조종사가 운전하는 곳에 들어갈 수 없어. 스튜어디스가 가서 조종사들에게 커피를 주기도 하고 승객 중에 권총을 가진 사람이 있다고 알리기도 하고 그러는 거야!"

클로테르가 말했다.

"그래, 하지만 나는 조종사들을 봤어. 승객들 중에서 겁내지 않는 사람이 나밖에 없어서 조종사 아저씨들이 나보고 자기네 있는 데로 들어오랬어."

조프루아가 말했다.

"거짓말!"

내가 말했다.

"냅둬. 조금 있으면 자기가 비행기를 몰았다고 할걸? 순 거짓말쟁이!"

뤼퓌스가 말했다.

우리는 모두 웃음을 터뜨렸다. 조프루아는 엄청 화를 냈다. 조프루아는 자기가 비행기를 몰고만 싶으면 별 볼 일 없는 사람들 허락 같은 건 받을 필요 없이 얼마든지 몰 수 있다고, 이런 식으로 나오면 더 이상 아무 얘기도 안 해주겠다고, 어쨌든 버스밖에 못 타본 별 볼 일 없는 애들하고 얘기하는 건 시시하다고 했다. 그리고 또, 로켓 이야기를 꺼내서 괜히 관심을 끄는 건 쉽지만 일단은 비행기

573

부터 타봐야 하는 거라고, 자기는 거짓말쟁이가 아니라고, 누구든
지 한 대 맞고 싶으면 말만 하라고, 자기가 우리 모두를 상대하겠다
고 떠들어댔다.

　그때 부이옹 선생님이 나타났다.

　"그래, 꼬마 친구. 아까부터 네가 하는 이야기를 들었다. 선생님
은 말이지…… 선생님이 말할 때는 눈을 똑바로 쳐다봐! 선생님
은 말이지, 네가 지금까지 뭐라고 떠들어댄 건지 좀 듣고 싶구나."

　"버스나 로켓을 타는 녀석들은 다 별 볼 일 없다고요! 내가 비행
기를 타봤다고 쟤들이 샘내잖아요!"

　조프루아가 외쳤다. 그러고는 킬킬거리는 외드에게 달려들려고
했다. 하지만 부이옹 선생님이 조프루아의 팔을 잡았다. 부이옹 선
생님은 조프루아에게 학교에 남는 벌을 주려고 교장실로 데려갔다.
운동장에 다시 나와서도 조프루아는 온갖 몸짓을 해가며 버스, 로
켓, 비행기에 대해 엄청 떠들어댔다.

학교가 끝나고 집에 갈 때 내가 외드에게 말했다.

"그래도 조프루아는 운이 참 좋아."

외드가 말했다.

"맞아. 비행기 타는 거 끝내주잖아. 그런데 그렇게 멋진 걸 해봤을 때 제일 신나는 건, 나중에 친구들한테 얘기해줄 수 있다는 거지!"

반성문

쉬는 시간이 끝나고 교실로 ~~어~~ 들어가라는 종이 울리고 나면 소리를 지르면 안 됩니다.

돌아온 꼬마 니콜라의 장래 희망

초콜릿맛 딸기맛

"엄마, 내일 학교 끝나고 집에 친구들 놀러 오라고 해도 돼요?"

"안 돼. 지난번에 네 친구들이 거실 유리창을 두 개나 해먹었잖니. 게다가 방에 페인트칠까지 새로 해야 했고."

나는 기분이 나빴다. 정말이지, 이게 뭐냔 말이다. 집에 친구들을 데려와서 신나게 놀고 싶은데, 친구들을 내 마음대로 부를 수도 없다니. 늘 이런 식이다. 내가 좀 재미있게 놀려고 하면 꼭 못 하게 한다. 그래서 나는 이렇게 말했다.

"친구들을 못 부르게 하면 나 숨 안 쉴 거예요."

이건 내가 뭘 해달라고 조를 때 가끔 써먹는 방법이다. 하지만 이 방법이 어렸을 때만큼 잘 통하지는 않는다. 조금 있으니까 아빠가 왔다.

581

"니콜라! 너 또 무슨 연극을 하고 있는 거야?"

나는 다시 숨을 쉬고 나서, 만약 친구들을 부르지 못하게 하면 집을 나가겠다고, 그러면 모두 엄청 후회하게 될 거라고 했다. 그러자 아빠가 말했다.

"알았다. 친구들을 불러도 좋아, 니콜라. 하지만 경고하는데, 집 안에 있는 작은 물건 하나라도 망가뜨리는 날에는 벌받을 줄 알아. 대신 얌전히 잘 놀면 아빠가 아이스크림을 사주지. 어때?"

"초콜릿맛 딸기맛 아이스크림이요?"

내가 물었다.

"그럼."

아빠가 대답했다.

"네, 좋아요."

내가 외쳤다. 엄마는 기분이 무척 안 좋은 것 같았지만 아빠는 이제 나도 다 컸다고, 내가 스스로 책임지는 법쯤은 알 거라고 말했다. 그러자 엄마도 좋다고, 엄마가 아빠와 미리 상의했어야 했던 거니까 할 수 없다고 했다. 나는 아빠 엄마에게 뽀뽀를 했다. 우리 아빠 엄마는 참 좋은 분들이다.

내 친구들이 모두 왔다. 내 친구들은 부르기만 하면 늘 달려온다. 그 애들 엄마 아빠가 못 가게 할 때만 빼고 말이다. 하지만 그런 일은 자주 없다. 엄마 아빠들은 우리가 남의 집에 가서 노는 걸 좋아하기 때문이다.

알세스트, 조프루아, 뤼퓌스, 외드, 맥상, 클로테르, 조아생. 나하고 친한 우리 반 애들은 모두 왔다.

"우리, 정원에서 놀자. 집 안에는 들어가면 안 돼. 집에 들어가면
꼭 뭔가를 망가뜨리게 되니까."

내가 말했다. 그래야만 초콜릿맛 딸기맛 아이스크림을 먹을 수
있다는 얘기도 해주었다.

"좋아, 그럼 우리 숨바꼭질하자. 너네 집 정원에 나무가 한 그루
있잖아."

조프루아가 말했다.

"안 돼. 우리가 잔디 위를 막 뛰어다니면 아빠가 싫어하실 거야.
우리는 잔디 없는 이 통로에서 놀아야 해."

내가 말했다.

"하지만 여긴 별로 넓지도 않잖아. 여기서 뭘 하고 놀아?"

뤼퓌스가 물었다.

"공놀이 하자. 바짝 붙어서 하면 돼."

맥상이 말했다.

"아! 안 돼. 어떻게 될지 뻔하잖아. 공놀이 하고 장난치고 하다가 쨍그랑! 하고 유리창을 깨먹겠지. 그러면 난 나중에 벌을 받는단 말이야. 초콜릿맛 딸기맛 아이스크림도 못 먹게 되고!"

내가 말했다.

우리는 뭘 하고 놀아야 할지 통 알 수가 없었다. 그러다 좋은 생각이 났다.

"우리 기차놀이 할까? 서로 허리를 잡고 한 줄로 늘어서고, 맨 앞에 있는 사람이 기관차를 하는 거야! 칙칙폭폭! 나머지 애들은 객차가 되는 거고."

"그럼 기차가 커브를 돌 때는 어떻게 해? 이 통로는 너무 좁아."

조아생이 물었다.

"커브를 안 돌면 되지. 통로 끝까지 가면 그때는 맨 끝에 있던 사람이 기관차가 되어서 반대 방향으로 다시 출발하는 거야."

친구들은 기차놀이가 별로 마음에 들지 않는 것 같았다. 하지만 어쨌든 우리 집에 온 거니까 싫으면 자기네 집으로 가는 수밖에. 농담 아니다!

나는 정원에 있는 꽃들을 밟지 않으려고 조심하면서 기관차가 되어 출발했다. 우리는 칙칙폭폭 칙칙폭폭 소리를 냈다. 그런데 세 번 왔다갔다하더니 친구들이 이제 하기 싫다고 했다. 솔직히 기차놀이가 재미있지는 않았다. 그나마 기관차를 할 때는 괜찮은데, 객차가 되어 따라다니는 건 꽤 지루했다.

"구슬치기는 어때? 구슬로는 뭘 망가뜨릴 수가 없잖아."

외드가 말했다. 정말 좋은 생각이었다. 우리는 모두 호주머니에 구슬을 가지고 있었기 때문에 곧바로 구슬치기를 시작했다. 그런데 알세스트의 호주머니는 버터 바른 빵을 넣어둔 탓에 버터투성이였다.

모든 게 착착 잘 되어갔다. 조프루아가 잔디 위에 앉는 바람에 나랑 싸울 뻔한 일만 빼고 말이다. 그때 친구들이 집 안으로 들어가고 싶다고 했다.

"안 돼, 정원에서 놀아야 해."

내가 말했다.

"이제 정원에서 놀기 싫어. 집 안에 들어가고 싶단 말이야!"

맥상이 말했다.

"말도 안 돼. 여기서 놀아야 해!"

내가 말했다.

그때 엄마가 문을 열고 소리쳤다.

"얘들아, 너희 어떻게 된 거 아니니? 비가 이렇게 쏟아지는데 안 들어오고 뭐 해? 들어와라, 어서!"

우리는 집 안으로 들어갔다. 엄마가 말했다.

"니콜라, 친구들 데리고 네 방으로 올라가라. 그리고 아빠가 아까 했던 말 명심해!"

우리는 모두 내 방으로 올라갔다.

"자, 이제 뭐 하고 놀지?"

클로테르가 물었다.

"나한테 책이 많은데, 우리 책 읽자."

내가 말하자 조프루아가 물었다.

"야, 너 미쳤나?"

"그게 아니고요, 아저씨, 우리가 다른 걸 하고 놀면 내가 초콜릿 맛 딸기맛 아이스크림을 못 먹게 될 게 뻔하거든요?"

내가 대꾸했다.

그러자 외드가 소리를 질렀다.

"야, 네 그 초콜릿맛 딸기맛 아이스크림 때문에 우리 슬슬 열받으려고 하거든?"

"잠깐만."

알세스트가 버터 바른 빵을 뜯어 먹으면서 말했다. 알세스트는 빵에 붙어 있던 구슬 하나를 떼어냈다.

"잠깐만! 초콜릿맛 딸기맛 아이스크림이라면 니콜라가 조심할 만도 해."

"야! 너야말로 조심 좀 할 수 없어? 빵부스러기가 카펫에 막 떨어지잖아! 엄마가 싫어한단 말이야!"

내가 소리쳤다.

"너 뭐야! 너무 심하잖아! 너 이 빵 다 먹고 나서 한 대 맞을 줄 알아!"

알세스트도 소리를 질렀다.

"맞아!"

외드가 외쳤다.

"야, 넌 좀 빠질 수 없어?"

내가 외드에게 말했다.

"맞아!"

조프루아도 외쳤다.

이제 어떻게 될지는 뻔했다. 우리는 곧 치고받고 싸울 테고, 알세스트의 버터 바른 빵은 양탄자에 떨어져 버터 얼룩을 남길 테고, 그다음에는 누가 어떤 물건을 던져서 유리창을 깨뜨리든지 벽에 자국을 남길 거다. 그러면 엄마가 달려오고 나는 초콜릿맛 딸기맛 아이스크림을 못 먹게 되겠지.

"얘들아, 좀 봐줘! 너네가 바보 같은 짓 안 하고 얌전히 있으면 내가 돈이 생길 때마다 학교 끝나고 초콜릿을 사서 너네랑 나눠 먹을게."

내가 말했다. 친구들은 다 좋은 녀석들이라서 그러겠다고 했다.

우리는 바닥에 앉아서 그림책을 보았다.

"아싸! 비 그쳤다! 이제 집에 갈 수 있어!"

갑자기 맥상이 외쳤다.

그러자 모두 일어나면서 소리쳤다.

"안녕, 니콜라!"

나는 친구들을 배웅하러 문 앞까지 나갔다. 나는 친구들이 잔디를 안 밟고 통로로 잘 걸어가는지 살펴보았다. 모든 일이 잘 끝났다. 친구들은 아무것도 밟지 않았다. 그래서 나는 기분이 좋았다.

기분이 너무 좋아서 나는 부엌으로 달려갔다. 엄마에게 친구들이 갔다고 얘기하려고 말이다. 그런데 내가 깜박 잊고 현관문을 닫지 않아서 바람이 세게 들이쳤다. 그 바람에 부엌문이 쾅 닫히면서 쨍그랑! 소리가 났다.

부엌문 유리창이 깨진 거였다.

자몽색

"여보, 오늘 부엌에 페인트칠 새로 하기로 한 거 잊지 않았지?"

엄마가 아빠에게 말했다.

"와, 신난다! 나도 도와줄게요!"

내가 말했다. 아빠는 기분이 별로 안 좋아 보였다. 아빠는 엄마를 한번 쳐다보고 다시 나를 쳐다보더니 이렇게 말했다.

"이런, 오늘 오후에 니콜라를 극장에 데려가야겠다고 생각하던 참인데. 카우보이 영화랑 짧은 만화영화 몇 편을 상영하더라고."

나는 부엌에 페인트칠하는 게 더 좋을 것 같다고 했다. 그러자 엄마는 나에게 뽀뽀를 해주고 내가 엄마의 귀염둥이라고 했다. 아빠는 나를 아주 기특해하면서 말했다.

"브라보! 아빠가 이 일은 꼭 기억해둘 거야, 니콜라."

아빠는 지하실에 페인트랑 붓이랑 롤러를 찾으러 내려갔다. 그리고 그것들을 엄마와 내가 기다리고 있는 부엌으로 가져왔다.

"그런데 말이야, 우리 집에는 사다리가 없잖아. 천장을 칠하려면 사다리가 있어야 하는데…… 내가 이번주 안에 사다리를 사 올게. 그러니까 이놈의 페인트칠은 다음 일요일에 하자고."

아빠가 말했다.

"내가 블레뒤르 아저씨네 집에 가서 사다리를 빌려 올게요."

내가 말했다. 엄마는 나에게 또 뽀뽀를 했고, 아빠는 페인트 통 뚜껑을 열면서 내가 알아들을 수 없을 만큼 작은 소리로 뭐라고 계속 중얼거렸다. 블레뒤르 아저씨는 우리 이웃인데, 아주 친절하다. 아저씨는 아빠랑 티격태격하기를 좋아하고, 아빠랑 둘이서 서로 늘 화난 척하면서도(지난겨울 내내 서로 말도 안 하고 지냈을 때처럼) 엄청 재미있게 잘 논다.

나는 아저씨네 집 초인종을 눌렀다. 아저씨가 문을 열어주었다.

"니콜라로구나. 니콜라가 웬일일까?"

"아빠가 페인트를 칠해야 하는데 사다리가 필요해서요. 사다리 좀 빌려주세요."

"아빠한테 가서 말하렴. 사다리가 필요하면 가서 하나 사라고 말이야."

그래서 내가 아저씨에게 설명해주었다. 아빠는 이번주에 사다리를 사서 부엌을 칠하려고 했지만 엄마가 오늘 당장 하고 싶어서 내가 온 거라고 말이다. 아저씨는 껄껄 웃더니 이렇게 말했다.

"니콜라, 너 아주 귀여운 녀석이로구나. 아빠한테 가서 아저씨가

금방 사다리를 가져올 거라고 전해라."

아저씨는 진짜 멋지다!

집에 가서 아빠한테 아저씨가 사다리를 가지고 올 거라고 했더니, 아빠는 눈동자를 움직이지도 않고 이상한 표정으로 나를 쳐다봤다. 그러고는 재빨리 페인트를 섞기 시작했다. 아빠 바지에 페인트가 튀었지만 아빠는 구멍 난 낡은 바지를 입고 있어서 괜찮았다.

"이것 보게, 이것 봐. 내가 아니었더라면 나중으로 미뤘을 일을, 내 덕분에 오늘 할 수 있게 되었구먼!"

아저씨가 사다리를 가지고 들어오면서 말했다.

"아무렴. 고마워서 눈물이 날 지경이네, 블레뒤르."

아빠도 한마디 했다. 나는 사다리에 너무 올라가보고 싶어서 아빠에게 도와줘도 되냐고 물었다. 하지만 아빠는 나보고 가만히 있으라고, 나중에 보자고 하면서 혼자서만 사다리에 올라갔다.

아빠는 사다리 꼭대기에 올라가서 뒤를 돌아보았다. 블레뒤르 아저씨가 의자에 앉아 있었다.

"블레뒤르, 고맙네. 잘 가게."

아빠가 말했다.

"아냐. 나는 여기 있겠네. 내 사다리 좀 구경하고 싶어서 말이야. 우리 집 사다리가 오늘처럼 우스꽝스러워 보인 적이 없거든."

블레뒤르 아저씨가 말했다. 나는 사다리가 왜 그렇게 우스꽝스럽다는 건지 이해가 안 됐다. 아빠는 천장에다 페인트를 묻힌 롤러를 문지르기 시작했다. 아빠 얼굴에 페인트가 방울방울 떨어졌다. 블레뒤르 아저씨는 엄청 재미있어하며 웃고 있었다. 사다리가 그렇게 웃긴가? 아빠도 나만큼 이상했던 모양인지 페인트칠을 멈추고 아저씨에게 물었다.

"왜 자꾸 바보같이 웃는 거야, 블레뒤르?"

"거울을 좀 보라구. 자네 꼭 인디언 같아! '초라한 황소' 추장님의 전투 장면 같다고나 할까?"

아저씨는 이렇게 말하고 "하! 하! 하!" 하고 웃었다. 자기 허벅지를 때려가면서 어찌나 웃어대는지 나중에는 얼굴이 시뻘게지면서 마구 기침을 했다. 아저씨는 참 쾌활하다.

"바보 같은 소리 집어치우고 좀 도와주지 그래?"

아빠가 말했다.

"무슨 소리? 이게 자네 집 부엌이지 내 집 부엌인가?"

아저씨가 대꾸했다. 그래서 내가 물었다.

"있잖아요, 그럼 우리 집 부엌이니까 내가 도와주면 안 될까요?"

그러자 아빠가 말했다.

"너 오늘 아빠 열받게 하려고 아주 날을 잡았구나."

나는 울음을 터뜨렸다. 나는 도와주는 것도 내 마음대로 할 수 없는 거냐고, 이건 정말 불공평하다고, 내가 없었으면 아무도 부엌에 페인트칠을 못 했을 거라고 했다.

"너 볼기짝 맞고 싶어?"

아빠가 말했다.

그러자 아저씨가 말했다.

"교육 방식 한번 훌륭하네."

하지만 나는 그 말에 찬성할 수 없었다. 나는 더 큰 소리로 울기 시작했다. 아빠는 아저씨의 볼기짝도 때려주겠다고 고함을 쳤다. 나는 그 말이 너무 우스웠다.

엄마가 부엌으로 뛰어들어왔다.

"무슨 일이야?"

"내가 아빠를 도와주고 싶은데 아빠가 못 하게 해요."

"이 집안의 레오나르도 다빈치께서 심기가 불편하신가 봅니다. 원래 위대한 예술가들은 종잡을 수가 없지요."

아저씨가 말했다. 나는 블레뒤르 아저씨가 무슨 말을 하는지 도무지 알아들을 수 없었다. 나는 엄마에게 아빠를 도와줘도 되냐고 물었다. 엄마는 아빠와 아저씨를 쳐다보고는 말했다.

"아무렴, 되고말고, 우리 아들. 아빠가 떨어지지 않게 사다리를 붙잡고 있으렴. 그리고 아빠랑 아저씨가 또 재미있게 놀려고 하거든 엄마를 불러주겠니? 엄마도 같이 웃고 싶구나."

나는 엄마에게 그러겠다고 약속했다. 엄마는 다시 밖으로 나갔다.

　나는 사다리를 잘 붙잡고 있었다. 천장 페인트칠은 쓱쓱 잘 되어 갔다. 엄마가 고른 노란색 페인트로 천장이 근사해졌다.

　"이야! 참 멋지군. 자네 집에 부엌이 하나밖에 없는 게 정말 유감스러워."

　아저씨가 말했다.

　"또 신경을 박박 긁는군! 못된 심보하고는! 내가 다음엔 뭘 칠할지쯤은 처음부터 잘 알고 있었겠지? 롤러로 자네 얼굴을 확 밀어 버릴 차례라는 거 말이야!"

　아빠가 말했다.

"어디 한번 해보시지. 나도 좀 보고 싶구먼."

아저씨가 대꾸했다. 나도 그게 엄청 보고 싶었지만 아빠하고 아저씨가 또 말썽을 부리기 시작하면 엄마에게 알려주기로 아까 약속했기 때문에 사다리를 놓고 엄마를 찾으러 갔다. 아빠는 이미 내려왔기 때문에 내가 사다리를 놔도 문제 될 게 없었다. 나는 나가면서 아빠와 아저씨에게 소리쳤다.

"잠깐만 기다리세요! 금방 올게요!"

나는 현관에 있는 엄마를 발견했다. 엄마는 방금 우리 집에 온 블레뒤르 아줌마와 같이 있었다. 내가 뭐라고 설명할 필요가 전혀 없었다. 부엌에서 와장창 소리가 났으니까 말이다. 우리는 부엌으로 달려갔지만 한발 늦었다. 블레뒤르 아저씨의 얼굴과 셔츠 위로 노란 페인트 묻은 롤러가 이미 지나간 뒤였으니까.

엄마는 기분이 아주 안 좋은 것 같았다. 하지만 아줌마는 아저씨를 쳐다보더니 우리 엄마한테 물었다.

"어머, 이 페인트 색깔 이름이 뭐예요?"

"자몽색이에요."

엄마가 말했다.

"참 싱그럽네요, 아주 상큼한 느낌이에요."

아줌마가 말했다.

"햇볕을 받아도 바래지 않는 색이죠."

엄마가 말했다.

아줌마는 다음주 일요일에 블레뒤르 아저씨를 시켜서 부엌을 새로 칠하기로 했다. 아빠하고 내가 아저씨를 도우러 가겠다고 약속했다.

외식

"오늘 저녁엔 외식을 하자!"

아빠가 퇴근해 집에 들어오면서 말했다. 아빠는 아주 기분이 좋아 보였다. 아빠는 엄마에게 뽀뽀를 하면서 사장님이 월급을 올려줬다고 했다. 아빠는 나를 번쩍 안아 올리면서 볼에 엄청 세게 뽀뽀를 했다. 아빠가 말했다.

"어이구! 우리 아들 다 컸구나! 이것 봐라!"

아빠는 진짜로 기분이 좋아 보였다.

나도 기분이 참 좋았다. 외식을 좋아하지만 자주 하지는 못하기 때문이다. 그리고 아빠네 사장님이 월급을 계속 올려주면 나중에 내가 갖고 싶어하는 비행기를 아빠가 사줄 수도 있을 테니까 말이다.

엄마랑 나는 얼른 외출 준비를 하고 집을 나섰다. 아빠는 차를 몰고 가면서 노래를 흥얼거렸다. 엄마는 아빠가 자랑스럽다고 했다. 하지만 솔직히 말하면 아빠의 노래 실력이 자랑스러울 정도는 아니다. 그래도 우리는 아빠를 무지 좋아한다.

우리는 아주 근사한 식당에 들어갔다. 검은 옷을 차려입은 종업원이 우리에게 자리를 안내해주었다. 종업원은 메뉴판 세 개를 가져다주고 내 의자에 올려놓을 방석도 가져왔다. 아빠는 나에게 메뉴판 하나를 내밀면서 나도 이제 다 컸으니까 직접 음식을 고르라고 했다. 엄마가 집에서는 쉽게 만들 수 없는 요리를 먹어보겠다고 하자 아빠는 돈 걱정은 하지 말라고 했다.

종업원이 작은 수첩을 가지고 와서 뭘 먹을 건지 물었다.

"어떤 걸로 드시겠습니까?"

"딸기아이스크림 주세요."

내가 말했다. 종업원이 수첩에 주문을 적었다. 아빠는 웃으면서 그런 주문은 적을 필요 없다고, 애한테 당연히 다른 걸 먹여야 되지 않겠느냐고 했다. 그러자 종업원은 손님이 어떤 음식을 먹든 자기는 관여할 권리가 없다고, 그리고 어차피 자기와는 상관없는 일이라고 했다. 나는 아빠에게 나도 다 큰 남자로서 아빠 말대로 내가 직접 고른 딸기아이스크림을 먹겠다고 했다. 아빠는 눈을 부릅뜨면서 시금치를 곁들인 돼지갈비를 먹는 게 좋겠다고 했다. 내가 시금치는 먹기 싫다고 했더니, 아빠는 내가 아직 어린애일 뿐이라고, 아빠가 먹으라면 먹어야 한다고 했다. 엄마는 종업원에게 '금빛 막대들의 크나큰 기쁨'이라는 요리가 어떤 거냐고 물어보았다. 엄마는 그 요리가 고작 감자튀김을 곁들인 스테이크라는 걸 알고는 다른 요리를 먹겠다고 했다. 종업원은 우리 가족이 메뉴를 다 정하면 다시 오겠다고, 자기에겐 다른 할 일도 있다고 말하고는 저만치 물러났다.

아빠는 엄마에게 종업원이 아주 불친절한 것 같지만 어쨌든 우리가 메뉴는 정했어야 했다고 말했다. 나는 시금치는 싫다고, 시금치를 먹느니 차라리 집을 나가겠다고, 일단 내가 집을 나가면 모두 엄청 후회할 거라고 했다. 그러면서 나는 울음을 터뜨렸다. 그랬더니 엄마가 그럼 먹고 싶은 대로 고르라고 했다. 결국 엄마는 '새콤한 소스를 친 신선한 채소'와 '벨벳 위의 꿩'을, 나는 마요네즈를 뿌린 삶은 달걀과 소시지, 감자튀김을 먹기로 했다. 그리고 아빠는 주방장 특선 고기파이와 순대를 먹기로 했다. 아빠는 종업원을 불렀고, 종업원은 아빠가 말하는 대로 수첩에 적었다. 종업원은 여러 번 잘못 적어서 수첩을 여러 장 버려야 했다. 종업원이 주문을 다 받

아 적었을 때, 내가 감자튀김 대신 소시지와 베이컨을 넣은 양배추 절임을 먹어도 되느냐고 물었더니, 종업원은 기분이 아주 나쁜 것 같았다.

음식이 나오기를 기다리는 동안에 나는 다른 사람들을 둘러보았다. 어떤 뚱뚱한 아저씨가 음식을 먹고 있었는데, 엄청 맛있어 보였다.

"아빠, 저 아저씨는 뭘 먹고 있는 거예요?"

내가 아빠에게 물었더니 아빠는 사람을 손가락으로 가리키는 건 실례라면서 뒤를 돌아보았다. 그러자 엄마가 "아니, 그 사람 말고 저기 저 사람 말이야!"라고 하면서 손가락으로 내가 말한 아저씨를 가리켰다. 아빠가 그 아저씨를 쳐다보자 아저씨는 화가 난 듯 이렇게 외쳤다.

"나는 안초비를 먹고 있소이다! 왜요! 조용히 좀 식사합시다! 도대체 뭣들 하는 겁니까?"

아빠는 그런 말을 들을 정도로 뚫어지게 쳐다본 것도 아닌데 뭘 그러느냐고, 안초비보다는 신경안정제를 먹어야 할 것 같다고 말했다. 나는 신경안정제가 뭐냐고, 맛있는 거냐고 물었다. 아저씨는 나를 쳐다보고 고개를 절레절레 흔들더니 다시 안초비를 먹기 시작했다. 엄마는 아빠하고 나에게 가만히 좀 있으라고 했다. 나도 안초비가 먹고 싶어졌다.

종업원이 전채 요리를 가지고 나오자 엄마는 무척 실망했다. '새콤한 소스를 친 신선한 채소'라는 게 고작 토마토샐러드였다. 내가 안초비가 먹고 싶다고 하자 아빠가 종업원에게 마요네즈를 친 삶은 달걀을 안초비로 바꿔줄 수 있느냐고 물었다. 종업원은 그렇게 하겠다고 했다! 나는 그게 정말 환상적이라고 생각했고, 도대체 종업원이 어떤 마술을 부려 삶은 달걀을 안초비로 바꾸는지 보고 싶었다. 하지만 종업원은 주방에서 요리를 바꿔 왔기 때문에 아쉽게도 볼 수는 없었다.

종업원이 안초비를 가져오자 나는 종업원에게 혹시 모자에서 작은 토끼가 나오게 하는 법도 아느냐고 물어보았다. 주방장 특선 고기파이를 뒤적거리던 아빠가 내 말에 고개를 들었다. 그러고는 종업원에게 토끼고기가 있느냐고 물었다. 종업원은 아빠의 말을 듣고 무척 놀란 듯했다. 하지만 곧 있다고 대답했다. 그러자 아빠는 순대를 토끼고기로 바꿔달라고 했다. 나는 종업원에게 안초비처럼 주방에서 바꿔 오지 말고 우리 앞에서 모자에서 토끼를 꺼내는 걸 보여달라고 했다. 엄마는 나에게 음식을 입에 물고 말하는 거 아니라고 했다.

종업원이 다시 요리를 들고 왔다. 엄청 짜증이 난 것 같았다. 엄마는 기분이 안 좋아서 '벨벳 위의 꿩'이라는 게 겨우 퓌레를 곁들인 닭고기냐고 따졌다. 그러고 나서 아빠는 양배추절임을 주문한 적이 없다고, 단지 순대를 토끼고기로 바꿔달라고 했을 뿐이라고, 아이가 감자튀김 대신 양배추절임을 먹겠다고 했다지만 어쨌든 아빠는 아이에게 감자튀김을 갖다달라고 하지 않았느냐고 따졌다. 아빠는 절대로 마음을 바꾸는 사람이 아니라면서, 기억력이 부족한 사람은 식당에서 종업원 일을 하면 안 된다고 했다.

"됐습니다!"

종업원이 소리를 질렀다. 종업원은 아빠가 도대체 뭘 원하는지 모르겠다고, 엄마는 요리를 주문해놓고는 계속 뭔가 희한한 게 나오기를 기대한다고, 그리고 나는 참아주기 힘든 꼬마라고, 우리 식구는 다른 손님들하고 싸울 생각만 한다고 했다.

"기어코 끝장을 보겠다 이거군! 여기 사장 불러주시오!"

아빠가 종업원에게 말했다.

종업원은 "그러지요!" 하더니 "아버지!" 하고 외쳤다. 이 말에 우리 아빠는 흠칫 놀란 것 같았다.

사장이 와서 무슨 일이냐고 물었다. 아빠는 종업원의 태도에 대해 할 말이 있다고 했다.

"그래요? 제 아들이 무슨 잘못을 저질렀습니까?"

"여러 가지가 있지만 그중에서도 특히 기억력이 엉망이오! 댁의 자제분 말입니다!"

아빠가 말했다.

"그리고 꿩이라더니 닭고기가 나왔어요."

엄마도 한마디 거들었다.

"그리고요, 달걀을 안초비로 바꾸려고 주방에 갔어요! 모자에서 토끼를 꺼내는 것도 주방에서 했고요! 그건 속임수예요!"

내가 말했다.

"그리고 주방장 특선 고기파이랍시고 나온 요리는 도대체 속에 무슨 지저분한 걸 처넣은 건지 모르겠더군요!"

아빠가 말했다. 그러자 사장이 말했다.

"그걸 아는 거야 어려운 일이 아니지요. 주방장은 내 친동생이니까요. 내 동생은 권투를 그만두고 우리 식당에서 요리사로 일하고 있지요."

"그런 식으로 말하다니, 계산서나 주시오! 이 이상한 식당에는 일분일초도 더 있고 싶지 않아요!"

아빠가 외쳤다.

종업원은 계산서를 가져오면서 아빠에게 말했다.

"남의 기억력에 대해 이러쿵저러쿵 말씀이 많으신 걸 보니 기억력이 아주 좋으신가 보지요? 혹시나 선생님이 지갑을 잊어버리고 안 가져오신 건 아닌지 모르겠군요."

그러자 아빠는 웃으면서 보란 듯이 윗옷에서 지갑을 꺼냈다. 하지만 지갑을 여는 순간 아빠의 얼굴에서는 웃음이 싹 사라졌다. 지갑에 돈을 넣어 오는 걸 깜빡했던 것이다.

깜짝 놀랐지!

일요일에는 비가 왔다. 우리는 집에 있었다. 엄마는 간식으로 먹을 사과파이를 만들고, 나는 아빠하고 체커 놀이를 하고 있었다. 나는 세 번이나 이겼다. 아싸, 아싸, 아싸!

조금 있으니까 누가 우리 집 초인종을 눌렀다. 아빠가 문을 열러 나갔다. 마틸드 이모와 카시미르 이모부, 내 사촌 엘루아가 찾아온 거였다.

"깜짝 놀랐지!"

마틸드 이모가 외쳤다.

"날씨가 우중충해서 다 집에 있을 거라고 생각했지. 차라도 한잔 같이할까 해서 온 거예요. 그렇지, 여보?"

"맞아요."

카시미르 이모부가 대답했다. 아빠는 입을 헤벌린 채 가만히 있었다. 엄마는 부엌에서 뛰어나오면서 이게 누구냐고, 생각 참 잘했다고, 정말 반갑다고 했다. 그러고는 손님 맞을 옷차림이 아니라 미안하다고 했다.

"초대해서 온 게 아니잖아, 깜짝 방문인걸 뭐! 우리가 방해가 된 건 아닌가 몰라. 이이는 항상 가족끼리는 특히 더 예의를 잘 지켜야 한다고 말하거든. 어머, 니콜라! 몰라보게 컸구나! 이리 와서 이모한테 뽀뽀해주렴!"

나는 이모에게 뽀뽀를 했고 이모도 나에게 뽀뽀를 했다. 나는 이모부에게도 뽀뽀를 하고 엘루아에게는 "안녕." 하고 인사를 했다. 엘루아는 나보다 조금 더 큰데, 나를 열받게 할 때가 많다.

"같이 간식 먹어요."

엄마가 말했다.

"집에 있는 것 가지고 대충 먹자, 언니. 우리는 아무거나 괜찮으니까. 애한테는 코코아나 한 컵 주고, 우리 남편은 커피 한 잔, 그리고 난 레몬차나 줘. 그리고 남자들끼리 수다나 떨라고 하고, 우리는 부엌에서 얘기나 하지 뭐. 어머, 그런데 언니 얼굴이 왜 이렇게 좋아졌어? 살이 좀 찌니까 보기 좋은데? 하지만 너무 찌지 않게 조심해야 해."

마틸드 이모는 이렇게 말하면서 엄마와 함께 부엌으로 들어갔다.

"앉게, 카시미르."

아빠가 말했다.

"고맙습니다."

이모부가 말했다.

"하는 일은 잘돼가나?"

"그저 그렇죠, 뭐."

이모부가 대꾸했다. 아빠는 한숨을 쉬더니 카시미르 이모부에게 말했다.

"뭐, 잘되겠지."

"그럼 나는 뭐 해요?"

엘루아가 물었다.

"너는 니콜라 방에 올라가서 장난감을 가지고 놀려무나."

아빠가 말했다. 그러자 엘루아가 대꾸했다.

"니콜라 방에는 올라가기 싫어요! 난 여기서 놀고 싶다고요!"

"그럼 너 체커 놀이 할 줄 알아?"

내가 물었다.

"아니! 그건 계집애들이나 하는 놀이잖아!"

엘루아가 말했다.

"천만의 말씀! 체커 놀이가 얼마나 재미있다고! 분명히 내가 이길걸!"

그러자 엘루아가 말했다.

"쳇! 우리는 학교에서 벌써 나눗셈 배워!"

"그게 뭐? 우리 학교에서는 나눗셈 배운 지 벌써 한참 됐어. 우리는 소수점도 배웠어!"

나도 지지 않았다.

"아, 그래? 그럼 너 이거 할 줄 알아?"

엘루아는 이렇게 말하고 카펫 위에서 재주넘기를 했다. 하지만 녀석의 발이 작은 탁자에 부딪히면서 재떨이가 아빠의 실내화 위로 떨어졌다.

"아이고!"

아빠가 비명을 질렀다. 마틸드 이모가 부엌에서 뛰어나와서 물었다.

"엘루아, 네가 그랬니?"

"그래, 얘가 그랬어."

아빠가 말했다.

"조심하렴, 엘루아. 안 그러면 아빠한테 혼내주라고 할 거야!"

이모가 말했다.

조금 있다 엄마가 커다란 쟁반을 들고 나와서 말했다.

"자, 이제 먹자. 간식 준비 다 됐다!"

안타까운 건, 사과파이가 너무 작다는 거였다. 아빠가 파이를 여섯 등분 했더니 양이 너무 적었다.

"나는 안 먹을래."

엄마가 말했다.

그러자 마틸드 이모가 말했다.

"어머, 아주 맛있어 보이는데. 혹시 이거 먹으면 살찔까봐 그러는 거야?"

우리는 각자 자기 몫의 파이를 먹었다. 엄마가 파이를 먹지 않아서 한 조각이 남았다.

"나 더 먹을래."

엘루아가 말했다. 이모는 엘루아에게 그렇게 음식을 더 달라고 하는 건 예의가 아니라고 말했다. 하지만 얌전하게 굴면 파이를 더 먹을 수도 있다고 하면서 남은 한 조각을 반으로 잘라서 엘루아와 나에게 나누어주었다.

간식을 먹고 나서 우리는 다 같이 거실로 갔다. 엄마는 나에게 엘루아를 데리고 방에 올라가서 놀라고 했다. 그러자 엘루아가 소리를 질렀다.

"올라가기 싫다고 아까 말했잖아요! 여기 있을 거예요!"

"애가 성깔이 있어. 우리 이이가 늘 말하지. 어쩌면 이렇게 나를 쏙 뺐느냐고, 성격도 대물림이라고!"

마틸드 이모가 말했다. 그러더니 이모는 우리 아빠한테, 기침이 나니까 담배 좀 그만 피우면 안 되겠냐고 했다.

"우리 뭐 하고 놀아?"

엘루아가 나한테 물었다.

"카드를 가지고 놀까? 바타유 놀이는 어때?"

내가 말했다.

"아, 더 좋은 생각이 났어! 우리 술래잡기하자. 네가 술래니까 뒤돌아서 있어!"

엘루아는 이렇게 말하고 막 달려가서는 소파 위로 뛰어올라갔다.

"어머, 소파!"

엄마가 비명을 질렀다.

"애들 때문에 정말 못살겠네! 너희 좀 조용히 놀 수 없어?"

마틸드 이모도 고함을 쳤다.

"그럼 뭐 하고 놀아요? 뭐 하고 노냐고요?"

엘루아가 물었다.

"적어도 가구 위에 올라갈 때는 신발은 벗어야 하잖아. 안 그러니, 우리 아들? 그리고 조심 좀 해. 그러다 또 뭐라도 엎겠다!"

이모가 말했다. 바로 그때 픽! 소리가 났다. 엘루아가 장난을 치다가 빨간 전등갓을 씌운 스탠드를 넘어뜨린 거였다.

"거봐! 엄마 말이 맞지?"

마틸드 이모가 말했다.

아빠는 전등갓이 뒤집혀버린 스탠드를 세우면서 나에게 책을 몇 권 가져와서 엘루아와 함께 읽으라고 했다. 그래서 나는 내 방에 올라갔다. 다시 거실에 내려와보니, 마틸드 이모는 엄마를 붙잡고 살이 막 찌기 시작할 때 어떻게 해야 하는지에 대해서 일장연설을 늘어놓고 있었고, 아빠는 카시미르 이모부 앞에 앉아서 "그래, 음, 그래." 소리만 하고 있고, 엘루아는 물구나무를 선 채 "엄마! 나 좀 보세요! 엄마! 나 좀 봐요!"라고 소리를 지르며 돌아다니고 있었다.

나는 엘루아에게 내 책들을 보여주었다. 하지만 엘루아는 별로 마음에 안 든다고 했다. 인디언이 나오는 근사한 책도 하나 있었는데 말이다.

"나는 비행기가 나오는 책이 좋아!"

엘루아는 이렇게 말하고는 양팔을 벌리고 입으로 부르르르릉! 소리를 내면서 거실을 막 뛰어다녔다.

"엘루아는 참 활발하군."

아빠가 말했다.

"그렇죠?"

이모부가 말했다.

"야, 뭐 해? 같이 놀자. 너는 적군이야!"

엘루아는 이렇게 말하고 나를 향해 달려왔다. 그러다 카펫에 발이 걸려서 넘어지고 말았다. 엘루아는 울음을 터뜨렸다.

"비행기는 울지 않지."

아빠가 말했다. 이모가 눈을 크게 뜨고 우리 아빠를 쳐다봤다. 이모는 엘루아를 무릎에 안아 올리고는 어루만져주고 뽀뽀를 했다. 그러고는 이제 너무 늦었다고, 내일 학교도 가야 하니까 모두 그만 일어나는 게 좋겠다고 했다. 마틸드 이모, 카시미르 이모부, 엘루아는 외투를 입었다. 이모가 참 즐거운 시간이었다고, 우리 가족도 언제 한번 깜짝 방문을 해달라고 말했다. 그리고 이모네 식구들은 떠났다.

엄마는 한숨을 푹 내쉬고는 이제 저녁 식사를 준비해야겠다고 했다.

"무슨 소리! 당장 옷 갈아입어. 나는 면도를 좀 해야겠어."

아빠가 말했다.

"외식이라도 하게?"

엄마가 물었다.

"깜짝 방문을 하는 거야!"

아빠가 말했다.

우리는 마틸드 이모네 집으로 저녁을 먹으러 갔다.

동물원

오늘 오후에 아빠는 나와 알세스트를 동물원에 데려갔다. 알세
스트와 나는 무지 기분이 좋았다. 일이 어떻게 된 거냐면, 우리가
정원에서 놀고 있는데 아빠가 퇴근해서는 오늘 하루 귀중한 시간을
내서 우리를 동물원에 데려가 동물들을 보여주겠다고 한 거다. 엄
마도 그 자리에 있었다. 아빠는 아이들이 옆에 잘 붙어다니는지 수
시로 확인하는 수고를 아끼지 않겠다고 엄마에게 말했다. 우리 아
빠는 정말 멋지다!

알세스트는 빵집에서 케이크를 사다 먹으며 오후를 보내는 게 더
좋기는 하지만 동물원에 가는 것도 나쁘지는 않을 것 같다고 했다.

우리 셋이 동물원에 도착해보니, 사람들이 엄청나게 많았다. 아
빠는 우리에게 길을 잃지 않도록 조심하라고 했다. 매표소에서는

가벼운 실랑이가 있었다. 알세스트가 우리 아빠한테 어른 요금을 내달라고 졸라댔기 때문이다. 하지만 아빠는 알세스트에게 입 다물고 가만히 있으라고 했다. 그래서 내가, 우리 어린이들은 군인하고 똑같은 요금을 낸다고, 그건 사람들이 우리를 군인처럼 봐준다는 뜻이라고 말하면서 알세스트를 위로해주었다. 알세스트는 내 말에 기분이 좋아져서 "하나! 둘! 왼발! 오른발!" 하고 구령을 붙이면서 동물원 안으로 들어갔다. 알세스트는 우리 아빠한테도 함께 발을 굴러 박자를 맞춰달라고 했다.

우리는 곧장 원숭이 우리로 갔다. 원숭이는 아주 재미있었다. 원숭이들은 여러 가지 우스꽝스러운 짓을 많이 했는데 우리가 아는 사람들하고 많이 닮은 것 같았다. 사람이 너무 많았다. 아빠는 우리가 원숭이를 잘 볼 수 있게 번쩍 안아 올려주었다. 사실 아빠는 나만 그렇게 해주었다. 알세스트도 안아 올리려고 했지만 그럴 수가 없었다.

우리는 다른 것도 보고 싶었는데 아빠는 원숭이를 재미있어했다. 알세스트는 사람들이 원숭이에게 먹을 것을 던져주는 걸 보고, 자기도 하고 싶다고 했다. 그래서 아빠는 알세스트에게 비스킷을 사다주면서 원숭이에게 줘보라고 했다. 하지만 알세스트는 그렇게 하지 않았다. 아빠가 왜 먹이를 안 주냐고 물었더니, 알세스트는 가만히 생각해보니까 알지도 못하는 원숭이한테 비스킷을 주느니 자기가 먹는 게 나을 것 같아서 그런다고 했다.

그다음에 우리는 사자를 구경하러 갔다. 사자는 가만히 누워서 하품만 하고 있어서 그렇게 재미있지는 않았다. 그렇게 누워서 하

품만 하는 건 나도 얼마든지 할 수 있다. 알세스트도 사자를 안 좋아했다. 우리 안에 고기가 있는데도 사자들이 먹지 않았기 때문이다. 알세스트는 고기가 아깝다고 했다. 아빠는 우리에게 사자에 대해 이것저것 많이 설명해주고 싶어했다. 하지만 우리는 아빠 손을 잡아끌면서 다른 데로 가자고 했다.

우리는 희한한 동물을 보았다. 그 동물 이름은 라마라고 했다. 아빠가 우리에 붙어 있는 작은 팻말을 보고 나서 설명해주었다. 아빠는 그 팻말에, 라마는 화가 나면 사람들에게 침을 뱉는다고 씌어 있다고 했다. 알세스트와 나는 라마를 보고 얼굴을 막 찡그려 보았다. 그 말은 진짜였다! 라마가 화가 나서 우리 아빠 넥타이에 침을 뱉었으니까 말이다. 아빠는 기분이 안 좋았다. 게다가 관리인 아저씨가 와서 동물을 성가시게 하면 안 된다고 아빠를 나무랐다. 아빠는 관리인 아저씨에게 동물들이 훈련을 잘못 받은 것일 뿐 아빠의 잘못이 아니라고, 이 더러운 동물이 돈 내고 들어온 사람에게 침을 뱉는다고 대꾸했다. 그러자 관리인 아저씨는 자기는 라마를 이해한다고, 동물원을 찾는 손님들 중에는 정말 자기도 침을 뱉어주고 싶은 사람들이 있다고 받아쳤다. 아빠하고 관리인 아저씨가 목소리를 높이면서 실랑이를 벌이자, 사람들이 무슨 일인가 싶어서 몰려들기 시작했다. 조금 있다 우리와 관리인 아저씨는 각자 갈 길로 갔다.

우리는 계속 걸었다. 그러다 아빠가 코끼리를 발견했다.

"저것 봐라! 마음에 들지?"

아빠는 우리를 코끼리가 있는 곳으로 데려갔다. 아빠는 비스킷 한 상자를 샀지만 이번에는 알세스트에게 주지 않았다. 아빠는 비

스킷을 코끼리들한테 주고 싶었던 거다. 그때 알세스트와 나는 아주 재미있는 걸 발견했다. 코끼리 우리 앞에서 아저씨들이 통로 보수공사를 하고 있었던 거다. 그 아저씨들은 시멘트와 모래, 물을 섞어서 반죽을 만들어 통로에 바르고 있었다. 우리는 그걸 구경하면서 전에 바닷가에서 모래성을 쌓았던 것처럼 우리도 저 반죽으로 멋진 성을 만들 수 있을 거라고 말했다. 그러면 아주 재미있을 것 같았다.

우리는 다른 데도 구경하고 싶었다. 그래서 고개를 돌려 아빠가 뭘 하고 있는지 보았다. 아빠는 신이 나서 코끼리에게 비스킷을 주고 있었다. 코끼리가 기다란 코로 비스킷을 받아먹을 때마다 아빠는 엄청 좋아했다. 아빠는 우리가 옆에 있는 줄 알고 큰 소리로 마구 떠들었다.

"니콜라, 이 녀석 코 봤지? 네 외삼촌 피에르가 생각나는구나!"

그리고 또 이런 말도 했다.

"알세스트, 너도 그렇게 계속 먹어대면 저기 저 코끼리처럼 뚱뚱해질지도 몰라, 이 녀석아!"

우리는 그렇게 신나하는 아빠를 방해하고 싶지 않았지만 아빠를 말릴 수밖에 없었다. 다른 사람들이 아빠를 정신 나간 사람 보듯 구경하고 있었기 때문이다.

다음에 우리는 갖가지 동물들을 보았다. 기린도 보았다. 기린이 좋았던 건, 바로 그 옆에 시소가 있었기 때문이다. 알세스트와 나는 시소를 타면서 신나게 놀았다. 그러고 나서 아빠는 우리에게 곰을 구경시켜주었다. 거기 마침 공을 가진 남자애가 있어서, 우리는

622

그 애하고 공놀이를 했다. 내가 슛을 날렸는데, 공이 하이에나 우리 안으로 들어가고 말았다. 일부러 그런 건 아니었다. 나는 공을 찾으러 들어가고 싶지 않았다. 그 애가 울음을 터뜨려서 우리는 얼른 도망을 쳤다. 아빠를 다시 찾은 다음에는 물속에 있는 바다표범을 보러 갔다. 알세스트는 부스러기를 핥아 먹으려고 가지고 있던 비스킷 상자로 종이배를 만들었다. 우리는 물에 종이배를 띄우며 재미있게 놀았다. 하지만 아쉽게도 바다표범들 때문에 물이 너무 출렁거렸다.

낙타를 보러 가서 알세스트는 가지고 있던 돈으로 빨간 풍선 한 개를 샀다. 우리가 풍선을 가지고 노는데 낙타를 구경하던 아빠가 우리를 돌아보았다. 아빠는 기분이 별로 안 좋아 보였다. 아빠는 동물을 안 좋아하면 말을 하지 그랬냐고, 기껏 귀한 시간을 냈는데 동물원에 와서 엉뚱한 짓만 하고 있다고 마구 소리를 질렀다. 알세스트는 너무 놀라서 손에 들고 있던 풍선을 놓쳐버렸다. 알세스트는 울음을 터뜨렸다. 그러자 엄청 시끄러워졌고 낙타도 마구 울부짖기 시작했다. 아까 그 관리인 아저씨가 와서 아빠를 알아보고는 계속 동물들을 못살게 굴면 쫓아내겠다고 했다. 아빠는 자기는 세금을 꼬박꼬박 내는 시민이라고 했다. 관리인 아저씨는 그런 건 자기가 알 바 아니라고, 아빠를 원숭이 우리에 집어넣고 싶다고, 거기야말로 아빠에게 딱 맞는 장소라고 했다. 그러자 알세스트는 울음을 그치고 손뼉을 치면서 그것 참 좋은 생각이라고, 아빠가 원숭이들이랑 같이 있으면 엄청 재미있을 거라고, 그러면 자기가 아빠에게 비스킷을 던져주겠다고 했다. 관리인 아저씨는 어깨를 으쓱하더니 그 자리를 떠났다.

아빠는 우리 손을 붙잡고 막 야단을 쳤다. 아빠는 우리보고 좀 얌전히 있으라고, 동물들을 관심 있게 보라고 말했다. 우리는 동물원 출구 쪽으로 가다가 아이들이 잔뜩 타고 있는 꼬마 기차를 보았다. 동물원을 한 바퀴 도는 기차였다. 아빠는 우리에게 꼬마 기차를 타고 한 바퀴 돌고 싶냐고 물었다. 그리고 우리가 겁내지 않도록 아빠도 함께 타겠다고 했다. 우리는 아빠가 화를 낼까봐 그러자고 했다. 그런데 표 파는 아저씨가 아빠에게 어른은 꼬마 기차에 탈 수 없다고 했다. 아빠는 우리를 위해서 아빠가 타야만 한다고, 우리가 우리끼리만 타고 싶지 않아서 어쩔 수가 없다고 설명했다.

아빠는 첫 번째 칸 맨 앞줄에 자리를 잡았다. 자세가 좀 우스꽝스러웠다. 아빠의 몸집이 너무 커서 몸을 있는 대로 구부리다보니 무릎이 거의 턱에 닿을 것 같았다. 우리는 아빠 뒤에 나란히 앉았다. 꼬마 기차가 막 출발하려는데 알세스트가 말했다.

"우리 저거 보러 가자!"

우리는 기차에서 내렸고, 기차는 아빠를 태운 채 출발했다. 아빠는 우리가 내린 걸 몰랐다. 그래도 별문제는 없었다. 왜냐하면 아빠가 엄청 재미있어했기 때문이다. 아빠는 웃으면서 칙칙폭폭! 칙칙폭폭! 소리를 냈다. 사람들도 아빠를 쳐다보면서 웃었다.

알세스트가 나에게 보여주고 싶어한 건 조그만 새끼 고양이였다. 아마 관리인 아저씨들 중 한 사람이 키우는 고양이인 것 같았다. 새끼 고양이는 아주 귀여웠다. 우리는 아빠가 탄 꼬마 기차가 돌아올 때까지 고양이하고 재미있게 놀았다. 아빠는 기분이 무척 안 좋았다. 아빠는 우리를 엄청 많이 혼내고, 새끼 고양이 따위를 보려고 동물원에 왔냐며 소리를 질렀다.

"새끼 고양이도 동물이잖아요."

알세스트가 말했다. 하지만 아빠는 완전히 기분이 나빠져서 집에 돌아올 때까지 내내 부루퉁해 있었다.

나는 아빠를 이해한다. 아빠처럼 동물원을 별로 좋아하지 않는 사람한테는 귀한 시간을 내서 동물원에 가는 게 힘든 일일 거다. 아무리 알세스트와 나를 위해서 그랬다지만 말이다.

이자벨 소피

오늘은 일요일이다. 우리 가족은 비뇨 아저씨와 아줌마네 집에 초대를 받았다. 아빠의 친구라는데 나는 모르는 분들이다. 아빠는 나에게 그 집에는 여자애가 있으니까 재미있게 놀 수 있을 거라고 했다. 보통 여자애들은 별로 재미가 없다. 우리 옆집에 사는 마리 에드비주만 빼고 말이다. 마리 에드비주는 노란 금발 머리인데 아주 예쁘다. 그 애는 여자애치고는 정말 멋지다.

엄마는 회색 원피스를 입었다. 나는 파란 정장을 입었다. 이 옷을 입으면 아주 우스꽝스러워 보인다. 아빠는 줄무늬 양복을 입었다. 우리가 비뇨 아저씨네 집에 도착하자, 모두 서로 만나 깜짝 놀라기라도 한 것처럼 소리를 질러댔다. 비뇨 아저씨와 아줌마는 내가 나이에 비해 무척 크다고 했다. 아저씨는 함박웃음을 지으며 아줌마 뒤에 숨어 있던 여자애를 가리켰다.

"자, 얘가 우리 딸 이자벨 소피야. 이자벨, 인사해야지."

아저씨가 말했다.

새까만 머리의 이자벨 소피라는 애는 입술을 앙다물고 있었다. 그 애는 고개를 흔들면서 싫다고 하고는 다시 아줌마 뒤로 숨어버렸다.

"이자벨! 인사 안 하니?"

아저씨가 다시 말했다.

아줌마는 웃으면서 뒤를 돌아보고는 이자벨 소피에게 뽀뽀를 했다. 그러자 이자벨 소피는 자기 뺨을 문질러 닦았다.

"양해해주세요. 애가 수줍음이 많거든요! 이자벨, 너 이 꼬마 친구한테도 인사 안 할 거니?"

아줌마가 말했다.

"안 해. 바보같이 생겼어."

이자벨 소피가 대꾸했다.

나는 그 말을 듣고 이자벨 소피를 한 대 때려주고 싶었는데 모두 웃기만 했다. 심지어 우리 엄마는 이렇게 재미있고 귀여운 여자아이는 처음 본다는 말까지 했다. 아빠는 아무 말도 안 했다.

"자, 그럼 우리 간단히 포도주부터 마실까요? 이렇게 계속 서 있다가는 양고기요리가 너무 익어버릴 거예요. 니콜라, 너는 뭐 마실래?"

아줌마가 나에게 물었다.

"아, 얘는 괜찮아요. 신경 쓰지 마세요!"

엄마가 말했다.

"어머, 아니에요! 석류시럽을 조금 줄까? 어떠니? 아이들도 우리랑 함께 건배를 할 수 있도록 석류시럽을 조금 주도록 해요. 이런 일이 매일 있는 건 아니잖아요?"

아줌마가 말했다.

나는 석류시럽을 무지 좋아한다. 빨간 색깔이 아주 예쁘기 때문이다. 그런데 이자벨 소피는 또 고개를 저으며 싫다고 했다.

"나는 석류시럽 싫어. 포도주 마실 거야."

"우리 딸, 포도주 마시면 아야 하는 거 알잖니. 의사 선생님이 배 아프지 않으려면 아주 조심해야 한다고 했지?"

아줌마가 말했다.

"우리 애가 좀 예민하거든요. 그래서 항상 조심해야 한답니다."

아저씨가 아빠 엄마에게 말했다.

"포도주 마시고 싶어!"

이자벨 소피가 소리를 질렀다.

아줌마는 어른들에게는 포도주를 주고, 나하고 이자벨 소피에게
는 석류시럽을 주었다. 내가 좋아하는, 물을 아주 조금만 탄 엄청
맛있는 석류시럽이었다.

하지만 이자벨 소피는 계속 소리를 질러댔다.

"석류시럽 싫어! 석류시럽 싫어! 석류시럽 안 먹을 거야!"

"그래, 우리 귀염둥이, 그럼 안 먹어도 돼."

아줌마가 말했다.

"그래, 애들한테는 억지로 뭘 시키면 안 되지."

아저씨도 말했다.

그러고 나서 아줌마는 내가 학교에서 공부를 잘하느냐고 물었다. 아빠는 껄껄 웃으면서 이번 달에는 그럭저럭 성적이 괜찮았다고 (나는 이번 달에 수학에서 8등을 했다.), 내가 엉뚱한 데 정신만 팔지 않으면 훨씬 더 잘할 거라고 했다.

"그런데 요즘 학교에서 애들 공부시키는 방식이 좀 잘못된 것 같아요."

아저씨가 말했다. 아줌마도 맞장구를 쳤다.

"맞아요. 이자벨네 담임 선생님은 정말 너무 까다롭고 불공평해요. 그 담임 선생님이라는 여자를 만났는데, 벽에 대고 말하는 기분이었다니까요. 아예 애를 학교에 보내지 말고 가정교사를 붙여서 집에서 공부를 시키면 어떨까 하는 생각도 들어요. 그래도 이자벨은 아주 잘하고 있어요. 참, 한번 보세요. 이자벨, 저번에 배운 우화를 아줌마 아저씨 앞에서 암송해보렴."

"싫어."

이자벨 소피가 말했다.

"애한테 강요하면 안 되지."

아저씨가 말했다.

"암송하면 포도주 줄 거야?"

이자벨 소피가 물었다.

"그래, 하지만 아주 조금만이다."

비뇨 아줌마가 말했다.

그러자 이자벨 소피는 뒷짐을 지고 이야기를 시작했다.

"라퐁텐의 까마귀와 여우 이야기."

하지만 그러고는 아무 말도 하지 않았다. 그러자 아줌마가 거들어주었다.

"까마귀 아저씨가 나무 위에……"

"까마귀 아저씨가 나무 위에."

이자벨 소피가 따라했다.

"앉아서……."

아줌마가 또 가르쳐줬다.

"앉아서."

"부리에……."

"부리에."

"치즈를 물고 있었어요."

"치즈를 물고 있었어요."

"여우 아저씨가 냄새를 맡고……."

"나 이제 포도주 줘!"

이자벨 소피가 소리를 질렀다.

아빠와 엄마는 박수를 쳤다. 아저씨는 이자벨 소피에게 뽀뽀를 했고, 아줌마는 그 애에게 포도주를 조금 따라주었다. 이자벨 소피는 포도주 잔을 받으면서 석류시럽 잔을 카펫 위에 떨어뜨렸다.

"괜찮아, 괜찮아."

비뇨 아저씨가 말했다.

"자, 이제 식탁으로 갈까요?"

아줌마가 말했다.

식탁에는 빳빳하고 하얀 식탁보가 깔려 있고 엄청 많은 잔들이 놓여 있어서 아주 근사했다. 이자벨 소피는 자기네 아빠 엄마 사이에 앉았고, 나는 우리 아빠 엄마 사이에 앉았다. 비뇨 아줌마가 끝내주는 전채 요리를 내왔다. 식당에서 먹는 것처럼 돼지고기랑 마요네즈가 듬뿍 들어간 요리였다.

아빠가 비뇨 아저씨에게 말했다.

"자네, 내가 지난주에 길에서 누굴 만났는지 알아?"

"나 마요네즈 더 줘!"

이자벨 소피가 소리쳤다.

"귀여운 우리 딸, 벌써 많이 먹었잖니. 다른 사람들이 먹은 걸 다 합친 것보다 너 혼자 먹은 마요네즈가 더 많아."

아저씨가 말했다. 그러자 이자벨 소피가 울음을 터뜨렸다. 그 애는 마요네즈를 더 주지 않으면 지난번처럼 사람들 보는 앞에서 병이 나고 말 거라고, 그리고 죽어버릴 거라고 했다. 그러고는 의자 위로 뛰어올라갔다.

"그래, 알았어. 조금만 더 줄게. 조금 더 먹는다고 탈이 나지는 않겠지."

아줌마가 말했다.

"하지만 의사가 전에……."

아저씨가 뭐라고 말하려고 했다.

"아휴, 딱 한 번이야. 자, 받아라, 우리 딸. 하지만 다음에 의사 선생님이 오셨을 때 이 일은 이야기하면 안 된다."

아줌마는 이렇게 말하면서 이자벨 소피에게 마요네즈를 조금 더 주었다. 우리는 그 애가 전채 요리를 다 먹을 때까지 기다렸다. 하지만 이자벨 소피는 마요네즈로 접시에 그림을 그리느라 느릿느릿 먹었다. 조금 있다가 비뇨 아줌마는 이자벨 소피의 손가락을 닦아주고 나서 양고기를 가지러 갔다.

"그래, 자네 내가 지난주에 누구를 만났는지 알아? 내가 조용히 길을 걸어가고 있었는데 말이야……"

아빠가 아까 하던 이야기를 꺼냈다.

"아빠, 오늘 저녁에 나 극장에 데려갈 거야?"

이자벨 소피가 아저씨에게 물었다.

"나중에 얘기하자, 우리 딸."

아저씨가 말했다.

"하지만 나하고 약속했잖아! 어제 나한테 극장에 갈 거라고 했잖아!"

"알았어, 너만 피곤하지 않으면 가자꾸나."

"나는 안 피곤해! 랄랄라! 하나도 안 피곤해! 나 하나도 피곤하지 않은 거 아빠도 알지? 맞아, 지난주에는 피곤했어. 하지만 오늘은 눈곱만큼도 피곤하지 않아. 아빠한테 분명히 말하는데, 난 말이지, 하나도, 하나도, 하나도 피곤하지 않아!"

이자벨 소피가 말했다.

"자, 양고기 나왔어요!"

아줌마가 말했다. 아줌마는 커다란 쟁반에 엄청 큰 양고기를 담아가지고 식당으로 들어왔다. 아빠랑 엄마, 아저씨가 "이야!" 하고 탄성을 질렀다. 아줌마는 아저씨 앞에 양고기 쟁반을 내려놓았다. 아저씨가 고기를 썰려고 자리에서 일어났다.

"자, 제일 맛있는 넓적다리 고기는 누가 먹을까?"

아저씨가 웃으면서 물었고, 이자벨 소피가 그 부분을 차지했다.

엄마는 이렇게 맛있는 양고기는 처음 먹어본다고 했다. 아줌마는 엄마에게 아주 좋은 정육점을 알고 있다고 말했다.

"제가 다니는 정육점도 좋아요. 늘 좋은 고기를 주지요. 저한테 좋은 고기를 안 주면 다른 집으로 가버릴 테니까요."

엄마가 말했다.

"참 좋은 정육점이네요."

아줌마도 한마디 했다.

우리는 양고기를 아주 맛있게 먹었다. 그다음에 아줌마는 치즈를 가지러 갔다. 아무도 입을 열지 않았다. 아빠는 포도주 잔을 다 비우고 나서 아저씨에게 말을 걸었다.

"그래, 내가 조용히 길을 걸어가고 있었어. 그러다가 누구를 봤는지 알아? 내가 수천 번이나……."

그런데 아저씨가 이자벨 소피를 돌아보더니 버럭 소리를 질렀다.

"이자벨! 식탁에다 팔꿈치 대는 거 아니랬지!"

그러고 나서 아저씨는 우리 아빠에게 이렇게 말했다.

"이런 꼴을 보여서 미안하구면, 친구. 하지만 자네도 알다시피 애들이 원래 그렇잖아. 애들은 잘 휘어잡지 않으면 금세 버릇이 나빠진다니까."

신나는 소풍

지난주에 교장 선생님이 우리 교실에 들어왔다. 교장 선생님 얼굴에는 웃음이 가득했다. 그래서 우리는 무척 놀랐다. 교장 선생님은 우리 교실에 들어올 때는 절대로 웃지 않았고, 우리가 평생을 감옥에서 지내게 될 거라느니, 그러면 우리 부모님이 엄청 괴로워할 거라느니 그런 말만 했기 때문이다.

"여러분, 여러분 담임 선생님이 지난주에 치른 작문 시험 성적을 나에게 알려주었어요. 나는 아주 기분이 좋습니다. 여러분 모두 좋은 성적을 거두었어요. 여러분이 많이 발전했다는 걸 알 수 있었지요. 공동 꼴찌인 클로테르와 맥상까지도 학년 평균 점수를 받았어요. 참 잘했어요."

교장 선생님이 말했다.

나란히 앉아 있던 클로테르와 맥상이 활짝 미소를 지었다. 우리 반 아이들 모두 웃었다. 하지만 아냥은 조프루아가 자기와 공동 일 등이라는 걸 알고는 웃지 않았다.

"그래서 여러분 담임 선생님과 나는 여러분에게 상을 주기로 결 정했어요. 목요일에 모두 함께 소풍을 갈 거예요!"

교장 선생님의 말에 우리는 모두 "와!" 하고 함성을 질렀다. 교장 선생님이 계속 말했다.

"여러분에게 하고 싶은 말은 이번의 성과에 만족하지 말고 앞으 로 더욱더 노력을 하라는 것뿐이에요. 계속 노력을 하면 여러분의 미래는 밝을 것이고, 여러분을 위해 희생하시는 부모님을 기쁘게 해드릴 수 있을 거예요."

교장 선생님이 나가자, 우리는 한꺼번에 떠들기 시작했다. 선생님 이 자로 교탁을 두드렸다.

"좀 조용히 하세요. 자, 조용히! 여러분은 모두 부모님에게 이번 소풍에 참석해도 좋다는 내용의 편지를 받아 오세요. 점심은 학교 에서 줄 거예요. 목요일 아침에 학교에 모여서 출발하겠어요. 함께 버스를 타고 갈 거예요. 자, 이제 받아쓰기를 합시다. 전부 공책을 꺼내세요. 조프루아, 너 한 번만 더 아냥에게 인상 쓰면 소풍에 안 데려간다!"

다음 날, 우리는 모두 소풍을 가도 좋다는 내용의 부모님 편지 를 가져왔다. 하지만 아냥은 소풍에 못 가게 되어 죄송하다는 편지 를 가져왔다.

목요일이 될 때까지 우리는 소풍에 대해 엄청 떠들어댔다. 교실에서도, 쉬는 시간에도, 집에 가서도 말이다. 우리는 모두 들떠 있었다. 사실은 담임 선생님과 우리 부모님들까지도 그랬다.

목요일 아침, 나는 아주 일찍 일어나서 엄마를 깨우러 갔다. 학교에 늦고 싶지 않았기 때문이다.

"니콜라, 새벽 6시잖니. 학교에는 9시까지 가면 돼! 어서 가서 좀 더 자."

엄마가 말했다.

나는 다시 자고 싶지 않았다. 하지만 아빠가 이불 사이로 고개를 내밀길래 조용히 내 방으로 돌아왔다. 소란을 피우고 싶지 않았기 때문이다.

아빠 엄마한테 세 번째로 달려갔을 때는 두 분 모두 일어나 있었다. 나는 세수를 하고 옷을 입었다. 엄마는 나보고 아침을 먹으라고 했지만 나는 배가 고프지 않았다. 그래도 아침을 먹기는 했다. 엄마가 내 몫의 잼 바른 빵과 우유를 안 먹으면 소풍 못 갈 줄 알라고 했기 때문이다.

그러고 나서 아빠와 엄마는 나에게, 얌전히 행동하고 선생님 말씀을 잘 들으라고 했다. 나는 돛이 떨어진 돛단배와 빨간 공, 파란 공, 낡은 라켓을 챙겼다. 아빠는 내가 전기 기차의 객차들은 가져가지 않았으면 했다. 나는 집을 나섰다.

학교에 8시 15분에 도착했는데 친구들은 벌써 다 와 있었다. 친구들도 갖가지 물건을 가져왔다. 공이랑 장난감 자동차, 구슬, 고기잡이 그물 등등. 조프루아는 사진기도 가져왔다. 조금 있으니까 선생님이 왔다. 하얀 옷을 빼입은 선생님은 아주 멋있었다. 우리는 모두 선생님과 악수를 했다. 그다음에는 학생부 선생님인 무샤비에르 선생님이 커다란 바구니 두 개를 들고 운동장으로 나왔다. 우리는 무샤비에르 선생님하고도 악수를 했다. 그다음에는 버스가 왔다. 운전기사 아저씨가 내리자 우리 모두는 아저씨하고도 악수를 했다.

  우리와 함께 소풍을 가는 무샤비에르 선생님은 바구니를 차에 실었다. 그러고는 우리에게 차에 타라고 했다. 조프루아와 맥상은 서로 맨 앞 운전기사 아저씨 옆자리에 앉겠다고 싸웠다. 우리 선생님이 둘을 떼어놓고는 조프루아에게 맨 뒤에 가서 앉으라고 했다. 선생님은 둘 다 얌전하게 굴지 않으면 소풍에 데려가지 않겠다고 했다. 그것 말고도 사소한 실랑이가 있었다. 아이들이 전부 다 서로 창가에 앉고 싶어했기 때문이다. 무샤비에르 선생님은 우리보고 조용히 있지 않으면 반성문을 쓰게 하겠다고, 누구든 한마디만 더 했다가는 아무도 창가에 못 앉게 될 거라고 했다.

  그러고 나서 우리는 출발했다. 우리는 엄청 신이 났다. 차 안에서 노래도 불렀다. 하지만 조프루아는 노래를 부르지 않았다. 조프루아는 아무도 사진을 찍어주지 않겠다고, 이럴 줄 알았으면 아빠 차

를 타고 소풍을 갈걸 그랬다고, 아빠 차에서는 자기가 원하기만 하면 언제든지 운전기사 옆자리에 앉을 수 있다고 했다.

우리는 차를 타고 아주 오래 갔다. 우리는 옆으로 자동차가 지나갈 때마다 얼굴을 찌푸리고 소리를 지르면서 엄청 재미있게 놀았다. 제일 좋은 자리는 맨 뒷좌석이었다. 뒤에서 오는 차가 우리 버스를 앞질러 가기 전에 잔뜩 인상을 쓰면서 장난칠 수 있으니까 말이다. 조프루아는 맥상하고 또 싸웠다. 조프루아가 앉은 맨 뒷자리에 맥상이 앉겠다고 했던 거다. 선생님은 조프루아와 맥상을 둘 다 운전기사 아저씨 옆자리에 앉혔다. 운전사 아저씨는 말썽꾸러기 두 녀석 때문에 고생해야 했다.

얼마 안 있어 우리는 시골에 도착했다. 담임 선생님과 무샤비에르 선생님은 우리에게 모두 차에서 내리라고, 벌받는 아이들도 다 내리라고 했다. 선생님들은 우리에게 흩어지지 말고 줄을 서라고 했다. 가엾은 운전사 아저씨만 차에 혼자 남았다. 아저씨는 손수건으로 얼굴의 땀을 닦고 있었다.

우리는 조금 걸어 풀밭으로 갔다. 선생님은 우리에게 나무에 올라가면 안 되고 숲에서 딴 건 독이 있을지도 모르니까 함부로 먹으면 안 된다고 했다. 우리 선생님과 무샤비에르 선생님은 풀밭에 자리를 깔고, 바구니에서 삶은 달걀이랑 사과랑 샌드위치 등을 꺼내어 차리기 시작했다. 알세스트는 자기 바구니를 따로 가져왔는데, 그 안에 든 것(닭고기와 파이!)을 꺼내어 먹기 시작했다. 그동안 우리는 여기저기 뛰어다니면서 공을 던지고 놀았다. 무샤비에르 선생님이 달려와서 클로테르의 고기잡이 그물을 압수했다. 자기 얼굴에 공을 던졌다고 클로테르가 뤼퓌스를 그물로 후려쳤기 때문이다.

클로테르는 화가 단단히 났다. 모두 공을 가지고 사냥꾼 놀이를 하는데 자기 혼자만 공이 없으니까 화가 날 만도 하다. 조금 있으니까 선생님이 와서 점심을 먹으라고 했다. 점심은 아주 맛있었다. 한 사람 앞에 큼지막한 샌드위치 두 개와 삶은 달걀, 사과가 돌아갔다. 점심이 너무 적다고 투덜거린 사람은 알세스트뿐이었다.

점심을 먹고 나서 선생님은 다 같이 숨바꼭질을 하자고 했다. 우리는 아주 신이 났다. 선생님이랑 같이 노는 건 처음이기 때문이다. 무샤비에르 선생님도 같이 놀았는데 선생님이 술래가 되었다. 그래서 우리는 무척 재미있었다. 그런데 무샤비에르 선생님은 나무에 올라간 조프루아를 찾고 나서 엄청 화를 냈다. 선생님은 나무 위에 올라가면 안 된다면서 당장 내려오라고 했다. 그리고 조프루아에게 나무를 보고 서 있으라는 벌을 주었다.

알세스트, 뤼퓌스, 외드, 맥상, 조아생, 클로테르 그리고 나는 술래에게 금방 잡혔다. 하지만 그건 다 운전기사 아저씨 탓이었다. 우리가 차 안에 숨으려고 했는데 아저씨가 못 타게 했으니까 말이다.

그다음에는 클로테르가 술래가 되었다. 클로테르가 맨 먼저 찾은 사람은 조프루아였다.

"아! 난 지금 숨바꼭질하는 게 아니고 벌서는 거란 말이야."

조프루아가 외쳤다.

"그럼 나무 뒤에 서 있어야지!"

클로테르도 소리를 질렀다. 둘은 싸우기 시작했다. 우리는 모두 가서 구경을 했다. 하지만 담임 선생님은 뤼퓌스를 돌보느라 바빴다. 점심을 너무 빨리 먹어치우는 바람에 뤼퓌스가 탈이 나고 말았던 거다.

무샤비에르 선생님은 우리가 정말 못 말리는 녀석들이라고 소리쳤다. 그때 조프루아가 사진기를 잃어버렸다고 말했다.

우리는 모두 사진기를 찾으러 사방으로 돌아다녔다. 조프루아는 클로테르하고 또 싸웠다. 클로테르가 킬킬거리면서 쌤통이라고 말했기 때문이다. 무샤비에르 선생님은 둘 다 차에 가서 벌을 서라고 했다. 그런데 조프루아와 클로테르가 되돌아와서는 운전기사 아저씨가 차에 안 태워준다고 했다. 무샤비에르 선생님은 둘을 데리고 차로 갔다가 혼자서 돌아왔다. 선생님 말씀이 더 이상 사진기를 찾을 필요가 없다고, 조프루아가 사진기를 차에다 두고 내린 거였다고 했다.

그러고 나서 선생님은 이제 가야 할 시간이라고 했다. 우리는 너무 아쉬웠다. 아직 조금밖에 못 놀았기 때문이다. 하지만 우리는 어차피 바로 출발할 수도 없었다. 혼자서 계속 숨바꼭질을 하고 있는 외드를 찾아야 했기 때문이다. 나무 꼭대기에 올라가 있는 외드를 찾아낸 건 무샤비에르 선생님이었다.

우리는 모두 소풍 덕분에 기분이 좋아져서 돌아왔다. 매주 소풍을 가면 참 좋겠다. 어쨌든 다음주 목요일에는 소풍을 갈 수 없을 거다. 그날 우리 반은 벌로 학교에 나와야 하니까.

한동안 학교에 못 나오는 벌을 받은 외드만 빼고 말이다.

아빠가 뚱뚱해졌어요

아빠는 크림과자를 두 접시나 비운 다음 냅킨을 접고는 이렇게 말했다.

"결심했어. 나 내일부터는 무슨 일이 있어도 다이어트를 할 거야."

나는 다이어트가 뭐냐고 물었다. 그러자 엄마가 뚱뚱해지지 않기 위해 음식을 덜 먹겠다는 뜻이라고 설명해주었다.

"그래, 정말이지, 나 살쪘어."

아빠가 말했다. 그러니까 아빠가 뚱뚱해졌다는 거다. 내가 보기에 아빠는 허리띠를 두르는 데만 빼고는 그렇게 살이 찐 것 같지 않았다. 하지만 저녁을 먹고 난 뒤여서 나는 더 이상 군소리하지 않고 잠을 자러 갔다.

다음 날은 일요일이었다. 엄마는 구운 빵, 브리오슈 빵, 초콜릿음

료, 오렌지잼으로 기막히게 맛난 아침 식사를 차렸다. 오렌지잼에
는 얇게 저민 껍질까지 들어가 있어서 엄청 맛있었다. 아빠는 살이
찌지 않으려고 설탕도 우유도 넣지 않은 커피 한 잔만 마셨다. 내가
아침을 먹는 동안 아빠는 나를 구경했다. 아빠가 엄마에게 말했다.

"니콜라도 요즘 부쩍 살이 찐 것 같은데……"

엄마는 내가 살찌지 않았다고, 나는 쑥쑥 자라고 있는 거라고,
살찌는 것하고 자라는 건 별개의 문제라고 대꾸했다. 아빠는 엄마
말이 물론 맞다고, 그리고 나는 아직 어리기 때문에 다이어트 같은
건 필요 없을 거라고 했다.

아침을 먹고 나서 아빠하고 나는 산책을 했다. 우리는 일요일에

자주 산책을 한다. 나는 아빠가 해주는 흥미진진한 전쟁 얘기를 들으면서 산책하는 게 참 좋다. 날씨가 좋았고 다른 사람들도 모두 기분이 좋아 보였다. 빵집은 손님들로 북적거렸다. 나는 멈춰 서서 멋지게 장식된 케이크를 구경하고 싶었지만 아빠는 내 팔을 잡아끌며 말했다.

"어서 가자."

빵집에서 나는 냄새가 얼마나 좋은데! 나는 너무 아쉬웠다. 조금 있다가 우리는 시장 앞에 이르렀다. 시장은 참 좋다. 엄마랑 같이 시장에 가면 장사하는 아저씨들이 가끔 나에게 사과나 작은 새우 같은 걸 준다. 그런데 아빠는 시장 구경도 싫다고 했다.

"집에 가자. 늦었잖아."

아빠는 좀 짜증이 난 것 같았다.

엄마는 점심에 식당에서 파는 것 같은 근사한 전채 요리를 내왔다. 마요네즈와 여러 가지 재료를 넣고 햄으로 돌돌 만 건데, 맛이 끝내준다. 그다음에는 감자튀김과 완두콩을 곁들인 닭고기가 나왔다. 나는 두 번이나 먹었다. 그리고 샐러드, 카망베르 치즈, 케이크도 있었다. 점심이 어찌나 맛있던지 다 먹고 나서야 너무 많은 걸 알았다. 속이 안 좋았던 거다. 놀라운 건 아빠도 속이 아주 안 좋아 보였다는 거다. 아빠는 비스킷이랑 시금치, 닭고기의 흰 가슴살만 조금 먹었을 뿐인데 말이다.

아빠와 나는 정원으로 나갔다. 아빠는 의자에 앉았고, 나는 풀밭에 누웠다. 조금 있으니까 알세스트가 우리 집에 놀러 왔다. 알세스트는 아빠에게 "안녕하세요." 하고 인사를 했다. 그러고는 주머니

에서 커다란 초콜릿케이크를 꺼내어 먹기 시작했다. 케이크가 조금 뭉개지기는 했지만 그래도 아주 맛있어 보였다. 나는 알세스트에게 달라는 말은 하지 않았다. 알세스트는 자기 먹을 걸 누가 달라고 하면 무척 기분 나빠하기 때문이다. 아빠는 알세스트를 쳐다보면서 입술을 혀로 핥고는 말했다.

"알세스트, 너네 집에서는 밥을 굶기니?"

"아뇨. 점심에도 쇠고기스튜를 먹고 아주 맛있는 소스에 빵을 찍어 먹었어요. 우리 엄마가 소스를 얼마나 잘 만든다고요. 엄마는 양배추절임도 잘 만들어요. 어제저녁에는……."

"그래, 그래, 됐다!"

아빠는 이렇게 소리치고는 신문을 펴서 읽기 시작했다. 그러자 알세스트가 나에게 물었다.

"너네 아빠 왜 저러셔? 쇠고기스튜 안 좋아하시니?"

나는 알세스트에게 저쪽에 가서 공놀이나 하자고 했다.

우리가 놀고 있는데 울타리 위로 블레뒤르 아저씨의 얼굴이 나타났다.

"얘들아, 재밌냐?"

아저씨가 우리에게 물었다. 그러고는 신문을 읽고 있는 아빠를 쳐다보고 말했다.

"애들하고 좀 놀아주지 그러나. 자네도 운동을 좀 해야지. 건강에도 좋고 살도 빠질 텐데."

그래서 내가 말했다.

"우리 아빠는 더 이상 살 안 찔 거예요. 다이어트 중이거든요."

아저씨는 큰 소리로 킬킬대고 웃었다. 아빠는 기분이 상한 것 같았다.

"그래, 니콜라 말대로야. 나는 다이어트 중이라고! 아무렴! 자네처럼 못생기고 바보 같은 뚱보가 되지 않으려면 다이어트를 해야지!"

아빠가 소리를 질렀다. 아저씨가 웃음을 뚝 그치고 물었다.

"내가 뚱보라고?"

그러자 알세스트가 말했다.

"네, 맞아요."

아빠가 그 말을 듣고 말했다.

"애들은 거짓말을 못 하는 법이야. 자네는 다이어트를 할 의지도 없는 사람이니까 앞으로 더 뚱뚱해지겠지."

"뭐? 내가 의지가 없다고?"

"아무렴, 하얀 치즈 덩어리 안에 아무 의지가 없는 것처럼 자네도 의지라곤 없는 사람이지!"

아빠가 대꾸했다. 아저씨는 울타리를 뛰어넘어왔다. 아저씨는 뚱뚱하기는 해도 울타리는 참 잘 넘는다. 아저씨랑 아빠는 서로 툭탁대며 실랑이를 벌였다. 우리가 그 모습을 재미있게 구경하고 있는데, 엄마가 집 안에서 우리를 불렀다.

"얘들아, 들어와라. 간식 준비 다 됐다!"

우리는 간식을 먹고 다시 밖으로 나왔다. 아저씨는 가고 없었고 아빠는 땅에 떨어진 신문지 쪼가리를 줍고 있었다. 알세스트가 우리 아빠에게 말했다.

"아저씨도 쓸데없이 그러지 말고 간식이나 드시지 그랬어요. 생강빵이었는데 양은 좀 모자랐지만 끝내주게 맛있었어요."

아빠는 알세스트를 쳐다보고는, 만약 음식에 대해 궁금한 게 생기면 꼭 알세스트에게 물어보겠다고 대꾸했다.

"네, 그러세요."

알세스트가 말했다. 그건 참 좋은 생각인 것 같다. 음식에 관해서라면 알세스트를 따라갈 사람이 없으니까.

빗방울이 떨어지기 시작하자 엄마가 우리보고 집으로 들어오라고 했다. 우리는 거실에서 놀았다. 알세스트와 나는 장난감 자동차를 가지고 놀고 엄마는 라디오방송을 들으면서 뜨개질을 했다. 아빠는 신문을 읽었다. 라디오방송은 별로 재미없었다. 어떤 아줌마가 나와서 토끼고기스튜 만드는 법을 가르쳐주는 프로그램이었다.

아빠도 그 프로그램이 정말 재미없다고 생각했나보다.

"저 라디오 당장 끄지 그래!"

아빠는 소리를 지르고는 방으로 올라가버렸다. 알세스트는 기분 나빠하며 말했다.

"이거 내가 좋아하는 프로그램인데……."

알세스트는 시간도 너무 늦고 우리 집 생강빵도 다 떨어지자 자기네 집으로 돌아갔다.

"저녁 준비 다 됐다!"

엄마가 외쳤다. 나는 손을 씻고 식당으로 갔다. 아빠는 벌써 식탁

의자에 앉아 있었는데, 몹시 슬퍼 보였다.

나는 저녁 먹는 자리에서 엄청 놀랐다. 기억력이 좋은 엄마가 아빠가 살이 쪘다는 걸 까맣게 잊고 있는 것처럼 보였기 때문이다. 엄마는 아빠에게 먹을 걸 엄청 많이 주었다. 심지어 아빠가 싫어하는 카술레 스튜까지 주었다. 그래도 아빠는 전혀 불평하지 않았다. 솔직히 말하자면 먹느라 정신이 없었다.

아빠는 크림과자를 두 접시나 비운 다음 냅킨을 접고는 말했다.

"어쨌든 결심했어. 내일부터는 무슨 일이 있어도 다이어트를 할 거야."

어른처럼

우리 이웃집에 사는 마리 에드비주는 엄청 예쁘다. 오늘 아빠 엄마는 마리 에드비주와 내가 우리 집 정원에서 놀 수 있게 허락해 주었다.

"우리 뭐 하고 놀까? 공놀이? 구슬치기? 전기 기차 놀이?"

"싫어. 우리 소꿉놀이하자. 너는 아빠 하고 나는 엄마 하고. 그리고 내 인형은 우리 딸 하고."

마리 에드비주가 대답했다.

나는 인형을 좋아하지 않기 때문에 인형을 가지고 노는 건 별로 내키지 않았다. 만약 친구들이 내가 인형을 갖고 노는 걸 보면 엄청 놀릴 거다. 하지만 마리 에드비주의 기분을 상하게 하고 싶지 않고, 또 그 애가 너무 예쁘니까 나는 그러자고 대답했다.

마리 에드비주가 설명했다.

"좋아. 그럼 여기는 식당이고, 이건 식탁, 저건 찬장이야. 지금은 저녁이야. 나는 빨간 원피스를 입고 우리 엄마의 굽 높은 구두를 신고 있는 거야. 너는 지금 막 회사에서 퇴근했어. 자, 해보자."

나는 아무도 없는지 확인하려고 길 쪽을 힐끗 쳐다보았다. 특히 우리 집 가까이 사는 알세스트가 보지는 않을까 조금 걱정이 되었다. 그러고 나서야 나는 놀이를 시작했다.

나는 현관문을 열고 들어가는 시늉을 했다.

"안녕, 마리 에드비주."

내가 말했다.

"아냐, 너 정말 바보구나! 아빠가 퇴근해서 말할 때처럼 '여보'라고 해야지. 나도 엄마가 아빠를 부를 때처럼 부르고 말이야. 다시 해보자."

마리 에드비주가 말했다. 그래서 나는 다시 시작했다.

"안녕, 여보."

"안녕, 그레구아르. 왜 이렇게 늦게 들어와요?"

"있잖아, 마리 에드비주……"

내가 말을 하려고 했지만 마리 에드비주는 내가 말할 수 있게 내버려두지 않았다.

"아니라니까, 니콜라! 넌 소꿉놀이할 줄도 모르니? 이게 뭐야! 넌 나를 여보라고 부르고 회사에서 일이 많아서 늦었다고 해야지!"

"회사에서 일이 많아서 늦었어, 여보."

그러자 마리 에드비주는 두 팔을 치켜들고는 소리를 질렀다.

"아! 또 그 소리 할 줄 알았어! 매일 저녁 똑같은 소리! 당신이 친구들하고 어울리느라 늦은 게 아니라면 내 손에 장을 지지겠어! 하긴 당신은 내가 걱정을 하든 말든, 저녁 식사가 식든 말든, 우리 예쁜 딸이 아프든 말든 신경도 안 쓸 사람이지. 전화는 됐다 뭐 해? 당신도 가정이 있고 집이 있는 사람이라는 생각을 해야지. 아니지, 그런 게 당신한테 무슨 흥미가 있겠어. 친구들하고 어울리는 게 더 좋겠지! 난 정말 불행해! 나를 여보라고 부르지도 마!"

마리 에드비주는 얼굴이 시뻘게졌다. 그러더니 나에게 말했다.

"니콜라, 너 왜 그렇게 입만 벌리고 있어? 소꿉놀이 안 할 거야?"

"있잖아, 마리 에드비주. 공놀이 안 할래? 내가 공 살살 던질게. 너도 해보면 재미있을 거야."

"싫어. 넌 이제 집에 돈을 많이 벌어 오려고 일을 많이 하는 거라고 말해."

"난 집에 돈을 많이 벌어 오려고 일을 많이 하는 거야."

그러자 마리 에드비주는 갖가지 몸짓을 해 보이며 말했다.

"그 말도 나올 줄 알았지! 회사 사람들이 당신을 이용하는 거라고. 물론 당신은 시장에 가거나 세탁소에 돈을 내러 갈 필요가 없겠지. 그런데 난 말이지, 당신이 가져다주는 돈으로는 그러고 싶어도 그럴 수가 없다고. 우리 딸이랑 나는 입을 옷도 없어. 사장한테 월급 좀 올려달라고 하라고 내가 몇 번이나 말했어? 그런데도 당신은 입도 뻥긋 못 하고 있잖아. 당신 대신 내가 그 사장을 만나고 싶은 심정이라고!"

"이제 나는 뭐라고 말해?"

내가 물었다.

"아무 말도 하지 마. 넌 그냥 신문이나 봐."

그래서 나는 풀밭에 앉아 신문 읽는 시늉을 했다.

"신문이나 읽지 말고 나랑 얘기 좀 해. 오늘 무슨 일이 있었는지 이야기 좀 해보라고. 나는 하루 종일 사람 구경도 못 하고 살아. 그런데 당신은 집에 들어오자마자 신문만 펴 들고 입 다물고 있기야?"

"하지만 마리 에드비주, 나보고 신문을 읽으라고 한 건 너잖아."

그러자 마리 에드비주가 웃음을 터뜨렸다.

"이 바보야, 그거야 그렇지. 하지만 이건 놀이잖아, 놀이. 소꿉놀이! 그러니까 이제 너는 신문을 접고 '이런, 이런!' 하면 되는 거야."

마리 에드비주는 웃을 때 정말 예쁘다. 나는 그 애랑 노는 게 너무 좋아서 신문을 접는 척하고 시키는 대로 했다.

"이런, 이런!"

"정말 너무하네! 신문은 나중에 읽고 나랑 얘기 좀 하자고 한 게 그렇게 잘못된 일이야? 딸한테 뽀뽀도 안 해줬지? 우리 딸은 이렇게나 예쁘고 암송 시험에서도 좋은 성적을 받아 왔는데!"

마리 에드비주는 이렇게 말하고 풀밭에 누워 있던 인형을 주워들었다. 그 애는 내게 인형을 건네며 안아주라고 했다.

"싫어, 인형은 싫어!"

내가 말했다.

"왜 인형이 싫다는 거야?"

마리 에드비주가 나에게 물었다.

　"알세스트 때문이야. 그 녀석이 나를 보면 바보 같다고 놀릴 거
야. 그리고 학교에 가서 다른 친구들에게 다 떠벌릴 거라고."
　내가 대답했다.
　"알세스트가 누군데?"
　"응, 내 친구야. 뚱뚱하고 항상 뭘 먹고 다녀. 그리고 쉬는 시간에
는 골키퍼를 맡아."
　그러자 마리 에드비주가 눈을 가늘게 뜨면서 말했다.
　"그러니까 친구들이 놀릴까봐 나랑 못 놀겠다 이거지?"
　"아냐. 그런 거 아냐. 그런데 이젠 전기 기차 가지고 놀자. 나한테

객차도 엄청 많고 오르락내리락하는 건널목 차단기도 많아."

"네 친구하고 노는 게 더 좋으면 그 애랑 놀면 될 거 아냐! 나는 우리 엄마한테 갈래!"

마리 에드비주는 이렇게 말하고 자기 집으로 가버렸다.

나는 정원에 혼자 남아 있었다. 조금 울고 싶었다. 그런데 아빠가 웃으면서 집에서 나왔다. 아빠가 말했다.

"너희 둘 노는 모습을 창문으로 보고 있었단다. 너 참 잘했다! 아주 단호하던걸!"

아빠는 내 어깨에 손을 얹으며 또 이렇게도 덧붙였다.

"이보게, 친구! 여자들은 다 똑같다니까!"

나는 기분이 아주 좋았다. 왜냐하면 아빠가 나더러 꼭 어른 같다고 했기 때문이다. 예쁜 마리 에드비주한테는…… 그래! 내일 그 애한테 사과를 하러 가야겠다. 어른처럼 당당하게 말이다.

이다음에 커서 할 일

"조용히 좀 하세요!"

선생님이 소리쳤다.

"모두 공책을 꺼내 받아쓰세요. 클로테르, 선생님이 말하잖아! 클로테르, 너 선생님 말 듣고 있니? 그래, 선생님이 지금부터 내일까지 여러분이 써 와야 할 작문 주제를 알려주겠어요. 주제는 '내가 이다음에 커서 할 일'이에요. 그러니까 여러분이 장차 무엇을 하고 싶은지, 어른이 되면 어떤 일을 하고 싶은지에 대해 써 오는 거예요. 알았지요?"

조금 있으니까 쉬는 시간 종이 울렸다. 우리는 운동장으로 나갔다. 나는 무척 기분이 좋았다. 작문 숙제 주제가 쉬웠기 때문이다. 나는 내가 이다음에 커서 뭘 할지 잘 안다. 나는 비행기 조종사가

662

될 거다. 비행기 조종사는 엄청 멋지다. 부릉! 아주 빨리 날고, 폭
풍이 몰아치거나 비행기에 불이 나면 승객들은 전부 겁을 먹지만
비행기 조종사는 근사하게 불시착을 한다.

"나는 비행기 조종사가 될 거야."

외드가 말했다.

"어, 안 돼! 안 돼! 넌 안 돼. 비행기 조종사는 내가 할 거야!"

내가 외쳤다.

"미안한데 말이지, 누가 그렇게 정했는데?"

바보 멍청이 외드가 나에게 말했다.

"내가 정했다, 왜? 넌 딴 거 하면 되잖아! 농담 아니야! 그리고 비
행기를 몰려면 일단 너 같은 바보는 안 돼!"

내가 바보 멍청이 외드에게 말했다.

"너 코피 터지고 싶어?"

외드가 말했다. 그런데 어느새 부이옹 선생님이 소리도 없이 다
가와 있었다. 부이옹 선생님이 우리에게 말했다.

"첫 번째 경고다. 내가 너희를 지켜보고 있어."

부이옹 선생님은 소리가 안 나는 고무 밑창이 달린 신발을 신고
서 우리를 늘 감시한다. 부이옹 선생님이랑 있을 때는 바보 같은 짓
을 하면 안 된다. 선생님은 우리를 뚫어지게 쳐다보다가 눈썹을 실
룩이면서 공을 압수하러 갔다.

"나 참, 싸울 필요 없어. 비행기 조종사는 여러 명이 될 수 있는
거야. 나도 비행기 조종사가 되고 싶은걸. 어쨌든 각자 자기 비행기
를 몰면 되잖아."

뤼퓌스가 말했다.

외드와 나는 뤼퓌스의 말이 옳다고 생각했다. 그건 아주 멋진 생각이었다. 우리가 각자 비행기를 몰게 되면 누가 더 빠른지 시합도 할 수 있을 테니까 말이다.

클로테르는 우리에게 자기는 빨간색 트럭과 헬멧이 멋있어 보여서 소방관이 되고 싶다고 했다. 나는 그 말을 듣고 놀랐다. 나는 여태껏 클로테르가 사이클 선수가 되고 싶어하는 줄 알았기 때문이다. 클로테르는 노란 자전거도 있고, 전국 자전거 달리기 대회에 나가려고 오래전부터 연습도 하고 있었다.

"물론 사이클 선수도 될 거야. 하지만 대회가 매일 열리는 건 아니잖아. 대회에 나가지 않을 때는 소방관을 할 거야."

클로테르가 설명했다.

조아생은 전함의 함장이 되고 싶다고 했다. 재미있는 여행도 하고 멋진 제복에 모자도 쓰고 계급장도 주렁주렁 달 수 있으니까 말이다.

"그리고 말이지, 내가 집에 돌아올 때마다 우리 부모님이 엄청 자랑스러워하실 거야. 내 영예로운 귀환을 기념하는 파티도 열어 주실걸?"

조아생이 우리에게 말했다.

"알세스트, 너는 뭐 할 거야?"

내가 알세스트에게 물었다.

"나는 조아생네 집에서 열리는 파티에 갈래."

알세스트는 이렇게 말하고는 잼 바른 빵을 들고 웃으면서 가버렸다.

조프루아는 자기 아빠네 은행에서 일할 거라고, 그래서 돈을 많이 벌 거라고 했다. 하지만 조프루아의 말은 신경 쓸 필요가 없다. 녀석은 거짓말도 엄청 잘하고 아무 말이나 막 하기 때문이다. 선생님의 치사한 귀염둥이 아냥은 교수님이 되겠다고 해서 우리를 한바탕 웃겼다.

"나는 탐정이 될 거야. 영화에 나오는 것 같은."

맥상이 말했다. 맥상은 우리에게 탐정이 얼마나 멋진지 설명해주었다. 탐정이 되면 트렌치코트를 입고 모자를 쓰고 주머니에 권총을 가지고 다니면서 자동차, 비행기, 헬리콥터, 배 같은 걸 다 몰 수 있다고 했다. 그리고 경찰이 범인을 찾기도 전에 탐정이 먼저 다 찾아낸다고 했다.

"그건 뻥이야. 우리 아빠가 그러는데 실제는 영화 같지 않댔어. 강도들이 그렇게 엉터리로 당하진 않는대. 그리고 탐정들이 영화에 나오는 것처럼 만날 나쁜 놈들을 따라다니다가는 오히려 그 탐정들이 금방 나쁜 짓을 배울 거랬어."

뤼퓌스가 말했다.

"너네 아빠가 뭘 안다고 그래?"

맥상이 발끈했다.

"우리 아빠는 경찰서에서 일한단 말이야. 그러니까 우리 아빠가 잘 알지."

뤼퓌스가 대꾸했다. (그건 정말이다. 뤼퓌스네 아빠는 경찰관이다.)

"야, 웃기지 마. 너네 아빠는 교통경찰이잖아. 교통위반 딱지나

끊으면서 강도에 대해서 뭘 안다고 그래?"

맥상이 말했다.

"너 한 대 맞고 싶어?"

뤼퓌스가 말했다. 뤼퓌스는 누가 자기네 아빠에 대해 나쁘게 말하는 걸 싫어한다.

그때 부이옹 선생님이 말했다.

"두 번째 경고다. 모두 내 눈을 똑바로 봐라. 평소보다 더 시끄럽게 구는데, 계속 그렇게만 해봐. 혼쭐을 내줄 테니까."

부이옹 선생님은 다시 저쪽으로 갔다. 맥상은 탐정이야말로 세상에서 제일 어렵고도 재미있는 일을 하는 사람이라고, 나쁜 놈들이 눈치 못 채게 놈들을 미행하는 사람이라고 했다. 그래서 탐정은 괜히 신문을 읽는 척하거나 구두끈을 고쳐 매는 척하면서 나쁜 놈들의 행동을 살핀다고 했다.

"나쁜 놈인 줄 알고 있으면서 뭣하러 미행을 하냐? 당장 체포하면 되지."

뤼퓌스가 삐죽거렸다.

"그거야 놈들의 소굴을 찾아내기 위해서지. 그냥 그놈만 체포해 버리면 나쁜 놈들이 모여 있는 본거지는 절대로 찾아낼 수 없어. 너네 아빠한테 물어보면 알 거 아냐. 경찰이 나쁜 놈한테 본거지를 대라고 해도 놈들은 절대로 말을 안 해. 그건 누구나 아는 사실이야. 그리고 너네 아빠는 경찰복을 입는데 어떻게 나쁜 놈들에게 들키지 않고 추적을 하냐? 만약 나쁜 놈들이 경찰이 신문 읽는 척하는 걸 보면 자기를 감시하는 줄 대번에 알아챌걸? 바로 그렇기 때문에 탐정이 있어야 하는 거야."

맥상이 말했다. 맥상은 또 사람들이 눈치 못 채게 뒤를 쫓는 건 아주 재미있다고, 자기는 벌써 학교 오는 길에 연습해봤다고 했다. 맥상은 자기가 미행을 아주 잘한다고, 우리에게 미행하는 시범을 보여주겠다고 했다.

"너희는 그냥 아무 데로나 가면 돼. 그럼 내가 너희가 눈치 못 채게 뒤쫓아 갈게."

그래서 우리는 걷기 시작했다. 맥상은 우리와 조금 떨어져서 따라왔다. 우리가 맥상이 어디 있나 보려고 뒤돌아볼 때마다 맥상은 신발 끈을 고쳐 매는 척하면서 몸을 숙였다.

"그게 뭐야? 네가 쫓아오는 걸 다 알겠는데."

뤼퓌스가 따졌다.

"물론 지금이야 쉽게 알 수 있지. 하지만 그건 너희랑 나랑 아는 사이니까 그런 거야. 탐정은 알아볼 수 없단 말이야. 탐정은 변장도 하고 콧수염도 달기 때문에 누군지 알아볼 수 없어."

"네가 쉬는 시간에 수염을 붙인다고 해도 나는 금방 알아볼 것 같은데?"

외드가 말했다.

그 말에 우리는 모두 웃었다. 그래서 맥상은 기분이 상했다. 맥상은 우리가 전부 바보에다 샘쟁이라고 소리쳤다. 그런데 다음 순간, 부이용 선생님이 멀리서 자기를 쳐다보고 있다는 걸 알고는 다시 신발 끈을 매는 척하면서 몸을 숙였다.

"그리고 내가 너희를 미행할 거라고 미리 얘기했잖아. 원래 탐정은 나쁜 놈들을 미행할 때 미리 알려주지 않아. 그건 바보 같은 짓이지."

맥상이 말했다.

"그럼 미리 알리지 말고 누군가를 미행해보면 되잖아."

내가 말했다.

맥상은 내 말을 듣고 정말 좋은 생각이라고 했다. 그러고는 수업 내용을 살펴보고 있던 어떤 선생님을 미행하러 갔다. 우리는 모두 맥상 뒤를 따라갔다. 맥상은 계속 신발 끈을 고쳐 매는 척하면서 그 선생님을 따라갔다. 그런데 갑자기 그 선생님이 휙 돌아보더니 맥상의 멱살을 잡고 소리를 질렀다.

"이 못된 개구쟁이 녀석, 그만 쫓아오지 못해? 너 좀 맞고 싶어?"

맥상의 얼굴이 새하얘졌다. 그 선생님이 맥상의 멱살을 놓자 맥상은 땅바닥에 털썩 주저앉고 말았다. 맥상은 일어나서 다시 우리

에게 왔다.

"글쎄, 내 생각에 너는 작문 주제로 다른 걸 고르는 게 나을 것 같아. 탐정이 된 네 모습은 너무 초라해."

뤼퓌스가 말했다.

"맞아. 탐정들이 다 이런 거라면 나는 그냥 나쁜 놈 할래!"

클로테르가 말했다.

우리는 모두 웃었다. 그러자 맥상이 무섭게 화를 냈다. 맥상은 다 우리 잘못이라고, 우리가 따라와서 그 선생님이 눈치챈 거라고, 그렇게 바보같이 줄줄이 쫓아오면 세상에서 제일 훌륭한 탐정도 제대로 일을 할 수 없을 거라고 소리를 질러댔다.

"누가 바보 같다는 거야?"

조프루아가 물었다.

"누구긴 누구야? 너네들이지!"

맥상이 외쳤다.

"세 번째이자 마지막 경고다. 이 녀석들! 또 왜 싸우는 거냐? 응?"

부이옹 선생님이 우리를 보고 고함을 쳤다.

"선생님, 우리 싸우는 거 아니에요. 작문 때문에 그래요."

조아생이 말했다.

부이옹 선생님의 눈이 휘둥그레졌다.

"작문 때문이라고? 아마 권투에 대한 작문인가보지?"

"아니에요, 선생님! 우리가 나중에 뭘 할 건지에 대해 쓰는 거예요."

"너희가 나중에 할 일? 그거야 쉽지, 고민할 것 없다. 내가 도와주지. 내가 너희가 나중에 뭘 할지 지금 당장 알려주마."

부이옹 선생님은 우리 모두 수업이 끝난 후에 학교에 남으라고 말했다.

어엿한 사나이

아침에 우리 가족은 모두 일찍 일어났다. 아빠가 무슈봄 아저씨 (아빠 회사 사장님)랑 여행을 떠나기 때문이다.

우리는 흥분해 있었다. 아빠와 이렇게 오래 떨어져본 일이 거의 없기 때문이다. 저번에 내가 엄마 아빠만 집에 남겨놓고 여름방학 캠프에 다녀왔을 때는 빼고 말이다.

"여보, 조심해서 잘 다녀와."

엄마가 아주 걱정스러운 얼굴로 말했다.

"조심하고 말고가 뭐 있어. 기차로 가는 건데."

아빠가 대답했다.

"그래도 조심해야지. 그리고 도착하자마자 꼭 전화해, 응?"

"그렇게 걱정할 거 없어. 나는 내일 오후면 집에 돌아올 거라고.

내 잠옷 챙기는 것 잊지 않았지? 이러다 늦겠다. 니콜라, 책가방 챙겨라. 아빠가 기차역 가는 길에 학교에 데려다주마."

아빠는 엄마에게 생일이나 결혼기념일에 하는 것처럼 아주 한참 동안 뽀뽀를 했다. 아빠는 택시 안에서 나에게 엄마를 잘 부탁한다고 했다. 아빠가 집에 없는 동안에는 내가 우리 집안의 유일한 남자라고 했다. 아빠는 웃으면서 나에게 뽀뽀를 했다. 친구들은 내가 택시에서 내리는 걸 보고 이상하다는 표정을 지었다.

점심을 먹으려고 집에 돌아왔는데, 식탁에 접시가 두 개밖에 놓여 있지 않았다. 식탁이 텅 빈 것 같았다.

엄마가 부엌에서 소리쳤다.

"우선 정어리부터 먹으렴, 엄마가 금방 튀김을 내갈게!"

그래서 나는 그림책을 보면서 점심을 먹기 시작했다. 카우보이들이랑 복면을 쓴 남자가 나오는 재미있는 이야기였다. 복면을 쓴 남자는 은행가다. 이 책은 여러 번 읽어서 이야기를 다 알고 있다. 조금 있으니까 엄마가 튀김을 가지고 나왔다. 엄마는 눈을 휘둥그렇게 떴다.

"니콜라, 엄마가 밥 먹을 때는 책 보는 게 아니라고 몇 번이나 말해야 하니? 가서 그림책 꽂아놓고 와!"

"하지만 아빠는 밥 먹으면서 신문 보잖아요."

"그런 핑계는 대지 말고!"

"하지만 아빠가요, 아빠가 집에 없는 동안은 내가 아빠 역할을 해야 한다고 했단 말이에요. 아빠는 내가 우리 집안의 어엿한 남자랬어요. 그러니까 아빠가 신문을 읽는 것처럼 나도 책을 읽을래요!"

엄마는 내 말을 듣고 아주 놀란 것 같았다. 엄마는 내 그림책을 빼앗아서 찬장 위에 올려놓았다. 나는 엄마가 이러면 나도 밥을 먹지 않겠다고 했다. 그러자 엄마는 밥을 먹지 않으면 후식도 못 먹게 될 거라고 했다. 나는 할 수 없이 밥을 먹었다. 정말 불공평하다. 그러고 나서 나는 서둘러 학교로 돌아갔다. 오후에 체육 시간이 있기 때문이었다. 체육 시간은 엄청 재미있다.

학교가 끝나고 알세스트와 나는 클로테르를 집까지 바래다주었다. 클로테르가 에스텔 이모에게 받았다는 새로운 장난감 소방차를 우리에게 보여준다고 했기 때문이다. 하지만 클로테르네 엄마가 우리를 집 안에 못 들어오게 해서 결국 소방차는 구경하지 못했다. 그러고 나서 나는 알세스트를 집까지 바래다주었다. 알세스트는 나를 다시 우리 집 현관 앞까지 바래다주었다. 집에 들어갔더니 엄마가 거실에서 나를 기다리고 있었다. 엄마는 몹시 화가 난 것 같았다.

"너 이 시간까지 뭐 했어? 학교에서 돌아올 때 괜히 길에서 시간 낭비하지 말라고 몇 번이나 말했니? 엄마가 혼내도 할 말 없지? 안 그래?"

"아빠는 회사에서 늦게 와도 혼내지 않잖아요."

내가 말했다.

엄마는 나를 쳐다보고는 말했다.

"그래, 우리 아들, 그렇게 생각했다 이거지? 어쨌든 올라가서 숙제해라. 금방 저녁 먹을 거니까."

"오늘은 외식한 다음에 극장에 가면 어떨까요?"

내가 물었다.

"얘가 점점!"

"왜요, 엄마랑 아빠는 가끔 그러잖아요."

"그래, 니콜라. 하지만 그럴 땐 아빠가 돈을 내시지. 그러니까 네가 돈을 많이 벌게 되면 그때 가서 외식을 하자꾸나."

"나한테 저금통이 있어요. 그 안에 돈이 많이 들어 있어요."

엄마는 손으로 눈을 비비고 나서 이렇게 말했다.

"잘 들어, 니콜라! 너 이러는 거 엄마는 정말 넌덜머리가 나! 엄마 말 들어. 안 그러면 엄마 화낸다!"

"이것 보세요. 정말 불공평해요. 아빠는 아빠가 집에 없는 동안에는 내가 이 집안의 남자라고 했는데, 엄마는 내가 아빠처럼 뭘 하려고 하면 다 못 하게 하잖아요!"

내가 큰 소리로 말했다.

"아빠가 너보고 엄마 말 잘 듣고 얌전히 굴라고는 안 하시던?"

엄마가 물었다.

"아뇨, 아빠는 그런 말 안 했어요. 그냥 내가 아빠 역할을 해야 한다고 했어요. 그게 다예요."

그러자 엄마가 웃으면서 말했다.

"그래, 좋아. 그럼 우리 집 남자에게 오늘 저녁에는 초콜릿케이크를 줘야지. 엄마 생각에 어엿한 사나이는 그런 케이크를 좋아할 것 같구나. 맛있는 초콜릿케이크도 없는 식당에 가는 대신 집에서 저녁을 먹는 게 낫겠지? 그러고 나서 우리 같이 카드놀이를 하자. 어때?"

나는 좋다고 했다. 엄마가 초콜릿케이크를 만들었다면 그렇게 맛난 걸 두고 외출하는 건 정말 바보짓이니까 말이다. 우리는 저녁을 먹고 함께 카드놀이를 했다. 내가 두 판을 이겼다. 나는 카드로 하는 바타유 놀이를 엄청 잘한다. 카드놀이를 하고 나서 엄마는 나에게 이제 잘 시간이라고 했다.

"한 판만 더 해요!"

"안 돼, 니콜라. 가서 자야지! 너도 알다시피 어엿한 사나이는 아빠처럼 해야 하는 거야. 그러니까 네가 가서 현관문이 잘 닫혔는지 확인하렴."

그래서 나는 현관문을 살피러 갔다. 이렇게 엄마를 돌볼 수 있어서 무척 뿌듯했다. 하지만 바타유 놀이를 딱 한 판만 더 하고 싶었다.

"아빠는 제일 늦게 잔단 말이에요!"

내가 말했다.

"그래, 그럼 엄마는 자러 간다. 그러면 네가 제일 늦게 자는 거 맞지?"

엄마는 거실 불을 끄고 침실로 올라갔다. 나는 어두운 거실에 혼자 남는 건 싫었다. 그래서 내 방으로 올라갔다.

"내가 잘 때 다시 거실로 내려가면 안 돼요."

내가 엄마에게 말했다.

"어머, 어머! 누가 나를 깨우는 거야? 난 벌써 잠들었는데!"

엄마가 말했다.

그래서 나도 잠이 들었다.

엄마가 나를 깨웠다.

"자, 우리 아들, 일어나야지. 학교 갈 시간이야. 얼른, 얼른! 벌떡 일어나!"

나는 학교에 가기 싫다고 했다.

"매일 아침 똑같은 소리구나. 일어나! 꾀부리지 말고! 엄마는 네가 어엿한 남자라고 생각했는데, 아니니?"

엄마가 말했다.

"어엿한 남자는 학교에 안 가요."

내가 대꾸했다.

"어엿한 남자는 회사에 가잖니."

"나도 정말 회사에 가고 싶어요. 하지만 학교는 가기 싫다고요. 그리고 아빠가 나한테 엄마를 잘 돌봐드리라고 했는데 내가 학교에 가서 수학 문제나 푸느라 집을 비우면 엄마를 돌볼 수 없잖아요."

"네 아빠가 참 좋은 생각을 하셨구나. 어쨌든 당장 일어나지 않으면 볼기짝을 때려줄 거야. 알았니?"

나는 엉엉 울었다. 나는 몸이 엄청 아프다고, 그리고 기침을 막 해대면서 배가 아프다고 징징거렸다. 하지만 엄마는 나를 침대에서 끌어냈고, 나는 학교에 가야만 했다.

점심을 먹으러 집에 돌아왔더니 아빠가 벌써 와 있었다. 나는 아빠에게 달려들어 뽀뽀를 했다. 아빠는 내 생각을 많이 했다고, 나를 위해 선물을 가져왔다고 했다. 아빠는 나에게 펜 한 자루를 주었다. 그 펜에는 금빛 글씨로 '반 드 괴츠 보험'이라고 씌어 있었다. 아주 근사했다. 그러고 나서 아빠는 내 머리를 쓰다듬으면서 엄마에게 물었다.

"그래, 우리 니콜라가 그동안 잘하고 있었어?"

엄마는 나를 보고 웃으면서 말했다.

"니콜라는 어엿한 사나이처럼 굴었어. 진짜 어엿한 꼬마 사나이처럼!"

이

　며칠 전부터 윗니 하나가 흔들거렸다. 그래서 자꾸 혀로 이를 건드려봤는데 가끔은 좀 아프기도 했다. 그래도 나는 계속 이를 건드렸다.

　어제 점심때였다. 엄마가 요리를 가지러 부엌에 들어간 사이, 빵한 조각을 베어 물었는데, 쑥! 이가 빠져버렸다. 나는 겁이 나서 울음을 터뜨렸다.

　아빠가 벌떡 일어나서 내 의자로 다가왔다.

　"니콜라, 무슨 일이냐? 어디 아프니? 대답 좀 해봐! 무슨 일이야?"

　나는 울면서 말했다.

　"내 이요, 이가 빠졌어요!"

그러자 아빠는 껄껄대고 웃었다. 엄마가 뛰어나왔다.

"무슨 일이야? 하여간 잠시도 둘만 둘 수가 없다니까! 눈만 돌리면 무슨 일이 일어나니, 원!"

엄마가 말했다.

"아냐, 여보. 우리 바보 녀석이 우는 건 방금 전에 이 하나가 빠져서 그런 거야."

아빠가 웃으면서 말했다.

"이? 어디 좀 보자."

엄마는 이렇게 말하면서 내 입속을 들여다보았다. 엄마는 웃으면서 내 머리에 뽀뽀를 했다.

"괜찮아, 우리 아들. 울 일이 아니란다."

엄마가 말했다.

"왜 아니에요! 왜 아니에요! 엄청 아프고 피도 막 나는데!"

내가 외쳤다.

"니콜라, 들어봐라. 너도 이제 의젓하게 행동하는 법을 배워야

해. 어엿한 남자들만 이가 빠지는 거야. 그런 건 아무것도 아니지. 미용실에 가서 머리카락을 잘라도 또 자라는 것처럼 이도 빠지면 다시 난단다. 자, 그러니까 가서 입 헹구고 와서 밥 먹으렴. 걱정할 필요 없어. 이가 빠지는 건 전혀 나쁜 일이 아니야. 아빠가 전에도 말했지만 너 자꾸 징징대면 바보 같아. 바보처럼 우스꽝스러워 보인다고!"

아빠는 얼굴을 찡그려 보였다. 나는 아빠 얼굴이 우스워서 웃었다. 나는 입을 헹구고 빠진 이를 씻어 호주머니에 넣고는 다시 식사를 하러 내려갔다.

그러고 나서 약간의 소동이 있었다. 내가 새 이가 날 때까지 학교에 가지 않겠다고 떼를 쓴 거다. 하지만 아빠가 얼굴을 찌그러뜨리면서 나를 웃겨서 울 수가 없었다.

학교에 가는 길에 나는 알세스트를 만났다. 나는 알세스트에게 빠진 이를 보여주었다.

"그게 뭐야?"

알세스트가 물었다.

내가 설명했다.

"내 이야. 이가 빠졌거든. 봐."

나는 입을 크게 벌려 보여주었다. 알세스트는 내 입속을 들여다
보고는 정말이라고, 이 하나가 없다고 했다. 그런 뒤에 우리는 학교
에 늦어서 뛰기 시작했다.

학교에 들어서면서 알세스트가 외쳤다.

"이것 봐, 얘들아! 니콜라 이가 하나 빠졌어!"

그러자 친구들이 모두 몰려왔다. 나는 입을 크게 벌렸다. 모두 내
입속을 구경했다. 학생주임인 부이옹 선생님이 다가와서 무슨 일이
냐고 물었다. 내가 설명을 했다. 부이옹 선생님도 내 입안을 들여다
보고 "그렇구나." 하고는 그냥 가버렸다.

"너 빠진 이 갖고 있어?"

조프루아가 물었다.

"그럼."

나는 주머니에서 이를 꺼내어 조프루아에게 보여주었다.

"쥐가 가져가야 하니까 베개 밑에 두는 것 잊지 마."

조프루아가 말했다.

"그게 무슨 말이야? 쥐가 가져가야 한다니?"

내가 물었다.

"응, 그건 어른들이 써먹는 방법인데, 이가 빠지면 어른들은 그걸 잠자기 전에 베개 밑에 두라고 해. 그러면 쥐가 와서 그 이를 가져가고 그 자리에 돈을 놓아둔대. 저번에 이가 빠졌을 때 그렇게 해봤는데 정말이더라고."

"그건 다 뻥이야."

뤼퓌스가 말했다.

"뻥일 수도 있지. 하지만 20상팀이나 생겼는걸. 그러니까⋯⋯."

684

조프루아가 말했다.

"우리 할아버지는 이빨을 물컵에 넣어두던데."

클로테르도 한마디 했다.

"나한테도 그게 통할까? 정말 쥐가 와서 가져갈까?"

내가 조프루아에게 물었다.

"물론이지. 그 방법은 절대 실패하지 않아."

조프루아가 대답했다.

"뻥이라니까."

뤼퓌스가 또 말했다.

"아, 그래?"

조프루아가 대꾸했다.

잠시 후에 종이 울렸다. 우리는 줄을 서서 교실로 들어갔다.

나는 조프루아가 말해준 이야기 때문에 엄청 기분이 좋았다. 나는 이빨을 다시 보려고 주머니에서 꺼냈다.

"그거 잃어버리지 마."

알세스트가 나에게 말했다.

그때 담임 선생님이 소리쳤다.

"니콜라, 너 아직까지 뭐 하고 있는 거니? 책상 밑에 감춘 건 뭐야? 당장 선생님한테 갖고 와! 어서! 빨리 못 움직여? 훌쩍거려봐야 소용없어!"

그래서 나는 선생님 책상 앞으로 나갔다. 나는 선생님한테 내 이를 보여주었다. 선생님은 엄청 놀란 것 같았다.

"그게 뭐니, 니콜라?"

"제 이예요. 이걸 베개 밑에다 놓아둘 거예요. 오늘 밤에 쥐가 가져가게요."

내가 선생님한테 설명했다.

선생님은 나한테 눈을 부릅떴다. 하지만 나는 선생님이 웃음을

참으려고 안간힘을 쓰고 있다는 걸 알았다. 선생님은 참 좋은 분이다. 가끔 우리를 혼낼 때도 사실은 우리 장난을 아주 재미있어하는 것 같다.

"좋아, 니콜라. 이는 도로 가져가고 이제 산만하게 굴지 않도록 주의하렴. 쥐는 얌전하고 말 잘 듣는 아이에게만 찾아오거든. 그러니까 오늘은 그 어느 때보다도 차분하게 지내야 해. 알았니? 자, 이제 자리에 가서 앉아라."

그러고 나서 선생님은 클로테르에게 앞으로 나오라고 했다. 클로테르가 빵점을 맞은 거였다. 하지만 그건 별로 대단한 문제가 아니다. 이가 빠진 것도 아니니까 말이다.

수업이 끝나고 나는 알세스트와 함께 학교를 나섰다. 알세스트가 말했다.

"너도 알고 있었지? 쥐가 와서 이빨을 돈으로 바꿔준다는 게 뻥이 아니라는 거 말이야. 선생님도 그 말이 맞다고 했잖아. 그러니까 이빨을 베개 밑에 두는 것 절대 잊지 마, 알았지? 그렇게 해서 내일 돈이 생기면 우리 둘이 좋아하는 걸 사러 갈 수 있을 거야."

"왜 우리 둘이 좋아하는 걸 사냐? 이건 내 이빨인데. 돈이 필요하면 네 이빨이 빠질 때까지 기다리면 되잖아! 농담 아냐!"

알세스트는 내 말을 듣고 엄청 화를 냈다. 알세스트는 내가 친구도 아니라고, 뭐든 친구들과 나눠 가져야 하는 거라고, 이제 다시는 나하고 말도 안 하겠다고, 자기 이가 빠지게 되면 나한테는 아무것도 안 줄 거라고 했다.

알세스트는 내 코앞에서 손가락을 튕겨 딱 소리를 내려고 했지만 손가락에 버터가 잔뜩 묻어서 그럴 수 없었다. 알세스트는 뛰어가 버렸다.

나는 잠들기 전에 이를 베개 밑에 두었다. 그리고 설레는 마음으로 잠이 들었다.

그런데 오늘 아침, 아주 일찍 일어나서 베개 밑을 살펴보았을 때, 뭐가 있었을까? 내 이뿐이었다! 돈은 없고 이빨뿐이었다!

정말이지 너무 불공평했다. 돈이 생기지 않는다면 이가 빠져봤자 무슨 소용이냔 말이다. 나는 아빠 엄마 방으로 달려갔다. 아빠 엄마는 아직 자고 있었다. 나는 엉엉 울면서 빠진 이를 내밀었다.

"뭐야, 또 빠졌어? 이럴 수가 있나!"

아빠가 큰 소리로 말했다.

"어제 빠진 거예요. 조프루아가 쥐가 찾아온다고 분명히 그랬는데, 안 왔어요!"

"쥐가 찾아와? 니콜라, 대체 무슨 말이니?"

"쥐가 찾아온다고? 아!"

아빠가 머리 위에 손을 얹으면서 말했다.

"아, 그래! 그럼, 그럼…… 무슨 일인지 아빠도 알겠다. 니콜라, 네 방에 가 있으렴. 아빠가 금방 갈게."

그래서 나는 이를 가지고 내 방으로 돌아왔다. 아빠하고 엄마가 웃는 소리가 들렸다. 조금 있다가 아빠는 함박웃음을 지으며 내 방에 들어왔다.

"그 쥐가 바보였구나. 쥐가 베개를 착각했나봐! 아빠 베개 밑에 뭐가 있었는지 아니?"

아빠는 이렇게 말하면서 나에게 50상팀짜리 동전을 주었다!

나는 엄청 기분이 좋았다. 알세스트한테 내 이를 줘야겠다. 그러면 알세스트도 오늘 저녁 베개 밑에 놓아둘 수 있을 테니까!

여자가 뭔지

우리 옆집에는 아빠가 이제는 말도 붙이지 않는 블레뒤르 아저씨 말고, 우리 아빠랑은 말도 안 하는 쿠르트플라크 아저씨가 산다. 그 아저씨는 프티 테파르낭 백화점 4층에 있는 신발 코너 지배인인 데, 피아노를 치는 부인 쿠르트플라크 아줌마와 마리 에드비주라 는 딸이 있다. 마리 에드비주는 가끔 정원에서 나하고 논다.

그 애는 어제 울타리에 난 구멍으로 들어왔더랬다. 그 구멍은 옛 날부터 늘 그렇게 뚫려 있었다. 쿠르트플라크 아저씨는 우리 아빠 한테 편지를 보내서 울타리를 제대로 고쳐놓지 않으면 고소하겠다 고 했다. 그래서 아빠도 답장을 보냈는데, 아빠가 편지에 뭐라고 썼 는지는 모르겠다. 나란히 옆집에 살면서 편지를 주고받다니 우습 다! 마리 에드비주는 나한테 같이 놀지 않겠냐고 물었고, 나는 좋다고 했다.

마리 에드비주는 여자애긴 하지만 정말 멋지다. 얼굴은 장밋빛이고 머리칼은 반짝반짝 빛나는 노란색이다. 눈은 파랗고, 그 눈과 아주 잘 어울리는 파란색 체크무늬 치마를 입었다. 물론 그 치마가 잘 어울리는 건 체크무늬여서가 아니라 파란색이기 때문이다.

"너 아니? 내가 무용 배우는 거? 선생님이 우리 엄마한테 그랬는데, 내가 엄청 소질이 있대. 한번 볼래?"

마리 에드비주가 말했다.

"그래."

그러자 마리 에드비주는 라라라 노래를 부르면서 정원 여기저기를 뛰어다니다가 가끔 멈춰서 풀밭에서 뭔가를 찾는 것처럼 몸을 구부렸다. 그러고는 두 팔을 마치 날개라도 되는 양 흔들었다. 그 다음에는 발끝을 세우고 우리 엄마의 베고니아 화단 주위를 한 바퀴 돌았다. 아주 멋졌다. 클로테르네 집 텔레비전에서도 그렇게 멋진 모습은 본 적이 없다. 지난주에 본 카우보이 영화만큼은 아니지만 말이다.

마리 에드비주가 말했다.

"나중에 나는 멋진 무용가가 될 거야. 하얀 드레스를 입어야지. 어떤 거 말하는지 너도 알지? 머리에는 보석을 잔뜩 달 거야. 그리고 전 세계에 있는 극장에서, 그러니까 파리, 미국, 아르카숑에 있는 극장에서 춤을 출 거야. 왕이랑 대통령들이 한데 모인 앞에서 말이야. 남자들은 모두 검은 제복이나 양복을 빼입고 여자들은 비단 드레스를 입고 오겠지? 하지만 그중에서도 제일 예쁜 여자는 나

일 거야. 모두 일어서서 나에게 환호를 보내겠지. 그러면 너는 내 남편이 되어서 커튼 뒤에 있다가 나에게 꽃다발을 주는 거야. 알았지?"

"그래."

내가 말했다.

그러자 마리 에드비주는 다시 발끝으로 서서 베고니아 화단 주위를 돌기 시작했다. 나중에 내가 어른이 되면 엄마가 저 베고니아를 뽑아서 극장에 들고 갈 수 있게 해줬으면 좋겠다. 하지만 엄마가 허락해줄지는 확실히 모르겠다. 화단의 베고니아는 엄마가 애지중지하는 꽃이니까. 조금 있으니까 친구들이 우리 집 앞을 지나갔다.

"야, 니콜라! 축구하러 안 갈래? 알세스트네 엄마가 압수했던 축구공을 돌려주셨어!"

외드가 외쳤다.

축구라면 내가 엄마 아빠 다음으로 좋아하는 거다. 그런데 오늘은 왠지 친구들하고 축구하고 싶은 마음이 별로 들지 않았다.

마리 에드비주가 말했다.

"가고 싶으면 가. 네가 가든 말든 난 상관없어. 그러니까 가고 싶으면 가."

"야, 너 갈 거야, 안 갈 거야? 놀고 싶으면 서둘러. 늦었단 말이야."

뤼퓌스가 말했다.

"물론 니콜라는 갈 거야."

알세스트가 말했다.

내가 별로 가고 싶지 않다는데 왜 친구들이 난리지? 내가 가기 싫다면 싫은 거지! 정말이지, 이게 뭐람. 농담 아닌데!

"쟤가 왜 저렇게 우리를 쳐다만 보고 있지?"

조아생이 물었다.

"싫으면 관두라지. 니콜라가 없으면 더 재미나게 놀 수 있을걸? 가자!"

조프루아가 말했다.

친구들은 가버렸다. 마리 에드비주는 자기 때문에 내가 친구들과 축구하러 못 간 게 아니었으면 좋겠다고 했다. 나는 그런 거 아니라고, 난 단지 내가 하고 싶은 대로 할 뿐이라고 대답하며 웃었다. 마리 에드비주는 나에게 재주넘는 걸 보여줄 수 있느냐고 물었다. 마리 에드비주가 아주 좋아하는 게 바로 재주넘기다. 나는 재주넘기라면 끝내주게 잘한다.

조금 있다가 쿠르트플라크 아줌마가 마리 에드비주를 부르면서 이제 저녁을 먹을 시간이라고 했다.

저녁 식사 자리에서도 그다지 배가 고프지 않았다. 내가 먹지는 않고 퓌레로 장난만 치고 있으니까 엄마가 내 머리에 손을 짚어보고는 걱정이 된다고 말했다. 아빠는 봄이라서 그렇다고 했다. 엄마 아빠는 웃기 시작했고, 그래서 나도 웃었다. 하지만 퓌레는 끝내 다 먹지 못했다.

엄마는 내가 피곤해 보이고 내일 학교도 가야 하니까 이제 그만 자라고 했다. 나는 아주 푹 잤다. 꿈에 마리 에드비주가 나와서 파란 치마를 입고 극장에서 춤을 추었다. 객석에서는 카우보이 옷을 차려입은 내 친구들이 마리 에드비주에게 환호성을 보냈다. 나는

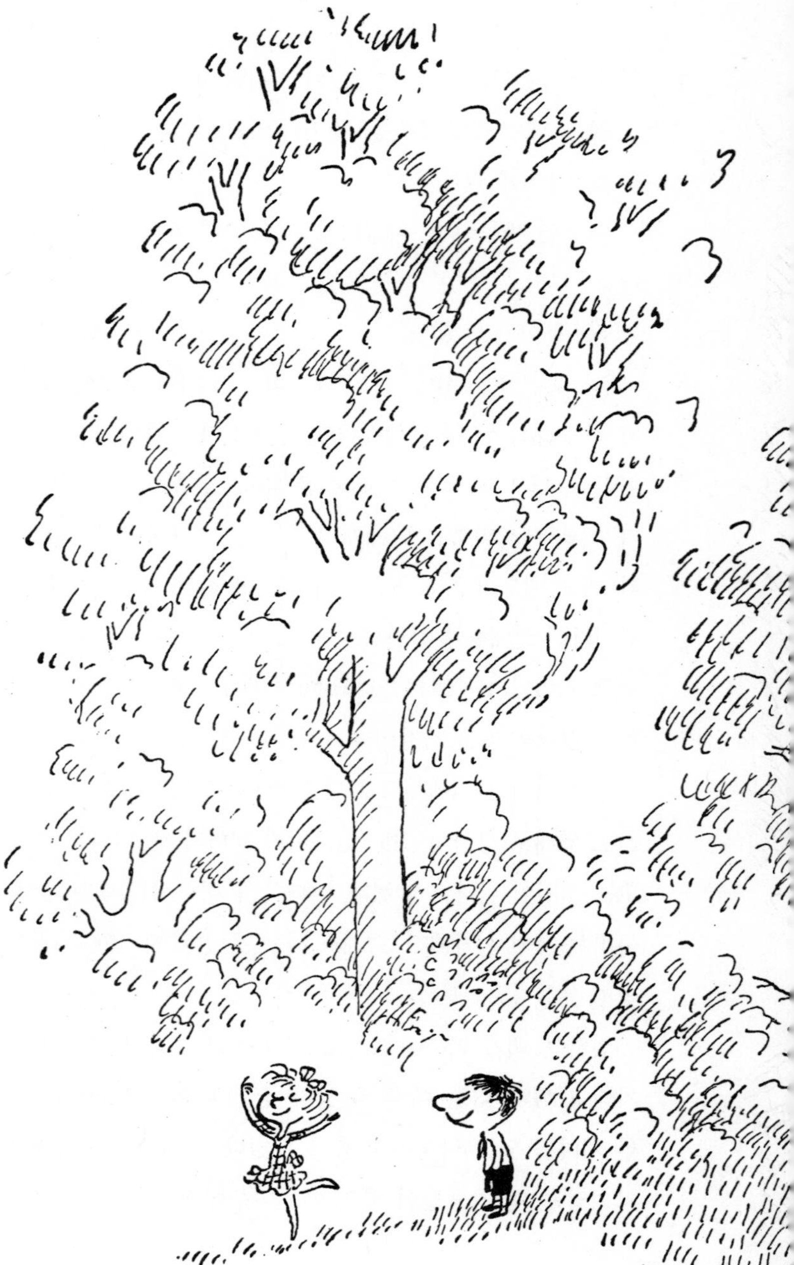

커다란 베고니아 꽃다발을 마리 에드비주에게 안겨주었다.

오늘 아침, 학교에 갔더니 친구들이 다 와 있었다. 친구들이 전부 나를 쳐다보는데, 갑자기 외드가 알세스트를 와락 껴안았다. 영화에서 남자가 여자를 껴안는 것처럼 말이다. 그런 장면이 나오면 영화를 보던 사람들은 딴짓을 한다. 물론 영화 속의 여자는 바보 멍청이 알세스트처럼 잼 바른 빵을 먹고 있지는 않는다.

"당신을 사랑해. 아, 이런! 난 사랑에 빠졌어!"

외드가 말했다.

"나도 당신을 엄청 사랑해요, 니콜라!"

알세스트가 외드의 눈을 바라보며 빵부스러기를 왕창 튀기면서 말했다.

"너네 그게 무슨 바보짓이야?"

내가 물었다.

그러자 조프루아가 팔을 휘저으면서 깡충깡충 뛰기 시작했다.

"내가 춤추는 걸 봐. 축구보다 훨씬 재밌지? 봐! 나는 니콜라의 약혼녀처럼 춤춘다! 얘들아, 나 좀 봐! 멋있지 않아?"

조프루아가 소리쳤다.

그러자 모두 내 주위를 뱅글뱅글 돌면서 뛰어다니고 소리를 질렀다.

"니콜라는 누구누구를 좋아한대요! 좋아한대요! 좋아한대요!"

나는 엄청 화가 나서 알세스트가 먹고 있던 잼 바른 빵에 주먹 한 방을 날렸다. 우리는 모두 한데 뒤엉켜 싸우기 시작했다. 부이옹 선생님이 달려왔다. 부이옹 선생님은 우리를 떼어놓고는 우리보고

야만인들이라고, 이제 정말 지긋지긋하다고, 우리 모두에게 학교에
남는 벌을 주겠다고 했다. 그러고 나서 선생님은 종을 치러 갔다.

내가 누굴 좋아한다고? 정말 우습다. 어떻게 여자애 따위를 좋
아할 수 있다는 건지! 아무리 그 애가 마리 에드비주라고 해도 말
이다! 다 거짓말이다! 진실은 내 친구들이 전부 엄청 바보들이라
는 것뿐이다!

내가 어른이 되면 극장 주인에게 말해서 내 친구들은 절대로 못
들어오게 할 거다! 이건 정말이다!

처남이 되고 싶어

맥상은 오늘 아주 우쭐해서 학교에 왔다.

"얘들아, 나 이제 조금만 있으면 처남이 된다!"

맥상이 우리에게 말했다.

"장난치지 마."

뤼퓌스가 대꾸했다.

"아니네요, 아저씨. 장난 아니네요."

맥상이 말했다.

맥상은 자기 큰누나 에르미온이 약혼을 했고 곧 결혼한다고 했다. 큰누나가 결혼을 하면 큰누나 남편은 맥상을 처남이라고 부르게 된다고 했다.

"너는 처남이 되기엔 너무 어려. 우리 아빠가 처남인데, 네가 어

떻게 처남이 될 수 있냐?"

외드가 말했다.

"내가 뭐가 어려? 어디 달리기 시합 한번 해볼래? 그리고 처남이 되는데 나이가 대체 무슨 상관이야? 우리 누나가 결혼을 하면 나는 짠! 하고 처남이 되는 거야."

맥상이 소리를 질렀다.

맥상은 또 자기 큰누나의 약혼자가 엄청 근사한 사람이라고 했다. 그 약혼자는 멋진 콧수염도 있고, 맥상에게 선물도 많이 주었다고 했다. 엊저녁에는 큰누나를 만나러 와서는 맥상에게 사탕을 사 먹으라고 용돈도 줬단다. 그리고 앞으로는 그냥 장 에드몽이라고 불러도 좋다고, 처남 매부끼리는 원래 친한 친구처럼 지내는 거라고 했단다.

"그리고 말이지, 나보고 결혼식 때 들러리를 해달라고 했어. 그러면 샴페인도 마시고 결혼식 케이크 중에서 아주 큰 조각을 내가 먹게 될 거랬어."

맥상이 말했다.

"우와! 좋겠다!"

알세스트가 말했다.

"그리고 말야, 우리 누나 약혼자가 나하고 약속도 했어. 자기 차로 재미있는 데 데려가줄 거라고 말이야. 그 차 진짜 근사해. 우리는 원숭이 보러 동물원에 갈 거야."

맥상이 계속 자랑을 했다.

"네 얘기 슬슬 지겨워지는데, 처남아."

뤼피스가 말했다.

"아, 그래? 샘나니까 그러지? 너는 처남이 될 수 없으니까. 그렇지?"

맥상이 말했다.

"뭐야? 난 내가 원하기만 하면 언제든지 처남이 될 수 있어! 처남이 될 수 없는 건 바로 너야! 넌 너무 못생겼어! 넌 처남이 아니고 추남일 뿐이야!"

뤼피스가 소리를 질렀다.

우리는 뤼피스가 한 말이 너무 우스웠다. 하지만 맥상은 웃지 않고 뤼피스에게 덤벼들었다.

"너 방금 한 말 다시 한 번 해봐!"

"추남! 추남! 추남이라고 했다, 왜?"

그러자 맥상이 뤼피스에게 달려들었다. 둘이서 치고받고 싸우기 시작하자 부이옹 선생님이 달려와서 두 사람을 떼어놓았다.

그러자 맥상이 소리를 질렀다.

"얘가 샘나니까 저한테 추남이래요! 모두 저를 샘내고 있다고요!"

"누가 너더러 왜 싸웠는지 설명하라고 했어? 그런 바보 같은 소리는 듣고 싶지 않다. 너희 둘 다 저기 가서 벌서. 다른 사람들도 벌서고 싶으면 그렇게 해. 한마디만 더 했다간 봐라. 모두 조용히 입 다물어. 어서 가."

부이옹 선생님이 말했다.

그날 오후에 나는 집으로 돌아가면서 맥상은 참 좋겠다고 생각

701

했다. 콧수염 난 어른의 처남이 되어서 멋진 자가용을 타고 동물원에 원숭이를 보러 가면 얼마나 좋을까? 나는 집에 들어서자마자 부엌에 있는 엄마한테 달려갔다.

"엄마, 나는 처남이 될 수 없어요?"

엄마는 나를 쳐다보더니 말했다.

"니콜라, 엄마가 무척 바쁘거든? 그러니까 이상한 이야기로 엄마 귀찮게 하지 말고 나중에 아빠 오시면 여쭤보렴. 그동안 간식 먹고 올라가서 숙제하고."

아빠가 집에 돌아오는 소리가 나자 나는 아래층으로 뛰어내려 갔다.

"있잖아요, 아빠!"

"잠깐만, 우리 아들. 아빠 외투 벗을 시간은 줘야지."

처남이 될 수 있게 누나가
있었으면 좋겠어요.

그런 다음 아빠는 거실 안락의자에 앉아서 나에게 물었다.

"그래, 이 녀석아. 원하는 게 뭐냐?"

"아빠, 나는 처남이 될 수 없어요? 네?"

아빠는 좀 놀란 듯하더니 껄껄 웃었다.

"안 될 것 같은데. 그건 안 되지. 하지만 나중에 네가 결혼을 하면, 그리고 너랑 결혼하는 아가씨한테 남동생이 있다면 매형은 될 수 있을 거다."

"아, 싫어요! 나중에 말고 지금요! 맥상은 처남이 된대요. 그리고 자가용 타고 원숭이를 보러 동물원에도 간대요."

"아빠 말 좀 들어봐라, 니콜라. 이해를 좀 해다오. 아빠는 피곤하고 조용히 신문을 읽고 싶구나. 그러니까 네 방에 가서 놀아. 아니면 숙제를 하든가, 뭐든지 해. 알았니?"

처남이 되고 싶어요!

나는 소리를 질렀다.

"뭐예요! 정말 불공평해! 내가 뭘 좀 해달라고만 하면 말도 못 붙이게 하고 자꾸 내 방에나 올라가라고 하고! 맥상 같은 바보 멍청이도 처남이 되어서 자가용 타고 동물원 가서 원숭이를 보는데!"

아빠는 의자에서 벌떡 일어섰다. 아빠도 나만큼 화가 나 있었다.

"니콜라, 당장 그만두지 못해? 경고하는데 너 계속 이러면 뜨거운 맛을 볼 줄 알아!"

나는 울음을 터뜨렸다. 그러자 엄마가 거실로 나왔다.

"또 무슨 일이야? 하여간 둘만 내버려두면 금세 소리지르고 울고불고 난리가 난다니까!"

"당신 아들이 누나가 있었으면 좋겠다잖아! 지금 당장!"

아빠가 말했다.

엄마 눈이 휘둥그레졌다. 그러고는 곧 웃음을 터뜨렸다.

"당신, 무슨 말 하는 거야?"

엄마가 물었다.

"당신 아들(당신 아들이란 나를 말한다.)이 처남이 되고 싶다고 난리를 치기 시작했어. 같은 학교에 다니는 친구 녀석들 중 하나가 곧 처남이 된다나봐. 그래서 자가용을 타고 동물원에 가서 원숭이를 구경하게 됐다나. 뭐, 내가 듣기에는 그런 이야기인 것 같아."

아빠가 말했다.

엄마가 얼마나 웃었는지 아빠도 결국 미소를 지었다. 나도 같이 웃었다. 엄마가 웃으면 나도 웃는다. 그러고 나서 엄마는 내 얼굴을 마주 보며 이렇게 말했다.

"우리 아들, 그런 생각을 했구나! 하지만 처남이라는 게 항상 좋은 것만은 아니야. 엄마한테는 시동생이 있거든? 네 삼촌 말이야. 어쨌든 처남이든 시동생이든……."

"당신 시동생이 어때서?"

아빠가 물었다.

"아! 당신도 외젠 도련님이 가끔 좀…… 촌스럽게 군다는 거 알잖아, 뭐. 지난번에 도련님이 우리 집에 왔을 때를 생각해봐. 어쩌면 그렇게 눌러앉아서는…… 게다가 그 말장난이라니! 아, 정말이지 나는……."

"아니, 내가 내 동생을 집에 부른 게 큰 잘못이라도 돼?"

아빠는 더 이상 웃고 있지 않았다.

"물론 외젠의 유머 감각이 당신 취향에 맞을 만큼 고상하지는 않겠지. 그래도 나는 녀석이 하는 말이 웃기고 재미있다고!"

"당신을 웃기는 거야 일도 아니지."

엄마도 일어나서 말했다. 엄마 얼굴이 빨개져 있었다.

"어쨌든 처남이든 시동생이든 간에 장모보다 더 까다롭지는 않지!"

아빠가 말했다.

"지금 무슨 말을 하고 싶은 건데?"

엄마가 물었다.

"마음대로 생각해."

아빠가 대꾸했다.

"그래, 계속 이렇게 나오면 이 집안의 누군가는 당신 장모네 집으로 돌아가게 될 거야."

엄마가 말했다.

그러자 아빠는 두 팔을 천장으로 치켜들고 안락의자와 스탠드가 놓인 작은 탁자 사이를 자꾸 왔다갔다했다. 아빠는 그러다가 엄마 앞에 갑자기 딱 멈춰 서서 물었다.

"당신, 우리가 지금 좀 우스꽝스럽다고 생각하지 않아?"

엄마가 그 말을 듣고 웃었다.

"솔직히 말해서, 좀 그래!"

그러자 모두 웃음을 터뜨리고 모두 서로에게 뽀뽀를 했다. 나는 기분이 좋았다. 아빠랑 엄마가 화해하는 게 너무 좋고, 이럴 때면 꼭 엄마가 저녁에 맛있는 걸 만들어주기 때문이다.

조금 있으니까 누가 우리 집 초인종을 눌렀다. 아빠가 문을 열어 주러 갔다. 블레뒤르 아저씨였다.

"자네한테 할 말이 있어서. 내일이 일요일이잖아. 그래서 아침에 숲으로 조깅하러 가려고 하는데 같이 안 가겠나?"

"아! 안 되겠는데. 미안해. 내일 아침에는 니콜라랑 같이 자가용 을 타고 원숭이를 보러 갈 거야. 처남 매부 사이처럼 말이야."

아빠가 말했다.

그 말을 듣더니 블레뒤르 아저씨는 이 집 사람들은 모두 좀 이상 하다고 말하면서 돌아갔다.

욕

    오늘 오후 쉬는 시간에 외드가 욕을 했다. 학교에서 애들은 가끔 욕을 한다. 그런데 외드가 오늘 한 욕은 무슨 뜻인지 알 수가 없었다.

    "우리 형이 오늘 아침에 이 말을 하더라. 우리 형은 장교야. 휴가 받아서 집에 왔어. 형이 면도를 하다가 조금 베었는데 이 욕을 했어."

    "네 형은 장교가 아니야. 그냥 군대에 간 것뿐이지. 그러니까 웃기지 마."

    조프루아가 말했다.

    "우리 형 장교 맞아."

    외드가 말했다.

"딴 데 가서 얘기하시지!"

조프루아가 대꾸했다.

그러자 외드가 조프루아에게 욕을 했다.

"너 한 번만 더 말해봐."

조프루아가 말했다.

외드는 또 욕을 했다. 조프루아도 외드에게 욕을 했다. 둘은 서로 치고받으며 싸웠다. 조금 있으니까 종이 울렸다.

"이제 막 재미있어지려는데……"

뤼퓌스도 이렇게 투덜거리면서 욕을 했다.

내가 집에 돌아왔을 때 엄마는 부엌에 있었다. 나는 부엌으로 뛰어가면서 소리쳤다.

"엄마, 다녀왔습니다!"

"니콜라, 그렇게 야만인 같은 꼴로 여기 들어오지 말라고 몇 번이나 말해야 알겠니? 우선 간식부터 먹고 숙제해라. 엄마 일해야 하니까."

내가 잼 바른 빵과 우유를 먹는 동안 엄마는 양고기요리를 준비하고 있었다. 나는 양고기를 참 좋아한다. 양고기는 엄청 맛있다. 특히 초대한 손님이 없는 날은 제일 맛있는 넓적다리를 많이 먹을 수 있어서 더 좋다.

"양고기네, 신난다!"

내가 외쳤다.

"그래, 아빠가 오늘 저녁에 마늘을 많이 넣어서 요리한 양고기가 먹고 싶다고 했단다. 아빠가 좋아하시겠지?"

엄마가 말했다.

아빠도 나만큼이나 양고기를 좋아한다. 우리 가족은 늘 제일 맛있는 부분을 똑같이 나눠 먹는다.

"자, 니콜라. 간식 다 먹었으면 올라가서 어서 숙제해라."

엄마가 말했다.

"거실에서 놀면 안 돼요? 저녁 먹고 숙제할게요."

내가 엄마에게 말했다.

"니콜라! 당장 올라가서 숙제부터 해, 알았어?"

엄마가 고함을 쳤다.

그래서 나는 욕을 했다!

엄마의 눈이 휘둥그레졌다. 엄마가 나를 쳐다봤다. 나도 무척 당황했다. 쉬는 시간에 배운 욕은 집에서 하면 절대로 안 된다. 쉬는 시간에는 욕을 해도 재미있지만 집에서 그런 욕을 하면 큰 난리가 나기 때문이다.

"너 뭐라고 했어? 다시 한 번 해봐."

엄마가 말했다. 그래서 내가 다시 욕을 했다.

"니콜라! 너 어디서 그런 말을 배웠어?"

엄마가 소리를 질렀다.

"그게요, 학교에서 쉬는 시간에요. 외드네 형은 군인인데, 외드는 자기네 형이 장교래요. 그런데 조프루아가 그건 뻥이라고 그랬어요. 외드네 형이 휴가를 받았는데요, 면도하다가 다쳤어요. 그래서 그 형이 욕을 했는데요, 외드가 그걸 학교에 와서 우리한테 가르쳐줬어요. 쉬는 시간에요."

내가 엄마에게 설명했다.

"잘한다, 잘해! 학교에서 너 참 좋은 것 배운다. 네 친구들도 가정교육 한번 잘 받았고 말이야! 이제 올라가서 숙제해. 아빠 들어오시면 보자."

엄마가 고함을 쳤다.

나는 숙제를 하러 방으로 올라갔다. 장난을 칠 상황이 아니었다. 나는 무지 당황스러웠다. 울고 싶은 마음이었다. 그 나쁜 말 때문에, 자기 형이 면도하다가 내뱉은 바보 같은 말을 우리에게 그대로 가르쳐준 멍청이 외드 녀석 때문에 말이다. 정말이지, 이게 뭐람.

내가 숙제를 하고 있는데 아빠가 집으로 들어오는 소리가 들렸다.

"여보, 나 왔어!"

아빠가 외쳤다.

"니콜라!"

엄마가 나를 불렀다.

나는 거실로 내려갔다. 별로 내려가고 싶지 않았다. 아빠가 나를 보고는 웃으면서 말했다.

"이런, 우리 아들이 왜 이런 얼굴을 하고 있지! 학교에서 또 말썽 부렸구나, 맞지?"

"말썽보다 더 나쁜 일이야. 아주 심각한 문제지. 당신 아들이 학교에서 욕을 배우고 있어."

엄마가 나를 화난 눈으로 노려보면서 말했다.

"욕? 무슨 욕 말이니, 니콜라?"

아빠가 깜짝 놀라서 물었다. 나는 아까 했던 욕을 했다.

"뭐? 너 지금 뭐라고 했어?"

아빠가 소리를 질렀다.

"당신도 들었지? 어떻게 생각해?"

엄마가 말했다.

"대단하군! 너 어디서 그런 욕을 배웠니?"

아빠가 물었다.

나는 아빠에게 바보 멍청이 외드랑 그 녀석 형 이야기를 했다.

아빠는 윗옷 주머니에 손을 찔러 넣고는 크게 한숨을 쉬었다.

"나는 똥줄이 빠지도록 일을 하는데, 기껏 학교에 가서 그런 말이나 배우고 있다니! 아, 한심하군! 정말 한심해! 교장 선생님한테

편지를 쓸까봐. 정말이지 그래야겠어! 학교에서 이 말썽꾸러기들 감시하는 데 너무 소홀한 것 아니냐고! 내가 학교 다닐 때는 그런 말은 감히 생각도 못 했는데. 아! 그랬다가는 당장 교문 앞에서 벌을 섰을걸? 그래도 그때는 기강이라는 게 있었는데 지금은 아주 엉망이야! 이럴 수가! 새로운 교수법이니 현대식 교육이니 떠들어대기나 하고. 어린애들에게 너무 오냐오냐하는 거야! 그러니까 애들

이 시커면 옷을 입고 다니는 불량배나 되고 깡패나 되고 차를 훔치고 하는 거지! 잘하는군, 참 잘해! 아주 잘해! 애들이 깡패가 되라고 우리가 아주 길을 닦아주는 셈이야!"

나는 엄청 겁이 났다. 아빠가 교장 선생님에게 편지를 보내면 아주 큰일이 날 테니까 말이다. 우리 학교도 아빠가 어릴 때 다녔던 학교나 마찬가지다. 교장 선생님은 욕하는 걸 싫어해서 저번에는 어떤 선배 형이 교실에서 다른 형에게 욕을 했다가 정학을 당한 일도 있었다.

"아빠가 교장 선생님한테 편지 쓰는 거 싫어요. 아빠가 그러면 나다시는 학교에 안 갈 거예요!"

내가 울면서 말했다.

"너는 혼이 좀 나야 해!"

아빠가 말했다.

"여보, 그게 문제가 아니야. 중요한 건 니콜라에게 다시는, 다시는 그런 말을 쓰면 안 된다는 걸 스스로 깨닫게 하는 거야."

엄마가 말했다.

"당신 말이 맞아. 니콜라, 너 이리 좀 와봐라."

아빠가 말했다.

아빠는 안락의자에 앉아서 내 두 팔을 잡았다. 그러고는 아빠 무릎 사이에 나를 똑바로 세우고 말했다.

"너 창피하지, 그렇지, 니콜라?"

"네."

내가 대답했다.

"네가 부끄러워하는 건 당연한 거야. 니콜라, 너도 알겠지만 네가 지금 뭘 배우느냐에 따라서 네 인생, 네 미래가 결정된단다. 공부도 열심히 안 하고 욕이나 하고 다니면 결국 낙오자가 될 수밖에 없어. 사람들이 손가락질하는 부랑자가 된단 말이야. 너나 네 친구들은 무슨 뜻인지도 모르니까 욕을 함부로 하고 다니는 거야. 그러니까 욕이 별것 아닌 것처럼, 오히려 재미있는 것처럼 생각하기 쉽지. 하지만 그건 잘못된 생각이란다. 아주 잘못된 생각이야. 세상 사람들은 '저 사람은 말투가 상스럽구나.'라고 생각할 거다. 세상에 꼭 필요한 사람이 되느냐, 깡패가 되느냐는 네 스스로 선택해야 해. 그럼, 네 스스로! 아무도 거들떠보지 않는 형편없는 사람이 되고 싶어, 아니면 누구나 좋아하고 초대하고 싶은 사람, 친해지고 싶은 사람이 되고 싶어? 상스러운 사람은 절대 성공할 수 없어. 사람들은 그런 사람을 깔보고 밀어내고 질색하니까. 자, 욕 한마디가 얼마나 큰 영향을 미치는지 알겠지? 니콜라, 알아들었니?"

"네, 아빠."

"니콜라가 제대로 알아들었을까? 내 생각에는……."

엄마가 말했다.

"두고 보면 알겠지. 니콜라, 아빠가 너한테 뭐라고 했지?"

아빠가 나에게 물었다.

"그러니까요, 욕을 하면 안 된다고요. 안 그러면 사람들한테 초대도 못 받아요."

내가 말했다.

엄마와 아빠는 서로 마주 보고 웃음을 터뜨렸다.

716

"그래, 대강 그런 내용이란다, 우리 아들."

아빠가 말했다.

"엄마는 우리 니콜라가 대견하구나."

엄마는 나에게 뽀뽀를 해주었다.

그런데 아빠가 웃음을 멈추고 킁킁대며 냄새를 맡았다. 아빠는 부엌을 쳐다보고 소리를 질렀다.

"뭐 타는 냄새가 나잖아! 당신, 양고기!"

그러자 엄마는…… 욕을 했다!

크리스마스 기다리기

원래 우리 아빠는 산타클로스 할아버지가 아주 가난하다고, 그래서 내가 갖고 싶어하는 걸 모두 다 가져다줄 수는 없다고 말한다. 하지만 올해는 산타 할아버지 사정이 나아졌나보다. 아빠가 내가 원하는 건 뭐든지 갖게 될 거라고 했으니까 말이다.

오늘은 크리스마스 연휴를 앞두고 마지막으로 학교에 가는 날이었다. 조프루아는 아빠가 엄청 부자라서 해마다 별의별 선물을 다 받는다. 하지만 조프루아는 좋은 친구라서 우리는 샘내지 않는다. 그래도 그렇지, 그 바보 녀석은 날마다 선물을 받는데, 우리는 생일이나 크리스마스, 아니면 반에서 일등을 했을 때만 선물을 받는다는 건 좀 불공평하다. 그리고 반에서 일등을 하는 건 하고 싶다고 할 수 있는 일도 아니다. 선생님의 귀염둥이 아냥이 늘 우리 반 일등을 독차지하기 때문이다.

종이 울려서 우리 모두 교실에 들어가야 했기 때문에, 조프루아는 새로 받은 비행사 고글을 자랑할 시간이 없었다. 교실에 갔더니 선생님은 화가 나 있었다. 조프루아하고 외드가 계속 떠들었기 때문이다.

"조프루아! 외드! 너희, 벌로 학교에서 크리스마스를 보내고 싶어?"

선생님이 고함을 쳤다.

"선생님, 저는 그럴 수 없어요. 내일 여행을 가거든요."

조프루아가 말했다.

"글쎄, 네가 벌을 받게 되면 나랑 마찬가지로 아무 데도 못 가게 될걸? 농담 아냐, 진짜야!"

외드가 말했다.

"아, 그래? 우리 아빠가 벌써 호텔이랑 기차랑 다 예약했는데, 어쩔래?"

조프루아가 말했다.

선생님이 또 고함을 쳤다.

"조용! 너희 정말 못 말리겠구나! 선생님이 말하는데 지금 꼭 너도 말을 해야겠니? 너희 정말 오늘 왜 이러는지 모르겠다. 도대체 어떻게 할 수가 없는 애들이야! 누구든 한마디만 더 하면 전부 다 교실에 남을 줄 알아! 여행이고 뭐고 없어!"

"거봐라!"

외드가 한마디 했다.

선생님은 외드와 조프루아에게 칠판 양쪽에 한 명씩 서서 벌을 서라고 했다. 교실 맨 뒤에는 벌써 클로테르와 뤼퓌스가 벌을 서고 있었다. 클로테르는 선생님한테 질문을 받았는데 대답을 못 했기 때문이고(클로테르는 질문만 받았다 하면 벌을 서게 된다.) 뤼퓌스는 맥상에게 '쉬는 시간에 할 말이 있어.'라고 쓴 쪽지를 보냈다가 선생님한테 들켰기 때문이다. 우리 선생님은 수업 시간에 쪽지 보내는 걸 싫어한다. 선생님은 서로 꼭 해야 할 말이 있으면 쉬는 시간까지 기다리라고 했다.

조금 있으니까 쉬는 시간 종이 울렸다. 선생님은 우리 모두, 벌서던 아이들까지도 다 나가라고 했다. 선생님은 정말 좋은 분이다. 그리고 내 생각인데, 선생님도 가끔은 교실에 혼자 있고 싶을 때가 있는 것 같다.

운동장에 나오자 맥상이 뤼퓌스에게, 아까 무슨 말을 하려고 쪽지를 보냈냐고 물었다. 하지만 뤼퓌스는 선생님에게 쪽지나 들키는 바보 멍청이에게는 아무 말도 하지 않겠다고, 그게 자기가 하고 싶은 말의 전부라고, 더 이상은 맥상에게 아무 말도 안 하겠다고 했다.

맥상이 그래도 하려던 말을 해보라고 뤼퓌스를 붙잡고 늘어지는 동안, 우리는 조프루아 주위로 몰려들었다. 조프루아는 고글을 쓰고 있었는데, 스키장에 가기 위해 산 거라고 말했다.

"너 스키 탈 줄 알아?"

내가 조프루아에게 물었다.

"아직은 몰라. 하지만 여행을 가서 배우려고. 그다음에는 스키 챔피언을 뽑는 대회에 참가해야지. 텔레비전에 나오는 스키 선수들처럼 말이야. 나는 아주 빨리 스키를 탈 거니까 이런 고글이 필

요할 거야."

조프루아가 말했다.

"그런 말은 딴 데 가서나 하시지."

외드가 빈정댔다.

그 말에 조프루아는 기분이 나빠졌다.

"너 샘나서 그러는 거지?"

조프루아가 소리를 질렀다.

"웃기지 마. 내가 갖고 싶으면 크리스마스 때 네 고글을 내놓으라고 할 거야. 그런 건 얼마든지 가질 수 있어."

외드도 지지 않았다.

"너야말로 딴 데 가서 알아보시지! 스키도 못 타면서 고글을 뭐에다 써?"

"얼씨구! 내가 스키를 타고 싶으면 탈 거고, 내가 스키를 타면 너보다 훨씬 좋은 고글이 필요할걸? 내가 너보다 더 빨리 달릴 테니까!"

외드와 조프루아는 엉겨 붙어 싸웠다. 부이옹 선생님이 달려왔다. 부이옹 선생님한테 왜 그런 별명이 붙었는지 내가 얘기했는지 모르겠다. 부이옹 선생님은 우리한테 "내 눈을 잘 들여다봐."라고 자주 말하는데, 그럴 때 선생님 눈동자가 꼭 부이옹 수프에 동동 떠 있는 기름 덩어리 같아서 그렇게 부르는 거다. 이 별명은 선배 형들이 붙였다.

"이 말썽쟁이 꼬마들! 크리스마스를 앞두고 꼭 이래야겠냐? 오늘까지도 이렇게 야만인처럼 굴어야겠어? 도대체 왜 싸우는 거냐? 내 눈을 잘 들여다보고 대답해!"

부이옹 선생님이 말했다.

"얘가 그 잘난 스키를 타고 나보다 더 빨리 달릴 수 있다잖아요!"

조프루아가 고함을 쳤다.

"그래, 어디 한마디만 더 해봐. 너희 둘 다 다음 문장을 백 번 써 와. '나는 쉬는 시간에 바보 같은 소리를 하며 떠들면 안 되고, 쓸데없는 핑계를 내세워서 운동장에서 싸우거나 야만인처럼 굴어서도 안 됩니다.' 한 글자도 틀리면 안 돼. 연휴 끝나고 가져와라. 지금은 일단 벌을 서고!"

부이옹 선생님이 말했다.

"하지만 저는 여행을 간단 말이에요!"

조프루아가 외쳤다.

"그런 말은 딴 데 가서 해."

알세스트가 한마디 했다.

그러자 부이옹 선생님은 알세스트도 벌을 세웠다.

클로테르가 입을 열었다.

"나는 산타클로스 할아버지한테 편지를 써서 자전거 변속장치를 달라고 할 거야."

"누구한테 뭘 쓴다고?"

조아생이 물었다.

"산타 할아버지한테 쓰지, 누구한테 쓰냐?"

클로테르가 물었다.

"야, 웃기지 마. 나도 어릴 때는 그런 말 믿었어. 하지만 지금은 다 알아. 산타클로스 할아버지가 사실은 우리 아빠라는 걸 말이야."

조아생이 말했다.

클로테르는 조아생을 쳐다보더니 갑자기 손으로 자기 머리를 탁 쳤다.

"내가 봤다니까! 작년에 내가 잠든 척하고 산타클로스 할아버지가 언제 오나 기다리고 있었거든. 그런데 방문이 열리더니 우리 아빠가 크리스마스트리 밑에 선물을 놓고 가는 거야. 크리스마스트리가 넘어질 뻔해서 아빠가 욕하는 소리까지 들었다고!"

조아생이 외쳤다.

"얘들아, 조아생이 자기 아빠가 산타클로스 할아버지란다! 야, 웃기지 마! 너는 아빠를 봤을 수도 있겠지. 하지만 난 가게에서 산타클로스 할아버지를 만났다고! 그 할아버지는 하얀 수염을 달고 빨간 옷을 입고 있었는데, 나를 무릎에 앉혀주기까지 했어. 산타할아버지가 나보고 학교에서 공부 잘하냐고 물어봐서 내가 얼마나 당황했는데! 그 할아버지는 분명히 너네 아빠가 아니었어!"

클로테르가 말했다.

"당연히 우리 아빠가 아니지! 우리 아빠는 너처럼 별 볼 일 없는 애는 무릎에 앉히지 않으니까!"

조아생이 소리쳤다.

"나도 너네 아빠 무릎에는 앉기 싫어! 돈을 줘도 싫어! 만약 너네 아빠가 우리 집에 들어와서 크리스마스트리에다 허튼짓하면 우리 아빠가 당장 너네 아빠를 쫓아낼걸! 정말이야! 네 아빠는 제대로 서 있지도 못하는 너희 집 크리스마스트리 밑에나 뭘 갖다놓든지 말든지 하라고 해!"

클로테르도 소리를 질렀다.

"우리 집 크리스마스트리가 뭐 어떻다고?"

조아생이 발끈했다.

부이옹 선생님이 또 달려왔다. 조아생이랑 클로테르가 치고받고 싸우기 시작했기 때문이다.

"우리 아빠가 너네 집 트리에다 장난을 치고 싶으면 치는 거야! 너네 아빠가 말릴 수 있을 것 같아? 아마 우리 아빠 무릎에 앉고 싶어 막 뛰어올걸!"

조아생이 외쳤다.

"너네 아빠 무릎은 필요 없다니까!"

클로테르가 외쳤다.

부이옹 선생님은 얼굴이 시뻘게져서 운동장 구석을 가리켰다. 선생님은 이를 악물고 말했다.

"가서 벌서. 저기 다른 애들처럼. 그리고 반성문도 똑같이 써 와."

쉬는 시간이 끝나기 전에 부이옹 선생님은 다시 한 번 우리에게 달려와야 했다. 뤼퓌스는 땅바닥에 드러누워 있고, 맥상은 뤼퓌스 위에 올라타고 앉아서 "그래, 너 아까 무슨 말 하려고 했어? 말 안 할 거야?"라며 물고 늘어졌기 때문이다. 뤼퓌스는 계속 고개를 절레절레 흔들면서 말하지 않으려고 입술을 앙다물었다.

마지막 수업이 끝나자 우리는 모두 운동장에 나와서 줄을 섰다. 교장 선생님은 우리에게 크리스마스 인사를 하려고 나왔다. 교장 선생님은 우리들이 잔뜩 들떠 있을 거라고, 어쨌든 연휴가 시작되는 날이니까 우리가 받은 벌은 모두 없던 걸로 해주겠다고 했다. 교장 선생님 말씀이 옳다. 내가 봐도 담임 선생님이랑 부이옹 선생님은 연휴 전에 늘 너무 흥분해서 애들에게 벌을 많이 주는 것 같다.

우리는 모두 다 엄청 좋은 친구들이라서, 학교가 끝나고 잠깐 남아서 서로 크리스마스 인사를 주고받았다. 클로테르는 조아생과 화해를 하면서 조아생 아빠의 무릎이 어쩌고저쩌고한 건 농담이었다고 했다. 조아생도 클로테르가 자전거 변속장치를 선물로 받을 수 있도록 자기네 아빠에게 잘 말해보겠다고 했다. 뤼퓌스는 맥상에게 자기가 원래 하려던 말은, 어떤 가게에서 진짜로 통화할 수 있는 장난감 전화기를 봤다는 거라고 했다. 그래서 맥상네 집이 자기 집과 가까우니까 각자 크리스마스 선물로 그 전화기를 달라고 해서 둘이 항상 전화 통화를 하면 어떻겠느냐고 말하려고 했단다. 맥상은 정말 좋은 생각이라고, 그리고 그 전화기를 학교에 가져와서 둘이서 하고 싶은 말은 모두 그 전화로 하면 선생님이 쪽지 때문에 화를 내는 일도 없을 거라고 했다. 그렇게 둘은 엄청 기분이 좋아져서 아빠에게 전화기를 사달라고 조르려고 집으로 갔다. 아냥은 작년에 크리스마스 선물로 아주 멋진 백과사전 세 권을 받았다고 말해서 우리를 웃겼다. 올해에는 그 백과사전의 다음 권을 선물로 달

라고 할 거랬다. 아냥은 정말 이상한 녀석이다! 외드는 스키를 사달
라고 할 거랬다.

친구들과 인사를 하고 나서 나는 알세스트와 함께 학교를 나섰다.

"우리 집은 메메랑 도로테 이모랑 외젠 삼촌이랑 함께 크리스마
스이브 파티를 할 거야."

내가 말했다.

"우리 집은 하얀 순대랑 칠면조고기를 먹으며 파티를 할 거야."

알세스트가 내게 말했다.

우리는 집으로 돌아오면서 동네 가게들을 구경했다. 가게들은 크
리스마스 화환이랑 솔방울, 가짜 눈이랑 반짝반짝 빛나는 유리구
슬, 아기 예수님 구유통이랑 산타클로스 할아버지 인형들로 장식
을 해놓아서 엄청 멋있었다.

콩파니 아저씨네 식료품 가게도 근사하게 장식돼 있었다. 정어리
통조림들 사이사이에 솔방울장식이 있고, 여기저기 반짝이가루도
뿌려져 있었다. 알세스트와 나는 빵집 앞에서 한참을 구경했다. 크
리스마스를 기념하는 장작 모양의 케이크가 있었기 때문이다. 빵집
아줌마가 나와서 알세스트보고 저리 가라고, 알세스트가 진열장에
코를 붙이고 서서 꼼짝도 안 하는 모습을 보면 신경이 쓰인다고 했
다. 평소에는 더러운 자루들만 쌓여 있는 석탄 가게조차도 오늘은
꼬마전구 세 개가 달린 화환장식이 걸려 있었다. 하지만 불빛이 제
일 멋진 가게는 역시 전등 가게였다. 전구들이 엄청 많이 켜져 있었
고 색깔도 가지가지였는데, 불이 엄청 빠르게 켜졌다 꺼졌다 했다.
불빛이 어찌나 강한지 맞은편 집들의 벽을 훤히 밝혔다. 조금 후에

알세스트는 간식 시간에 늦었다면서 집으로 헐레벌떡 뛰어갔다. 알세스트는 먹는 데 늦으면 무지 초조해한다.

집에 도착했더니 엄마가 말했다.

"너 또 학교 끝나고 뭐 하느라 이렇게 늦었니? 너 데리고 시내에 나가서 백화점이랑 여기저기 구경하려고 했는데 그럴 마음이 싹 가시는구나!"

"아이, 엄마! 제발요!"

내가 외쳤다.

그러자 엄마는 웃으면서 좋다고, 알았다고, 크리스마스 연휴가 시작되는 날이니까 봐준다고, 어서 간식을 먹고 나가자고 했다.

나는 간식을 재빨리 먹어치웠다. 핫초코를 조금 흘려서 셔츠와 스웨터를 갈아입었다. 그러고 나서 우리는 버스를 탔다. 아이들과 아줌마들로 버스가 꽉 차서 엄청 복잡했다. 그래도 나는 기분이 참 좋았다.

시내에도 버스 안처럼 사람들이 무진장 많았다. 백화점이나 상점은 사방에 전구를 엄청나게 많이 매달아놓았다. 전구의 불빛이 길에 늘어선 자동차들을 비추었다. 자동차들이 굉장히 많았다. 자동차에 탄 사람들은 마구 소리를 지르고 경적을 빵빵 울리면서 난리를 쳤다. 정말이지, 아주 멋있었다. 우리 동네 전등 가게보다 훨씬 더 근사했다. 하지만 전등 가게처럼 가까이 가서 구경하기는 힘들었다.

"내가 여길 나올 생각을 하다니, 정신을 못 차리겠네!"

엄마가 말했다.

"네, 맞아요."

내가 대꾸했다.

그때 한 아줌마가 우리 엄마에게 말했다.

"아휴, 정말, 밀지 좀 마세요."

"제가 민 거 아니에요. 저도 밀린 거예요."

엄마가 말했다.

우리는 장난감 가게 앞에 다다랐다. 움직이는 인형들이 있었는데 정말 신기했다. 그리고 트럭 같은 데 타고 있는 코끼리도 하나 있었고, 그 주변으로 전기 기차가 돌아다니고 있었다. 터널, 건널목, 역, 작은 젖소들, 다리까지 모두 갖춰진 전기 기차였다. 엄마가 나보고 계속 앞으로 가라고 했다.

"싫어요! 나 이거 좀 더 볼래요!"

내가 말했다.

그랬더니 아까 그 아줌마가 또 엄마에게 말했다.

"좀 갑시다. 지금 길을 가로막고 있는 거 몰라요? 여기 혼자만 있는 게 아니잖아요!"

그러자 엄마가 말했다.

"아, 정 급하면 다른 사람들처럼 돌아서 가면 될 거 아니에요!"

전기 기차는 엄청 멋졌다. 특히 아주 옛날 기관차처럼 굴뚝도 달려 있고 거기서 진짜로 연기가 나오는 게 마음에 들었다!

"앞으로 갈 거예요, 안 갈 거예요?"

아줌마가 물었다.

"아주머니는 애가 없으신가보군요. 애가 있으면 저를 이해하실

텐데요."

우리 엄마가 말했다.

"뭐라고요? 애가 없다고요?"

아줌마는 이렇게 말하더니 마구 소리를 질러댔다.

"로제? 로제? 로제? 어디 있니! 빨리 이리로 와봐라! 로제! 로제!"

그러고 나서 나는 다른 가게도 보았다. 진짜로 돌아가는 장난감 회전목마가 있었다. 진짜 목마랑 장난감 병정들이 잔뜩 있었다. 갑 옷 세트랑 장난감 자동차랑 공도 엄청 많았다. 나는 엄마에게 가게 에 들어가서 장난감을 만져봐도 되냐고 물었다.

"저 북새통에? 니콜라, 꿈도 꾸지 마! 저 안에 들어갈 생각을 하다니, 미쳤니? 다음에 아빠랑 다시 오자꾸나."

엄마가 말했다.

하지만 사람들이 어찌나 밀어대는지 우리는 그 자리를 빠져나올 수 없었다. 그래서 어쩔 수 없이 가게 안으로 밀려들어갔다. 엄마는 알았다고, 이왕 이렇게 됐으니 잠깐만 돌아보자고, 그러고는 얼른 나오자고 말했다.

우리는 에스컬레이터를 탔다. 나는 에스컬레이터를 좋아한다. 하지만 장난감 파는 곳에서는 별로 대단한 걸 보지 못했다. 어른들이 여기저기 앞을 막고 서 있었기 때문이다. 그래서 장난감을 구경할 때는 아빠랑 같이 가는 게 좋다. 아빠가 나를 번쩍 들어 올려주면 장난감을 마음껏 구경할 수 있으니까 말이다. 우리 아빠는 아주 힘이 세다.

산타클로스 할아버지와 이야기를 하려고 아이들이 길게 줄을 서 있었다. 그런데 그 줄에 어른도 한 명 있었다. 그 아저씨는 화난 표정으로 아주 어린아이의 팔을 붙잡고 있었다. 그 아이는 엉엉 울면서 무섭다고, 또 주사를 맞기는 싫다고 소리를 지르고 있었다.

"그만 가자."

엄마가 말했다.

"엄마, 조금만 더요!"

하지만 엄마는 나에게 눈을 부릅떴고, 나는 고집을 부릴 때가 아니라는 걸 알아차렸다. 특히 크리스마스 전에는 말썽을 부리지 않는 게 좋다. 그런데 사람이 너무 많아서 가게 밖으로 나가기도 쉽지 않았다. 마침내 밖으로 빠져나왔는데, 엄마의 얼굴이 새빨개져 있었고 장갑도 한 짝 잃어버린 뒤였다.

우리가 집에 돌아왔더니, 아빠가 벌써 와 있었다.

"뭐야, 왜 이렇게 늦게 들어오는 거야! 슬슬 걱정이 되던 참이었다고!"

"제발 부탁이야. 잔소리는 나중에 해줘."

엄마는 이렇게 말하고 옷을 갈아입으러 들어갔다. 아빠가 나에게 물었다.

"도대체 어디 갔다 오는 거냐?"

"그게요, 백화점을 구경하러 갔는데요, 끝내줬어요. 인형들이 막 춤을 추고 연기가 나는 옛날 전기 기차도 있었어요. 버스에는 사람이 엄청 많았고 백화점 앞에서는 엄마가 어떤 아줌마랑 말다툼을 했어요. 그 아줌마는 아이를 잃어버렸는데, 아이 이름이 로제랬어

요. 전구도 엄청 많고 음악도 흘러나왔고요. 산타클로스 할아버지
도 있었는데, 어떤 애는 산타 할아버지가 무섭다고 막 울었어요. 버
스들이 전부 다 꽉 차서 집에 오는 버스를 기다리는 데 엄청 오래
걸렸어요. 재미있었겠죠?"

"그래, 알았다."

아빠가 말했다.

우리는 늦게야 저녁을 먹었다. 엄마는 무지 피곤해 보였다.

"아빠, 나 크리스마스 때 뭐 줄 거예요? 친구들은 이것저것 선물
을 잔뜩 받는대요."

내가 후식(점심때 먹은 사과파이였다. 엄청 맛있었다!)을 먹으면서
아빠에게 물었다.

"그거야 너한테 달려 있지, 우리 아들. 산타클로스 할아버지에게
뭘 달라고 할 건데?"

아빠가 웃으면서 물었다.

"굴뚝에서 연기가 나는 전기 기차하고요, 새 자전거요. 그리고
새 자전거에 필요한 변속장치랑요, 장난감 병정이랑요, 진짜로 불
이 들어오는 파란색 장난감 버스요. 그리고 집짓기 세트랑 진짜처
럼 말할 수 있는 전화기도요. 알세스트하고 교실에서 얘기할 때 쓸
거예요."

"그게 다냐?"

아빠는 웃지도 않고 심각한 얼굴로 물었다.

"그리고 축구공하고 럭비공도요."

"니콜라, 너도 알지? 올해는 산타클로스 할아버지가 그렇게 형편

732

이 넉넉하지 않단다."

아빠가 말했다.

"뭐예요! 항상 똑같은 말만 하고! 정말이지, 불공평해요. 친구들은 뭐든지 원하는 대로 받는데 나만 못 받잖아요!"

내가 말했다.

"니콜라!"

아빠가 소리쳤다.

"아, 그만! 둘 다 또 시작이야? 좀 조용히 살자고, 그게 그렇게 어려워? 그 얘기 그만두면 안 되겠어? 나 머리가 아파서 죽겠다고!"

엄마가 말했다.

"아, 그래, 알았어. 좋아, 더 이야기할 것 없어. 니콜라, 너도 원하는 걸 다 갖게 될 거다. 그리고 말이지, 덤으로 멋진 요트도 하나 주마. 좋지?"

그러자 엄마가 웃으면서 일어나 아빠에게 뽀뽀를 했다.

"여보, 내가 잘못했어. 크리스마스가 얼마 남지도 않았는데……아, 너무 예민해졌나봐. 차분히 기다려야지."

엄마가 말했다.

내가 크리스마스를 좋아하는 이유가 바로 그거다. 설레는 기분 말이다. 특히 크리스마스가 지나고 조프루아를 만날 생각을 하니까 가슴이 막 뛴다. 내가 고글을 쓰고서 요트를 엄청 빨리 모는 모습을 보면 녀석은 어떤 표정을 지을까?

르네 고시니 Renè Goscinny

"나는 학교 다닐 때 정말 말썽꾸러기였지만 다행히 학교에서 쫓겨나지는 않았다."
1926년 8월 14일 파리에서 태어나 아르헨티나 부에노스아이레스에서 학창 시절을 보낸 르네 고시니는 자신의 학창 시절을 이렇게 회상한다. 뉴욕에서 작가로서의 활동을 시작한 고시니는 50년대 초 프랑스로 돌아와, 최고의 삽화가 장 자크 상페와 함께 전설적인 꼬마들이 나오는 시리즈를 탄생시킨다. 바로 '꼬마 니콜라'다. 그 둘이 창조해낸 새로운 우주는 아이들의 언어로 아이들의 일상을 이야기하며 프랑스 전역에서 커다란 성공을 거둔다. 이후 고시니는 알베르 우데르조와 '아스테릭스' 시리즈를 만들어냈다. '아스테릭스'는 107개의 언어로 번역되었으며 지구상에서 가장 많이 읽힌 작품 중 하나로 손꼽힌다. 이후에도 '럭키 뤼크', '딩고도시' 시리즈 등 수많은 작품을 쓰며 왕성한 창작력을 보여주었다. 고시니는 자신이 창간한 만화 잡지 『필로트』

고시니와 상페의 즐거운 한때

를 통해 만화라는 장르를 '제9의 예술'로 재탄생시켰다는 평을 받았다.

고시니는 1977년 11월 5일 51세의 나이로 사망했다. 수많은 작가들이 고시니의 작품 앞에 경의를 표했다. 그가 창조해낸 인물들은 아직도 사람들에게 널리 사랑받으며, 그가 쓴 대사들은 여전히 프랑스어에서 관용어구처럼 쓰이고 있다.

장 자크 상페  Jean-Jacques Sempè

"말썽 부리기는 내 어릴 적 유일한 소일거리였다."

1932년 8월 17일 보르도에서 태어난 장 자크 상페는 자신의 학창 시절을 이렇게 회상한다. 공부에 흥미가 없었던 그는 교칙위반으로 학교에서 쫓겨난 후 포도주 판매상 밑에서 허드렛일을 하기도 하고, 사환으로 일하기도 했다. 상페는 어린 시절, 악단 연주자가 되고 싶었다. 좋아하는 연주자들을 종이 위에 그리면서, 그의 꿈은 그림에 대한 열정으로 모습을 바꾼다. 열여덟 살에 무작정 파리로 온 상페는 여러 출판사를 전전하다 『쉬드 우에스트』지에 처음으로 돈을 받고 그림을 싣게 된다. 르네 고시니와의 만남은 그가 삽화가로서 막 첫걸음을 내딛기 시작한 시기와 맞물려 있다.

"우리가 만난 날 고시니가 나더러 저녁 식사를 함께 하자고군요. 그는 성게를 좋아하냐고 물었고 나는 그게 뭔지 잘 모르겠다고 대답했지요. 그러자 그는 그게 뭔지 알게 해주겠다며 아주 즐거워했어요. 나는 그에게 음악을 좋아하는지 묻고 음반을 함께 듣자며 그를 우리 집으로 초대했지요. 그는 농담일 거라고 생각했겠지만 나는 계단을 6층 반이나 올라가야 하는 파리의 우리 집으로 그를 진짜 초대했습니다. 우리는 곧 친구가 되었어요. 그는 막 뉴욕에서 돌아온 참이었습니다. 당시 나는 너무나 원기왕성했고, 고시니는 예의 바르고 신중했습니다. 우리는 말을 조금 더듬는다는 공통점이 있었지요. 나는 그에게 내 학창 시절 이야기를 자주 했습니다. 나는 좀 시끄러운 편이었고, 고시니는 나 때문에 많이 웃었어요. 나도 즐거웠고요."

뛰어난 관찰력과 유머로 한 장의 그림에 무한한 감동을 압축해내는 상페는 수십 년간 프랑스 최고의 일러스트레이터로 자리매김해오고 있다. 상페는 꼬마 니콜라를 통해 우리의 기억 속에 영원히 남을 사랑스런 악동의 모습을 창조해냈다. 『얼굴 빨개지는 아이』 『속 깊은 이성 친구』 『뉴욕 스케치』 등 그의 작품집은 전 세계 수많은 독자들에게 널리 사랑받고 있다.

옮긴이 **이세진**

서울에서 태어나 서강대학교 철학과를 졸업하고 동대학원에서 불문학 석사 학위를 받았다. 프랑스 랭스 대학교에서 공부했으며, 현재 전문 번역가로 일하고 있다. 『슈테판 츠바이크의 마지막 나날』 『작가의 집』 『앙드레 씨의 마음 미술관』 『유혹의 심리학』 『욕망의 심리학』 『나라서 참 다행이다』 『안고 갈 사람 버리고 갈 사람』 등을 우리말로 옮겼다.

돌아온 꼬마 니콜라

1판 1쇄 2014년 3월 5일 1판 5쇄 2024년 2월 21일
글 르네 고시니 그림 장 자크 상페 옮긴이 이세진
책임편집 서정민 편집 홍지희 엄희정 이복희 디자인 이지선
마케팅 정민호 서지화 한민아 이민경 안남영 왕지경 황승현 김혜원 김하연 김예진
브랜딩 함유지 함근아 고보미 박민재 김희숙 박다솔 조다현 정승민 배진성
저작권 박지영 형소진 최은진 서연주 오서영 제작 강신은 김동욱 이순호
제작처 한영문화사(인쇄) 신안제책사(제본)
펴낸곳 (주)문학동네 펴낸이 김소영 출판등록 1993년 10월 22일 제2003-000045호
주소 10881 경기도 파주시 회동길 210
전자우편 kids@munhak.com 홈페이지 www.munhak.com 북클럽 bookclubmunhak.com
카페 cafe.naver.com/mhdn 트위터 @kidsmunhak 인스타그램 @kidsmunhak
대표전화 (031)955-8888 팩스 (031)955-8855
문의전화 (031)955-3576(마케팅) (02)3144-3241(편집)
ISBN 978-89-546-2361-2 03860